Ein Mord? Professor Urlach liegt auf dem Klo der Universität? Er hat ein Messer im Rücken? Wer hat da ein Motiv? Wer war am Tatort? Sollten diese aufgescheuchten Akademiker das Fragen nicht der Polizei überlassen? Aber warum ist Hauptkommissar Merker so nervös? Stehen nicht alle im Flutlicht des Verdachts? Wird so eine ›nahe‹ Leiche ihr Leben radikal verändern? Ihr Denken, ihr Fühlen? Und: Ist Molly träge? Krüss verrückt? Johanna nymphoman? Wird die Schriftstellerin Carola ihren braven Hochschullehrer mit dem freundlichen Lektor betrügen? Was hat das mit dem Mord zu tun? Und was sind das für merkwürdige Beobachter, die ihre eigenen Ziele verfolgen? Weiß Kurt das? Aber wer oder was ist Kurt?

»Daß Bovenschens ›deutliche Mordgeschichte‹ mit einem Krimi außer einigen Leichen wenig zu tun hat, dafür umso mehr mit großer Literatur, versteht sich bei dieser Autorin von selbst.«
Felicitas von Lovenberg, Frankfurter Allgemeine Zeitung

Silvia Bovenschen, geboren 1946, lebt als Literaturwissenschaftlerin und Essayistin in Berlin. 2000 wurde sie mit dem Roswitha-Preis der Stadt Bad Gandersheim und dem Johann-Heinrich-Merck-Preis der Deutschen Akademie für Sprache und Dichtung ausgezeichnet, 2007 erhielt sie den Ernst-Robert-Curtius Preis für Essayistik. Zuletzt erschienen »Wie geht es Georg Laub?« (2011), »Wer Weiß Was« (2009), »Verschwunden« (2008), »Älter werden« (2006), »Über-Empfindlichkeit. Spielformen der Idiosynkrasie« (2000) und »Schlimmer machen, schlimmer lachen« (1990).

Unsere Adresse im Internet: www.fischerverlage.de

Silvia Bovenschen

Wer Weiß Was

Eine deutliche Mordgeschichte

Fischer Taschenbuch Verlag

Veröffentlicht im Fischer Taschenbuch Verlag,
einem Unternehmen der S. Fischer Verlag GmbH,
Frankfurt am Main, Mai 2011

Lizenzausgabe mit freundlicher Genehmigung
der S. Fischer Verlag GmbH, Frankfurt am Main

Druck und Bindung: CPI – Clausen & Bosse, Leck
Printed in Germany
ISBN 978-3-596-18689-1

»Wer Romans list, der list Lügen«
(Gottfried Heidegger, 1698)

Die Figuren

Carola Schauer (41), Schriftstellerin, bekannt unter dem Namen *Carola Holm*, verheiratet mit:
Bruno Schauer (49), Prof. Dr., Literaturwissenschaftler
Irmgard von Seefeld (79), genannt Irma, Mutter von Pascal von Seefeld
Laura Rudolph (33), geschäftsführende Sekretärin des Instituts
Helge Baumann (22), Student
Miriam Mahenke (23), Studentin
Irene Nolte (24), studentische Hilfskraft
Johanna Schwarzenbach (28), Doktorandin
Simon Menzel (35), Bibliothekar
Ulf Urlach (46), Prof. Dr., Sprachwissenschaftler für Literatur und Sprache
Freidank Hofmann (44), Lektor
Gerda Neuwirth (33), Sekretärin
Adelheid Krüss (41), genannt Molly, examinierte Krankenschwester, z.Z. ohne Anstellung, liiert mit:
Pascal von Seefeld (42), Privatgelehrter (von eigenen Gnaden)
Frederike Kreuzer (40), Journalistin
Dr. Norman Krüss (54), vormals akademischer Oberrat, jetzt erwerbsunfähig
Florian Kuhn (53), Bestseller-Autor (populäres Sachbuch) und Pferdezüchter
Isolde Schrempel (47), Leiterin der Villa Engadin (privates Alten- und Pflegeheim)

Karl Heinz Neuhaus (24), genannt Charly, Aushilfsverkäufer
Irma-Freundin A (70–80), Witwe
Irma-Freundin B (70–80), Witwe
Erwin Merker (47), Erster Kriminalhauptkommissar
Leonie Wagner (62), Kriminalhauptkommissarin
Jan Schwartz (41), Kriminaloberkommissar
Daniel Förster (38), Kriminalkommissar
Elise Berg (27), Kriminalkommissaranwärterin
Gisela Merker (39), Grundschullehrerin
Martina Hauschildt (47), Verwaltungsangestellte
Agnes Brunner (27), Pflegerin
Massimo (33), Friseur
Vera (17), Auszubildende

Ertzuj (keine weiteren Informationen)
Iopö (keine weiteren Informationen)
Jkln (keine weiteren Informationen)
Kurt (keine weiteren Informationen)

Bella (ca. 7 Monate), Hund
Olga (Alter unbekannt), Dohle

Der Mörder

Jetzt bin ich der Mörder, dachte der Mörder.

Jetzt muß etwas geschehen in mir.

Der Mörder lauerte in sich hinein.

Nichts geschah.

Der Mörder versuchte es erneut.

Nichts.

Aber das ist doch ein Witz, dachte der Mörder, da hatte man ein schlechtes Gewissen, ein Leben lang, wenn man den Geburtstag von Onkel und Tante vergaß, und nun?

Weit und breit kein Gewissen!

Das muß doch da sein.

Das muß doch wachen.

Das muß sich doch melden.

Das muß böse Bilder liefern in traumschwere Nächte und ruhelose Tage hinein.

Der Mörder hatte wunderbar tief und traumlos geschlafen.

Wie immer.

Ein Mittagsschlaf. Ein Stündchen.

Wie immer.

Und er war erfrischt erwacht.

Wie immer.

Der Mörder dachte: Vielleicht wurde man ja zum Mörder spürbar erst dann, wenn eine Verwandlung stattfände:

Ein Mal auf der Stirn, die menschlichen Züge zur Fratze entstellt, eine Hand zur Klaue gekrümmt.

Der Mörder dachte: Vielleicht geschieht etwas *in* mir erst

dann, wenn etwas *mit* mir geschieht. Dann, wenn man durch andere als Mörder erkannt und benannt und verbannt würde.

Eine Mordsbestätigung.

Wenn sie sagten: Du bist ein Mörder. Ungeheures tatest du. Und Ungeheures wird dir widerfahren.

Warum denke ich plötzlich so geschwollen?, dachte der Mörder. Dachte so ein Mörder? Gehört geschwollenes Denken zum Mördertum?

Wohl kaum.

Und abermals lauerte der Mörder in sich hinein und wartete auf seine Wandlung zum Ungeheuer, sein Reifen ins Mörderbewußtsein.

Ja, vielleicht mußte tatsächlich erst von außen etwas geschehen. Ein gestreckter Zeigefinger. Ein peinliches Verhör. Eine Verhaftung zum Beispiel.

Das aber würde man zu verhindern wissen.

Das alles dachte der Mörder – Oder dachte es eine Mörderin? Hatte da jemand die feministische Sprachreform nicht vollzogen?

Wer weiß das?

Mittwoch 8 Uhr 11
Wohnung von Bruno und Carola Schauer

Das letzte Kapitel

Die Schriftstellerin Carola Schauer (alias Carola Holm) las das soeben Geschriebene noch einmal durch, gab einen Laut von sich, der wie ein kleines Knurren klang (der aber vielleicht nur ein rauhes Räuspern war), speicherte ab und führte den Cursor auf das Feld ›Start‹, um in einem weiteren Schritt den Computer ausschalten zu können. Diese Befehlsfolge war ihr immer schon unsinnig erschienen.

Sie wandte sich zu Bruno, der hastig und unverhältnismäßig derb (brutal!) diverse Unterlagen in seine geräumige Aktentasche stopfte. Eine Designertasche aus dickem, gleichwohl geschmeidigem, leicht genarbtem Leder. (Teuer!) Auf der Metallschließe befand sich das Label des italienischen Herstellers. (Aufdringlich!) Ein Weihnachtsgeschenk. Das Derbe seiner Bewegung entsprach nicht dem Bild, das alle von ihm hatten und das sie (so war sein Wunsch) von ihm haben sollten.

Er haßte diese Tasche. Er quälte diese Tasche. Er schmetterte sie gegen Wände und Tischbeine, marterte sie mit Hand und Fuß, stets bemüht um ihre vorzeitige Alterung. Sie aber widerstand zäh seiner Absicht und bewahrte ihre Pracht.

»Cognacfarben«, hatte Carola bei der Übergabe gesagt. Was für ein Wort! (Ekel!)

Carola sprach auch jetzt in seine destruktive Bemühung hinein. Vermutlich hatte sie das schon eine kleine Weile getan, er aber hatte, hervorgerufen durch einen jähen Tempo- oder Klangwechsel (sagen wir: irgendeine Steigerung der

Dringlichkeit in ihrem Redegeräusch), erst jetzt das Gefühl, daß er da doch einmal hinhören sollte.

»... und dann stell dir bitte vor«, sagte Carola gerade, »du wärest von Marsmenschen vorübergehend entführt worden, und du wärest erschüttert und verstört und vollends durchdrungen, ja, so will ich es sagen: Du wärest durchdrungen, von diesem horriblen und außergewöhnlichen Erlebnis – und das ist eine wahrhaft matte (stumpfe, trübe) Bezeichnung für diese Erfahrung, die mit keiner anderen, die du je machtest, vergleichbar wäre –, also du wärest aufgewühlt (erschüttert, zerrüttet) bis ins Mark und du würdest nun deine Freunde mit einem erregten Erzählschwall überfallen, und da du keine angemessenen Worte für diese Sonderbarkeit hättest (wie könnte er auch), wähltest du alle, wirklich alle Wörter, die dir in den Sinn kämen und denen du eine annähernde Eignung für die Beschreibung dieser exorbitanten Erfahrung zutrautest, und müßtest durch dein eigenes Gehaspel hindurch schmerzhaft erkennen: Niemand wird dir glauben. Und dieser Unglaube wäre dir auch noch plausibel! (Na klar.) Das war ja zu erwarten. Das hättest du dir schon denken können. Und du hättest deshalb ganz automatisch vorgebeugt, hättest noch vor deinem verbalen Überfall gesagt, daß du das Folgende an ihrer Stelle auch nicht glaubtest, daß du aber entgegen ihrer vermutlichen Vermutung bei vollem, klaren Verstande seist ...«

Bruno fiel ihr ungeduldig ins Wort:

»Wozu brauchst du diese schwachsinnige Überlegung? Warum soll ich mir diesen amerikanischen Hausfrauenhorror vorstellen? Mir reicht schon die Vorstellung, daß es mir auch heute wieder nicht gelingen wird, den Großteil meiner Studenten in die Goethezeit zu entführen, und glaube mir, das wird mir jeder glauben.«

Er hatte nicht den Eindruck, daß Carola seiner Ungeduld Beachtung schenkte. Er ließ das Schloß (Messing handpoliert) der ungeliebten Tasche laut zuschnappen. Vielleicht hoffte er insgeheim, daß das scharfe metallische Verschlußgeräusch auch Carola dem Abschluß ihrer Rede näherbringen würde. Aber Carola sprach schon hastig weiter:

»Es geht gar nicht so sehr darum, ob gerade du – ausgerechnet du! – mir etwas Unwahrscheinliches glauben würdest – nein, nein, ich bin nicht die Marquise von O. –, aber die Einsamkeit, in der du dich in so einer Situation befändest, die interessiert mich. Deine Freunde würden dich fragen, ob du irgend etwas geraucht oder gespritzt oder geschluckt hättest – sie würden mit beschämender Begütigung auf dich einreden, von Halluzinationen sprechen oder von psychedelischen Entgleisungen oder von nervlichen Überlastungen, sie würden diesen rationalistischen Erklärungskram aufbieten, der das Vernommene wieder in die vermeintlich erkannte Welt rücken sollte, in die Normzonen des Vorstellbaren, kurz gesagt: Sie würden alles tun, um dich in die Verstehbarkeit und sich selbst aus der Verlegenheit zu bringen.

Natürlich gäbe es auch Leute, die dir glaubten, aber diese Leute, na sagen wir ruhig: diese Spinner, die deine Erzählung nur allzu gerne für höchst wahrscheinlich hielten und die jetzt anrückten wie die Kakerlaken in eine soeben verdunkelte Altenheimküche, also diese Spinner, die zukünftig in deinen Augen nicht länger als Spinner gelten dürften, gehörten zu einer fundamental anderen Sorte. Einer gewöhnungsbedürftigen Sorte. Du müßtest dich entscheiden, grundsätzlich entscheiden, zu wem du fürderhin sprechen, von wem du zukünftig vernommen werden und gemocht werden wolltest. Du müßtest gegebenenfalls dein gesamtes Freundschaftspersonal radikal austauschen. Du müßtest ...«

»Kannst du mal sagen, worum es überhaupt die ganze Zeit geht? Ich bin wirklich in Eile«, unterbrach Bruno (unwirsch) ihre Wortkaskade.

Carola sank ein wenig (verzagt? kleinmütig?) in sich zusammen und nahm Druck aus ihrer Rede:

»Es ist die Einsamkeit des allwissenden Erzählers. Du bist wissend und zugleich als Wissender stets in der Gefahr der Unglaubwürdigkeit ...«

Sie machte eine kurze Pause, betrachtete ihn prüfend (sah einen Mißmutigen), und fuhr, von dem eigenen Vortrag getrieben, fort:

»... gleichzeitig jedoch, zu dieser Überzeugung bin ich gekommen, ist jede andere Erzählhaltung reine Heuchelei, eine Unverschämtheit einer unterschätzten Leserschaft gegenüber. Ob es um den Einsatz eines Ich-Erzählers oder das personale Erzählen geht: Was immer auch fingiert wird, immer wird fingiert. Das ist doch klar. Natürlich muß ein Autor alles wissen, er kann ansonsten gar nicht schreiben. Er ist der Diktator. Er hat die Macht. Er verfügt.« (Aber doch nur in dem Maße, in dem er über sich selbst verfügt.)

Sie nahm eine Haarsträhne, die ihr bei einer heftigen Kopfbewegung über das Auge gefallen war, aus dem Gesicht und versuchte sie (erfolglos), zurück in die Frisur zu ordnen.

Warum hatte sie dieses Gespräch angezettelt? Sie wußte es nicht.

Sie nahm die Rede trotzig wieder auf.

»Wenn ich nicht in das Fantasy-Science-fiction-Reich umsiedeln will, muß ich immer dieses elende (hinderliche) Wahrscheinlichkeitsgebot beachten ...«

Bruno stöhnte.

»Wirr«, sagte er, »wirr«.

Er stand jetzt vor ihr, wie ein Reisender, die Aktentasche ausgehbereit in der Hand.

Und nochmals sagte er:

»Das ist wirr, meine Liebe«, und dann sagte er in ihre finstere Miene hinein:

»Das kann ja wohl nicht dein Ernst sein«, und: »Willst du hier ein erzähltheoretisches Proseminar etablieren?«

Bruno wurde jetzt sogar etwas süffisant:

»Schon vergessen? Du bist mit einem Literaturwissenschaftler verheiratet, und das war ich schon, als wir uns kennengelernt haben, und werde es wohl bleiben, wenn mich die Marsmenschen nicht entführen.«

Er lachte flach über seinen flachen Witz und fügte hinzu:

»Bislang bist du bei deiner Schreiberei doch erfolgreich (kleine Pause), erstaunlich erfolgreich (kleine Pause) ausgekommen ohne meine erzähltheoretischen Zusprüche, warst extrem gelangweilt, wenn nicht sogar genervt, ja genervt!, wenn ich da mal beratend ausholte.«

Er war nicht wirklich in Eile, aber er sehnte sich nach der Überschaubarkeit seines universitären Arbeitszimmers (wollte weg, einfach nur weg von hier und schnell dorthin), aber die Resterregung, die er immer noch an ihr wahrnehmen konnte, ließ ihn etwas zögern.

Doch dann wurde er fieser, als er eigentlich hatte sein wollen. Etwas in ihm trieb ihn, sie zu ärgern.

»Die aristotelische Hirschkuh«, sagte er.

Carola sah ihn verständnislos an, fragte aber nicht nach. Nein, die Freude einer wissensarmen Nachfrage wollte sie ihm nicht gönnen. Sie fragte statt dessen spitz:

»Würdest du gerne ein Buch lesen, in dem ein stummer Diener zwar nicht die wichtigste, aber doch eine gewichtige Rolle einnähme?«

Damit hatte sie seine Aufmerksamkeitsbereitschaft wieder verspielt.

»Nein«, sagte er schon in der Tür und »Sonst noch Probleme?«

»Ja«, sagte sie, »ich kann meinen Helden nicht mehr leiden. Ich habe ihn in die Scheiße geschrieben.«

»Dann bring ihn doch um«, sagte Bruno kalt und verließ die Wohnung.

»Gute Idee«, sagte Carola ebenso kalt in den leeren Raum hinein.

(Ja, Töten ist in Texten leicht.)

Mittwoch 9 Uhr 08
Universität

Der Tumult

Bruno traf früh, viel zu früh, an seinem Arbeitsplatz ein. Seinem Arbeitsplatz? Zu dieser Vokabel hätte er für die Räume seines Broterwerbs niemals gefunden. »Ich gehe in die Universität« (selten) oder »Ich gehe ins Institut«, pflegte er (meistens) zu sagen. Die Wahrheit: Er hatte viel Zeit. Seine Vorlesung würde erst um 10 Uhr 15 beginnen.

An diesem sonnigen Frühsommertag (dessen Schönheit er nicht wahrnahm) auf der staufreien Fahrt zur Universität hatten alle Ampeln ein freundliches Grün gezeigt. Es war ihm wie ein Wunder erschienen. (Ein Wunder? Aber das ist doch übertrieben!)

Als Bruno die schwere gläserne Eingangstür des vierstöckigen Neubaus aufschloß und dabei, noch bevor er den unteren Flur betrat, absichtslos hochschaute zu den großen Fenstern des zweiten Stocks, in dem er sein Büro wußte, glaubte er aus den Augenwinkeln schemenhaft und verwischt zwei oder drei dunkle Gestalten in einer geduckten Fluchtbewegung wahrzunehmen. Er ging dieser flüchtigen Fluchtwahrnehmung nicht nach, bemühte sich nicht um eine Scharfstellung, ließ Irritation nicht aufkommen und versenkte sie, die schon verblassende Erscheinung, in den toten Gedächtniswinkel für belanglose Sinnestäuschungen.

Als Bruno, den Fahrstuhl verschmähend, mit kräftigem Schritt die Treppe hinaufstieg, war im ganzen Gebäude kein Laut außer dem quietschenden Geräusch seiner Gummisohlen zu hören.

Als Bruno kurz darauf, in der zweiten Etage angekommen, die Tür zu dem Gang aufschloß, von dem die Räume seines Instituts abgingen und an dessen zur Straße gelegener Fensterfront er die huschende Bewegung hätte wahrgenommen haben können und auf dem Weg zu seinem Büro einen kurzen Blick in das Institutssekretariat warf, fand er den Stuhl der Sekretärin verwaist. Die Tür zu diesem Raum war einladend geöffnet für den studentischen Publikumsverkehr, der jedoch aller Erfahrung nach erst um kurz vor 10 Uhr einsetzen würde. Also mußte die Sekretärin Laura Rudolph schon anwesend sein. Zudem war der Computer auf ihrem Arbeitstisch eingeschaltet und zeigte das Bild einer Haushaltsaufstellung für die kommende Direktoriumssitzung, und neben dem Computer lag ihre Handtasche. Sie sollte nicht so unachtsam sein, dachte er. Es treibt sich allerlei Gesindel herum, auch in unseren akademischen Gefilden (hochtrabendes Denken!). ›Gesindel‹, das dachte er auch noch, ›Gesindel‹ ist ein vergessenes Wort aus vergangener Zeit. Ein Wort, dem mit den Jahren eine gewisse Gemütlichkeit zugewachsen war. Ausgerechnet das Wort ›Gesindel‹ brachte ihn der friedlichen Stimmung näher, in der er hatte ankommen wollen.

Als Bruno (endlich) sein Arbeitszimmer betrat, hatte er (na, so eine Ironie) das Gefühl, eine Welt der Harmonie erreicht zu haben. Er schloß die Tür, lehnte sich mit dem Rücken gegen das Türblatt mit ausgestreckten leicht abgewinkelten Armen, als wolle er sich für einen Messerwerfer positionieren (sehr melodramatisch!), und atmete die Stille. Um ihn herum: die gute Ruhe des Gewohnten, in ihm selbst: ein sich langsam ausbreitender Friede.

Die geordneten Bücherwände, der große, aufgeräumte Schreibtisch und der kleine Besprechungstisch mit den vier niedrigen Klappstühlen: Ein Gelehrsamkeits-Kokon. Alles wie immer, wie an jedem Tag. Wohltätige Vorhersehbarkeit.

Er setzte seine Tasche ausnahmsweise rücksichtsvoll ab, ließ sich in seinen Schreibtischstuhl sinken und genoß die sanft wippende Bewegung, mit der dessen Rückenlehne auf die jähe Belastung reagierte, drehte sich ein wenig hin und her, hörte wieder auf mit dem Drehen, streckte die langen Beine aus, faltete die Hände im Nacken und schloß die Augen. Er atmete tief und regelmäßig. (Puls 75.)

Und so saß er eine gute Weile.

Die leise klopfenden Kopfschmerzen, die ihn den ganzen Morgen gequält hatten (vorübergehend gesteigert unter der Einwirkung von Carolas Wortschwall), ebbten jetzt ab.

Er bereute, auf Irma von Seefelds Fest am Vorabend zuviel (3½ Gläser) Weißwein getrunken zu haben. Zuviel, jedenfalls für seine Verhältnisse. Bruno liebte das Angemessene. Hier, in diesem Raum, war es zu finden. Die ihn umstehenden Bücher waren lange schon geschrieben, waren von der Nachwelt geheiligt und friedlich eingerückt in die Sphäre der Unantastbarkeit, keine aktuellen Erzählnöte. Die meisten seit über zweihundert Jahren zwar für interpretatorischen Feinsinn stets verfügbar, jedoch, was ihre Existenzberechtigung betraf, absolut unangefochten. Überstandene Sorgen.

Er ließ sich tiefer noch gleiten in das Behagen eines Statthalters ehrwürdiger Traditionen. Als er die Augen wieder aufschlug, war ihm (und das nicht zum ersten Mal), als hätten sich die Bücher rings um ihn dicht an dicht formiert zu einer persönlichen Schutzmacht gegen alle Übel dieser Welt.

Und sie waren es auch, die Bücher, mit ihren dunkel patinierten Lederrücken, die dem unschönen Raum eine museale Milde verliehen.

Sein gleichfalls milder Blick ruhte noch für einem Moment auf dem Stapel mit den Sonderdrucken seiner letzten Publikation. Seine Hilfskraft Frau Irene Nolte hatte sie noch immer nicht eingetütet und die hierfür aktualisierte Adressenliste abarbeitend an Kollegen, Freunde und (wichtig!) Feinde verschickt. Aber nicht einmal diese Nachlässigkeit konnte Professor Dr. Bruno Schauer zu dieser Stunde in die Stirnrunzelei treiben. Ein im kleinen Kreis des Fachpublikums hochangesehenes Periodikum hatte einen Vortrag von ihm abgedruckt. Er unterdrückte das (ungut) im Hintergrund lauernde Wissen, daß der federführende Redakteur ein ehemaliger Schüler war.

In den nächsten Tagen würde er mit einem neuen Buchprojekt beginnen, das in seinem Kopf und seinem roten Notizbuch schon verheißungsvolle Formen angenommen hatte.

Ausgerechnet in diesem schönen Moment, in dem zur gesteigerten Friedlichkeit noch die Zuversicht kam, brach der Tumult auf dem Gang aus. (Ein barbarischer Krach.) Empörend! Eine Störung, die ihn zunächst nur ärgerte, nicht jedoch beunruhigte. (Der Herr Professor war nicht willens, dem Beachtung zu schenken.)

Aber ein solcher Lärm zu dieser Uhrzeit?

Er zog die ausgestreckten Beine heran, er richtete den Oberkörper auf, er sah auf seine Armbanduhr: 9 Uhr 36. Lange vor Vorlesungsbeginn. Bruno konnte es nicht länger vor sich verbergen: Dieser Tumult war so verschieden von aller Unruhe, die er in fünfzehnjähriger Dienstzeit kennenlernen mußte, daß er nun doch aufstand und schließlich, als das Geräusch – ein Gemisch aus erschreckten Ausrufen und trampelnden Schritten – zunehmend anschwoll, sich genötigt sah, die Lärmquelle ausfindig zu machen.

Als Bruno die Tür öffnete, schlug ihm der Krach mit zunehmend schrillen Beimischungen vehement entgegen – er glaubte ihn fast körperlich zu spüren –, und als er auf den Gang trat, lief mit voller Wucht die Institutssekretärin Laura Rudolph (1,72 m, 63 kg) in ihn hinein. Und diesen Aufprall spürte er wirklich körperlich.

Als er sein Gleichgewicht wiedergefunden hatte, brüllte er (ja, erstaunlich, er brüllte) in den lärmenden Aufruhr hinein:

»Was zum Teufel ist hier los?«

Erst jetzt nahm er wahr, daß das Gesicht der Sekretärin Laura Rudolph leichenblaß (leichenblaß?) war, und er nahm zudem ihren verschreckten Blick wahr.

Viele redeten jetzt gleichzeitig auf ihn ein. (Viele?) Er schaute sich um und sah: Zwei Studenten, deren Gesichter er zwar kannte, deren Namen er jedoch nicht hätte nennen können (Helge Baumann und Miriam Mahenke), seine Hilfskraft Irene Nolte, die Doktorandin Johanna Schwarzenbach, den Bibliothekar Simon Menzel und die Institutssekretärin Laura Rudolph. Sie, die einzige, die nicht auf ihn einredete, hatte sich auf einen (irregulär!) auf dem Gang herumstehenden Stuhl sinken lassen und verbarg ihr Gesicht in den Händen. Aus dem Gebrüll der anderen gipfelten einzelne Worte hervor.

»Tot.« »Klo.« »Leiche.«

Noch lange Zeit, wenn er an diese Szene zurückdachte, bildete sich als erstes diese Wortreihe: Tot. Klo. Leiche.

Er beugte sich zu Laura Rudolph hinunter, brachte wegen des lauten Stimmengewirrs seinen Mund dicht an ihr Ohr und sagte:

»Ich frage Sie: Was ist geschehen?«

Er sprach betont ruhig und deutlich. Sie hatte sich etwas gefaßt und antwortete:

»Ich war, als ich in Sie hineinlief, gerade auf dem Weg ins Geschäftszimmer, zum Telefon, um einen Arzt und – ja natürlich – die Polizei zu rufen.«

Sie machte eine Pause, zitterte ein wenig, es war wie das Nachbeben eines Weinkrampfs, dann holte sie tief Luft und sagte nun erheblich ruhiger und sehr klar:

»Mord! Auf dem Personalklo liegt die Leiche von Professor

Ulf Urlach. Ich glaube jedenfalls, daß es Professor Ulf Urlach ist, ich habe sein Gesicht nicht gesehen, er liegt auf dem Bauch.«

»Wieso Mord? Wieso Leiche? Wieso Urlach?« rief Bruno, fügte dem aber, selbst in dieser Situation durch sein stammelndes Sprechen geniert, eilig hinzu: »Was bringt Sie zu der Annahme, daß da ein Mord geschehen sei?«

Das Problem einer ordentlichen Satzbildung plagte Laura Rudolph (verständlicherweise) in dieser Situation nicht.

»Das Messer«, sagte sie, und »die Blutlache.«

»Und woher wollen Sie wissen, daß es sich um Urlach handeln könnte?« fragte Bruno und fügte schnell (unangemessen gravitätisch) hinzu, bevor sie noch antworten konnte: »Ich sollte da wohl selbst einmal nachsehen.«

Alles an ihm drückte aus, daß er jetzt das ›Heft der Handlung‹ (ja, so war er, auch im Denken des täglichen Gebrauchs) ergreifen wollte ...

Aber die Sekretärin ging nicht auf ihn ein. Sie stand resolut auf, strich ihren Rock glatt und sagte (zielstrebig) mit fester Stimme:

»Ich habe die Zwischentür zum Gang und auch die Tür zur Personaltoilette abgeschlossen und werde unverzüglich die Polizei und den Arzt anrufen.«

Mit diesen Worten und ohne ihn anzuschauen ging sie mit energischen Schritten auf das Sekretariat zu. Bruno trabte (... beschämt?) hinter ihr her. Ihm folgte keilförmig die gesamte Flurversammlung.

Dort angekommen, setzte sich Professor Bruno Schauer auf einen niedrigen Stuhl und mußte bemerken, daß, während Laura Rudolph die neu Hinzukommenden aus dem Raum drängte, die Türe schloß und dann am Telefon irgend jemandem (der Polizei!) präzise Angaben machte, seine Kopfschmerzen zurückkehrten und er argwöhnte, daß das Kommende ihm eine passive Rolle zuweisen würde.

(Und so war es dann auch.)

Mittwoch 12 Uhr 11
Universität

Bruno Schauer – erste Befragung

– Sie sind?
– Bruno Schauer ist mein Name. Professor Dr. Bruno Schauer.
– Sie arbeiten an diesem Institut?
– Ja.
– Dies ist Ihr Büro?
– Ja.
– Was können Sie uns zum Tod von Professor Dr. Ulf Urlach sagen?
– Nichts … Dann ist er also wirklich …?
– Ja, Professor Ulf Urlach ist tot.
– Ermordet?
– Wie kommen Sie darauf?
– Er hat ein Messer im Rücken. Das spricht doch wohl dafür.
– Ja, das sehen wir auch so. Woher wissen Sie das mit dem Messer?
– Frau Rudolph erwähnte es, als ich im Flur mit ihr zusammenstieß.
– Können wir der Reihe nach vorgehen? Wann trafen Sie hier ein?
– Ich betrat etwa um 9 Uhr 15 mein Büro.
– Moment, Moment nicht so schnell. War die Gebäudetür abgeschlossen?
– Ja.
– War die Tür zum Gang abgeschlossen?
– Ja.

– Haben Sie im Treppenhaus oder auf dem Weg zu Ihrem Büro etwas Ungewöhnliches bemerkt?
– Nein, nein, eigentlich nicht.
– Sind Sie jemandem im Treppenhaus oder auf dem Gang begegnet?
– Nein. Keiner Menschenseele.
– Haben Sie Ihr Büro zwischenzeitlich einmal verlassen?
– Nein, ich habe die ganze Zeit an meiner Vorlesung gearbeitet und bin erst wieder auf den Gang getreten, als ich die ungebührliche Unruhe dort wahrnahm.
– Die Uhrzeit?
– Die kann ich Ihnen genau sagen, weil ich auf meine Armbanduhr gesehen habe. Um 9 Uhr 36. Wissen Sie, normalerweise ist es um diese Uhrzeit noch sehr ruhig, weil die Lehrveranstaltungen in der Regel erst um 10 Uhr 15 beginnen und …
– In welchem Verhältnis standen Sie zu Professor Urlach?
– Er ist – er war – ein angesehener Kollege.
– Ein Freund?
– Nicht wirklich.
– Was soll das heißen?
– Nun ja, wir hatten ein gutes kollegiales Verhältnis, wir telefonierten gelegentlich, aßen zuweilen mittags gemeinsam mit anderen Kollegen in einem kleinen Restaurant …
– Was wissen Sie über sein Privatleben?
– Nichts. Gar nichts. Wir tauschten uns über Privates nicht aus. Trafen uns – das allerdings eher selten – zu kleinen Geselligkeiten … Nein, er war kein Freund, man könnte bei einem weiten Verständnis jedoch sagen, daß …
– Wann haben Sie ihn zuletzt gesehen?
– Gestern abend. Wir waren beide Gäste bei gemeinsamen Bekannten – feierten ein kleines Fest, eine Party …

– Können Sie sich erinnern, wann er dieses Fest verlassen hat?
– Nein, ich habe nicht darauf geachtet. Ich glaube, er war noch dort, als ich ging.
– Wann sind Sie gegangen?
– Ungefähr um 23 Uhr 30.
– Waren Sie allein auf dieser Party?
– Nein, in Begleitung meiner Frau.
– Haben Sie die Party gemeinsam mit Ihrer Frau verlassen?
– Ja.
– In welchem Verhältnis standen Sie und Professor Urlach beruflich?
– Wie meinen Sie das?
– Waren Sie Konkurrenten?
– Ich verstehe Ihre Frage nicht.
– Standen Sie sich in irgendeiner Weise im Wege? Zum Beispiel, was die Karriere betrifft oder die Zuteilung irgendwelcher Gelder?
– Nein. Überhaupt nicht. Wir sind beide Lehrstuhlinhaber.
– ??? (mimisch)
– C 4.
– ???
– Das ist eine akademische Besoldungsgruppe. Die Bürokratie hat da jetzt wieder umstrukturiert und neue Bezeichnungen eingeführt … Jedenfalls: Wir hatten beide das oberste Plateau (!) akademischer Aufstiegsmöglichkeiten erreicht und auch im Bemühen um Drittmittel wären wir uns niemals ins Gehege gekommen.
– ???
– Er war Sprachwissenschaftler. Kognitive Sprachwissenschaft.
– ???
– Ich bin Literaturwissenschaftler, zuständig für das achtzehnte Jahrhundert und die Aufklärung …

– Da ist ein gravierender Unterschied zwischen Ihrem und Professor Urlachs Arbeitsfeld?
– Ja, allerdings. Es gibt nur wenig Berührungspunkte. Eigentlich keine, weil …
– Nun ja. Ich glaube, das können wir im Moment noch vernachlässigen. Vielleicht kommen wir später einmal darauf zurück. Können Sie sich irgendein anderes Motiv vorstellen?
– Mich betreffend??
– Generell gefragt.
– Nein.
– Ist Ihnen sonst irgend etwas Verdächtiges aufgefallen?
– Nein.
– Wissen Sie, ob er Feinde hatte?
– Nein.
– Herr Professor Schauer, wir danken Ihnen für Ihre bereitwilligen Auskünfte. Bitte kommen Sie morgen zwischen 8 und 10 Uhr in unsere Dienstelle – ich habe Ihnen unsere Karte hier auf den Tisch gelegt.
– Auf Wiedersehen.
– Auf Wiedersehen.

Mittwoch 12 Uhr 27
Verlag

Das Experiment

Zur gleichen Stunde, als Bruno in seinem universitären Arbeitszimmer befragt wurde und sich unwohl fühlte, saß Carola im Arbeitszimmer ihres Lektors Freidank Hofmann und fühlte sich wohl.

(Jedenfalls anfänglich.)

Sie hatte ihn angerufen und gesagt, daß sie in der Nähe des Verlags ganz zufällig etwas zu erledigen habe und ob es ihm gefallen könnte, wenn sie auf einen Sprung zu ihm käme.

Es hatte ihm gefallen. Sehr sogar.

Sie hatte das mit der Zufälligkeit leichthin gesagt. (Gesichtswahrung.) Er hatte das natürlich durchschaut, und sie hatte gewußt, daß er das natürlich durchschauen würde. Aber so war das Spiel. (Ein altes Spiel.)

Als sie im Autorückspiegel ihr (etwas müdes) Gesicht noch einmal prüfend betrachtet und den Lippenstift nachgezogen hatte, war ihr der Gedanke gekommen, daß dieses Spiel eigentlich auch mal ein Ende haben könnte (man war nicht mehr zwanzig): Es würde ja doch geschehen, was allen Anzeichen nach geschehen mußte. Das morgendliche Gespräch mit Bruno hatte ihre ohnehin unerheblichen Bedenken nicht gerade vergrößert.

»Wie geht es dir?« fragte sie, als er sie in sein Zimmer bat. Freidank führte die Fingerspitzen beider Hände an seine Schläfen, lächelte dabei matt, aber liebevoll und sagte:

»Na ja, geht so.«

Sie setzten sich, die Autorin und der Lektor, zwischen ihnen befand sich sein massiver Schreibtisch.

»Zuviel Wein, gestern abend«, sagte Carola – das war keine Frage – und das komplizenhafte Lachen – dieses etwas rauhe Lachen, das er liebte – mit dem sie das sagte, signalisierte, daß es ihr nicht sehr viel besser erging.

Die Sekretärin, deren Namen sie sich nicht merken konnte oder wollte (Gerda Neuwirth), klopfte, trat ein und brachte Kaffee. Sie stellte das Tablett unsanft ab. Nicht so auffällig unsanft, daß eine Ermahnung erforderlich gewesen wäre, aber doch so geräuschvoll, daß der Lektor und seine Autorin (katerbedingt) zusammenzuckten.

Freidank hatte, gleich nachdem er durch den Empfang (»Auftritt der Autorin Carola Holm«) informiert worden war, den Kaffee geordert. Niemand wollte Milch oder Zucker.

Als die Sekretärin gegangen war, sagte Freidank:

»Es sind die ganz heißen und die ganz öden Partys, auf denen man sich noch mal so zuschüttet.«

Damit hatte er ihr den Vortritt überlassen für die Bewertung des Vorabends – schließlich gehörten Irma, Bruno und Molly zu ihren Freunden, während er sich eher auf einer äußeren Satellitenbahn dieses Kreises bewegte.

»Da müssen wir wohl nicht lange überlegen, zu welcher Kategorie der öde gestrige Abend gehört«, sagte Carola.

Sie lachten. Mit ihrer Antwort und diesem Lachen waren die ersten Aromen für eine Stimmung der Vertrautheit und der Übereinkunft verbreitet.

Freidank freute sich und ließ seinen (etwas zu?) begehrlichen Blick auf ihrer (wie er fand) außerordentlich attraktiven Erscheinung ruhen. Er dachte: Die kleine Müdigkeit, die um ihre Augen steht, erhöht noch ihren Reiz.

Die Begehrte öffnete jetzt ihre Handtasche und zog eine Schachtel Zigaretten und ein Feuerzeug hervor. Sie steckte sich eine Zigarette zwischen die Lippen und noch ehe sie das Feuerzeug aufschnappen lassen konnte, schnellte (ja wirklich: er schnellte) Freidank hoch und kam mit einem gezückten Streichholzmäppchen (Restaurantreklame), das er, obwohl selbst Nichtraucher, stets für diesen Fall in seiner Jackentasche mit sich führte, geschmeidig auf Carolas Seite des Schreibtisches, beugte sich zu ihr hinunter und hielt mit ruhiger Hand die Flamme des angezündeten Streichholzes an die Zigarette. Carola sah auf diese Hand. Sie mochte seine Hände (wie so manches an ihm). Aber sie dachte, als sie den Rauch inhalierte:

Man kann eigentlich kein Liebesverhältnis mit einem Nichtraucher haben. Da liegt möglicherweise bei aller Leidenschaft vor jedem Kuß eine kleine Überwindung auf der einen Seite und die Angst, daß es so sein könnte, auf der anderen. Und den erotisch tödlichen Satz: »Das macht mir nichts aus«, wollte sie keinesfalls hören. (Carola war verwöhnt.) Bruno hatte ja auch irgendwann mit dem Rauchen aufgehört, aber eine Ehe mußte das stemmen. (Ja wahrhaftig, sie dachte: »stemmen«.)

Freidank, der sich (in Unkenntnis dieser Gedanken) immer noch in der Sicherheit einer übereinstimmenden Gemütslage wähnte, wurde hart enttäuscht von ihrem nächsten Satz:

»Ich muß mit dir über mein Buch sprechen.«

Diese unerwartete Wendung ins Fachliche trieb ihn (geradezu automatisch) in seine Berufssprache:

»Kommst du voran?« fragte der Lektor.

Das war die klassische Lektoren-Gesprächs-Eingangs-Frage, in der Regel folgte sie gleich nach »Wie geht's« und »Möchtest du einen Kaffee?« Eine Frage, bei der stets ein wenig Ermunterung in den Tonfall mußte.

»Überhaupt nicht«, sagte sie heftig (heftiger, als sie gewollt hatte). »Ich stecke fest. Ich glaube, dieses Buch kann ich abschreiben. Aufs Ganze. Ein Totalschaden.«

Freidank spürte: Die Stimmung hatte gewechselt. Da mußte man jetzt behutsam sein.

Es entstand eine kurze ungemütliche Pause.

Dann sagte er:

»Wo ist das Problem? Kann ich dir irgendwie helfen? Soll ich es mir mal ansehen?«

Das waren drei Lektoren-Standardfragen hintereinander. (Peinlich!)

Carola überging seine Hilfsangebote.

»Ich bin in die Gespensterecke gedriftet, ins Unwahrscheinliche, Irreale ...«

Sie brach ab, machte eine Pause und betrachtete eine Gouache an der gegenüberliegenden Wand, die einen Wolf in einer fremden Welt, vielleicht einer Art Mondlandschaft, zeigte. Es schien ihr, als schwebe das Bild über dem Kopf von Freidank wie eine dunkle Prophezeiung.

Erst als er glaubte, daß sie im Moment nichts mehr zu ihrer Schreibnot sagen würde, sagte er:

»Na und, das kann doch gut sein, damit kannst du deine Leser überraschen ...«

Sie war auch weiterhin nicht an seinen welken Aufmunterungen interessiert und sagte in seinen Satz hinein:

»Ich fühle mich da nicht wohl, es gibt Schriftsteller, die das können, ihr habt so einen im Verlag (keinen Namen?), ich jedoch kann das nicht, ich fühle mich wohler im Wahrscheinlichen, ich habe Angst vor der Lächerlichkeit von grünen Männchen, sprechenden Tieren und fühlenden Maschinen, irgendwie bleibt mein Denken doch immer zu Hause, meine Einbildungskraft braucht solide Startplätze im Alltäglichen, und dort will sie auch wieder landen.«

Freidank wollte erneut zu einer Beschwichtigung ansetzen, aber Carola sprach schon weiter.

»Ich habe ein ungutes Gefühl. Es funktioniert nicht. Nichts fügt sich. Ja, das ist es! Bei meinen vorangegangenen Büchern gab es in einem fortgeschrittenen Stadium immer dieses Wunder (?) einer Fügung. Hinter meinem Rücken gewissermaßen.«

Sie lächelte jetzt geniert, wie nach einem delikaten Geständnis, sah ihn aber nicht an und fuhr, den Blick fest auf ihre roten Pumps geheftet, fort:

»Als arbeite der Text an sich selbst und strebe nahezu eigenständig einer Vollendung zu …«

Ihre Stimme wurde lauter, der Tonfall fast zornig: »Jetzt, verdammt, fügt sich nichts. Im Gegenteil, neuerdings habe ich ständig das Gefühl, als schreibe da jemand teils pedantisch, teils besserwisserisch mit. Füge hinter meinem Rücken ohne mein Wissen oder Zutun unnötiges und abstruses Zeug in meinen Text ein, verbessere, präzisiere und kommentiere das Geschriebene oder stelle es in Frage.« (Was für ein Unsinn!) Sie sah ihn jetzt direkt an und sagte brüsk: »Ich gebe zu: Es ist wirklich alles sehr wirr.«

Wirr? dachte sie, war das nicht das Wort, das Bruno ihr mehrfach entgegengeschleudert hatte?

Sie sagte:

»Ich habe heute morgen versucht, mit Bruno darüber zu sprechen. Leider. Das ging total schief. Vielleicht habe ich es auch falsch eingeleitet mit so einem albernen Beispiel von einer Marsmännchenentführung. Ich habe ihn gebeten, sich auf eine solche Fiktion einmal einzulassen. Da ist er gleich unerträglich besserwisserisch geworden. Wie immer. Er fühlt sich wohl bei dem Gedanken, daß belletristische Autoren erzähltechnische Restnaivitäten aufweisen müssen, daß ihnen theoretisches Wissen in höheren Dosen abträglich ist …«

»Eine veraltete Ansicht«, sagte Freidank (etwas schleimig).

Hilfe, dachte Carola (stilempfindlich), wie tief will ich noch sinken, ich sitze hier bei einem Geliebten in spe und beklage mich über meinen Ehemann.

Carola fragte:

»Wie komme ich da unbeschadet raus aus diesem Gespensterkram?«

»Du könntest es ins Skurrile drehen, machst eine Burleske

daraus. Oder du schraubst es bewußt ins Irreale. Oder, ich erinnere mich an einen Roman von Gombrowicz, so etwas wie ein Schauerroman (Titel?), da weiß man als Leser bis zum Schluß nicht, wie Ernst es dem Autor damit ist. Oder …«

Sie sprach auch jetzt weiter, als habe er nichts gesagt.

»Vollends aus der Bahn geworfen hat mich diese Horrorgeschichte, die momentan in allen Medien hochgekocht wird, die von diesem Mann, der seine Tochter vierundzwanzig Jahre in einem Kellerverlies eingesperrt hatte und mißbrauchte und mit ihr sieben Kinder zeugte, von denen er drei zu seiner nichtsahnenden Frau in Obhut gab und der …«

»Ich kenne die Geschichte«, sagte Freidank, um ihr weitere umständliche Schilderungen zu ersparen.

(Das nahm sie dankbar zur Kenntnis.)

»Wenn ich etwas dergleichen zu Papier brächte, etwas, das doch weit über alles, was wir gerne für das menschliche Maß halten, auch für das Maß aller erwägbaren Ungeheuerlichkeiten und Unerträglichkeiten, hinausgeht, wenn ich mir zum Beispiel so eine Monsterfigur wie diesen Vater ausdächte, das ließen mir die Liebhaber einer seriösen Belletristik nicht durchgehen. Sie würden in dieser Gestalt eine maßlose Übertreibung sehen. Die Autorin, würden sie denken, hat das Maß verloren, das Maß, das sie in der Wahrscheinlichkeit hielt. Jedoch diese unwahrscheinlichen Greuel haben stattgefunden, hier in der wirklichen Wirklichkeit, hier unter uns, in der vermeintlich zivilisierten Welt, und haben im Schlepptau einen Menschenversuch, ein Horrorexperiment, das in dieser Form eigentlich nur in einer mörderischen Diktatur planbar und durchführbar wäre. Diese … diese …« Carola stockte, suchte nach einem Wort und sagte dann, um voranzukommen (etwas schlicht): »Also, diese Sache hat mich völlig in ihren Bann gezogen.«

Sie zündete sich eine weitere Zigarette an. Dieses Mal hatte Freidank keine Chance für die Galanterie. Sie hatte mit schnellen nervösen Bewegungen die Zigarette aus dem Päckchen gezogen und sie mit ihrem Wegwerffeuerzeug angezündet. Währenddessen hatte sie hastig und erregt weitergesprochen:

»Ich hoffe, du hältst mich nicht für erbarmungslos, wenn ich dir sage, daß mich allem voran die Frage fesselt: Wie muß man sich diese Wesen, die da aus dem Keller krochen (befreit wurden!), vorstellen, wie verstehen Menschen die Welt, die unsere Realität nur aus der Gegenwelt des Fernsehens und den verblassenden Erinnerungen ihrer Mutter kennen?«

Sie machte eine kurze Pause. Er erkannte an Haltung und Mimik, daß sie dazu mehr noch sagen wollte.

Und so war es.

»Du mußt wissen, daß im Zentrum meines Romans das Kaspar-Hauser-Motiv steht. Was sieht ein Mensch, für den alles, was für uns selbstverständlich ist, eine ferngelenkte, unergründliche Gestalt hat? Wie spricht dieser Mensch? Wie denkt dieser Mensch? Wie fühlt dieser Mensch? Wie orientiert er sich? Wie interpretiert er die fremden Bilder, die auf seine Netzhaut kommen? Was formt seine Wahrnehmung? Wie formt diese Wahrnehmung sich? Wie formt diese Wahrnehmung ihn? Kurzum: Wie formen uns unsere geformten Wahrnehmungen? Wenn ich gerade sagte, daß das Kaspar-Hauser-Motiv für den inneren Zusammenhalt meines Textes (besser: ihrer Textsplitter) sorgen sollte, so war das nur zu Teilen zutreffend. Damit korrespondierend interessiert mich das Motiv der Gefangenschaft. Jedweder geistigen, emotionalen, moralischen und körperlichen Gefangenschaft. Und eine weitergehende Frage beschäftigt mich, ja, sie treibt mich um: Wie kann das eigene Denken und Fühlen seiner Gefangenheit gewahr werden? Wie schaffe ich die Selbstüberführung …«

Sie brach ab, weil sie sich nicht in diesen Denkkreiseln verlieren wollte und weil sie das Gefühl hatte, jetzt mal etwas anschaulicher werden zu müssen. Sie sagte zu dem verwunderten Lektor:

»Bruno, zum Beispiel, ist total gefangen in dem Bild, das er von sich hat: Und auf diesem Bild ist ein ehrwürdiger geisteswissenschaftlicher Traditionswächter alten Schlages zu sehen. Er ist Sklave dieses Bildes. Und je älter er wird, desto starrer wird diese Bildgestalt. Der Gitterrahmen seiner Selbstvorstellung wird immer enger, und der Spielraum wird mit jedem Jahr kleiner. Er kommt da vermutlich nie mehr raus, nicht in diesem Leben …«

O Gott, dachte sie, ich rede ja schon wieder von Bruno.

»Natürlich«, fügte sie schnell an, »trifft das in unterschiedlichen Graden auf uns alle zu.« (Kurze Pause.)

Freidank schwieg.

Carola sprach.

»Und schließlich, als ich heute – ich habe nach der Party nur fünf Stunden geschlafen (von 2 Uhr 47 bis 7 Uhr 03) – vorgreifend am letzten Kapitel arbeiten wollte, stellte ich fest, daß ich mich selbst in ein eigenes Textgefängnis hineingeschrieben hatte. Was für eine Ironie! Ich …«

Eine unangemessene Bewegung Freidanks ließ Carola aufschauen. Sie sah, daß er unbehaglich auf seinem ergodynamischen Drehstuhl herumrutschte (was dieses Möbel in eine alberne wippende Schwingung versetzt hatte) und daß er gerade (als sie gezielt zu ihm hinsah) sogar dezent auf seine Uhr schielte. Er bemerkte, daß sie das bemerkt hatte, und sagte (betreten):

»Es tut mir furchtbar leid, das darfst du mir glauben, ich habe jetzt – eigentlich schon seit fünf Minuten – eine wichtige Sitzung mit der Geschäftsleitung. Wir müssen unser Gespräch (Gespräch?) vertagen, aber unbedingt – unbedingt! – demnächst fortsetzen.«

Als Carola den Verlag verließ, überlegte sie kurz, wie die Entschuldigung wohl ausgefallen war, die Freidank beim Betreten des Sitzungsraums vorgetragen hatte. Hatte er gesagt: ›Da war noch eine aufgeregt monologisierende Autorin, die ich nicht so schnell loswurde – ihr wißt schon.‹ (allgemeine Schmunzelei)?

Aber so war Freidank nicht.

(Nein, so war er nicht!)

Mittwoch 12 Uhr 30
Universität

Zweite Zeugenbefragung

Anwesend:
Simon Menzel (Bibliothekar)
Johanna Schwarzenbach (Doktorandin)
Irene Nolte (wissenschaftliche Hilfskraft)
Helge Baumann (Student)
Miriam Mahenke (Studentin)

– Herr Menzel, Sie haben den toten Professor gefunden …
– Das stimmt so nicht. Ich bin in den Vorraum der Toilette gegangen, weil ich mir die Hände waschen wollte. Da habe ich gesehen, daß ein Mann reglos auf dem Boden lag.
– Sie haben nicht erkannt, daß es sich um Professor Urlach handelte?
– Nein. Ich habe aber auch nicht genau hingesehen. Ich dachte, da ist einer ohnmächtig geworden oder ist besoffen oder so …
– Kommt es häufiger vor, daß jemand betrunken auf der Toilette des Institutspersonals liegt?
– Nein.
– Was taten Sie dann?
– Ich lief zu unserem Geschäftszimmer in der Absicht, den Vorfall zu melden und Hilfe zu holen. Auf dem Weg dorthin traf ich auf Johanna Schwarzenbach. Miriam Mahenke und Helge Baumann standen da auch auf dem Gang. Ich erzählte ihnen, was ich gesehen hatte, und Johanna, also Frau Schwarzenbach, hat es unserer Sekretärin gemeldet.

– Frau Schwarzenbach, können Sie diese Aussage bestätigen?
– Ja.
– Sie selbst haben die Toilette nicht betreten.
– Nein, keiner außer Simon.
– Haben Sie an diesem Morgen irgend etwas Ungewöhnliches bemerkt?
– Nein. Alles war wie immer.
– Warum kamen Sie so früh in das Institut?
– Ich hatte mich mit Simon Menzel verabredet. Hatte ihn gebeten, mich noch vor der üblichen Öffnungszeit in unsere Institutsbibliothek zu lassen, weil ich in Ruhe dort etwas recherchieren wollte.
– Ich möchte die gleiche Frage auch an die anderen hier Anwesenden richten. Frau Mahenke?
– Ich war mit Helge Baumann verabredet, weil wir ein Referat, das wir an diesem Vormittag in einem Hauptseminar von Professor Urlach halten sollten, noch einmal durchgehen wollten.
– Mochten Sie Professor Urlach?
– Ja, seine Vorlesungen waren sehr anschaulich, nicht so trocken wie die der meisten Professoren.
– Herr Baumann. Können Sie die Aussagen von Frau Mahenke bestätigen?
– Ja.
– Frau Nolte …
– Ich bin überhaupt erst eingetroffen, nachdem Frau Rudolph von der Toilette kam und ins Geschäftszimmer lief. Ich war gekommen, um einen Auftrag für Professor Schauer zu erledigen. Ich wollte seine Korrespondenz eintüten.
– Meine Damen und Herren, wir danken Ihnen für Ihre bereitwilligen Auskünfte.

Mittwoch 15 Uhr 52
Die Wohnung von Bruno und Carola Schauer

Die Amsel

Als Bruno gegen sechzehn Uhr müde, etwas verschwitzt, mit aufgeknöpftem Hemdkragen und gelockertem Krawattenknoten seine Wohnung betrat, fand er Carola in ihrem Arbeitszimmer. Sie saß aufrecht auf einem Stuhl und sah aus dem geöffneten Fenster. Ihr Blick war auf einen Ast gerichtet, auf dem eine Amsel saß. Es sah aus, als würde sie einem Maler Modell sitzen für das Gemälde einer Frau, die auf einem Stuhl sitzt und aus dem Fenster schaut auf einen Ast, auf dem ein Vogel sitzt.

»Was machst du?« fragte Bruno und schleuderte seine Aktentasche (wüst) gegen ein Beistelltischchen (Empire, um 1810), das stark schwankend diesen Anschlag nur knapp überstand.

»Ich schlage die Zeit tot«, antwortete Carola.

»Wie geht das?«

»Magie! Sobald man darüber nachdenkt, geht es eben nicht mehr. Es funktioniert nur im Stande lasziver Unschuld. Deine Frage hat alles zerstört. Ich muß jetzt wieder an die alltäglichen Absichten.«

Sie schaute noch immer aus dem Fenster. Es war, als spräche sie zu dem Vogel, aber ihr zuvor etwas somnambuler Ton nahm jetzt einen gleichmütigen Gewohnheitsklang an.

»Du kommst spät. Ich habe früher mit dir gerechnet. Hattest du noch irgendeine Sitzung?«

»Nein. Es gab einen Mord«, sagte er möglichst lässig. Es gelang ihm nicht gut. (Lässigkeit war seine Sache nicht.)

Sie fuhr hoch:

»Wie bitte???«

»Ja, richtig, du hast richtig gehört, dein langweiliger Mann war mit einem Ruck im Zentrum eines Kapitalverbrechens.«

»Ach«, sagte sie, und dann nochmals sichtlich belebt: »Ach.« Und dann: »Das ist ja furchtbar aufregend … Ich meine, das ist ja furchtbar.«

Bruno schüttelte indigniert den Kopf.

Die Amsel flog davon, als wolle sie mit dieser Sache nichts zu tun haben, aber Carola bemerkte das nicht, weil sie sich ganz Bruno zugewandt hatte:

»Nun rede doch schon. Wer wurde ermordet? Wo? Bei dir im Institut?«

Bevor Bruno ihr antwortete, ließ er eine kurze Pause. Die er genoß.

»Der Kollege Ulf Urlach wurde ermordet. Jedenfalls glaube ich, daß es Kollege Urlach war. Ich hatte keine Gelegenheit ihn, oder besser: die Leiche, in Augenschein zu nehmen.«

Du liebe Güte, dachte Carola, Bruno nimmt Leichen »in Augenschein«. Sie sagte aber nichts dazu, machte keine spöttische Bemerkung (das hätte aufgehalten), sie war neugierig, wollte schnell mehr hören.

Und Bruno quälte sie nicht, nein, er spannte sie auf keine Folter (wie man so sagt), obwohl er das gerne getan hätte, auch er wollte keine Unterbrechung, war (das verbarg er vor sich) stolz, im Besitz solch brisanter Neuigkeiten zu sein.

»Also, ich traf etwa um neun Uhr dreißig im Institut ein, ging dann in meinem Arbeitszimmer nochmals die Aufzeichnungen für die Vorlesung durch. (An diese Lüge glaubte er inzwischen selbst.) Du weißt, es ist zugleich die erste Fassung der Einleitung für mein neues Buch (Carola hielt an sich), war ganz vertieft in die Arbeit, als auf dem Flur ein kolossaler Lärm ausbrach. Offensichtlich hatten einige Leute …«

»Was für Leute?« unterbrach Carola.

»Na, Frau Rudolph, Herr Menzel und irgendwelche Studenten … ist doch egal …«

Er setzte neu an:

»Offensichtlich hatten einige Leute die Leiche auf dem Boden der Toilette entdeckt …«

»Auf dem Klo? Wie sonderbar, auf welchem Klo?«

»Auf dem für das Personal.«

»Und woher wußten sie, daß der Mann ermordet wurde?«

»Er hatte ein Messer im Rücken.«

»Das ist sicher nicht einfach …« sagte Carola nachdenklich.

»Was meinst du?«

»Jemanden so umzubringen, mit einem Messer, das ist nicht leicht, da muß man sich auskennen. Man muß es irgendwie von unten nach oben führen …« Sie vollzog (ein imaginäres Messer in geschlossener Faust) eine kraftvolle Armbewegung.

»Das habe ich einmal bei Borges gelesen.«

Sie hielt inne, und er sah sie an, als habe er eine Geisteskranke vor sich.

Dann sagte sie:

»Aber im Grunde ist das doch ein Klischee. Ein blödes Agatha-Christie-Klischee. So ein Messer im Rücken und eine Leiche auf dem Personalklo … Ich muß schon sagen …«

Bruno fiel ihr ins Wort: »Klischee oder nicht. Jedenfalls haben wir dann die Polizei angerufen.«

»Hast *du* die Polizei …?«

»Nein, ich glaube, das war Frau Rudolph.«

»Und dann?«

Bruno zuckte (kleinmütig) mit den Schultern:

»Wir haben ratlos herumgesessen. Eine Endlosigkeit, wie mir schien. Keiner hat etwas gesagt. Frau Rudolph hat Kette geraucht und Kaffee gekocht. Dann kam die Polizei. Ich habe mich in mein Arbeitszimmer verziehen können. Durfte nicht telefonieren und auch das Haus nicht verlassen. Die uniformierten Polizisten haben draußen auf dem Gang und vor der Toilette alles abgesperrt und die Neugierigen verscheucht. Die anderen Beamten, die in Zivil – ich glaube, es waren vier oder fünf, wahrscheinlich waren auch Techniker darunter, die die Spuren sicherten oder so ... Ach ja und ein Polizeiarzt, wie ich vermute, ich kenne mich da nicht aus ... Also die haben ...«

»Wer war denn nun die Leiche?«

Bruno schaute sie gereizt an, gereizt wegen der vielen Unterbrechungen, und sagte dann (pampig!):

»Urlach, das sagte ich doch schon.«

Carola war jetzt doch schockiert. (Nur ein wenig.) Sie fragte:

»Dein Kollege, der gestern auf Irmas Party war, dieser Lackaffe im Glencheck-Anzug, der kaum mal den Mund aufmachte?«

»Der Mann ist tot!« mahnte Bruno.

»Woher weißt du das? Du hast die Leiche doch gar nicht gesehen?«

»Nein, warum muß ich mich hier dauernd wiederholen? Wie schon gesagt: Frau Rudolph hat es gleich vermutet, und die Polizei hat es später bestätigt.«

Bruno war jetzt wirklich ungehalten. Er mußte berichten wie ein Schuljunge. Gemessen an diesem häuslichen Verhör erschien ihm die kalte Fragetechnik der Polizei geradezu wohltuend.

»Irgend jemand wird ihn identifiziert haben«, sagte er müde. Und: »Wir mußten alle ewig in getrennten Räumen warten. Dann haben sie mich befragt. Und irgendwann haben sie zu mir gesagt, daß ich heimgehen könne.«

Bruno hatte sich seine Berichterstatterrolle erheblich glamouröser vorgestellt.

»Warum hat Frau Rudolph vermutet, daß es Urlach war?«

fragte Carola, aber Bruno war schon in seinem häuslichen Arbeitszimmer (seiner Bibliothek, wie er es gerne insgeheim nannte) verschwunden.

(Carola sah wieder aus dem Fenster auf den Ast, auf dem jetzt keine Amsel mehr saß.)

Irgendwann
Irgendwo

Ertzuj: Hallo, hallo Iopö. Melde dich, bitte melde dich.
Iopö: Meinst du mich?
Ertzuj: Ja, das ist alles etwas eigentümlich, ich weiß. Aber so in eine menschliche Lautbildung gebracht, würde dein Name ungefähr klingen wie das, was ich eben als Anrede akustisch hervorgebracht habe. Mein Name klingt wie Ertzuj.

Ich habe alle vier Namen in die kluge Maschine eingegeben und sie hat das in menschliche Klänge transponiert. Ganz genau kriegt man es phonetisch nicht hin. Das ist nur ein Problem bei unseren Eigennamen. Das können wir also vernachlässigen.
Iopö: Hast du im Moment weiter nichts zu tun?
Ertzuj: Es ist durchaus Teil unserer Arbeit, wir sollen uns sprachlich soweit wie möglich unserem Untersuchungsgegenstand anverwandeln, also immer und bei jeder Verständigung diese transponierten humanen Lautfolgen verwenden. An die Verzerrungen gewöhnt man sich.
Iopö: Wird das denn funktionieren? Für Phänomene, die es auf ihren Wahrnehmungsfeldern nicht gibt, oder solche, die sie mit ihren Sinnen nicht erfassen können, haben sie doch gar keine Wörter.
Ertzuj: Ja, wir werden an Grenzen stoßen. Aber wir sollen ja nur ihre Sprach- und Verständigungsmodalitäten untersuchen. Auf diesem Gebiet wird es schon gehen. In Fällen nicht vorhandener Wortäquivalenzen müssen wir ähnlich verfahren wie bei den Eigennamen.
Jkln: Hallo, hallo, ich bin zugeschaltet und habe alles mitge-

speichert. Die Maschine hat mir auch schon meines Namens Klang übermittelt.

Ertzuj: Gut gemacht, Jkln. Also noch mal: Kontaktiert euch bitte alle untereinander mit diesen Lautbildungen. Wir wollen das hier ernst nehmen. Auch du Kurt, – ??? – Kurt??? – Hallo, hallo. Melde dich! Hallo!

Kurt: Kurt? Ihr meint doch hoffentlich nicht mich?

Ertzuj: Ja, mit dieser Lautfolge werden wir dich kontaktieren, weil dein transponierter Name, ohne den Vokal versteht sich, zufällig so klingt, wie einer der vielen Namen, den die Menschen für Ihresgleichen verwenden.

Kurt: Da ist doch nur eine ganz schwache Ähnlichkeit. Kurt klingt für mein Verständnis irgendwie trottelig.

Jkln: Eben.

Kurt: Das ist nicht nett.

Iopö: Wir sind auch nicht nett. Aber wir finden das lustig und mit Auszubildenden dürfen wir uns solche Scherze leisten. Das lockert.

Ertzuj: Habt ihr noch Fragen?

Jkln: Jede Menge.

Ertzuj: Dann legt bitte los.

Iopö: Können wir etwas unternehmen gegen diese raumzeitlichen Einschränkungen, denen wir hier unterworfen sind? Ich finde das unangenehm. Es ist doch sehr bedrängend.

Ertzuj: Nein, da sehe ich im Moment keine Möglichkeit.

Jkln: Dann werden wir uns vermutlich vorläufig auch mit dieser merkwürdigen einzelnen Zonenzuständigkeit abfinden müssen.

Ertzuj: Ja, wir mußten euch diesen Zonen zuteilen, weil sie das in der Zentrale mit der Mehrörtlichkeit und der Zeitflexibilisierung noch nicht hinkriegen. Sie bitten um Entschuldigung.

Jkln: Wie kommen diese Zonen zustande?

Ertzuj: Die Schauplätze, in denen sich die Exemplare am häufig-

sten aufhalten, wurden in Zonen aufgeteilt. Betritt ein Exemplar, dem wir eine wichtige Funktion zuweisen, einen neuen, kommunikativ bedeutsamen Schauplatz, so definieren wir eine neue Zone. Diese wird dann einem von euch zugeteilt. Es wird da selbstverständlich Überschneidungen geben, für diese Fälle wird je nachdem eine doppelte oder dreifache Zuständigkeit etabliert. Bewegen sie sich in Rudeln, wie bei solchen Versammlungen, die sie Party oder Fest nennen, dann sind wir selbstverständlich alle gleichermaßen zuständig.

Iopö: Nach welchen Kriterien wurde diese Ansammlung von Hominiden, die unserer Forschung unterstehen, ausgewählt?

Ertzuj: Es gab nur vier Kriterien:

1. *Es mußte ein Gemisch aus männlichen und weiblichen Exemplaren sein,*
2. *sie, die verschiedenen Exemplare, mußten in einem kommunikativen Zusammenhang stehen,*
3. *nicht alle, aber der größere Teil mußte in irgendeiner Weise etwas mit Sprache zu tun haben. Und*
4. *die Gruppe mußte mindestens sieben, höchstens zwanzig Exemplare umfassen.*

Unter diesen Voraussetzungen hat die kluge Maschine 111 456 Möglichkeiten signalisiert. Der Rest war Stochastik.

Kurt: Können Sprechaffen ghzui?

Iopö: Nein. Im übrigen, wir haben uns auf die Bezeichnung Hominiden oder Menschen, so nennen sie sich selbst, geeinigt.

Kurt: Darf ich bnmäölkj?

Alle: Nein, das darfst du nicht!!!!!!!

Ertzuj: Außerdem bitte nicht vergessen, wir haben Order, wo immer es geht, humane Lautfolgen zu verwenden. Für deine Kinderei haben sie selbstverständlich ein Wort. Das hättest du hinkriegen können. Das wird man von einem, der immer damit angibt, daß er den fünften Grad in zunjklä erklommen hat, verlangen dürfen.

Jkln: Ich habe übrigens gerade herausgefunden, daß die Menschensorten über so etwas wie eine universale Grammatik zu verfügen scheinen. Das müssen wir noch genauer überprüfen.

Kurt: Können Menschen lügen??

Ertzuj: Aber hallo!

Mittwoch 9 Uhr 32
Irmas Haus

Mollys Klage

»Wo sind sie geblieben, ich verstehe das nicht.«

Molly brabbelte diffus vor sich hin, während sie heftig scheuernd versuchte, eine Pfanne von eingebrannten Fettresten zu erlösen. Sie musterte grimmig das schmutzige Geschirr, das ihr in hohen Stapeln die unerfreuliche Erinnerung an die Party des Vorabends aufnötigte.

»Wo ist wer geblieben?« fragte Pascal ebenso unkonzentriert, während er zur Lektüre eines weiteren Artikels im Feuilleton seiner Tageszeitung ansetzte. Er führte seinen rechten Ringfinger zum Nasensteg seiner Retro-Hornbrille – echtes Horn, kein Plastikimitat, darauf legte er Wert – und brachte sie mit leichtem Druck in Richtung Stirn (Nasenwurzel) wieder in die angemessene Position.

Frederike, die am anderen Ende des Küchentischs auf einem Thonetstuhl saß, den sie unbequem fand, betrachtete die beiden Freunde.

Ja, das ist so, so ist es, dachte sie – sie dachte das unangestrengt (peripheres Denken) –, genau so ist es, an diesem Morgen, an jedem Morgen der nahen Zukunft und der fernen Zukunft, wenn sie eine haben. So ist es, das Paarleben, immer weiter, immer wieder, jeden Morgen. Man denkt: Ach, so ein Klischee, so ein blödes Frühstücksküchenpaarklischee, und dann ist es doch so. Genau so!

Das dachte Frederike etwa zu der Zeit, als Bruno den Tumult in seinem Institut bemerkte, und biß in eine Brioche. Und dann (zurückgreifend): So war es auch bei uns, bei mir und Konrad, auch da war es so gewesen. In der ersten Zeit der Gemeinsamkeit ließ es sich gut an, weil der Junge dabei war und die Sache arglos entkonventionalisierte und auf seine eigenen Riten bestand. Eisern darauf bestand. Wir hatten ein Kinderritenkorsett, dachte Frederike. Und als es wegfiel, weil das Kind keines mehr war, sind auch wir auseinandergefallen. Das dachte Frederike am Mittwochmorgen am Küchentisch ihrer Freunde.

»Die Männer und die Frauen«, sagte Molly jetzt.

»Was ist mit den Männern und den Frauen?« fragte Pascal, dessen Bereitschaft, auf Mollys Gebrabbel zu reagieren, durch Frederikes überraschende Anwesenheit einige Grade gestiegen war, schließlich wollte er vor der Zeugin nicht den ignoranten Frauenfeind geben.

»Sie sind nicht mehr, was sie mal waren«, sagte Molly.

Sie gab jetzt das Scheuern auf. Die schwere gußeiserne Pfanne war nicht zu retten. Sie versenkte sie mit Schwung in dem alten Emaille-Mülleimer. Das scheppernde Geräusch, das entstand, als sie dort auf eine Blechbüchse traf, ließ Pascal und Frederike ein wenig aufschrecken. Ein wenig nur. Frederike trank einen Schluck aus ihrer Kaffeetasse. Pascal schaute kurz auf und las dann weiter.

Mit diesem Geräusch und dem zugleich einsetzenden Schlag der Standuhr im Flur setzte Molly zu einer Nörgelei an. Es war, als habe jemand auf eine Dreiklanghupe gedrückt.

»Warum muß ich mich hier abschuften? Warum können wir nicht leichte High-Tech-Pfannen haben wie andere Leute auch? Warum gibt es in diesem Haus nur diese alten monströsen qualbringenden Gerätschaften deiner Mutter? Und warum bleibt diese öde Arbeit immer an mir hängen, immer an mir?«

Nörgeln steht ihr nicht, dachte Pascal. Nörgeln gehört zu dünnen Frauen. Auch dann ist es nicht schön, aber passend wenigstens. Er dachte das automatisch. Er hatte das schon so oft gedacht (und sich dabei originell gefunden), daß er schon gar nicht mehr bemerkte, wenn er das dachte. (Denken im inwendigen Leerlauf.)

Genaugenommen stand Pascal gesprächsstrategisch vor einem Scheideweg. Um das zu bemerken, bedurfte es keiner angestrengten Überlegung. (Ein geöltes Reiz-Reaktionsschema.) Weil nämlich Pascal diese Qualbezichtigung im Duell zwischen Molly und seiner Mutter Irma keinesfalls aufflammen lassen wollte, lenkte er die Aufmerksamkeit Mollys intuitiv wieder auf das Gesprächsgleis, auf dem ihr Gebrabbel anfänglich eingefahren war.

»Das verstehe ich nicht«, sagte er. »Wieso gibt es keine Männer und Frauen mehr?«

Er ließ die Zeitung auf den Tisch sinken, ohne sich darum zu scheren, daß sie mit einer Ecke in die weichgewordene Butter lappte.

»Es gibt sie nicht mehr, wie ich sie zu verstehen gelernt habe. Ich erkenne in den jungen Menschen mein Geschlecht nicht mehr. Und«, Molly wandte sich an Pascal, »auch deines nicht. Magere Mädchen in Nahkampfmontur und saftlose Hänflinge mit Ringlein im Ohr. Unisex-Klamotten. Designeraktentaschen. Keine Klasse mehr, keine Rasse mehr.«

»Das sagen wir nicht mehr«, sagte er genervt.

»Was sagen wir nicht mehr?« fragte sie gereizt.

»Rasse.«

Frederike sprang ein, um Gesprächsrettung bemüht:

»Molly, du lebst im Rückwärtsgang. Hin und wieder gibt es etwas Neues. Das kann dir nicht entgangen sein. John Wayne ist schon lange nicht mehr Gußform für eine gelungene Männlichkeit und auch das damals schon etwas eingestaubte Modell Marilyn Monroe, an dem du, nach Auskunft von Pascal, noch in erster Mädchenblüte deine Orientierung gewonnen hast, hat lange schon ausgedient. Das hast du von deinen musealen Identifikationen, daß sie dich in die Unzufriedenheit treiben.«

Frederike hatte das in einem freundlichen, etwas neckenden Tonfall gesagt, so daß Molly lachen mußte.

Pascal jedoch dachte unfreundlich: Molly stolperte übergangslos von sexy in mürbe. Hatte es da einen Stichtag gegeben, an dem sie einfach vom einen ins andere gekippt ist?

Er hätte natürlich wissen müssen, daß es sich (wenn überhaupt!), um einen schleichenden Prozeß gehandelt haben könnte und daß nur seine Aufmerksamkeitsintervalle in den letzten drei Jahren so großräumig gewesen waren, daß in ihm diese Idee eines ruckartigen Kippens entstehen konnte. Aber so dachte Pascal (gedankenlos).

Er warf einen kurzen unfreundlichen Blick auf Mollys rundliche Formen, den diese nicht bemerkte, weil sie sich mit dem Rücken zum Küchentisch wieder irgendeiner hausfraulichen Tätigkeit zugewandt hatte. Frederike jedoch hatte diesen Blick sehr wohl bemerkt.

Die (zugegeben) rundliche, aber keineswegs dicke Molly durchquerte jetzt den Raum mit einem hohen, klirrenden Stapel Wedgewood-Teller in den Händen. Sie verließ die Küche, um den Porzellanturm in den sogenannten Salon – auf dieser albernen Bezeichnung bestand Irma – zu tragen und ihn dort in einer häßlichen (historischen) Vitrine unterzubringen. Die beiden Zurückbleibenden sahen ihrem riskanten Balanceakt interessiert hinterher.

Dann, als ein kurzer Moment (2 Sekunden) geräuschfrei verstrichen war, wandte sich Pascal an Frederike. Er hatte die Freundin (streng genommen war sie nur die Freundin von Molly), als er unausgeschlafen, in einem (fein paspelierten und erstaunlich knitterfreien) weinroten Schlafanzug in die Küche geschlurft war, schon an seinem (seinem?) Frühstückstisch vorgefunden.

»Weshalb bist du eigentlich gekommen? Hast du gestern abend irgend etwas liegen lassen?«

Frederike lehnte sich ihm zu, wobei sie darauf achtete, mit dem Ärmel ihres T-Shirts nicht in die Nähe der Butterschlieren zu kommen, die Pascals Zeitung auf dem dunklen Holz des Küchentischs hinterlassen hatte, und dämpfte die Stimme:

»Jetzt, da Molly uns nicht hört, kann ich's dir ja sagen. Ich bin auf dem Weg zu Norman Krüss. Ich besuche ihn regelmäßig, seit er sich selbst in dieses Seniorenheim eingeliefert hat. Ich weiß ja nicht, wie Molly zu der Sache steht.«

Pascal schnaubte verächtlich. »Seniorenheim? Molly sagte zu mir, ihr Ex sei jetzt endlich da, wo er hingehört, nämlich im Irrenhaus.«

»Irrenhaus sagen wir auch nicht mehr«, sagte Frederike, und: »Na, es wird wohl irgend etwas dazwischen sein, jedenfalls wollte er gerne dorthin, und er hat wohl auch einen Arzt gefunden, der ihm das rapide Schwinden seiner geistigen Fähigkeiten attestierte, so daß er seinen Uni-Job vorzeitig bei weiteren Bezügen beenden konnte. Übrigens ist seine Wie-auch-immer-wir-sie-nennen-wollen-Unterkunft eine schweineteure Einrichtung. Nobel, wirklich nobel. Er hat seine beiden Zimmer mit hohem Geschmacksaufwand mönchisch gestaltet, eine Verkargung, die den Eindruck des Exquisiten noch erhöht. Die Insassen (Insassen?) werden mit Glacéhandschuhen angefaßt. Unter seinen Freunden und Bekannten gibt es leidenschaftliche Dispute, ob er wirklich unzurechnungsfähig ist oder ob er das nur spielt. Zuzutrauen wäre ihm die Camouflage. Was meinst du?«

Pascal zuckte gleichgültig mit den Schultern und sagte:

»Weiß nicht. Ich kenne ihn ja kaum. Aber ist es nicht auch verrückt, verrückt sein zu wollen? Molly spricht ja nicht gern über ihn, letztlich kannst du das selbst viel besser beurteilen.«

»Ich halte mich da raus«, sagte Frederike. »Ich nehme Krüss so, wie er gerade ist, wenn ich bei ihm bin. Frage nichts und lache über seine Scherze. Ich glaube, er mag das. Jedenfalls scheint er sich zu freuen, wenn ich ihn besuche.«

Pascal schien an diesen Informationen über Norman Krüss nicht sonderlich interessiert. Er fragte dennoch (um ein Interesse vorzutäuschen?):

»Woher hat er denn das Geld für das teure Etablissement? Molly hat er immer vorgejammert, daß er die Unterhaltszahlungen, die er hätte leisten müssen, nicht aufbringen könnte. Seit wir hier zusammen wohnen, hat er die Überweisungen ganz eingestellt.«

»Und warum hat Molly nie etwas unternommen? Warum hat sie nie die Zahlung eingeklagt oder so?« fragte Frederike.

»Molly will an diese Baustelle nicht ran. Vielleicht ist sie zu träge, auch hier wie immer und in allem zu träge, sich da mal ordentlich zu kümmern.«

Er rückte seinen Stuhl noch etwas näher an sie heran und sagte in einem übertriebenen Flüsterton:

»Wußtest du, daß ich ihr in dem ersten Jahr unseres Zusammenseins zweimal einen Heiratsantrag gemacht habe, den sie jeweils glücklich annahm, um ihn sogleich zu vergessen? Das heißt: Sie ist einfach nicht weiter darauf eingegangen, sie hat sich beispielsweise nie um eine Scheidung von Krüss bemüht.«

Frederike wußte das. Es irritierte sie, daß er ihr diese Geschichte vom zweimalig vernachlässigten Heiratsantrag jetzt zum dritten Mal erzählte, jedes Mal mit diesem verschwörerischen Getue, und es irritierte sie vollends, daß er sich nicht an seine eigenen Vertraulichkeiten erinnern konnte. (Oder wollte?) Seine Vergeßlichkeit war ihr stellvertretend peinlich. Sie wechselte das Thema.

»Haben sie die Krüsssche Stelle schon neu besetzt?«

»Nein. Bruno erzählte mir, daß die Stelle gestrichen worden sei.« Und er fügte (etwas unlogisch, in hämischem Ton) hinzu: »So ein Typ wie der Krüss hätte heute an einer deutschen Universität keine Chance mehr.«

Das sah Frederike auch so, sie sah es jedoch mit Bedauern.

Pascal stand auf, räkelte sich mit hochgereckten Armen und durchgebogenem Rücken und machte sich auf den Weg zum Klo.

Frederike sah ihm nach. Eigentlich, dachte sie, sieht Pascal richtig gut aus, aber auf eine völlig uninteressante Weise.

(Denkstenogramm: Sie hatte das so oft gedacht, daß ihr Denken dafür schon ein Reizkürzel eingerichtet hatte.)

Der Gemeinte schlurfte jetzt nicht mehr. Die kleinen Bosheiten gegen Molly hatten ihn belebt.

Sein Weg kreuzte sich mit dem der aus dem Salon zurückkehrenden Molly.

(Was für ein verdammter Heuchler.)

Mittwoch 10 Uhr 09
Irmas Haus

Mollys Zorn

Molly ließ sich auf einen Stuhl fallen, gähnte ausgiebig und zündete sich eine Zigarette an. Dann sagte sie zu Frederike:

»So ein Quatsch! Marilyn Monroe? Nicht die Bohne! – Von dieser eingestaubten Hollywood-Garde mochte ich eigentlich nur Lauren Bacall, sie verkörperte alles, was ich an Amerika einmal gut fand. Aber ich habe es aufgegeben, die versteinerten Meinungen, die Pascal von mir hat, aufsprengen zu wollen.«

»Du solltest es versuchen, solche Versteinerungen sind nicht gut«, sagte Frederike (die Kluge).

Molly lachte freudlos und sagte:

»Gestern abend vor dem Fest habe ich mich geweigert, eine ausgebrannte Birne in der Deckenlampe des Eßzimmers zu erneuern. ›Ich turne da doch nicht herum in schwindelnder Höhe (drei Meter und achtzig Zentimeter), schließlich bin ich keine zwanzig mehr‹, habe ich zu ihm gesagt. Weißt du, was er geantwortet hat? ›Schlimm genug‹, hat er gesagt. ›Schlimm genug‹! Was willst du da noch zurechtrücken?«

Molly schüttelte den Kopf und wiederholte nochmals leise: »›Schlimm genug‹. So ein Witzbold.«

Pascal kam vom Klo zurück.

»Was ist schlimm?«

Die Frauen lachten böse.

Pascal war's egal. Er fragte nicht weiter nach, er fragte Frederike statt dessen:

»Hat dir unser Fest gefallen?«

»Ja, doch«, sagte Frederike nicht gerade enthusiastisch.

»Mir nicht!!!« sagte Molly ungewöhnlich harsch (schroff), »mir hat es auf unserem Fest nicht gefallen« (laut) und dann: »G A R N I C H T« (sehr laut) und sie zerdrückte brutal ihren Zigarettenstummel auf einem silbernen Untersetzer für eine Weinflasche, der vom Vorabend noch auf dem Küchentisch herumstand.

»Warum nicht?« fragte Frederike, die ein wenig erschrokken den völlig zerfledderten Zigarettenrest ansah (sogar das Mundstück war demoliert). So kannte sie Molly nicht! Sie hätte es nicht für möglich gehalten, daß Molly zu solchen Ausbrüchen fähig wäre.

Mollys lange (endlose, wie es den beiden anderen schien), eruptiv hervorgestoßene Antwort auf Frederikes Frage galt einzig Pascal.

»Was bitte, soll mir an der Vorliebe deiner Mutter, mich vor anderen lächerlich zu machen, gefallen? Was soll mir an einem Paar gefallen – ich meine unsere lieben Freunde Carola und Bruno –, das eine blutleere Version von ›Wer hat Angst vor Virginia Woolf?‹ aufführt, um sich dann den restlichen Abend nicht mehr anzusehen? An Carola, die sich ausnahmslos mit ihrem Lektor, und Bruno, der sich ebenso intensiv mit seiner anorektischen Doktorandin beschäftigt? Wer hat die Frau eigentlich eingeladen?« Molly ließ keinen Raum für eine Antwort auf diese Frage, sie sprach übergangslos weiter: »Was soll mir an den allzu aparten Selbstdarstellungen von diesem Florian Wie-immer-er-auch-heißen-mag gefallen, der den Exzentriker gibt und auf die plumpste Weise Brunos Sekretärin anbaggert? Was soll mir daran gefallen, wenn einige Leute es nicht einmal für nötig halten abzusagen.« Sie wandte sich kurz zu Frederike: »Dein Konrad übrigens auch nicht.«

Wenn Pascal gehofft hatte, daß Molly damit zum Höhepunkt und Abschluß ihrer Klage (Tirade?) gekommen wäre, so sah er sich getäuscht.

»Was soll mir gefallen ...« Molly nahm wieder Fahrt auf: »... an einem Gast, wie diesem Professor Urlach, der den ganzen Abend kaum ein Wort über die Lippen bringt, der hemmungslos das halbe Buffet leerfrißt und danach bewegungslos – als sei er auf seinem Sessel festgeleimt – das Geschehen grämlich beäugt, wie ein Kritiker, der seine Zeit in einem todlangweiligen (!) Theaterstück absitzen muß. Was soll mir daran gefallen, daß du auf den letzten Drücker einen Haufen Hohlköpfe aus deinem Tennisclub anschleppst, die ich noch nie in meinem Leben gesehen habe und keinesfalls näher kennenlernen möchte.«

Frederike wunderte sich. So hatte sie die Freundin noch nie erlebt. Ja, Molly stand wirklich unter Dampf. (Sagt man so?)

»Was soll mir an einem Gewitter gefallen, das mich mit erschreckender Plötzlichkeit völlig durchnäßt und zwingt, in Windeseile aufgeweichte Tischdecken und Teller mit schwimmenden Essensresten ins Hausinnere zu schleppen? Was soll mir daran gefallen, daß mir außer Frederike niemand dabei hilft?« Molly steigerte nochmals Lautstärke und Schärfe in ihrer Stimme: »Und schließlich und hauptsächlich: Was soll mir daran gefallen, nach dieser müden Party, bei der das Gewitter noch das Interessanteste war, die halbe Nacht aufzuräumen, und mich heute in aller Frühe vor diesem widerlich verkrusteten Geschirrhaufen zu finden, weil ihr, du und Irma, zu fein seid für solche Tätigkeiten und zu geizig, da mal eine Hilfe zu engagieren oder wenigstens eine Geschirrspülmaschine anzuschaffen.«

Molly brach ab und senkte den Kopf. Sie war zum Ende ihrer Klage gekommen.

Betretenes Schweigen. (Sagen wir: dreißig Sekunden.)

Pascal stand vorsichtig auf. Als habe er die Befürchtung, daß heftige Bewegungen oder laute Geräusche Mollys Klage wieder in Gang setzen könnten. Er hatte offensichtlich nicht vor, die Anschuldigungen zu kommentieren. Er strich mit langsamen Bewegungen einige Krümel von seinem Pyjama. Er schob seinen Stuhl betont geräuscharm an den Tisch. Er sagte angestrengt sanft:

»Ich geh dann mal, bin zum Tennis verabredet.«

Er schaute zu Frederike. Er klappte affektiert eine Hand hoch. Er sagte in verhaltenem Ton:

»Tschüß, mach's gut.«

Frederike sagte:

»Wenn du Konrad in eurem Schickimicki-Club triffst, sag ihm bitte, daß zwei Einschreiben für ihn gekommen sind.«

Er sah sie fragend an. (Affektiert: sehr schiefer Kopf, sehr hochgezogene Augenbrauen.)

»Ja«, beantwortete sie seine Mimik. »Wir haben uns endlich auch räumlich getrennt. Es war ja nur noch ein lähmendes Hin und Her in letzter Zeit.«

Das sagte sie beiläufig und dachte schmerzlich:

Wann haben wir aufgehört, uns zu quälen, wann haben wir aufgehört, uns zuzuhören?

Sie war am Frühstückstisch der Freunde aufgetaucht in der uneingestandenen Hoffnung auf Trost.

Trost? Dachte sie jetzt. Worin hätte der bestehen können?

Nachdem Pascal den Raum beinahe lautlos verlassen hatte, bemerkte Frederike, daß Molly den letzten Wortwechsel zwischen ihr und ihm vermutlich gar nicht wahrgenommen, daß sie schon seit dem Ende ihres heftigen Ausbruchs so wie jetzt mit gesenktem Kopf und einem völlig leeren Blick wie betäubt vor sich hin gestarrt hatte. Als habe sie geistig die Welten gewechselt. Sie war, das dachte Frederike, möglicherweise noch viel trostbedürftiger als sie selbst.

Frederike spürte plötzlich ein tiefes Erbarmen. Sie legte ihren Arm um die Freundin.

Molly schreckte etwas zusammen, schaute dann zu ihr auf, lächelte dankbar und traurig und sagte:

»Ich glaube, ich mache das nicht mehr lange mit. Das hier.« Sie machte eine vage Kreisbewegung mit ihrer Hand. »Warum mutiere ich in den Augen der anderen immer zur Witzfigur? Das war schon mit Krüss so. Darum habe ich ihn verlassen. Pascal hat sich anfänglich bemüht, in mir eine ernstzunehmende Person zu sehen, aber mit der Zeit ...«

Sie winkte ab. Sprach erst nach einer kurzen Pause weiter:

»Ich bilde schon so etwas wie ein Aschenputtel-Syndrom aus. Es wird Zeit. Ich werde dem ein Ende machen.«

Frederike bezweifelte das. Abrupte Veränderungen lagen Molly nicht. Sie hatte ihre Freundin gern, nahm ihr gegenüber niemals die herablassende Haltung der anderen ein, aber auch sie hatte Molly in den (knapp) drei Jahren ihrer Freundschaft kennengelernt als eine Träge. Molly liebte die Bequemlichkeit. Das stand fest. (Fragwürdige Zementmeinung!) Wenn sie die meist (nur heute so gar nicht?) etwas schläfrige Molly auf ihrer Chaiselongue von vielen bunten Kissen gestützt liegen sah, wie sie Romane las und Konfekt in sich hineinschob, kamen ihr immer Genrebilder aus dem neunzehnten Jahrhundert von Haremsszenen in den Sinn. Frederike betrachtete Molly. Sie sah: viele (außergewöhnlich viele) dunkelbraune Haare, dicht gelockt, die nachlässig hochgesteckt worden waren. In der Zeit ihrer morgendlichen Anwesenheit waren mindestens drei Haarnadeln zu Boden gegangen. Das, was bei größerer Bemühung eine Frisur hätte werden können, befand sich in wilder Auflösung. Sie sah: einen (seidenen?) Paisley-gemusterten Morgenrock, der seine gute Zeit schon hinter sich hatte, jetzt verblichen und fleckig war und zusammengehalten wurde von einem schmuddeligen Frotteegürtel. Sie sah unverbrauchte Füße, die in häßlichen blauweiß-gestreiften Badeschlappen steckten. Sie sah den abgeblätterten Lack auf Mollys Zehen- und Fingernägeln, aber sie sah auch das freundliche, für das Alter (41 Jahre) erstaunlich jugendliche Gesicht Mollys, ihre schönen braunen

Augen, die gerade Nase und den vollen, gut geformten Mund, mehr für die Ausdrucksformen der Freude und der Freundlichkeit geschaffen als für die des Grolls und der Klage. Wenn sie etwas auf sich hielte, könnte sie wirklich toll aussehen. Das dachte Frederike (auch nicht zum ersten Mal).

Dann machten ihre Gedanken einen Sprung in die Vergangenheit.

Sie erinnerte sich an die Frau, die sie vor zwei Wochen aus einer Nobelboutique hatte kommen sehen. Sie hatte zunächst mit Sicherheit geglaubt (Intuition), daß es sich um Molly gehandelt haben müsse. Im ersten Moment. Eine nicht benennbare Ausprägung hatte sie das glauben lassen. Sie hatte diesem ersten Wahrnehmungsimpuls folgend, aus kleiner Entfernung (45 Meter) von der anderen Straßenseite aus rufen und winken wollen, da war sie unversehens (blitzschnelle innere Indiziensammlung) mit gleicher Sicherheit zu der Überzeugung gekommen, daß sie sich geirrt haben mußte. (Ein Blendwerk?) Nein, bei der Frau im roten Kostüm konnte es sich nicht um Molly gehandelt haben. Nicht nur, weil es sich um eine außergewöhnlich elegante Erscheinung gehandelt hatte, auch die Haltung, der straffe zielgerichtete Gang (Pumps mit sehr hohen Absätzen) sprach gegen ihre erste impulsive Identifizierung. So ein Trugbild, dachte sie jetzt, läßt sich ja mühelos in die Normalität sortieren: Ein Alltagsirrtum eben, wie er uns oft widerfährt.

Die Standuhr im Flur meldete mit ödem Schlag die fortgeschrittene Zeit (10 Uhr 30).

Molly sagte:

»Es wird Zeit für Irmas Medizin. Sie muß sie pünktlich kriegen, sonst macht sie Ärger.«

»Wozu braucht sie dich? Sie wird doch wohl in der Lage sein, eigenständig eine Tablette einzunehmen. Sie ist rüstig und tüchtig im Kommandieren und hat noch Kraft zu jedweder Bosheit«, sagte Frederike zur Freundin.

Molly lachte bitter auf:

»Ja, ja, sie ist hart im Austeilen, aber im Einstecken zimperlich und wehleidig. Sie schafft es nicht, sich diese Heparin-Spritzen ins Bauchfett zu setzen.«

Frederike sagte: »Ich kenne Kinder, die das können müssen.«

»Mag sein«, sagte Molly. »Sie läßt sich gerne bedienen. Außerdem ist sie altersbedingt vergeßlich. Ich bin auch dazu abgestellt, ihr die richtige Tablette zur richtigen Zeit bereitzulegen. Man beruft sich hier im Haus darauf, daß ich in meiner Jugend einmal eine Ausbildung als Krankenschwester erhalten habe.«

Frederike stand auf, beugte sich zu der sitzenden Molly hinunter und legte (etwas pathetisch) ihre Hände auf deren runde Schultern, schaute sie an und sagte:

»Molly, was du immer auch tun wirst, du kannst auf mich rechnen.«

»Das ist gut«, sagte Molly. Sie sagte es hohl (wie aus der Ferne).

Als Frederike das Haus verließ, dachte sie in der Rückerinnerung an die eben erlebte Frühstücksszene: Ich ertrage keine pointenlosen Gespräche mehr, ich ertrage kein pointenloses Leben mehr.

Sie hatte die Trennung von Konrad ja gewollt. Allerdings so eine Wohnung mit deutlichen Leerstellen in Kleider- und Bücherschränken, wie sie sie vorgefunden hatte, als sie gestern schon mittags aus der Redaktion heimgekehrt war … und der Zettel, auf dem gestanden hatte: ›Ich komme heute abend nicht auf die Party von Molly und Pascal. Du wirst das verstehen.‹ … das alles war dann doch sehr traurig gewesen. Etwas war zu seinem Ende gekommen.

Sie überlegte: Wohnte jeder Liebe eine vorbestimmte Dauer inne? (Poetisches Denken mit trivialen Einschüssen.) Könnte es so etwas geben wie ein unbemerktes fortwährendes Liebeszellsterben, das durch Einwirkungen wie Gleichgültigkeit und Eigensucht noch beschleunigt wurde? Gab es einen seelischen Abfalleimer für Liebeszellschutt?

Dann riß sie ihr Denken herum (Kehrtwende in die Hoffnung): Vielleicht öffnet und weitet sich mein Leben jetzt, vielleicht versetzt mich unsere Trennung noch einmal in einen völlig neuen Lebensraum.

So dachte Frederike und fand sich plötzlich in einer nahezu zuversichtlichen Stimmung, als sie ihr Auto startete. Aber doch nur ›nahezu‹.

(Für einen kurzen Moment war sie ganz sie selbst, und es war auch nicht gut.)

Mittwoch 10 Uhr 37
Irmas Haus

Stilleben

Molly kam sich verloren vor, wie sie da so allein am Küchentisch zurückblieb.

Sie sah sich sitzen, und sie sah (technisches Sehen): Das schmutzige Geschirr und Besteck (arbeitsintensives Silber) des Frühstücks, das sie würde abräumen müssen zusammen mit drei Marmeladengläsern, zwei Eierbechern inklusive Schalenresten, einem leeren Brotkorb, einer Butterschale, einem kleinen silbernen Salzstreuer, einem silbernen Untersetzer mit Zigarettenstummel und drei benutzten Stoffservietten (arbeitsintensives Leinen). Das Frühstücksgeschirr und das Besteck würde sie zu dem von ihr (aufgehalten durch den Besuch von Frederike und allerlei unergiebiges Gerede) immer noch nicht ganz erledigten Party-Abwasch hinzufügen müssen, um alles zusammen dann in einem zweiten Angang zu säubern. Sie sah: das Muster der Butterschlieren auf dem Holztisch (Buche nachgedunkelt) und die Zeitungsekke, die darin matschig klebte, einige Brotkrümel hatten sich (mittlerweile aufgeweicht) noch hinzugesellt, eine Schmiere, die sie unter Zuhilfenahme einer fettlösenden Substanz würde gründlich abwischen müssen, und sie sah: die zerknüllte Zeitung (mit Fettecke), die achtlos ans leere Tischende geschoben worden war.

Sie betrachtete das Ganze wie ein Stilleben. Da war keine Bitterkeit mehr, nur Kälte. Dieses Gefühl der Kälte kann ich mir jetzt leisten, dachte sie. Und anders als kalt und allein will ich mich in diesen Räumen auch nicht mehr fühlen.

Aber fürs Alleinsein ließ ihr der begonnene Tag keine

Chance. Jedenfalls zu dieser Stunde noch nicht. Schon im nächsten Moment war der schwere Schritt: Klock, Klock, Tock; Schuh, Schuh, Stock von Irma auf dem oberen Treppenabsatz zu hören.

Irma! der alte Habicht, den hätte sie ja beinahe vergessen.

»Ich hörte Stimmen«, und »Jemand hat geraucht«, sagte Irma vorwurfsvoll.

Irma sagte alles im Ton des Vorwurfs oder dem der Forderung. Sie war jetzt auf der Treppenmitte angelangt.

»Stimmen, die mich weckten!« (verstärkter Vorwurfston), rief Irma von Seefeld, die resolute Regentin des Hauses. Obwohl das Alter sie gebeugt hatte, ragte sie noch immer groß und hager in die Räume.

Die Beugung von oberem Rücken und Schulter bewirkte in der frontalen Sicht den Eindruck, als schwebte ihr angestrengt erhobenes, leicht wackelndes (beginnender Altersparkinsonismus), parallel nach vorne verschobenes Gesicht frei vor ihren Schlüsselbeinen, während ihr Anblick, betrachtete man sie von der Seite, tatsächlich an einen großen Vogel denken ließ. Eine Assoziation, die durch den langen Hals, die scharf herausspringende Nase und die arthritisch verformten, um den Silbergriff eines schwarzen Krückstocks gekrallten Hände unterstützt wurde.

»Sie sieht aus wie ein Habicht, und sie ist wie ein Habicht«, pflegte Molly knapp zu sagen, wenn sie aufgefordert wurde, Irma zu beschreiben. Und auch jetzt dachte sie wieder: Wie ein Habicht erspäht sie ihre Beute, um sich blitzschnell auf sie zu stürzen. Aber heute kommt sie zu spät, die alte Habichtfrau, ihr Publikum hat sich schon verzogen, und ohne Zuschauer machen ihr die Blitzattacken keinen rechten Spaß.

Ob nun Mollys These einer Übereinstimmung von Charakter und Erscheinung zutraf oder nicht, man konnte Irma auch anders sehen. Die alte Patriarchin hielt auf sich, sie hatte immer noch einen imposanten Auftritt, war sehr gewählt, ins Würdevolle hinein gekleidet und zweifellos dank ihrer Körperpflege siegreich im Kampf gegen jedwede Altersverwahrlosung.

Klock, Klock, Tock. Schuh, Schuh, Stock.

Molly lauerte schon lange nicht mehr auf das Geräusch eines Stolperns, begleitet von einem spitzen Schrei. Zeitweise (erst während des letzten Jahres) hatte sie diesen jähen Treppensturz erhofft. (Das hätte ihr manches erspart.) Aber so ausgetreten die Holzstufen auch sein mochten, diesen Gefallen würde ihr Irma nicht tun. (Nein, darauf sollte sie nicht hoffen.)

Irma trennten jetzt nur noch wenige Stufen vom Parkett des Vestibüls. Vestibül?, dachte Molly, wer benutzt denn heute noch solche Worte? Ich muß das Irma-Vokabular exorzieren, sobald ich dieses dunkle Gemäuer endgültig verlassen kann.

Irma betrat die Küche.

»Warum hast du mir meine Medikamente nicht gebracht? Und wann gedenkst du mir die Spritze zu geben? Wer war hier?«

Bevor Molly überlegen konnte, in welcher Reihenfolge sie Irmas Fragen beantworten würde, klingelte das veraltete Wählscheiben-Telefon aus den achtziger Jahren (gehüllt in eine eklige orangefarbene Plastikverkleidung).

Irma machte eine Bewegung in dessen Richtung (Zweitanschluß in der Küche), aber sie hatte keine Chance. Molly stand in unmittelbarer Nähe des Apparates.

Molly nahm den Hörer auf und drehte Irma ostentativ den Rücken zu.

Irma hörte:

»Ja, hier Anschluß Seefeld.

Ach, du bist's.

Ja, ich, Molly.

Waaaaas????????

Das glaub ich nicht.

Wirklich?
Und woher weißt du das?
O Gott! Wie schrecklich!
Ja, ja, ich verstehe.
Ja, furchtbar, ja.
Ich bin sprachlos.
Was hat das denn mit uns zu tun?
Ach so … weil er gestern abend hier war.
Ja, klar, ich richte das aus.
Ja, in Ordnung, wir rufen zurück.
Auf Wiedersehen.«

Molly legte den Hörer auf.

»Wer war das? Was ist geschehen? Und was sollst du ausrichten?« fragte Irma (schneidender Ton). Schon wieder drei Fragen hintereinander.

Aber Molly hörte sie nicht mehr. (Wollte sie nicht mehr hören!) Sie eilte in ihr Zimmer, und kurz darauf verließ sie, in einen weiten Trenchcoat gehüllt, das Haus, stieg in ihr Auto (Fiat Punto, Baujahr 1998) und ließ den Wagen die Auffahrt hinunterrollen.

(Wohin wollte sie so eilig und so leise?)

Mittwoch 11 Uhr 02
Villa Engadin, Wohnung von Norman Krüss

Einen Spaß will er sich machen

Frederike parkte ihr Auto auf dem kleinen Parkplatz am linken Seitenflügel der Villa Engadin.

Eine schwachsinnige Namensgebung für so einen Koloß auf märkischem Sand, dachte sie.

Da war jemand Ende des neunzehnten Jahrhunderts schnell reich geworden, aber der Geschmack hatte bei der schnellen Geldvermehrung nicht mithalten können.

Und der reiche Fabrikbesitzer, der jetzt in der retrograden Phantasie von Frederike aussah wie auf den Zeichnungen von George Grosz, hatte einen damals zu Unrecht renommierten Architekten – für diesen Part hielt ihre Einbildungskraft das Aussehen eines Karriereschnösels bereit, den man kürzlich bei ihrer Zeitung eingestellt hatte – mit dem Bau einer hochherrschaftlichen Villa beauftragt, und der hatte sich hemmungslos unter anderem an einem gewaltigen, mit ionischen Säulen bestückten Eingangsportal, etlichen Türmchen, Erkern, Risaliten und Giebelformen in einer atemberaubenden Stilmixtur ausgetobt.

Frederike blieb noch in ihrem Wagen sitzen, weil das Radio ein Musikstück wiedergab (Mozart F-Dur Sonate KV 533, gespielt von Alfred Brendel), das sie (trotz der schlechten Klangqualität) noch zu Ende hören wollte, und weil das, was sie sah, nämlich das groteske bauliche Kompositum vor ihren Augen, in einem so absurden Gegensatz zu der gefügten Stimmigkeit dessen, was sie hörte, stand. Es machte ihr Spaß, darüber nachzudenken, wie solche architektonischen Ungeheuerlichkeiten – die jetzt in Erfahrung späterer, noch weit schlimmerer Bauverbrechen geschätzt waren – einst zustande gekommen sein mochten. Sie phantasierte weiter: »Wie soll es denn werden?« hatte der junge (zu Unrecht) renommierte Architekt im Jahre 1899 gefragt. Diese Zahl fand sich plastisch aus dem Stein herausgearbeitet über dem Portal. Und der (selbstverständlich dicke!) reiche Fabrikbesitzer hatte – eine gewaltige Zigarrenrauchwolke ausstoßend – gesagt: »Groß und prächtig. Ja, machen Sie es prächtig. Sparen Sie an nichts.« Und er hatte dabei seine Arme mit den beringten Händen ausladend bewegt. Und der (zu Unrecht) renommierte junge Architekt hatte das (na klar) gemacht.

Das Musikstück war jetzt verklungen, und Frederike stieg aus ihrem Wagen.

»Darf ich fragen, wem Ihr Besuch gilt?« fragte die tadellos geschminkte und sorgfältig frisierte (jedes Haar stramm am festen Platz) Dame, die Dame mit dem (gleichfalls) wie festgefügten Lächeln und der einfühlsamen Therapiestimme, die Dame, die Frederike für den inneren Gebrauch (etwas kindisch) mit dem Spitznamen Madame Makellos bedachte, die Dame, die anstelle des adretten Mädchens im Krankenschwesternlook bei ihren vorhergehenden Besuchen mit Hilfe einer Öffnungshydraulik die schwere eisenbeschlagene Eingangstür zu der herrschaftlichen hochglanzsanierten Gründerzeitvilla hatte aufschwingen lassen und die in der überdimensionierten Halle hinter dem mit grauem Marmor verkleideten Tresen saß. Tresen? Eine mit vielen Computern und Monitoren bestückte hufeisenförmige Kommandobrükke. Jetzt bemerkte Frederike die Kameras in den hohen Ekken der riesigen Halle, und sie sah, daß auf einem der Bildschirme der Eingangsbereich abgebildet war. Auf diesem Bildschirm hatte Madame Makellos zuvor zweifellos auch Frederike – Jeans, Slipper und (immerhin) Krizia-T-Shirt – einer Prüfung unterzogen, wie sie da gestanden hatte vor der martialischen Tür. Auf einem anderen Monitor erkannte sie den Parkplatz, auf dem ihr kleiner grauer Wagen (Smart, vormals: familiärer Zweitwagen) etwas verloren stand. Ob es Makellos verdächtig erschienen war, daß sie so lange reglos darin gesessen und das Haus betrachtet hatte?

(Die Antwort lautet: ja.)

Diese makellose Dame undefinierbaren mittleren Alters, deren Zähne von einem teuren Zahnarzt (keine Kassen) so erfolgreich bearbeitet worden waren, daß man die Opposition von echt und künstlich vergessen konnte, war genau der Typ Frau, bei dem Frederike sicher war, daß er die Macht besaß, mit bösem Blick anderen Frauen Petersilie zwischen die Zähne zu zaubern.

Aber dann dachte Frederike: Diese Madame Makellos, wie ich sie wahrnehme, ist sie nicht in gleicher Weise ein Klischee, wie die Witzgestalten in meiner Phantasie auf dem Parkplatz? Wird meine Welt zunehmend von solchen Klischeefiguren bevölkert? Habe ich ein Wahrnehmungsproblem?

Was war jenseits solcher Phantasterei über die Dame zu sagen? Frederike konnte sehen: Ein steingraues Schneiderkostüm aus einem kompromißlosen festen Stoff, fast schon Uniform, eine weiße gestärkte Bluse mit Doppelmanschetten, dunkle, fast schwarze Haare, in akkuratem Schnitt auf eine mittlere Länge gebracht, durchzogen von wenigen Silberfäden, eher dekorativ erdacht als biologisch befohlen. Gebremste Perfektion.

Frederike überlegte: War die Frau schön? Keine einfache Frage. Vielleicht könnte man sagen: Diese Erscheinung war systematisch kurz unterhalb der Schwelle zu ›schön‹ gehalten. ›Schön‹, dachte Frederike, verlangt neben einem gewissen Ebenmaß zumindest einen kleinen Schuß spürbarer Erotik. ›Schön‹ hätte sich nicht mit dem Gestus zurückhaltender Dienstbarkeit, der hier gewollt war, vertragen. (Man kann nicht alles haben.) Nicht schön, aber doch kalkuliert attraktiv. Kalte Attraktion. Und viel erborgte Noblesse. Zu diesen schnellen Schlüssen kam Frederike.

»Ich möchte Herrn Dr. Norman Krüss besuchen«, hatte Frederike (synchron mit ihren Überlegungen) gesagt und unwillkürlich (zu ihrem eigenen Ärger) die Stimme dem gedämpften Tonfall der Dame angepaßt.

»Und wen darf ich melden?« fragte diese nun samtig aus dem immerwährenden kalten Lächeln heraus.

»Frederike Kreuzer«, sagte Frederike und war sicher, daß niemand je in ihr eine Dame sehen würde. (Dame, dachte sie flüchtig, das ist eh ein Auslaufmodell, hier nur noch einmal mit Gewalt herbeigezwungen.)

Obwohl Frederike betonte, daß sie den Weg kenne, bestand Madame Makellos darauf, sie zu Krüss zu führen.

»Darf ich vorangehen«, sagte sie, ohne dem Satz einen fragenden Klang mitzugeben.

Das erste, was Frederike wahrnahm, als Krüss die Doppeltüren zu dem Apartment, das er hier bewohnte, geöffnet hatte, (Makellos hatte zuvor auf eine Messingklingel gedrückt) war ein akustischer Ansturm, der die Madame Makellos, so kam es Frederike vor, hinwegfegte. Jedenfalls war sie augenblicklich verschwunden.

Frederike war, als betrete sie die Krüssschen Räume auf einem Klangteppich. Klangteppich? Ist dieser Ausdruck nicht etwas überstrapaziert? dachte sie. (Denken wird man das doch dürfen.)

In Wahrheit (?) war es ja wohl eher ein Klanghammer. Donizetti. Lucia di Lammermoor. Die Wahnsinnsarie. Die Callas. Voll aufgedreht.

Frederike war jetzt etwas befremdet. Krüss hatte es offensichtlich witzig gefunden, nachdem er durch die Makellose über ihren Besuch informiert worden war, sie in diese gepeitschte Tonerregung hineinlaufen zu lassen.

»Hast du's nicht etwas kleiner?« fragte Frederike.

Krüss stellte den Ton leise.

»Das war nicht als Begrüßung für dich gedacht, solch blöde Späße inszeniere ich speziell für Isolde Schrempel. Wahre Größe, echtes Können vertreiben sie wie Knoblauch den Vampir.«

»Heißt die Dame wirklich Isolde Schrempel?« fragte Frederike belustigt. (Schäbiger Triumph.)

»Ja. Und pah, von wegen Dame. Dieser Zerberus, der dich, von Neugier getrieben, eskortiert hat, leitet zwar den ganzen Laden hier – und wirklich effizient, das muß ich ihr lassen –, aber sie ist eine elende Schnüfflerin, sie schnüffelt überall herum. Schnüffeln ist ihre Hauptbeschäftigung. Immer will sie alles erschnüffeln, über Alles und Jeden erschnüffelt sie Informationen, diese graue Schnüffeltante. Auch für sie gebe ich hier den Idioten.

Hin und wieder muß ich meine Unzurechnungsfähigkeit beglaubigen. Zugegeben etwas albern. Ich erlaube mir eine wöchentliche Kapriole, heute zum Beispiel war ich auf dem hiesigen Bezirksamt und habe ein Gesuch für Humorverschonung eingereicht.«

»Kann ich das verstehen?« fragte Frederike.

»Du kennst doch die Eigenart der Berliner, öffentliche Gebäude mit diesen überaus lustigen Spottnamen zu belegen, Goldelse und schwangere Auster und Ähnliches mehr. Ich habe den öffentlichen Angestellten gesagt, daß sie das verbieten sollen.«

Frederike lachte (aber nur dünn):

»Gibt dir das was?« fragte sie.

»Ja«, sagte er und: »Ich liebe dieses sanfte und übervorsichtige Sprechen, das sie anschlagen, wenn sie glauben, einen Irren vor sich zu haben, einen Irren, dessen Gefährlichkeitsgrad sie nicht ermessen können. Das reizarme Sprechen strengt sie mächtig an.«

Frederike ging auf diese ›Kapriole‹ nicht ein. Sie glaubte

nicht, daß er dergleichen wirklich tat. Das hat er sich gerade jetzt im Moment nur für dieses Gespräch ausgedacht, dachte sie.

Er bot ihr einen Platz an seinem Arbeitstisch an.

»Woran arbeitest du?« fragte sie, weil sie dort viele eng beschriebene Seiten liegen sah.

»Neben einem großen Projekt, das ich verfolge, sammle ich …«

»Was für ein großes Projekt?« fragte Frederike schnell, eine weitere Ablenkungskapriole fürchtend.

»Ein Dossier menschlicher Abgründe. Einzelstudien. Fälle. Mit Datum, Ort und Namen. Wenn ich das in die Öffentlichkeit bringe, wird sich so mancher eilig verstecken müssen. Ich möchte jetzt nicht darüber sprechen. Ich spreche lieber über meine Sammlung.«

?? (mimisch)

»Ich sammle Wörter und die Haltungen dazu, nein umgekehrt, ich sammle Haltungen und die Wörter …«

»Haltungen?« fragte Frederike, sie dachte einen kurzen Moment nach, und dann sagte sie: »Das Wort habe ich entsorgt, zu preußisch, zu militärisch.«

»Hol es wieder hervor. Ich komme immer mehr zu der Überzeugung, daß jedem Menschen ab einem bestimmten Alter so etwas wie eine Haltung eignet.«

»So eine Art mentaler Fingerabdruck?«

Frederike versuchte auf seine Spur zu kommen.

»Ja, das geht in die Richtung. Ich würde lieber von einer Kontur, einer Linie, einem Ton sprechen. 35 – 40, das ist das Alter, in dem du, wenn du kein Idiot bist, ungefähr weißt, welche Speisen, welche Klänge, welche Weine, welche Farben oder Farbkombinationen und so weiter du lieben kannst, natürlich gibt es auch in späteren Jahren noch Schwankungen, aber nicht mehr in die Extreme hinein, im Zusammenspiel des Ganzen bildet sich schließlich eine eigentümliche Kontur heraus. Und während die Menschen, wenigstens die Empfindlichen, von ihren Vorlieben und Abneigungen zumindest den Hauch einer Ahnung haben, vermeiden sie es, sich über ihr Verhältnis zu Tod und Teufel in Kenntnis zu setzen.« Krüss lachte in sich hinein. »Findest du das nicht auch bemerkenswert?«

Während Frederike kurz nachdachte, wie bemerkenswert sie das finden könnte, sprach er schon weiter. Sein Tonfall wechselte, aber Frederike hätte den neuen Toncharakter nicht genau bestimmen können. (Tonfall der vorbereiteten Rede.)

Er sagte: »Ich glaube, im Versuch, die Eigentümlichkeit eines jeden zu erfassen, muß man dessen Sprachgebrauch studieren. Du kommst über die Wörter ran. Molly beispielsweise – ich wähle dieses Beispiel, weil wir sie beide gut kennen –, Molly denkt bei dem Wort ›Kindesmißbrauch‹ einzig an die Photographien von Lewis Carroll. Bei dem Wort ›Mord‹ denkt sie an die Schauspielerin Margaret Rutherford. Sie lebt in der Dunstglocke einer durchgehenden Verharmlosung. Einmal haben wir einen Film über Konzentrationslager gesehen, ›schlimm‹ hat sie da gesagt. ›Schlimm‹! Von einem Massenmörder hat sie gesagt, daß der ›wirklich böse‹ sei.

Ich mußte mich von ihr trennen, ich hätte sie andernfalls irgendwann spontan erwürgt.«

Frederike gefiel nicht, was er da über Molly sagte, und er sah ihr das an und setzte nach:

»Sie trällert«, sagte er, »verstehst du, sie trällert sich durchs Leben. Schön für sie, unerträglich für mich, ein Automatismus der Verharmlosung, der Weichzeichnung. Unerträglich!

Du wirst keinen Scheidungsrichter finden, dem das einleuchtet. Eine Trällerphobie. Deshalb nahm ich ihren Seitensprung mit Pascal von Seefeld als Trennungsvorwand. Als ich mich in sie, in die junge Frau, die sie damals war, verliebte, hatte ich das Wort ›sonnig‹ für ihre Gemütslage. – Übrigens: Das Wort ›Gemüt‹ solltest du auch wieder hervorholen. – Wo war ich stehengeblieben? Ach ja – ›Sonnig‹ war das falsche Wort. ›Harmlos‹ und ›träge‹, das sind Wörter, die auf Molly passen. Ein Hefeteig, der zwar aufgeht, jedoch nicht zur Form kommt, wäre ein akzeptables Bild. Sonnig mag ich, harmlos ertrage ich nicht.«

Er schaute sie eindringlich an (als wolle er sie hypnotisieren).

Wahrscheinlich ist er doch ein bißchen verrückt, dachte sie.

Er sagte:

»Siehst du die Differenz? Vielleicht mündet jugendliche Sonnigkeit, wenn man sie in ältere Tage verschleppt, ja zwangsläufig in diese elende Verharmlosung.«

Frederike dachte an Mollys Klage zurück, in der das Wort ›schlimm‹ auch eine Rolle gespielt hatte. An ihre lange zornige Rede. Die hatte Molly nicht geträllert.

Sie sagte:

»Ich mag nicht, daß ihr alle immer auf Molly herumhackt, und ich kann in all dem, was du da schilderst, selbst wenn es zuträfe, was ich nicht glaube, nichts Verwerfliches entdekken.«

»Von verwerflich kann gar keine Rede sein. Es geht nicht um Moral, sondern um nicht einklagbare Geschmacksverübungen. Ich verüble die mehr oder weniger verdeckten Strategien, sich das Grauen vom Leibe zu halten. Diese billige Form der Witzelei, mit der sich zum Beispiel dieser Ulf Urlach unangreifbar machen will, um eine andere Figur ins Spiel zu bringen, finde ich genauso …«

»Den habe ich gestern getroffen, aber er war gar nicht witzig. Wenn er nicht gerade hustete, war er stumm wie ein Fisch.«

»Wo hast du ihn getroffen?«

»Auf einer sterbenslangweiligen (!) Party bei Molly und Pascal.«

»Erzähl mir von dieser Party!«

Sein Tonfall hatte wieder gewechselt. Seine Stimme klang jetzt irgendwie (?) frischer.

»Das interessiert dich alles schon noch?« fragte sie.

»Mehr denn je, allerdings nur aus der Distanz meines Eremitentums. Erzähl mir bitte alles ganz genau.«

»Also«, begann Frederike, »gestern abend gab es eine Party bei Molly und Pascal. Alles war wie immer. Molly und Pascal haben sich gastgeberisch bemüht, ein Bemühen, das Irma atmosphärisch durch ihre ständigen Giftpfeile gegen die arme Molly wieder zunichte machte.«

Krüss lachte unschön.

»Da mußt du gar nicht so lachen, Irma war wirklich perfide. Gleich zu Beginn hat sie sich zu Bruno und Carola gesetzt – diesen Umgang findet sie natürlich großartig und der eigenen Großartigkeit zuträglich (Glanzspiegelung), so ein Professor und seine Gattin, eine bekannte Schriftstellerin. Nachdem Carola eine Anekdote zum besten gegeben hatte – das kriegt sie natürlich hin – und Irma gar nicht mehr aufhören wollte zu lachen, begann Molly, durch die hörbare Heiterkeit arglos angelockt, auch mit der Erzählung einer kleinen Begebenheit. Ich kenne diese Geschichte, sie ist wirklich amüsant. Aber schon nach wenigen Sätzen unterbrach Irma – die nicht davon abzubringen ist, Molly mit ihrem verhaßten Vornamen anzureden – und sagte scharf: ›Adelheid schneller!‹. Molly war durch dieses Kommando natürlich völlig aus dem Erzähltakt gebracht, sie stockte, setzte umständlich neu an, und kaum daß sie ihr erzählerisches Gleichgewicht wiedergefunden und erneut Fahrt aufgenommen hatte, klopfte Irma mit hartem Knöchel auf den Tisch und sagte: ›Adelheid, lustiger!‹«

»Ja, der alte Habicht hat's drauf«, sagte Krüss.

Frederike reagiert nicht auf seine Bemerkung.

»Die anderen haben sich nicht sehr viel besser benommen.

Carola und Bruno haben sich anfänglich müde angegiftet, dann weitgehend ignoriert. Carola hat sich an diesem Abend ausschließlich und, wie mir schien, etwas zu animiert mit ihrem Lektor unterhalten, als hätte sie endlich mal Gelegenheit dazu, dabei telefonieren sie auffällig häufig miteinander. (Woher will sie das wissen?) Bruno ist fast in den Ausschnitt seiner Doktorandin gefallen, obwohl es da bei der mageren Schwarzenbach nicht viel zu entdecken gibt. Die melancholische Institutssekretärin Laura Rudolph hat, vermutlich in Ermanglung besserer Möglichkeiten, mit einem affigen Sachbuchautor geflirtet, der sie so zum Lachen brachte, daß sie sich mit seinem Ziertüchlein die Tränen trocknen mußte. Ich glaube, daß manche Heiterkeit stracks aus der Verzweiflung kommt. Meinst du nicht auch?«

Norman Krüss nickte. Ja, ein Lied hätte er davon singen können. (Wie man so sagt.)

»Außerdem hatte Pascal unabgesprochen zusätzlich Leute eingeladen: zwei mächtig gestylte Ehepaare und einen unbedarften Jüngling aus seinem Tennisclub und dann noch den Weinhändler, bei dem er am Tag zuvor die Getränke geordert hatte. Und auch Irma hatte in letzter Minute zwei ihrer hexenhaften Freundinnen hinzugebeten. Leider hatten Irma und Pascal vergessen, Molly rechtzeitig zu informieren, so daß die Arme am späten Nachmittag nochmals mit ihrer Einkaufskarre losgehastet war, um noch vier Stangen Baguette, zwei wagenradgroße Käse und jede Menge Fertigsalate zu kaufen und in …«

»Selbst schuld, warum ist sie so blöd«, murmelte Krüss.

Frederike fuhr hoch:

»Jetzt reicht es! Molly ist meine Freundin. Ich habe nie gehört, daß Hilfsbereitschaft und Freundlichkeit zu den Todsünden zählen. Wahrscheinlich war Molly das Beste, was dir je widerfahren ist. Wahrscheinlich hast du sie durch deine Nörgelei aus dem Haus getrieben. Und wahrscheinlich hat sie irgendwann eine nicht einklagbare Nörgelphobie entwikkelt. Wahrscheinlich …«

Sie unterbrach sich. Etwas von dem, was sie gesagt hatte, war Krüss unter die Haut gegangen.

Sein Gesichtsausdruck irritierte sie. Sie wußte ihn nicht zu deuten: schuldbewußt? ärgerlich? verwirrt?

Sie hatte das Gefühl, daß er ihr gleich irgend etwas anvertrauen würde, aber dann sagte er nur (seltsam matt): »Ist ja schon gut.«

Frederike, die ihre kleine Feindseligkeit im Dienst der Molly-Verteidigung bedauerte, jetzt, da sie ihn so zurückgenommen, ja beinahe zerknirscht vor sich sitzen sah, suchte wieder den leichten Ton:

»Und wie sieht's hier im Engadin aus mit den Frauen?«

»Hier???« Krüss lachte (etwas zu) laut auf. »Nein, absurd, nein, wirklich, da läuft nichts.«

Er lachte weiter. Frederike erspürte eine Übertreibung in diesem Gelächter.

Krüss sagte:

»Überhaupt: Die Frauen und die Liebe? Das ist vorbei. Du kannst einer gewachsenen Liebe ein Verdauungsproblem zumuten, aber du kannst eine Liebe nicht mit einem Verdauungsproblem beginnen.«

Frederike betrachtete ihn. Der kleine Dr. Krüss erschien ihr recht fit für sein Alter (54), er wirkte drahtig, so als würde er den Tag mit einer schwierigen Yogaübung beginnen. (Unscharf gesehen.)

Krüss sagte:

»Morgens geht eine Alte mindestens eine Stunde auf ihre Gehhilfe (Dolomite Amigo 600) gestützt den Gang vor meinen Zimmern auf und ab, ich höre ihre trippelnden kleinen Schritte (durch die Doppeltür?) und ihren monotonen Singsang: ›Heiter, heiter, geht es immer weiter‹. Und abends setze ich mich in der Eingangshalle oft für eine halbe Stunde neben eine andere alte Frau, die hundertmal am Tag den Satz sagt: ›Herz, geh endlich auch zur Ruh.‹«

»Machen sie denn hier nicht auch Programm für euch, tun irgendwas für eure Unterhaltung?« fragte Frederike.

Krüss lachte wieder:

»Wenn hier Kulturveranstaltungen anstehen – und das tun sie fast jeden Abend –, ergreife ich die Flucht.«

»Wohin gehst du dann?«

»Das sage ich nicht.«

»Hast du noch Kontakt zu deinen ehemaligen Kollegen?« fragte Frederike.

»Nur zu Simon Menzel, dem Bibliothekar, er ist ein ehrlicher Freund. Ich treffe ihn regelmäßig. Wir sprechen zumeist über die Bücher, die wir gerade lesen. Die anderen können mir …«

In diesem Moment ertönte ein mobiles Telefon (konventioneller Klingelton).

Krüss entschuldigte sich und nahm das Gespräch an.

Frederike hörte:

»Hier Krüss.

Ach … äh … Sie sind's. Ja … hallo … Ich meine, guten Tag.

Oh. (Laut des Erstaunens.)

Hm, nein, ich habe gerade Besuch. Könnten wir später miteinander sprechen?

In einer Stunde? Ja, das würde passen.

Ob ich was gehört habe?

Wer?? Dieser …

Ach, du liebe Güte.

Nein, das ändert nichts.

Ja.

Ja.

Nein, das glaube ich nicht.

Ja, gut. Auf Wiedersehen.«

Krüss, wandte sich ihr zu und sagte:

»Ich habe dir nicht einmal etwas angeboten. Du mußt mich für heute entschuldigen. Ich fürchte, wir müssen unsere Unterhaltung vertagen. Sei mir bitte nicht böse. Ich hatte ganz vergessen, daß ich gleich einen wichtigen Termin habe.«

Frederike war ihm nicht böse, wunderte sich jedoch: Hatte er ihr nicht bei ihrem letzten Besuch die Befreiung von jeglichem Termindruck als entscheidenden Grund für seine Abwendung vom aktiven Leben genannt?

Als Frederike das Entree der Villa Engadin passierte, saß eines der jungen Mädchen in modisch akzentuierter Schwesterntracht am Tresen und nickte ihr freundlich zu.

Ein bißchen verrückt ist Krüss schon, dachte Frederike. Ich mag ihn trotzdem. Irgendwie (?) ist er ein guter Typ. Molly hätte ihn nicht gegen diesen faden Pascal eintauschen sollen. Aber da steckte man ja nicht drin (Sie dachte wirklich: Da steckt man nicht drin.), in diesen vertrackten Psychokriegen anderer. Da darf man sich in der Regel nicht auf diese oder jene Seite zerren lassen. Sollte es jedoch zu einem Krieg zwischen Molly und Pascal kommen, dann wüßte ich, auf welcher Seite ich stehen würde.

(Wird es so geschehen?)

Mittwoch 11 Uhr 47
Villa Engadin

Alias

Zehn Minuten nachdem Frederike die Villa verlassen hatte, kündigte der gediegene Gongton einen neuen Besucher an. Die junge Frau hinter dem Tresen sah auf dem Monitor eine attraktive Frau mittleren Alters – volles dunkles Haar, hochgesteckt, elegantes rotes Kostüm (puristisch), große schwarze Sonnenbrille – vor der schweren Eingangstür stehen. Sie drückte eine Taste auf der Sprechanlage und sagte:

»Ja, bitte.«

»Mein Name ist Sonja Variant, Herr Dr. Krüss erwartet mich«, sagte die Elegante.

»Einen kleinen Moment bitte«, sagte die Junge, und nachdem ihr Norman Krüss via Haustelefon diese Erwartung bestätigt hatte, drückte sie auf die Taste für die automatische Türöffnung.

Als die Besucherin sich auf der Höhe ihres Tresens befand, sagte sie freundlich:

»Erster Stock links, dann sehen Sie schon das Namensschild.«

Sie nickten einander zu.

Krüss stand schon in der geöffneten Tür. Er strahlte. Er ergriff die Hände der Frau, als habe er Angst, sie könne es sich anders überlegen, und zog sie in das Apartment.

»Ich mußte mit dir sprechen, ich mußte dich anrufen, ich mußte kommen«, sagte sie aufgeregt und folgte ihm.

»Du siehst toll aus«, sagte er und strahlte weiterhin.

Sie freute sich und sagte sachlich (ohne jede Koketterie):

»Ich habe mein Bestes getan, aber viel Zeit blieb mir nicht, mich halbwegs zu renovieren.«

Und wie zum Beweis streckte sie die Finger einer Hand aus und schaute etwas geniert auf den stellenweise abgeblätterten Lack.

Er schaute nicht dorthin. Er sah auf ihr Gesicht, und auf seinem eigenen lag das Glück.

»Wie geht es dir?« fragte sie besorgt.

»Gut«, sagte er. »Sehr gut, mach dir bitte keine Sorgen.«

Sie glaubte ihm, weil sie ihm glauben wollte und weil dieser Glaube sie beglückte.

»Als ich von dem Mord erfuhr, wollte ich so schnell wie möglich zu dir«, sagte sie.

Er umarmte sie. Dicht an ihn gelehnt – sie war, auf hohen Absätzen, unwesentlich (1 cm) größer als er (1,74 m) – und von ihm liebevoll gehalten, sagte sie:

»Dieser Mord machte mir ein bißchen Angst, aber jetzt, hier bei dir, geht es mir gut.«

Er führte sie zu seiner Couch, und dann saßen sie dicht beieinander – ihr Gesicht geborgen im Schutz der Beuge zwischen seinem Hals und seiner Schulter.

Sie verharrten eine gute Weile (zwei Minuten) so, reglos und wortlos, wie Menschen es tun, wenn sie sich nach längerer Trennung die Freude über das geglückte Zusammensein langsam wachsend zu Bewußtsein kommen lassen wollen.

Dann nahm er ihren Kopf in beide Hände, sah ihr ins Gesicht, studierte es – sah eine kleine Verstörung –, streichelte zärtlich dieses Gesicht, fuhr vorsichtig mit den Fingerspitzen dessen Linien und Konturen ab, als müsse er taktil den Beweis für die optische Sensation einholen, und dann fragte er:

»Befürchtest du, daß da ein Mörder um Irmas Haus schleicht, der es wahllos auf Bewohner und Besucher abgesehen haben könnte? Wenn du das befürchtest, darfst du da nie wieder hinein.«

Sie lächelte und fuhr zärtlich mit beiden Händen in sein Haar, das wie immer wild nach allen Seiten abstand. Und als es ihr gelungen war, diese Wuchsanarchie noch ein wenig zu steigern, sagte sie:

»Nein, du Lieber, das befürchte ich nicht. Ich habe Angst, daß dieser Mord unsere Pläne durchkreuzen könnte. Das ist es, was mich bewegt, nur das.«

»Diese Gefahr sehe ich gar nicht. Im Gegenteil, der Mord wird sie ablenken. So ein Mord fokussiert das Denken, wir werden da zu uninteressanten Nebenfiguren.«

Das sagte Norman Krüss, der sie immer noch unverwandt betrachtete. Dann fragte er sie:

»Da ist noch etwas, was dich belastet, ich spüre das, oder irre ich?«

Die Frau, die sich wieder an ihn drängte, wirkte jetzt ein wenig verlegen. Sie sagte:

»Es ist ein bißchen verrückt, aber für dergleichen hast du ja Verständnis.«

»Was ist los?« fragte er.

»Irgendwie fühle ich mich in letzter Zeit ständig beobachtet. Das belastet mich nicht. Ich könnte nicht einmal behaupten, daß es mich stört. Jedoch: Es ist eigenartig.«

»Ja, klar«, sagte er, »jeder, der in Kontakt mit einem Mordfall kommt, fühlt sich, ob nun schuldbeladen oder unschuldig wie ein Lamm, beobachtet, weil jeder weiß, daß er im Extremfall dazu fähig wäre, und manche brauchen nicht mal den Extremfall.«

»Das ist es nicht, da bin ich mir sicher. Dieser Urlach geht mich nichts an, ich habe ihn ja gar nicht gekannt, bin ihm nur einmal kurz begegnet. Ein unangenehmer Kerl. Nein, das ist keine kriminalistische Beobachtung, die mich umgibt. Ich empfinde diese Observation nur unbestimmt, vage, wie aus unbekannter Ferne, außerhalb jedweder gewohnten Wahrnehmung (?). Das klingt sehr konfus (allerdings!), ich weiß.

Ich kann es nicht besser beschreiben. Ich habe ja gesagt, es ist verrückt.«

Sie setzte sich auf und lachte.

»Geister? Gespenster? Dämonen?« fragte er und lachte auch. Aber er lachte sie nicht aus, er lachte mit ihr.

»Irgend so etwas in der Richtung«, sagte sie und stieg in das Spiel ein. »Glaubst du an Dämonen?«

»Ja sicher. Sie rumoren versteckt in unserem Geist und dem, was wir Seele nennen. Mischen sich dauernd ein, ohne daß wir sie bemerken. Manchmal, selten, treten sie heraus aus ihren Sphären und verselbständigen sich, schwirren durch die Gegend und machen Leute verrückt.«

»Wie entkommt man ihnen?«

»Tja«, er kratzte sich hinter dem Ohr, »darüber weiß ich auch nicht viel. Ich habe einmal gehört, daß wir für sie sehr ähnlich sind. Kaum zu unterscheiden. Gleichartig minderwertig. Sie brauchen deutliche Unterscheidungsmerkmale. Du müßtest deine Erkennbarkeit schmälern. Du müßtest mit der Menge verschmelzen. Dich im Durchschnitt gewissermaßen auflösen.«

»Es ist sicher schwierig, absichtlich durchschnittlich zu erscheinen. Wie macht man das?«

»Das ist das Schwerste. Landläufig schön auszusehen, das kann man bei einigermaßen günstigen Voraussetzungen mit Geschick und zur Not mit Hilfe der Chirurgie hinkriegen, interessant zu sein mit Hilfe der Intelligenz, exklusiv zu erscheinen mit Phantasie und Kenntnis und so weiter, aber intentional durchschnittlich, unauffällig – das ist schwer, richtig schwer. Übrigens hat man herausgefunden, auch wir Menschen können in manchen Fällen nicht gut unterscheiden: extrem symmetrische Gesichter werden vergessen.«

Er machte eine Pause, nahm ihre Hände wieder in seine und sagte dann liebevoll:

»Das kriegst du nicht hin, das mit der Durchschnittlichkeit

und der langweiligen Symmetrie, und ich will auch nicht, daß du das hinkriegst, ich liebe gerade deine Besonderheit, das dir, und nur dir, Eigene. Du wirst mit den Dämonen leben müssen. Übrigens nicht die schlechteste Gesellschaft. Ich will sie gar nicht mehr missen.«

Sie lachten wieder.

Dann wurde er ernst (sehr ernst), und obwohl sie jetzt nicht mehr beunruhigt wirkte, fragte er eindringlich:

»Sag mir, bedroht dich unser Vorhaben? Du weißt, wir können das abblasen. Ich wäre dafür. Es darf nicht auf dir lasten. Ich war nie wirklich überzeugt …«

Die Frau sprang auf. Sie sagte (geradezu hitzig):

»Um Gottes willen. Dann wäre ja alle Qual sinnlos gewesen. Daran bedroht mich gar nichts. Ganz im Gegenteil. Nur unser Plan und die Aussicht auf sein Gelingen haben mir in letzter Zeit Kraft und Mut gegeben.«

Auch er war langsam aufgestanden.

Sie hob geschmeidig ihre elegante Handtasche auf, die sie vor der ersten Umarmung achtlos hatte fallen lassen, straffte sich und sagte (energisch):

»Du hast völlig recht. Dieser Urlach-Mord lenkt sie ab. Ich werde handeln.«

Und noch bevor er etwas sagen oder tun konnte (was er gewollt hätte), küßte sie ihn fest auf den Mund und ging.

Krüss wirkte jetzt deprimiert.

(Sonja Variant?)

Mittwoch 13 Uhr 18
Eine Waldlichtung

»Das Fräulein stand am Meere ...«

Der Mann, den alle nur Krüss nannten, verließ das Haus. Er ging etwa zehn Minuten durch das Villenviertel, dann bestieg er einen Bus, fuhr vier Stationen, stieg wieder aus, ging (mit jetzt schon etwas schweren Schritten) ungefähr noch hundert Meter (hunderteinundzwanzig Meter) auf einer kaum befahrenen Straße, beidseitig bebaut mit gleichförmigen einstökkigen Vorgartenhäusern aus den mittleren sechziger Jahren, bog ab und ging (zunehmend schleppend) noch ein kurzes Stück (fünfundsiebzig Meter) auf einem schmalen Weg, den wenige nur kannten, durch einen räudigen Wald, bis er an eine Lichtung kam, auf der eine alte, schon etwas verwitterte Holzbank stand. Krüss setzte sich. Er schien das Sitzen jetzt nötig zu haben. Krüss mochte diese Bank. Er nannte sie »die Bank der Vorläufigkeit«. Sie war nicht für ein längeres Verweilen vorgesehen. Eher gedacht für eine kurze Rast, denn der Weg führte (noch dreihundertundelf Meter) weiter, bald leicht abfallend, hinunter zu den Ufern eines Sees.

Krüss war diesem Pfad nur einmal (vor dreieinhalb Jahren) bis zu seinem Ende gefolgt. Dort an einer sandigen Bucht (eine kleine Einbuchtung allenfalls) befand sich ein windschiefer überdachter Ausschank. Ein Holzhäuschen, bescheiden auch im Verzehrangebot.

Auf dessen Terrasse (ein plattgetretener Vorplatz), auf der sich vier Tische mit jeweils drei Stühlen befanden, hatte er an einem zwar milden, aber schon leicht diesigen Herbsttag gesessen, einen Kaffee getrunken und die Ruhe und die Sicht auf den See und die Nähe des Wassers genossen. Er war zunächst zu seiner Freude der einzige Besucher gewesen, und der Wirt hatte ihm gesagt, daß er »die Hütte« in den nächsten Tagen dichtmachen wolle. Dann war doch noch ein weiterer Gast erschienen, eine schmale Frau, bekleidet mit einer dikken Wolljacke, Tweedhosen, ledernen Turnschuhen, die man jetzt »Sneaker« nannte, und einem roten Schal. Die Frau hatte sich an den Nebentisch gesetzt. Er hatte ihr Gesicht sympathisch gefunden. Wettergegerbt wie bei denen, die oft segeln oder die Berge besteigen.

»Das sind die letzten schönen Tage dieses Jahres«, hatte sie gesagt.

»Ja«, hatte er gesagt.

Nur »ja«, vielleicht, weil er nicht gewußt hatte, was er dieser naheliegenden Vermutung noch hätte hinzufügen sollen, oder weil er das Gespräch nicht gesucht hatte oder weil seine Gedanken an anderem Ort gewesen waren. Die Frau hatte gleich darauf gesagt, daß dies ein wirklich schöner Ort sei. Und er hatte wieder nur »Ja« gesagt. Vielleicht hatten seine kargen Antworten auch weniger freundlich geklungen, als es seiner Natur oder seinem Charakter oder seinem Wesen entsprach. Offensichtlich hatte die Frau seine Einsilbigkeit als schroff oder unfreundlich oder kalt empfunden. Und gerade als er bereit gewesen war, den Ort schön, den Kaffee gut und die Frau nett zu finden, hatte diese ausgeholt.

Ob er ... – er hatte zunächst gar nicht glauben können, daß sie mit den nun folgenden Sätzen, die in Klang und Inhalt einer Strafpredigt nahegekommen waren, wirklich ihn gemeint haben könnte – ... ob er, also Krüss, denn überhaupt kein Auge für die Schönheit dieses Orts habe, hatte sie ihn erbost gefragt. Und noch ehe er hatte antworten können, hatte sie schon erregt weiter auf ihn eingeredet. Ein Trommelfeuer der Ergriffenheit auf ihn losgelassen. Das sei ein Geschenk, so ein Anblick wie der, der sich ihnen gerade böte, so eine Stimmung wie diese hier, ein Geschenk. Dafür müsse man dankbar sein. Dafür müsse man eine Empfindung haben. Wenn die Empfindung für solche Schönheit immer mehr schwände – seine Unempfindlichkeit bezeugte ja dieses Schwinden –, dann müsse man sich nicht wundern über die allgemeine Verrohung. Sie jedenfalls wäre von der Melancholie dieses Orts ganz gefangen, erfüllt, ja bezaubert. Aber so einer wie er bemerke ja wohl gar nicht, wie dort auf der Mitte des Sees das Sonnenlicht nur wenig besänftigt durch den herbstlichen Dunst goldene Lichtpunkte auf die Spitzen kurzer Wellen setzte, und in welch herbem Kontrast das zarte Spiel dieses Lichtertanzes zu dem starren Dunkel der Buchen stünde, die das gegenüberliegende Ufer säumten. Da frage sie sich doch, warum große Maler, große Dichter sich künstlerisch so hätten verausgaben müssen, um diese oder vergleichbare Stimmungen einzufangen, wenn es heute gar keine dem korrespondierenden Empfindungen mehr gebe. Das sei ja nicht erstaunlich, wenn diese Welt zugrunde gehe, wenn niemand mehr einen Sinn für die Wunder der Natur habe, für die große Botschaft, die da zu uns dringe.

Dann hatte sie auch noch Nebel gesehen, wo keine waren, und Farbtöne, die es weit und breit nicht gab. Da fehlt ja jetzt nur noch ein Nachen. Gleich wird sie einen Nachen sehen und einen Fährmann oder einen Mönch, hatte er gedacht.

Irgendwann, als ihr Schimpf immer härter auf ihn eingeprasselt war und als das verhaßte Adjektiv ›köstlich‹ ihn zwei Mal aus ihrer Suada heraus angesprungen hatte, hatte sich seine Geduld verabschiedet und er hatte sie mitten in einen ihrer emphatischen Sätze hinein gefragt, ob sie glaube, daß sie diese schönen Empfindungen auch haben könnte, wenn sie der Erde im täglichen Schweiß eine kärgliche Ernte abringen müßte. Und ob sie denn nicht wisse, daß die Romantisierung der Natur so richtig erst in Schwung gekommen sei, als die Menschen zu Teilen schon in der Enge grauer Städte hausten, und daß deren Wahrnehmung, in der Art, wie sie sie erzwingen wolle, allererst zu Beginn der Neuzeit entstanden sei.

Er war zornig gewesen. Diese Kuh wußte doch gar nichts von ihm. Was berechtigte sie dazu, ihn in dieser Weise anzublaffen und der Empfindungsarmut zu bezichtigen. Wo er sich doch aus der Welt mehr und mehr zurückzog, weil er fürchtete, daß die verlogenen Empfindungsanstürme, die von außen auf ihn niedergingen, jedwede Empfindung in ihm ersticken könnten. Er war dem nicht mehr gewachsen gewesen. (Notwehr!)

Er hatte noch mehr zu der schmalen Frau gesagt. Eine richtige stramme kleine Vorlesung hatte er gehalten, hatte doziert, etwas, was er eigentlich nie wieder hatte tun wollen. Er hatte sie schulmeisterlich bestrafen wollen dafür, daß sie ihm den gerade erst gefundenen schönen Ort verleidet hatte.

Die empfindsame Frau hatte dann schützend den dicken roten Schal fest um sich gewickelt und sehr eilig das Weite gesucht.

Aber er war nicht stolz gewesen auf diesen Sieg. Denn als sich die Frau, die er liebte, kurze Zeit später auch einmal von einer Naturschönheit in die Rührung hatte bringen lassen und er ihr noch wund von dem Erlebnis mit der dünnen Frau am See das Heine-Gedicht von dem »Fräulein am Meere« rezitiert hatte, da hatte sie (empört und stolz) gesagt:

»JETZT. Jetzt habe ich diese Empfindung und jetzt ist sie wahr, nur jetzt! Vielleicht ist ja alle menschliche Wahrnehmung, auch die jedweder Schönheit, nichts als Illusion, gespeist aus Tradition, Suggestion und Verabredung, aber ich will mir diese Freude nicht nehmen lassen, auch von dir nicht, weil sie doch zu dem Besten gehört, was zu haben ist.«

Da hatte er sich geschämt, wahrhaft geschämt, zumal sie zuvor im Unterschied zur Frau am See gute Worte gefunden hatte für ihre Wahrnehmung des schönen Augenblicks.

Krüss war nie wieder zu dem kleinen Ausflugslokal gegangen. Von dort, wo Krüss jetzt saß, auf der Bank der Vorläufigkeit, konnte man den See nicht sehen. Und auch nicht den dunklen Saum der Buchen an irgendeinem gegenüberliegenden Ufer. Nur unattraktives Kiefer-Gehölz (Pinaceae), dessen büscheliges Nadelimmergrün ihm eher grau erschien. Krüss lehnte sich zurück und schloß die Augen. Er fröstelte trotz des warmen Wetters. Er war jetzt sehr müde (verzagt).

Bald darauf trat ein Mann hinzu und setzte sich neben ihn auf die Bank. (War der erwartet worden?)

»Das sind die ersten schönen Tage des Jahres«, sagte er.

»Ja«, sagte Krüss, öffnete die Augen und lachte.

»Wirst du mir sagen, was du komisch findest?«

»Das ist unwichtig. Hat nichts mit dir zu tun. Eine Erinnerung. Ich traf unten am See einmal eine Frau, die mir Gefühlsbefehle erteilte und das unerfreuliche Gespräch mit einem ganz ähnlichen Satz einleitete. Eine Ergriffenheitsterroristin.«

»Geben wir uns diese Gefühlsbefehle nicht zumeist selbst, dringen da nicht permanent solche Befehle aus den Quellen unseres eigenen unbeherrschten Wollens?«

»Willkommen in der Villa Schopenhauer. Du hast vollkommen recht. Aber im Café am See kam der Befehl von außen, und ich konnte diesen fremden Befehlen wirklich nicht gehorchen. Die fremde Frau hatte die Sache verbal versaut. Zu viele abgegriffene Bilder, zu viele Phrasen. Es gab eine inwendige Geschmacksbremse.«

Der andere dachte nach, es sah jedenfalls so aus.

»Können Gefühle lügen?«

»Ja sicher«, sagte Krüss. »Die Lüge blüht auf, dort wo wir das, was wir fühlen, schon immer für wahrhaftig halten, nur weil wir es so inbrünstig fühlen. Indes: Inbrunst ist nicht gleich Wahrheit.«

»Kann man Gefühle befehlen?«

»Das bringt in der Regel nichts. Hast du nicht auch schon einmal zu einem Menschen, der bei bester Gesundheit und soliden Existenzeinbettungen ewig herumnörgelt, gesagt: ›Sei froh, daß du keine anderen Sorgen hast!‹«

»Ja«, sagte der andere.

»Und hat er dann aufgehört mit dem Nörgeln? War er dann froh?« fragte Krüss.

»Nein«, sagte der andere.

»Du mußt diese Befehle tarnen. Damit sie sich anschleichen können. So wie sie getarnt sind in dunklen Literaturen – und ich spreche jetzt nicht von der Trivialliteratur. Wenn die Schleichbefehle sich aus dem prätentiösen Erzähldunkel heraus in das Gemüt spulen, gehorchen die Befallenen ihnen völlig widerstandslos. Je unklarer der Befehl – ein sehnsüchtiges Wispern nur von weit, weit her –, desto dringlicher die Sehnsucht, ihm nachzukommen. Sie hören das Raunen, das da meist in altertümelndem Sprachbildschaum verquirlt von unergründlichem Grunde her lockt und tauchen ihm – beseelt und bald selbst schon stark umnebelt – nach in die trüben Gewässer, tief hinein gründelnd, wünschend, sehnend in der Hoffnung, sich im taumligen Tauchgang der tiefen Tiefe ihres eigenen gleichermaßen unergründlichen Gefühls versichern zu können. Trübes liebt Trübes. Sehnsucht meets Sehnsucht. Mit einem Satz: Sie sind tiefgerührt von der Tiefe ihrer tiefen Rührung. Erhaben erhoben.«

Krüss machte eine Pause. Er wirkte erschöpft. Aber er nahm seine Rede doch wieder auf:

»Ich glaube, nein, ich bin sicher, so ein wahrhaft rührender Rührungsspielverderber wie dein Lieblingsautor (wieder kein Name!), den die Kumpanei von Sentimentalität und Brutalität ekelte, der etwas von der menschliche Hinfälligkeit wußte und die wahre Not kannte und ernst nahm, dessen witzige Spielverderberei aus tiefster Verzweiflung und Desillusionierung kam, wäre heute gar nicht mehr möglich. Es ist ein altes Spiel: Wenn die zivilisatorischen Kartenhäuser einstürzen, flüchten die Leute in die vorgewärmte Gemütlichkeit – ins gefährlich hochgerüstete Neobiedermeier. Da werden sie sich auf die Dauer den Arsch verbrennen, und das ist das Mindeste. Sei bitte nicht beunruhigt. Der dies zu dir sagt, ist ein Narr.«

Krüss schloß wieder die Augen.

Der andere sinnierte in sich hinein.

Krüss fragte:

»Ist dir schon einmal diese innige Verbindung zwischen Sentimentalität und Brutalität aufgefallen?«

»Ja«, sagte der andere. »Ich leide täglich darunter. Ich muß nur den Fernseher anschalten oder den Gesprächen der Leute in der U-Bahn zuhören.«

»Glaubst du an Gespenster und Dämonen?« fragte Krüss.

»Bis vor kurzem hätte ich dich ausgelacht. Jetzt aber sage ich: Ja! Ja, es gibt sie, und sie treiben ein übles Spiel in uns und mit uns. Sieh dir nur an, wie sie das gute Leben, das ich einmal hatte, in kurzer Zeit aus den Angeln gerissen und zunichte gemacht haben. Ich stehe vor einem Schutthaufen und fühle mich innerlich zerfetzt. Und jetzt ... dieser dramatische Schlußakkord. Du hast davon gehört?«

»Ja.«

»Ich denke immer noch nach über die Gefühlsbefehle. Ich hätte große Lust, mich und die Menschen in meiner beruflichen Umgebung mit Gefühlsbefehlen zu überhäufen. ›Bedaure mich nicht! Bedaure dich selbst nicht! Habe keine Angst! Sei mutig!‹ Wir drehen gerade alle durch. Wohin ich mich auch wende: nur Haltungsverluste.«

Der andere, der bei den letzten Sätzen erregt vor der Bank hin- und hergegangen war, setzte sich wieder.

Krüss sagte:

»Ich stelle dir keine Fragen. Keine Fragen nach dem, was du getan hast oder nicht getan hast, oder wer es getan haben könnte. Fragen, die dir jetzt vermutlich alle stellen. Welche Version der Ereignisse da auch immer der Fall wäre und dich beträfe, ich hätte in Kenntnis deiner Leiden für jede Verständnis. Die Polizeiwahrheit hingegen interessiert mich nicht. Ich habe mich immer über die Beliebtheit von Kriminalromanen mokiert. Ich glaube, sie sind so beliebt, weil es für die meisten Menschen so überaus beruhigend ist, wenn sich alles als erklärbar erweist, was zunächst undurchsichtig erscheint. Das Glück der Überführung. Ich will nicht überführen. Ich glaube nicht an sie, diese grundsätzliche Erklärbarkeit.«

Der andere sagte:

»Ich danke dir für deine Zurückhaltung. Zumal ich annehme, daß in diesen Ereignissen allerlei Material für dein Buch zu finden wäre.«

»Das interessiert mich auch nicht mehr.«

»Nein?«

»Nein!«

Krüss legte seine Hand auf den Unterarm des Freundes.

»Das war unser letztes Treffen hier.«

»Dann ist es jetzt also so weit?«

»Ja, ich habe diesen Zeitpunkt gleichermaßen ersehnt wie befürchtet.«

Er seufzte leise, beugte sich etwas vor und breitete resigniert die Arme aus wie ein Pinguin, der zum Lauf ansetzt. Und sagte: »Aber doch mehr befürchtet.«

Sie schwiegen. Dann sagte Krüss:

»Gegen ihren starken Willen zur Erzwingung des Glücks komme ich nicht an. Sie wird die Sache zu einem Ende bringen. Keine Macht der Welt könnte sie daran hindern. Und du, mein lieber Freund, wirst in die Gefahr kommen, ein Mitwisser zu sein.«

»Mach dir darüber keine Sorgen, das ist für mich eine leichte Übung, für diese Rolle bin ich geradezu prädisponiert«, sagte der andere und lächelte Krüss aufmunternd zu.

Vergebens, Krüss war zu dieser Stunde, an diesem Tag nicht aufzumuntern.

Er sagte:

»Ich gebe dir noch einen Rat. Geh zurück in deine Bibliothek und mach dir die Dämonen zu Freunden. Sie waren es nicht, die dir dein gutes Leben zerstörten.«

Die Freunde saßen noch einen Moment nebeneinander auf der vorläufigen Bank und starrten auf unschönes Gehölz.

Der alte Narr und der junge Bibliothekar.

Dann stand Krüss schwerfällig auf.

Der andere sagte:

»Unsere Bankgespräche werden mir fehlen.«

»Mir auch.«

»Lebe wohl.«

»Adieu.«

Der andere war auf der Bank sitzen geblieben und sah jetzt Krüss hinterher. Da ging ein todmüder Mann. Er unterdrückte den Impuls, ihm nachzulaufen und beizustehen, bei was auch immer.

Aber das hätte Krüss nicht gewollt.

(Richtig! Das hätte Krüss nicht gewollt!)

Mittwoch 12 Uhr 15
Restaurant

Haß

Pascal von Seefeld war nicht in seinen Tennisclub gegangen. Er hatte seine hipsten Jeans (7 For All Mankind) und einen leichten Cashmere-Pullover (zweifädig, altrosa, V-Ausschnitt), darunter ein weißes T-Shirt, angezogen und war nach Steglitz in das kleine Bistro-Restaurant gefahren. Er hatte das Lokal mit Bedacht gewählt. Es befand sich im Aufstieg, machte also schon ›was her‹ (Kellner in langen weißen Schürzen, anspruchsvoll eingedeckte Tische), hatte aber noch zivile Preise. Und – der entscheidende Gesichtspunkt: Man kannte ihn dort nicht. Und seinen jungen Sportsfreund Charly Neuhaus auch nicht.

Er hatte die Vorspeise schlechtgelaunt und wortkarg auf seinen Einsatz lauernd durchstanden, doch jetzt, noch vor dem Hauptgang, konnte er sich nicht mehr zurückhalten und begann das, was man, wenn es Frauen betraf, »eine Szene machen« nennt.

»Du mußt das gar nicht abstreiten, ich hab doch gesehen, wie er dich angeglotzt hat. Der hat dich doch geradezu gefressen mit seinen lüsternen (?) Urlach-Augen. Jedenfalls am Anfang des Abends. Und du bist ja auch auf deinen Wegen zum Buffet immer sehr dicht arschwackelnd (nicht wahrheitsgemäß!) an ihm vorbeigetänzelt. Und ich vermute mal, er hat seine Blickfängerei nur so abrupt eingestellt, weil er bald schon dein Visitenkärtchen in der Tasche von seinem affigen Glencheck-Anzug hatte.«

Der Kellner kam und räumte die Vorspeisenteller ab. Pascal schnappte sich eine Scheibe Baguette aus der Brotschale und begann, ungeduldig auf den Abgang des Kellners wartend, sie wüst auseinanderzureißen. Dann setzte er nach.

»Du mußt jetzt nicht dein Lockenköpfchen schütteln und ein Schmollmündchen machen. Ich weiß doch, was ich gesehen habe. Streite es gar nicht erst ab. Ich wünschte, ich hätte mich nicht von deiner ewigen Quengelei erweichen lassen. Jedenfalls, – das sei dir gesagt: Dafür habe ich dich nicht zu unserer Party mitgenommen, daß du dich da gleich von diesem gierigen Urlach anmachen läßt.«

Pascal von Seefeld (42 Jahre und 4 Monate alt) hatte mit hochrotem Kopf auf den viel jüngeren Charly Neuhaus (24 Jahre und 7 Monate alt) eingeredet und war bei den letzten Worten etwas lauter geworden, so daß einige der anderen Gäste des Bistros zu ihnen herübergeschaut hatten. Pascal dämpfte den Ton. Da sein Zorn jetzt kein Ventil mehr in der Lautstärke hatte, schnappte er sich zum Zweck notwendiger Erregungsabfuhr die nächste Baguettescheibe. Der Jüngere starrte angeekelt auf das zerstörerische Werk von Pascals Händen, die, wie es schien, ohne das Wissen dessen, dem sie gehörten, abwechselnd das Brot kneteten und an ihm rissen.

Pascal nahm wieder Anlauf:

»Ich gebe zu, die Party war kein Knaller. Aber das gibt dir noch lange nicht das Recht, dich gleich an den Erstbesten ranzuschmeißen. Ich hatte dir gesagt, daß das nicht dein Milieu ist, mein Kleiner, doch du wolltest ja unbedingt einmal rein in die Villa meiner Mutter. Und ich hatte dir auch gesagt, daß du dich da benehmen sollst. Das ist kein Tuntenball, hatte ich dir gesagt. Und das sage ich dir jetzt: Bei diesem Ulf Urlach kommst du als Letzter dran. Als Allerletzter! Da gibt es eine lange Warteschlange, und vor dir fast nur Frauen. Das ist einer von der harten Sorte. Dem bist du nicht gewachsen. Das mußt du dir jetzt genau überlegen, von wem du dich in nächster Zeit aushalten lassen willst. Oder hast du dir das längst überlegt und nimmst nur heute noch schnell diese kleine Einladung mit?

Ah! Der Verdacht kam mir bereits gestern abend: Du hast dich schon entschieden. Was bin ich doch für ein naiver Trottel!«

Pascal schlug sich theatralisch mit der flachen Hand auf die schweißglänzende Stirn. Patsch. In dem Geräusch war Feuchtigkeit. Der Jüngere fühlte sich an eine Comicfigur erinnert.

Pascal startete neu durch:

»Wahrscheinlich warst du mit dem geilen Ulf lange vor diesem Abend bekannt. Wahrscheinlich kauft der seine abgedrehten Klamotten in der halbseidenen Herrenboutique, in der du, an zwei Tagen der Woche unter dem Vorwand Geld verdienen zu müssen, in der Umkleidekabine solchen Angebern den Schwanz lutschst.«

Bei dem letzten Satz hatte Pascal versehentlich die Lautstärke wieder gesteigert, so daß sich die ungewollte Zuhörerschaft in zwei Lager teilte: ein hochgradig pikiertes und ein gleichermaßen amüsiertes.

»Das muß ich mir nicht gefallen lassen«, das sagte der Jüngere jetzt, und er sagte es leise und mit Würde. »Nicht von einem, der mich immer nur verleugnet hat. Daß nur ja keiner bemerkt, daß der feine Herr, wie man in seinen Kreisen sagt, ›ein warmer Bruder‹ ist. Wo lebst du eigentlich? In welchem Jahrhundert? Ich vermute in dem, zu dem dieser bröckelige Monsterkasten, den ihr Villa nennt, gehört. Wenn ich an die eingerosteten Typen von gestern abend denke, kann es nicht das Einundzwanzigste sein. Da war dieser Glenscheck-Mann wirklich der einzige Lichtblick.«

Der Jüngere faltete sorgfältig seine Serviette zusammen, holte tief Luft und sagte:

»Ich lass' mir diese Behandlung nicht länger gefallen. Du machst doch immer nur blöde Versprechungen.« Er äffte einen glitschigen Schmeichelton nach: »›Warte, bis ich an mein Erbe komme, dann machen wir supertolle Reisen, dann kaufen wir uns eine piekfeine Penthauswohnung, dann kriegst du einen knallroten Sportwagen.‹« Er wechselte in einen wütenden Ton, blieb aber leise: »Scheiß drauf. Was meinst du denn, wie lange ich noch warte? Vielleicht hat deine Horrormutter ja noch ein oder zwei, vielleicht sogar drei Jahrzehnte vor sich. Die Leute werden neuerdings sehr alt. Noch nichts davon gehört? Ich hab die doch gestern abend gesehen. Die denkt gar nicht daran abzutreten. Die ist zäh. Und dazu noch deine ewige Eifersucht. Dauernd diese hysterischen Anschuldigungen. Peinlich ist das. Lächerlich! Ich finde dich nur noch lächerlich. Du kannst dir einen anderen suchen. Ich hau ab.«

Er knallte die schmal gefaltete Serviette hart auf den Tisch, stieß beim Aufstehen (absichtlich?) sein Rotweinglas um und sagte beim Weggehen mit einem letzten (etwas tückischen) Blick auf Pascal:

»Vielleicht sollte ich der Frau Mama die Augen öffnen. Ein kleines Briefchen schreiben. Und – ha, warum eigentlich nicht Urlach?«

Pascal hatte sich auch halb erhoben, machte in einer unbeholfen Knickstellung mit dem Oberkörper über den Tisch gebeugt eine hilflose Armbewegung, die man als (zwecklosen) Versuch, den Jüngeren zurückzuhalten, hätte ansehen können, ließ sich dann aber erschöpft auf seinen Stuhl zurückfallen und wischte sich mit der gestärkten Serviette über das Gesicht. Scheiße. Das war ja völlig schiefgelaufen. Haß stieg in ihm auf. Er haßte diesen Jungen. Er haßte seine Mutter. Er haßte sich. Und auch diesen Kellner, der jetzt aus der Küche gekommen war und mit der Hauptspeise an den Tisch trat (einen großen Teller auf jedem Unterarm). Den Kellner vor allem.

»Einmal Zander und einmal Steak à la Minute«, sagte der

Gehaßte nichtsahnend. Und als er den großen Rotweinfleck entdeckte, der sich stetig auf dem schneeweißen Tischtuch erweiterte, sagte er:

»Ich bringe sofort eine frische Tischdecke …«

»Bringen Sie die Rechnung«, zischte Pascal.

(Schon am nächsten Tag nahm Charly Neuhaus die Stelle als Verkäufer in der Herrenabteilung eines Düsseldorfer Kaufhauses an. Sie sahen sich nie wieder.)

Mittwoch 11 Uhr 10
Universität

Befragung Laura Rudolph

– Sie heißen?
– Laura Rudolph.
– Sie arbeiten an diesem Institut?
– Ja. Ich bin zuständig für die allgemeinen Belange der Geschäftsführung.
– Bitte schildern Sie uns alle Abläufe des heutigen Morgens, ausgehend von dem Moment, als Sie hier ankamen.
– Ich bin heute etwas früher als gewöhnlich hier eingetroffen, weil ich noch an der Haushaltsaufstellung für die Direktoriumssitzung arbeiten wollte.
– Zu welcher Uhrzeit sollte diese Sitzung stattfinden?
– 15 Uhr 15.
– Wann trafen Sie ein?
– Ich kann es nicht ganz genau sagen. Ich schätze, es war so ungefähr 8 Uhr 45.
– War die Gebäudetür abgeschlossen?
– Ja, und auch die Tür zum Treppenhaus. Ich habe beide Türen hinter mir wieder verschlossen. Da paßt übrigens der gleiche Schlüssel.
– Wie ist das generell geregelt, ich meine …
– Ich verstehe schon. Ab 9 Uhr 45 läßt jemand, zum Beispiel einer der dann eintreffenden Lehrenden, der im Besitz des Schlüssels ist, die Türen unverschlossen, so daß die Studenten Zugang haben.
– Wer besitzt so einen Schlüssel?
– Im Prinzip alle Lehrenden und Angestellten des Instituts.
– Im Prinzip?

– Ich kann nicht ausschließen, daß irgendein ehemaliger Professor oder Mitarbeiter oder eine studentische Hilfskraft die Schlüssel nicht zurückgegeben hat.
– Das handhaben Sie locker?
– Nein. Aber dies ist nicht Fort Knox. Für die Bibliothek und die Räume, in denen sich Computer und andere Wertsachen befinden, gibt es Spezialschlüssel.
– Welcher Schlüssel paßt auf die Tür des Toilettenvorraums?
– Der allgemeine Schlüssel.
– Könnte man sagen, daß bei geringer krimineller Energie nahezu jeder sich Zugang zu der Personaltoilette hätte verschaffen können?
– Ja.
– Haben Sie auf dem Weg in Ihr Arbeitszimmer irgend etwas Ungewöhnliches bemerkt?
– Nein.
– Ist Ihnen jemand begegnet?
– Nein. Erst – ich schätze – eine halbe Stunde später kam unser Bibliothekar Herr Menzel in mein Zimmer, um mich zu begrüßen. Das tut er jeden Morgen. Zu diesem Zeitpunkt glaubte ich auch die Stimme von Frau Schwarzenbach auf dem Gang zu hören.
– Welche Funktion hat Frau Schwarzenbach?
– Frau Schwarzenbach ist Doktorandin bei Professor Schauer.
– ??? (mimisch)
– Er betreut ihre Doktorarbeit und …
– Wer hat den Toten gefunden?
– Simon Menzel, unser Bibliothekar.
– Und der hat Ihnen auch den Vorfall gemeldet.
– Nein, das war Frau Schwarzenbach. Sie tauchte völlig verschreckt kurze Zeit später …
– Um wieviel Uhr war das?

– Die genaue Uhrzeit kann ich Ihnen beim besten Willen nicht sagen, ich schätze, es war etwa um 9 Uhr 45, als sie bei mir im Geschäftszimmer auftauchte und sagte, ich solle sofort kommen, da läge jemand reglos auf der Personaltoilette.
– Was sagte sie genau?
– ›Komm schnell. Da liegt einer auf dem Klo.‹
– Sie hat nicht von einem Toten gesprochen?
– Nein.
– Was haben Sie dann getan? Genau bitte.
– Ich bin zur Personaltoilette gegangen, jedoch nur in den Vorraum, in dem sich die Waschbecken befinden, genauer: bis zur Tür des Raums mit den Kabinen und habe gesehen, daß da ein Mann bäuchlings auf den Fließen lag.
Das haben Sie sicher bemerkt: Die etwas veralteten Naßraumtüren der Toiletten haben vom Fußboden aus bis zu einer Höhe von – ich schätze – vierzig Zentimetern eine Aussparung. Der Kopf des Mannes befand sich in der Kabine und war wegen der geschlossenen Kabinentür nicht sichtbar. Der Rest jedoch … Ich meine … der Körper jedoch ragte durch den offenen unteren Teil der Tür hindurch in ganzer Länge in den Raum.
– Sie sind nicht in den eigentlichen Toilettenraum hineingegangen?
– Nein.
– Haben Sie etwas angefaßt?
– Nur die Türklinke.
– Kommen wir zu den entscheidenden Fragen: Warum haben Sie angenommen, daß der Mann tot ist?
– Er hatte ein Messer im Rücken. Und dann die Blutlache …
– Da war keine … Na, lassen wir das. Und warum haben sie gleich vermutet, daß es sich um Professor Ulf Urlach han-

deln könnte? Sie haben doch sein Gesicht gar nicht sehen können, und es ist auch nicht sehr hell in dem Raum.

– Der Anzug und die Schuhe. Solche Kleidung trägt … ich meine: trug … hier nur er.

– Geht es etwas genauer?

– Professor Ulf Urlachs Geschmack wies stark ins Englische und auch ins etwas Dandyhafte. Ich habe diese braunen Glencheck-Anzug zuvor schon an ihm gesehen und die zweifarbigen Schuhe mit dem Budapester Lochmuster auch. Und ich habe den Siegelring an der ausgestreckten Hand wiedererkannt.

– Was taten Sie dann?

– Ich habe die Tür des Toilettenvorraums und die Tür zum Gang verschlossen, bin auf dem Weg zum Geschäftszimmer mit Professor Schauer zusammengestoßen, der mich zwei oder drei Minuten aufgehalten hat, und habe Sie dann angerufen.

– Wissen Sie, ob Professor Urlach Feinde hatte?

– Das kann ich Ihnen nicht sagen.

– Haben Sie, bevor Frau Schwarzenbach zu Ihnen kam, Ihr Arbeitszimmer verlassen?

– Ja. Das Papier für den Drucker war ausgegangen, ich war einmal kurz in unserem Lagerraum.

– Und wann haben Sie Professor Urlach zum letzten Mal lebend gesehen?

– Gestern abend auf einer Party bei Irma von Seefeld.

– Bitte schreiben Sie uns die Adresse dieser Dame auf. Wissen Sie, wann Professor Urlach die Party verlassen hat?

– Nein, ich bin sehr früh gegangen, da saß er noch in seiner Ecke.

– Bitte kommen Sie heute nachmittag oder morgen früh ins Kommissariat, wir brauchen Ihre Fingerabdrücke. Nur zum Vergleich. Und bitte sagen Sie das auch Ihren Kollegen, die heute morgen anwesend waren.

– Ja, Sie können sich auf mich verlassen.
– Frau Rudolph, wir bedanken uns für die bereitwilligen Auskünfte. Unsere Karte haben Sie ja erhalten. Wir werden Sie sicher nochmals bemühen müssen.
– Auf Wiedersehen.
– Auf Wiedersehen.

Mittwoch 14 Uhr 56
Landhaus Florian Kuhn

Eine Fahrt hinaus

Es war ein schöner Tag. Ein schöner Tag im Frühsommer.

Ja, das ist eigentlich ein schöner Tag, dachte Laura Rudolph – vergeblich. Sie versuchte etwas von der Freude, die sie an jedem vergleichbar schönen Tag ihres bisherigen Lebens (36 Jahre, vier Monate und 17 Tage) beglückt hatte, in ihrer gegenwärtigen Stimmung wiederzufinden, allerdings – (wie schon gesagt) vergeblich.

Das war ein Frühsommertag, wie sie ihn eigentlich liebte. Aber zwischen jedes Bild und die ihm eigentlich zugehörige Empfindung schob sich dieses ›eigentlich‹.

Die Luft schien ihr heute, ausgerechnet heute, besonders sauber, das Grün der Bäume so vielfältig, so reich nuanciert und frisch und zart (ja, so sagt man wohl) hob es sich ab vom gesättigten Grün der Wiesen. Sie nahm das wahr, so intensiv, wie sie es noch nie wahrgenommen hatte. Übergenau. Die Bilder hatten eine ungute Schärfe. Sie drangen schmerzhaft in sie ein.

Das despotische Rot einer Ampel zwang sie zum Warten.

Ein kleinteilig schwirrendes Muster, das das Sonnenlicht auf das Pflaster warf, als es durch die sanfte Blätterbewegung einer am Straßenrand stehenden Birke drang, erzeugte nicht die erwartete Aufhellung in ihr, vielmehr erinnerte es sie jetzt an das Muster auf den Kittelschürzen, die verhärmte (?) Frauen in ihrer Jugend auf dem Lande getragen hatten.

Wann hatte diese Zudringlichkeit der Formen eingesetzt? Sie wußte es. Während des Verhörs (der Zeugenbefragung!) hatte sie, um das Bild des Toten Ulf Urlach aus dem Kopf zu bekommen, fanatisch aus dem großen Fenster des Geschäftszimmers geschaut auf das Spiel der Blätter in den Baumkronen der Kastanien und die wenigen im Hintergrund langsam und gleichmütig vorbeiziehenden Wolken.

Da war sie entstanden, die Unwucht ihrer Wahrnehmungen.

Jedenfalls: So scharf umrissen hatte sie die Formenvielfalt der Natur niemals sehen können. Sie hatte das Gefühl, immer näher an eine Wahrheit zu kommen, aber nur, um zugleich deren absolute Unzugänglichkeit erkennen zu müssen.

Es war nicht gut.

Ihr war übel.

Und auch das nahm sie wahr: Das klare Blau des Himmels war friedlich unterbrochen von wenigen Schön-Wetter-Wolken, harmlos geballt wie ein Kind sie malen würde. Merkwürdig, warum sah sie das alles so viel genauer als an all den anderen Tagen ihres Lebens, jenen, die nicht mit einer Leiche auf dem Klo begannen.

Ja klar, dachte sie, in meiner Wahrnehmung steht diese Frische und Unschuld verkündende Natur in hartem Kontrast zu Tod und Verderben.

Jetzt hatte sie ihr Leid wenigstens auf eine famose Formel gebracht. Doch die Klugheit half nicht sonderlich, sie gab ihr keinen Halt.

Alles, was sie sah, war scharf und nah und unscharf und entfernt zugleich. Bilder stürmten auf sie ein und entglitten sogleich wieder. Sie hatte das Gefühl einer durchgängigen Künstlichkeit, als führe sie in der Endlosschleife einer Kulissenwelt umher.

Ihr war übel.

Die Sonne hatte jetzt zur Mittagszeit schon eine wärmende Kraft und brannte auf die Windschutzscheibe ihres VW Polo (aus zweiter Hand). Laura wurde nicht gewärmt. Die Wärme schien an ihrer Haut abzuprallen. Sie sah die Schönheit dieses Tages, aber sie konnte sie nicht fühlen. Eine Abschirmung oder eine zweite Haut – sie hatte keine wirklich zutreffende Bezeichnung für diese ihr unbekannte Empfindung. So viel hätte sie sagen können: Die Wahrnehmungen kamen nicht zu den Bildern oder umgekehrt.

Sie war sich fremd.

Ihr war übel.

Sie hatte seit dem Frühstück nichts mehr gegessen und ununterbrochen geraucht. So eine Übelkeit war zwar auch nicht gut, aber sie gab ihr immerhin so etwas wie eine Körperwirklichkeit.

Heute morgen auf ihrer Fahrt zur Universität war sie entschlossen gewesen, die von Florian Kuhn auf Mollys Party ausgesprochene Einladung abzusagen.

»Schöne Laura, kommen Sie doch morgen irgendwann nach Dienstschluß zu mir auf meine Landkate«, hatte der interessante (?) Mann gesagt. Der Bestseller-Autor Florian Kuhn, so war er ihr von Pascal mit einem ironischen Grinsen vorgestellt worden. Dieses ironische Alibi-Grinsen, das ermöglichen sollte, eine beeindruckende Information unterzubringen, ohne daß eine übergroße Peinlichkeit entstand.

Diese Verabredung, die sie zunächst am Morgen, in der noch leichenfreien Zeit hatte absagen wollen, war sie ihr einmal wichtig erschienen?

Sie wußte es nicht mehr.

Dann hatten die Ereignisse (?) sie diese Verabredung und ihre Absicht, sie abzusagen, vergessen lassen.

Dann, nach all dem Unglaublichen, und nachdem sie beim Erkennungsdienst der Polizei noch ihre Fingerabdrücke hinterlegt hatte – ihre Fingerkuppen waren noch immer leicht verfärbt –, hatte sie wieder an die Verabredung gedacht und ihr Mobiltelefon schon absagebereit in der Hand gehabt.

Dann hatte sie die Visitenkarte (Bütten gehämmert, Schreibschrift, verschnörkelte Versalien), die er ihr gegeben hatte und auf der sich seine Telefonnummern befanden, nicht mehr in ihrer Handtasche finden können.

Und dann?

Ach ja, dann hatte sie, nachdem sie in Sachen Mord von der Polizei vorläufig nicht mehr gebraucht und das Institut für den restlichen Tag zugesperrt worden war, keinesfalls allein in ihrer Wohnung sein wollen. Und sie hatte auch nicht allein in einem Café sitzen wollen. Und sie hatte auch nicht einer ihrer Freundinnen oder gar ihrer Mutter (»Kind, um Himmels willen!«) auf unvorstellbar viele Fragen antworten wollen. Und sie hatte auch nicht – na ja, so viele Optionen hatte sie da gar nicht gesehen.

Für einen kurzen Moment war das Bild einer schützenden Häuslichkeit in ihr entstanden, das Bild eines liebenden Mannes und das Bild eines geliebten Kindes, die beide, Mann und Kind (waren da nicht sogar niedliche hochgestreckte Kinderärmchen auf ihren inneren Bildern zu sehen gewesen?) sehnsüchtig auf sie gewartet, und sie getröstet hätten. Eine Wunschbastion, reiner Kitsch, sie ermahnte sich umgehend – aber sie hatte sich in ihrer (durch die Leichennähe weichgekochten) Verfassung den Gedanken gestattet, wie schön es wäre, wenn es das gäbe. Menschen, die sie ohne Vorbehalte liebten, denen sie absolut vertrauen könnte. Bedingungslos.

Dann hatte sie geweint.

Dann hatte sie sich entschlossen, das mit der Absage einfach sein zu lassen.

Für diese Unhöflichkeit hätte ja wohl jeder Verständnis haben müssen, daß sie, die schließlich gerade die Hauptzeugin in einer Mordsache geworden war, so eine weinselig getroffene Verabredung vergessen könnte … Noch dazu eine, die man selbst noch nicht so richtig einordnen konnte. Über die man in einem Moment der Ruhe hätte nachdenken müssen. Doch es hatte an diesem Tag noch keinen Moment der Ruhe gegeben.

Dann war ihr beim Wühlen in ihrer Handtasche (die geheimnisvollen Abgründe der Damenhandtaschen) auf der Suche nach einer Packung Tempotaschentücher die Visitenkarte von Florian Kuhn mit den diversen Nummern und der Adresse doch noch in die Finger geraten, und sie hatte das als Fügung genommen.

Es war wohl ihrer seelischen Verfassung zuzuschreiben, daß sie verdrängte: auch Kuhn würde, wenn er durch sie von dem Mord an Urlach erfuhr, eine Fragenkanonade auf sie losschicken. Schließlich hatte er ihn am Vorabend kennengelernt, oder zumindest flüchtig wahrgenommen. Aber daran dachte sie nicht. Ihr Denken glitt immer wieder aus den aktuellen Räumen.

Im Versuch, nicht an die Leiche von Ulf Urlach zu denken, entging ihr auch manch anderes. Solche reglementierenden Vermeidungsgebote mochte ihr Hirn offensichtlich nicht. Die Leiche rutschte in jedes Bild, spukte in den Gedanken und in den Empfindungen. Es war, sie wußte das, unmöglich, willentlich an etwas Bestimmtes *nicht* zu denken. Sie wollte überhaupt nicht denken. Geht das? dachte sie nachdenklich über ihr Denken denkend. Gibt es einen menschlichen Wachzustand, in dem jegliche Form einer geistigen Tätigkeit zum Erliegen kommt? Wenn ja – diesen Zustand würde sie, dessen war sie sicher, jetzt nicht herbeiführen können.

Ablenkung. Ja, die täte gut. Sie wollte etwas tun. Irgend etwas, das man tun konnte, weitgehend ohne zu denken. Etwas Automatisches, so etwas wie zum Beispiel das Autofahren, ja, das würde gehen.

Sie war, weil sie nichts weiter mit sich anzufangen gewußt hatte, weil ihr nichts Besseres eingefallen war, weil aber irgend etwas getan werden mußte, hinaus zu dem Anwesen – an eine Kate hatte sie keinen Moment geglaubt – von Florian Kuhn gefahren.

Besser: Sie fand sich wieder als eine, die dort hinfuhr.

Jemand – jemand? verdammt, sie konnte beim besten Willen aus ihrem derzeitigen Gedächtnisgeflimmer keine brauchbare Information holen, wer das gewesen sein könnte – hatte gesagt (bei welcher Gelegenheit?), daß Kuhn reich sei, richtig reich, da seien zwei Geldströme zusammengeflossen, war gesagt worden auf dieser Party, er selbst, Kuhn, habe durch seine erfolgreichen populären Sachbücher einiges angehäuft, und zudem habe seine verstorbene Frau ihm ein beträchtliches (ein Wort der gewollten Undeutlichkeit) Vermögen hinterlassen. Als sie vor dem Eingang des efeubewachsenen uckermärkischen Gehöfts hielt und aus dem Wagen ausstieg, hörte sie ihn schon rufen:

»Hierher, hier drüben bin ich.«

Sie sah um sich, entdeckte ihn bekleidet mit Reithosen, Stiefeln und einem für diesen Tag viel zu warmen karierten Flanellhemd auf einer etwa 50 Meter entfernten Koppel stehend. Er winkte sie mit beiden Armen zu sich, so, als wolle er einen großen Lastwagen in eine Einfahrt dirigieren.

Sie ging auf ihn zu und traf ihn an in einem Zustand greller Erregung.

Schon seine Begrüßungsworte waren zerhackt von einem hellen meckernden Lachen.

»Grüß dich, grüß dich, hehe. Komm hierherüber, zu mir, hehe, komm, komm.«

Er öffnete ihr das Gattertor im Zaun und führte (nein, zog) sie auf die Wiese.

War man gestern abend zum Du übergegangen? überlegte Laura dunstig. Nicht, daß sie wüßte. Nein, eher nicht.

Seine Stimme hämmerte ihr hart ins Ohr.

»Schau hin. Schau nur hin. Hehe. Schau genau hin. Ganz genau. Glaub, was du siehst. Trau deinen Augen. Überlaß dich dem Anblick. Was siehst du?«

Sie hätte sagen können: »Ein Pferd«, aber sie setzte zur Antwort nicht an, weil sie wußte, daß dies nicht die erwartete

Antwort sein konnte, und weil sie auch wußte, daß er jedwede Antwort nicht abwarten würde.

Er wartete ihre Antwort nicht ab, lachte erneut auf, hell und grell.

»Ich habe sie gekauft. Sie hat mich ein Vermögen gekostet. Hehe. Heute wurde sie gebracht, die Schöne.

Ja, hehe, das ist Schönheit. Makellos. Vollkommen. Ein andalusisches Vollblut. Ich liebe diese Stute. Sie besiedelt mein Denken, mein Fühlen, meine Phantasie. Sie ist, hehe, meine letzte Liebe. Ich könnte für sie sterben. Ich könnte für sie morden.«

Laura erschrak (verständlicherweise).

»Hehe, sie wird mir ihre Schönheit nie entziehen. Sie ist Eleganz. Sie ist Sanftmut. Sie ist Ereignis. Sie ist Verheißung. Sie ist Vollendung. Sie ist Ewigkeit. Sie ist Erlösung.«

Wie in einem Film, dachte Laura, das hier ist wie in einem Film, wie in einem schlechten Film, heute morgen, das war auch schon wie in einem Film gewesen ... Aber leider ... kein Film. Wie kriege ich diesen Nebel wieder aus meinem Kopf ...

Ihr war übel.

Sie war abgestoßen, ja angewidert. Das helle Licht ist nicht gut für diesen Mann, dachte sie, während er sich dicht neben ihr exaltierte. Sein verschwitztes Gesicht schien ihr teigig, die Haut trotz der Sonnenstudiobräune etwas fahl. Das rötliche Haar (gefärbt?) schon etwas schütter. Der Mann ist alt (53 Jahre, drei Monate und vier Tage), dachte sie unbarmherzig – jedenfalls zu alt für mich (33 Jahre, fünf Monate und 18 Tage).

Sie fand sein Gegacker unmännlich. Er erinnerte sie an einen verrückten Kunstsammler, wie er einmal von einem miserablen Schauspieler in einem B-Movie gespielt worden war. Wann hatte sie diesen Film gesehen? Wie war sein Titel? Das gab ihr Gedächtnis nicht frei.

Was machte sie überhaupt hier auf dieser Koppel, bei diesem verrückten Mann? – Keine brauchbare Antwort inwendig.

Gestern abend war ihr der Mann geschmeidig erschienen, zuweilen etwas zu salbungsvoll, und jetzt? Diese stotterige Übererregung war ja widerlich.

Sie versuchte eine Vollbremsung ins Gespräch zu bringen:

»Haben wir es hier mit dem schweren Fall einer Midlifecrisis zu tun?«

Er überging ihre Provokation. Im Gegenteil, er nahm die Frage ernst, ging sogar ausschweifend auf sie ein:

»Ja, ganz richtig, du kommst an so einen Punkt, wo du dir sagst: Das kann es doch nicht gewesen sein. Nein, das kann es noch nicht gewesen sein. Aber was sollte denn gewesen sein? Was würde gewesen sein, wenn es gut gewesen sein würde? Du kommst an diese Gabelung, wo du die alten Wege nicht mehr gehen willst, wo du eine satte Zukunft willst, nicht nur so einen Rest, so einen letzten dürftigen Aufguß des Gewesenen, wo du das Gefühl hast, daß dich die Gewohnheiten immer schwerer werden lassen, eine Gabelung, an der du eine radikale Ablösung willst vom Vergangenen. Eine Abschüttelung. Eine Überführung in ein neues Land, in einen neuen Kontinent, in eine neue Welt. Je entschiedener, desto besser.«

Laura schwieg.

»Das ist die schöne Illusion – das denkt in dir: je mehr du dich ablöst, desto weniger Vergangenheitslast wird sein. Ohne Vergangenheit wäre Freiheit und Leichtigkeit.

Da kommt dann so allerlei ins Bild: Junges Fleisch. Erfrischung für die Lenden. Die Welt noch einmal ganz neu sehen durch die Augen einer unverbrauchten Generation. Ein spätes Kind. Fenster auf, Wind rein. Oder Reisen, ungekannte Weltgegenden sehen. Oder eine letzte sexuelle Raserei. Ein Abenteuer im Bett oder im Berg oder im Eis oder in der Wüste oder im Dschungel.«

Laura war übel, doch sie war froh, daß er aufgehört hatte mit diesem meckernden Lachen, wenn er auch weiterhin im Vortrag nicht zu bremsen war.

»Verstehst du, irgend etwas muß her. Etwas Versäumtes, etwas, was man immer schon gewollt, aber nie bekommen hat. Dann drängen die trivialen Modelle heran. Ein Sportwagen. Ulf Urlach, zum Beispiel …«

Laura zuckte zusammen.

»… das hast du sicher gehört, er hat sich, dieser Komiker, auf die Fünfzig zutreibend, diesen rasanten Audi TT Coupé zugelegt.«

Woher wußte er das? Diese Frage wirbelte flüchtig durch Lauras Bewußtsein. Sie ging ihr nicht nach. Sie war müde.

Kuhn sprach weiter ohne Pausen:

»Mit solchen Geschossen ist das auch so eine Sache. Bist du wesentlich jünger als dreißig, denkt jeder: den Wagen hat ihm Papi geschenkt. Bist du wesentlich älter als 45, kommst du schon in die Lächerlichkeit, weil die Einstiegsgeschmeidigkeit fehlt. Da habe ich ein gesundes Stilempfinden. Weißt du …«

Er legte seinen Flanellarm schwer auf ihre Schulter.

Laura fror unter der Last.

»… all diese Unternehmungen sind trostlos. Im Grunde handelt es sich um vorweggenommene Rückblicke. Vollendete Vergangenheit. Ich werde einen Sportwagen gefahren haben. Ich werden eine sexy Geliebte gehabt haben. Denken, nein Wähnen im Futurum exactum. Das ist gefährlich. Da bist du als Gegenwärtiger gar nicht mehr drin.«

Da ist was dran, dachte Laura unkonzentriert, doch das rettet diesen Film nicht.

Kuhn machte eine kurze bedeutungsschwere Pause. Laura duckte sich unter dem Arm weg.

Und schon sprach er weiter:

»Deshalb das Pferd. Es ist, was es ist. Das edel geformte

Tier. Ein Lebendes, zwar durch allerlei menschliche Züchtungsanstrengung kultiviert, selbst aber ohne jegliches kulturelles oder historisches Wissen und Zutun. Ein Wesen am Schnittpunkt von Natur und Kultur. Geschmacklich kann da nicht viel schiefgehen.«

Das fand Laura eigentlich nicht. Sie blieb jedoch stumm. Man durfte diesen Mann durch kein Wort, durch keine Geste, durch keine Regung ermuntern.

Das dachte Laura.

Die Natur half. Es begann prasselnd zu regnen.

Mein Gott, dachte sie, war meine Aufmerksamkeit durch sein hysterisches Stakkato so gebunden gewesen, daß sich dieser unerwartete Wetterwechsel ganz unbemerkt hatte vollziehen können? Es war nur eine dunkle Wolke, die sich ins heitere Wettergeschehen geschmuggelt hatte, aber sie kam wie gerufen. Ein Platzregen, dachte sie, wie passend.

Und dann half auch noch die Technik.

Denn in diesem Moment machte sich das Mobiltelefon des Bestsellerautors in der Brusttasche seines jetzt lappigen, weil nassen Flanellhemdes mit einer idiotischen Klingeltonfolge bemerkbar.

Laura hörte:

»Waaas???

Wann?

Das ist ja ein Hammer!!!«

Laura konnte sich vorstellen, welche Information er da gerade erhielt.

(Als sie schnell weglief, fand sie ihn gefährlich.)

Mittwoch 20 Uhr 15
Irmas Haus

Ja, so eine unerklärte Leiche

Irma hatte die Versammlung einberufen.

Sie hatte lange nachgedacht über den rätselhaften Anruf, den Molly in der Küche entgegengenommen hatte, und deren wortlosen Aufbruch. Das hatte an ihr genagt. Ihr war etwas vorenthalten worden. So ging das nicht! Sie wollte Information! Sie wollte Kontrolle! (Dies war ihr Reich!)

Sie würde Molly zur Rechenschaft ziehen müssen. Da gab es einiges, was in letzter Zeit ihr Mißtrauen erregt hatte. Da ging etwas vor, von dem sie nichts wußte und nichts wissen sollte. Zum Teufel, wo war diese Molly überhaupt? Unauffindbar seit diesem ominösen Anruf. Sie rätselte weiter.

Könnte es sich bei dem Anruf, um eine Danksagung aus dem Hause Schauer gehandelt haben? »Vielen Dank, gnädige Frau: Es war wie immer ganz reizend bei Ihnen gestern abend.« Die würden bedingungslos lügen. Das waren höfliche Leute. Die würden sich gehörig bedanken nach so einer Einladung. Allerdings: Mollys erregte, geradezu hysterische Reaktion sprach gegen solch einen verheuchelten Pflichtanruf. Das war kein Gespräch im Einklang desinteressierter Bekundungen gewesen. Aber weil alles Grübeln nichts geholfen, zu keinen tauglicheren Annahmen geführt hatte, war sie in Ermanglung von Alternativen zu dem Entschluß gekommen, dort versuchsweise anzurufen. Es konnte ja nicht schaden, man konnte ja mal nachfragen, ob das geschätzte Ehepaar gut nach Hause gefunden habe.

Zudem: Sie mußte Molly auf die Spur kommen, und – Heureka! (völlig veralteter Ausruf:) Volltreffer! – Bruno hatte ihr von dem Mord berichtet, etwas widerwillig mit müder Stimme. Irma hingegen hatte diese Nachricht gierig aufgesogen, und das Entsetzliche hatte sie äußerst – ja man mußte leider sagen – beschwingt (Adrenalin in hoher Potenz), und es war ihr kaum möglich gewesen, ihre freudige Erregung für einen kurzen Moment etwas einzudämmen und in ihr »Mein Gott, wie furchtbar« den Ton einer gebührenden Erschütterung zu bringen, und sie hatte daraufhin umgehend – sie hatte nicht einmal tief Luft holen müssen – mit roten Flecken auf der straff gespannten Haut ihrer knochigen Wangen und ungut funkelnden Augen telefonisch für den Abend einberufen.

»Wir müssen sprechen. Heute abend um acht, hier bei uns!« Da war wohl manchem die Frage durchs Hirn gerutscht »Wieso eigentlich?«, aber alle, die das Kommando von Irma erreicht hatte, waren ihm doch und zumeist nicht einmal unwillig gefolgt.

Die aus dem Tennisclub und den Weinhändler hatte Irma nicht angerufen. Jedoch ihren beiden Freundinnen hatte sie das natürlich nicht vorenthalten wollen. Der Sachbuchautor Florian Kuhn war nicht erreichbar gewesen, sie hatte ihm auf seinem Anrufbeantworter ihren als Benachrichtigung getarnten Befehl hinterlassen. Allerdings: Den Lektor Freidank Hofmann hatte sie in ihrer grellen Aufregung schlankweg vergessen. (Für sie: Ein Mann ohne Bedeutung.)

Irma hatte leichtes Spiel gehabt. Es war ein Sog. Ja, sie waren alle gekommen, oder fast alle, waren wieder in den Raum des gestrigen Abends zurückgekehrt, in den Vor-dem-Mord-Raum. Die Doktorandin Johanna Schwarzenbach hatte sogar noch den Bibliothekar Simon Menzel mitgebracht, den sie am Nachmittag trostbedürftig in ihre Mansarde gerufen und mit dem sie gerade, als Irmas Anruf eintraf, ein karges Mahl geteilt hatte. Gleißnerisch hatte die Despotin gesagt: »Bringen Sie Ihren Besuch, den Herrn Bibliothekar, doch bitte mit. Ist er nicht auch Zeuge? Ja, unbedingt, bringen Sie ihn mit.«

Was suchten sie alle dort?

Vermutlich suchten die meisten die Wärme einer gemeinsamen Betroffenheit. (Wärme in dem Haus?)

Ja, diese Suche hatte sie zusammengetrieben, die meisten jedenfalls, die jetzt unnötig eng beieinander saßen. (Eine Anordnung, die den großen ausgestatteten Raum noch abweisender erscheinen ließ.)

Allerdings: Carola Schauer suchte Wärme nicht. Ihre Triebkraft war die blanke Neugier.

»Ja, der Magnetismus einer unerklärten Leiche ...«

Diese leicht dahin gesagten Worte hatte sie gerade zwar verhalten, aber doch deutlich vernehmbar in das Gemurmel (Tongeschlecht: moll) der anderen schweben lassen. Und als die hell intonierten Worte dort gut angekommen waren – das Ersterben der Stimmen bewies es –, fragte sie (Klangwechsel zu betont sachlich):

»Wo ist die Leiche jetzt?«

Sie schaute auffordernd zu Laura Rudolph, von der sie annahm, daß sie über die verläßlichsten Informationen verfügte.

»Ich weiß nicht«, sagte Laura stumpf. »Sie haben sie abtransportiert.«

Laura war zwar nicht scharf darauf gewesen, hier eventuell wieder auf den durchgedrehten Kuhn zu treffen, aber da sie nach wie vor nichts mit sich anzufangen gewußt hatte, war sie dem Irma-Kommando gefolgt und hatte erleichtert (soweit Erleichterung an diesem fürchterlichen Mittwoch in ihr stattfinden konnte) sein Fehlen festgestellt.

»Wo kommen sie hin, die Leichen?«

Wer hatte das gefragt?

Ach ja, eine der beiden Irma-Freundinnen – Huldschwestern, so nannte Molly sie –, die sich in ihrer Graumäusigkeit bis in Kleidung, Frisur und Stimme hinein stark ähnelten, für die sich niemand auch nur geringfügig interessiert und deren

Namen sich niemand gemerkt hatte. Sie hatten sich offensichtlich sowohl in ihre anonym gehaltene Austauschbarkeit gefügt als auch in ihre Funktion als Irma-Tross (Großmachtfolie). Möglicherweise hielt Irma sie mit gelegentlichen Zuwendungen bei der Stange, und jetzt, ja jetzt, hatten sie unverhofft einen gigantischen Unterhaltungsgewinn zu verzeichnen.

»Leichenschauhaus«, sagte Johanna Schwarzenbach stumpf.

»Ich tippe eher auf Gerichtsmedizin«, sagte Molly, »aber ich weiß das auch nur aus Filmen und Büchern.«

»Ja, das stimmt, jetzt erinnere ich mich«, sagte Johanna Schwarzenbach, »auf dem grünen Wagen, in dem sie Prof …, also die Leiche, weggefahren haben, stand ›Gerichtsmedizin‹.«

»Schrecklich«, sagte Molly, »ich mag mir das gar nicht vorstellen.«

Bevor das Gespräch zu sehr ins Barmherzige driften konnte, erhob Irma scharf ihre Stimme und begründete die Einberufung.

»Ich finde, wir sollten miteinander sprechen. Wahrscheinlich sind wir die letzten, die Professor Urlach lebend gesehen haben.«

»Bis auf den Mörder«, sagte Pascal (blöde) grinsend, und in die Beklemmung hinein, die seine Worte auslösten, fügte er an: »Das steht auch in den einschlägigen Büchern, daß nämlich genau diese Wörter an genau dieser Stelle gesagt werden müssen.« Irma sandte einen strafenden Blick zu ihrem Sohn, den der nicht bemerkte, weil sie schräg versetzt hinter ihm saß.

»Er hat doch recht«, sagte Bruno. »Was soll das werden? Spielen wir ein wenig Detektiv?«

Bruno war schlecht gelaunt. Warum saß er hier schon wieder herum, in diesem alten Kasten, bei dieser alten Schachtel, in diesem sogenannten Salon, einem Alptraumraum vollgestopft mit scheußlichen Möbeln, wertlosen Orientteppichen und miserablen Ölgemälden? Sein Blick ruhte kurz auf einem dramatischen Seestück. ›Fregatte in Not‹.

Warum hatte er sich von Carola überreden lassen, erneut hierherzukommen? Er wußte es: Weil er seit heute morgen nur noch die Wege des geringsten Widerstands ging. Eine schwere Apathie hatte sich auf ihn gelegt. Hinter seinem für ihn ungewöhnlich ironischen Ton stand der Ärger über die eigene Schwäche.

»Ja«, stimmte Frederike zu, sie hatte auch keine Lust zur Höflichkeit: »So ein dilettantischer Überführungsversuch ist hochgradig lächerlich. Für dergleichen gibt es die Polizei.«

Irma sah sich beleidigt, ausgerechnet vom sonst so höflichen Professor. (Frederikes Meinung war ihr, wie sie sagen würde, ›schnuppe‹.) Das lief nicht gut. Sie mußte wieder Boden gewinnen (Ausdruck aus dem Pferdesport, den sie von ihrem Mann übernommen hatte.)

Unerwartet fand sie in Carola (ausgerechnet) eine zuverlässige Kombattantin:

»Ja, dann fragen wir doch mal nach dem Motiv. Ja, das Motiv, wer könnte denn da ein Motiv gehabt haben?« Die Stimme von Carola klang unangemessen amüsiert.

»Ja«, sekundierte die eine der Irma-Freundinnen. (Fortan Freundin A genannt.) Sie war eine leidenschaftliche Leserin von Kriminalromanen, aber sie liebte sie nur dann, wenn sie im Milieu englischer Landhäuser angesiedelt waren, was immer seltener wurde. Sie hatte da in letzter Zeit erhebliche Beschaffungsprobleme.

»Ja, das ist die richtige Frage«, sagte sie (nahezu) feurig. Die Frau war glücklich: Eine klassische Zeugenversammlung hier im zeitvergessenen Irma-Ambiente (das Glück des freudigen Wiedererkennens), das entsprach ganz ihrer Vorstellung davon, wie so eine Täterüberführung abzulaufen habe. Genau so hatte sie das oft gelesen. Sie hätte nicht sagen können, wann das letzte Mal so viel Glück in ihrem Leben gewesen war. (Wenn je!) Und sie war mittendrin im kriminalistischen Geschehen! Eine ›teilnehmende Beobachterin‹, so hätte ein Sozialforscher ihre Rolle gekennzeichnet. Die Irma-Freundin jedoch brauchte diesen Begriff nicht, um sich der Exklusivität ihrer unverhofften Rolle bewußt zu sein.

Bruno stöhnte:

»Ihr habt doch keine Ahnung, was Urlach außerhalb der Universität alles so getrieben haben könnte. Wer von euch will denn wissen, mit wem er da bekannt, in was er möglicherweise verwickelt gewesen war. Ihr wißt doch gar nichts. Hört doch auf, so wild herumzuspekulieren. Das ist dilettantisch. Das ist geschmacklos. Das führt doch zu nichts.«

Niemand war an Brunos Einwänden interessiert. (Nein, stimmt nicht: Frederike und Laura hatten zustimmend genickt.) Sein Unmut verpuffte.

Es war wieder Carola, die (leichtfertig) das Mördersuchspiel neu anschob:

»Na, schließlich hat man den toten Urlach auf dem Personalklo *deines* Instituts gefunden, nicht wahr Bruno?« Sie bekam diesen leicht amüsierten Klang nicht mehr aus ihrer Stimme, sie bemerkte es selbst: »Da macht man sich doch so seine Gedanken. Ich beispielsweise denke darüber nach, welche Rolle der Abstand spielt, der Abstand, den wir jeweils zur Leiche haben. Da ist zunächst der emotionale Abstand, das ist ja klar, je näher uns das Opfer im Guten oder im Bösen stand, desto größer ist unsere Erschütterung. Aber auch der rein lokale Abstand spielt eine Rolle. So eine Leiche im eigenen Haushalt oder im Nachbarhaus oder im Büro, oder auf dessen Klo, auch dann, wenn wir den Menschen, der auf blutrünstige Weise zur Leiche wurde, gar nicht kannten – und schon hat das Grauen eine Chance.«

Das interessierte Irma nicht. Sie wollte Sensation, nicht Betrachtung.

»Wie war der Professor Urlach denn so, ich kannte ihn ja nicht. Sag doch mal, Pascal, du hast ihn eingeladen. War er so lustig, wie die Leute sagen?«

Pascal, der an diesem Abend zerstreut (zermürbt?) wirkte, antwortete, aber nur, weil er diesmal spürte, wie sich der drohende Blick seiner Mutter in seinen Rücken bohrte.

»Ja, lustig war er schon, Er brachte mich immer zum Lachen.« –

Eine lahme Antwort! Er war wirklich nicht in Form, war irgendwie (?) angenagt und ›abgetreten‹ (wie man so sagt).

Molly mischte sich kurz ein, während sie kleine Schalen mit Käsegebäck auf zahlreiche (vier) Beistelltischchen und (zwei) Konsolen stellte:

»Von seiner Lustigkeit habe ich gestern abend nichts gemerkt«, sagte sie randständig in die Versammlung hinein.

Zum Erstaunen aller Anwesenden ergriff der Bibliothekar Simon Menzel, der bis zu diesem Zeitpunkt mit steinernem Gesicht, scheinbar unbeteiligt neben Johanna Schwarzenbach gesessen hatte, plötzlich hochgradig erregt das Wort und gab es lange nicht wieder her:

»Das war gestern nicht seine Liga. Die Zusammensetzung: zu heterogen. Zu viele verbal wehrhafte Leute, zum Teil unbekannt, nicht einschätzbar. Da fühlte er sich nicht wohl, da verstummte er, da hüllte er sich in Schweigen und sezierte lieber mit hämischem Blick das Tun und Reden der anderen. Und Einspruch, Herr von Seefeld, lustig ist das falsche Wort, ganz falsch, viel zu nett: ich sage: witzig, aberwitzig witzig, er war die fleischgewordene Witzigkeit. Ein Berufswitziger.

Die Leute, und – na klar, auch die Studenten – mochten ihn, sie lachen gern, wie andere auch. Er witzelte sich durchs Leben. Das Leben als Witz. Machte sich lustig über alles und jeden. Meistens hart an der Grenze zum Anstößigen, zum Unkorrekten und oft darüber hinaus. Riskanter Witz, sagten die Leute da, was der sich nur wieder traut, und lachten sich kaputt. Du konntest ihn nicht festlegen, weil ja alles immer nur witzig war und vielleicht nicht so gemeint, ein Witz nur, da wollen wir doch nicht humorlos sein, als ein Humorloser dastehen, und ihn auf etwas festlegen, was ja doch nur ein Witz war, ein etwas riskanter vielleicht, jedoch nur ein Witz, das war ja nicht so gemeint, der Witz kann doch auch immer das Gegenteil vom Gemeinten meinen. Die Bloßstellungsfunktion des Witzes. Das hatte er total drauf. Das ist ja der Witz am Witz. Die Witzigkeit war seine Rüstung. Mit der Witzigkeit teilte er aus und immunisierte sich zugleich gegen jeden Angriff. Du kamst nicht an ihn ran, hättest du es doch einmal gewagt, er hätte dich in den Lächerlichkeitsgraben gestoßen. Seht ihn an, den Säuerlichen, den Lachfaulen, den Witzfeindlichen, wie er sich da humorfrei aus dem Einklang unserer Lachlust stehlen will. Ich habe den Verdacht, er meinte das alles wirklich, was er da so witzig in die Gegend streute. Humor war Fassade. Er gab sich meinungsfrei. Er verflüssigte scheinbar alles. In Wahrheit war da nichts flüssig, in Wahrheit war der Mann vollgestopft von oben bis unten mit zementierten Meinungen der reaktionärsten Art. Ist es zu altmodisch, wenn ich von Ressentiments spreche? Jeder seiner Witze war auch ein Rachegeschoß für was auch immer. Jeder Witz war Machterweiterung. Ein bösartiger Dogmatiker im witzig-spritzigen Gewand.«

Simon Menzel, der sanfte und als schweigsam bekannte Bibliothekar, hatte seine Rede ebenso abrupt beendet, wie er sie begonnen hatte. Er nahm seine Brille ab und rieb sich die Augen, als sei plötzlich nach diesem ungewollten Ausbruch eine tiefe Müdigkeit über ihn gekommen.

Die im Salon Versammelten reagierten unterschiedlich. Die meisten waren stark verwundert, einige auch erschrokken. Hatte der freundliche Bibliothekar nicht gegen das ehrwürdige Gebot verstoßen, daß über die Toten nicht schlecht zu sprechen sei? (Und wie ist das bei Ermordeten?) Und hatte

Menzel nicht so etwas wie ein Motiv freigelegt? (Ja, doch!) Jedenfalls, das war offensichtlich: Er hatte Urlach nicht gemocht. (Ganz und gar nicht.) Carola schien (unbeweisbar) belustigt, Molly mitleidig, Pascal kalt interessiert, Johanna Schwarzenbach stark verunsichert, Laura Rudolph besorgt. Frederike hatte die Menzel-Rede nicht gehört, sie hatte vor seinem Ausbruch den Raum verlassen.

Irma gab sich keine Mühe, ihre Freude zu verbergen, und ihre Freundin A konnte ihr Glück kaum fassen.

Als das Schweigen im Raum zu lange anhielt, stieß der Irma-Habicht zu Menzel hinunter:

»Sie haben ihn gehaßt, nicht wahr? Richtig gehaßt, geben Sie es zu (schrill werdend), geben Sie es doch zu!«

Bruno fuhr hoch:

»Das geht jetzt zu weit. Wie ich das verabscheue: indirekte Verdächtigungen! Noch dazu: absolut unhaltbar! Vielleicht hat Menzel etwas übertrieben. Aber im großen und ganzen hat er recht: Der Mann war etwas dubios. Das kann ich bestätigen. Er spielte seine miesen Spiele mit den Menschen. Jedenfalls mit denen, die er für schwach hielt. Ich habe das gelegentlich beobachtet, obgleich er sich mir gegenüber immer korrekt verhalten hat. Jedoch wenn man alle Leute mit einem zweifelhaften Charakter gleich umbringen wollte …«

Er ließ den Satz unvollendet.

»Ein Wolf im Wolfspelz«, sekundierte Laura Rudolph, der der von Irma dirigierte Gesprächsverlauf auch nicht zu gefallen schien: »Er ließ die Schafe denken: Ah, wie lustig, so ein Schaf im Wolfspelz. Und dann …« Auch sie sprach nicht weiter.

»Und dann?« fragte die törichte Irma-Freundin B.

Da nun Menzel, der aussah, als würde er seine heftigen Worte bereuen, gleich von zwei Seiten Flankenschutz erhalten hatte, zog Ratlosigkeit ein, und man war froh über die Unterbrechung durch die Türklingel.

Nach kurzer Zeit in lastendem Schweigen kam Molly mit Florian Kuhn in den Salon. Und auch Frederike war wieder anwesend. Kuhn nickte höflich in die Runde und sagte artig:

»Guten Abend allerseits.« Er setzte sich neben die Irma-Freundin A auf einen reich ornamentierten Stuhl rätselhafter Provenienz.

Laura atmete auf, denn neben ihrem Sitzplatz befand sich ein freier mit (vulgär) glänzendem, dunkelgrünem Leder bezogener Chesterfieldsessel, den er auch hätte wählen können. Sie betrachtete Kuhn, und das konnte sie ungestört tun, da er es offensichtlich vermied, in ihre Richtung zu schauen. Er hatte sich umgezogen, trug jetzt einen dunkelgrauen Anzug in feinfädiger Webart (cool wool) und ein gut gebügeltes weißes Hemd. Zudem: Dunkelgraue Socken und tadellos geputzte (handgenähte) schwarze Slipper. Er sah aus wie ein wohlhabender Pastor, gab sich den Anschein leichter Besorgnis und lieferte somit alles in allem einen äußerst angemessenen Gesamteindruck ab.

»Entschuldigen Sie bitte meine Verspätung, gnädige Frau«, sagte er jetzt zu Irma. »Ich hatte noch einen außerordentlich wichtigen Termin.«

Irma erzwang ein Lächeln (oder versetzte ihrer Miene etwas, was sie dafür hielt) und sagte in tückischem Plauderton:

»Vielleicht können Sie uns ein wenig helfen, wir haben uns gerade über die erstaunlichen Ereignisse (?) ausgetauscht (?)«, sie ließ eine kurze Pause und schickte dann pfeilschnell die Frage zu ihm: »Wie gut kannten Sie eigentlich Professor Urlach?« (Sehr scharfer Ton.)

Kuhn war nicht nur nicht erschrocken, sondern lächelte kurz zurück (neutral, nichtssagend), wurde wieder ernst, stützte die Ellbogen auf die Stuhllehne, führte die Fingerspitzen seiner sorgfältig manikürten Hände aneinander, als wolle er zu einem Gebet ansetzen, legte den Kopf etwas zurück, schloß die Augen für einen Moment, als müsse er jetzt aber mal ganz konzentriert nachdenken, und sagte dann (enervierend) bedächtig.

»Ja, ich kannte ihn. (Pause.) Kannte ich ihn gut? (Pause.) Nein, das würde ich nicht sagen. (Längere Pause.) Es muß jetzt (Pause) ein knappes Jahr her sein (Pause), da habe ich ihn im Zusammenhang einer Buchrecherche zum Thema KI kontaktiert. Ich brauchte seine linguistischen Kenntnisse zu dieser Thematik.«

»KI?« fragten mindestens drei der Anwesenden unisono. (Genauer: Irma, Irma-Freundin A, Irma-Freundin B und Pascal.)

»Künstliche Intelligenz«, erläuterte Kuhn mit milder Herablassung, »oder AI, artificial intelligence. Eine interdisziplinäre Forschungsrichtung, die es seit den fünfziger Jahren des vergangenen Jahrhunderts gibt. Im weitesten Sinne geht es um die Frage, welche unserer intellegiblen Leistungen langfristig von Maschinen übernommen werden können. In der radikalsten Form – hier spricht man von starker KI – wird eine postbiologische Existenzform in Aussicht gestellt.«

In die teilweise fragenden Gesichter der noch sehr fleischgebundenen Wesen, die ihn umgaben, hinein sagte er:

»Mein Gott, wie soll ich Ihnen das nur veranschaulichen?«

Er blickte hilfesuchend zur Zimmerdecke und wiegte dann seinen Kopf, um die Schwierigkeit von Simplifikationen im allgemeinen und seine Nachdenklichkeit im besonderen zu unterstreichen.

Dann laß es doch einfach, du Affe, wünschte sich Frederike. Sie wurde nicht erhört.

Carola dachte: Was für eine Knallcharge.

Laura dachte: Wie betrunken muß ich gewesen sein, daß ich den sympathisch fand.

Bruno versuchte, gar nichts zu denken. Es mißlang.

»Ich versuche mal eine Erklärung«, sagte Kuhn und lächelte (widerlich) nachsichtig.

Bruno dachte: Will denn hienieden kein Kelch mehr an mir vorübergehen? (Pathetisches Denken.)

»Ich muß da natürlich sehr verkürzen.« Kuhn lächelte weiterhin nachsichtig. (In Teilen unterschätzte Florian Kuhn seine Zuhörerschaft.) »Sie können sich das vielleicht so vorstellen, daß es in der Zukunft möglich sein könnte, alles Wissen – auch das Wissen eines einzelnen, das aus der Erinnerung und der Erfahrung kommt (??) – auf so etwas wie die Festplatte eines Computers zu übertragen, eines Computers, der in seinen hochentwickelten Funktions- und Verarbeitungsmöglichkeiten mit der Leistungsfähigkeit des menschlichen Hirns Schritt hielte oder ihr vielleicht sogar vorausginge. Das wäre, Sie haben das sicher sofort erkannt, die Verheißung ewigen Lebens als Geistwesen.«

Na ja: populäres Sachbuch eben, dachte Frederike.

Irma hingegen gefiel diese neue Vorstellung von der Überwindung des Todes. Sie hatte jedoch nicht sehr genau zugehört und glaubte daher, daß in dieses merkwürdige Umwandlungsgeschehen auch materielle Güter und Privilegien eingebunden werden könnten.

Irma-Freundin B hatte in der berechtigten Annahme, daß sie das sowieso nicht verstehen könne, gar nicht erst mit dem Zuhören begonnen. Irma-Freundin A war verärgert, ihr gefiel dieses aktuelle Gesprächsfahrwasser nicht. Es war, als schwemmte es sie aus den Seiten eines ihrer so sehr geliebten Landhaus-Krimis.

»Das ist natürlich Utopie«, sagte Kuhn. »Aber es wird immer mal wieder ein Stück weit angedacht.«

Carola überlegte, ob auf dieser Festplatte auch ihr Ekel vor der Formulierung ›ein Stück weit angedacht‹ Platz hätte.

»Und was hat das alles mit Urlach zu tun?« fragte Molly.

Danke, liebe Freundin, dachte Frederike.

»Gar nichts«, sagte Kuhn. »Seine Berührung mit der KI, genauer: der schwachen KI, lag auf dem Feld der Anwendungen. Zum Beispiel bei den Verfahren der Spracherkennung und der Sprachsynthese und der automatischen Sprachverarbeitung. Er arbeitete da natürlich mit Informatikern zusammen, oder besser: Die waren an ihn herangetreten, nachdem sie von einer privaten Einrichtung ein lukratives Angebot erhalten hatten. Er sollte dort Teil eines interdisziplinär zusammengesetzten Teams werden. Hochkarätige Spitzenforschung, Sie verstehen.«

»Ach, das wußte ich nicht«, sagte Bruno, und in ihm keimte die Hoffnung, daß der Mord aus der peinlichen Assoziation mit seinem Institut herausgenommen werden könnte.

»Ja, da ist im Moment richtig Geld drin«, beantwortete Kuhn eine naheliegende, aber ungestellte Frage.

»Dieser Fährte werden wir am heutigen Abend wohl nicht mehr folgen können«, sagte Laura Rudolph trocken und im Ton einer abschließenden Feststellung.

»So ist es«, sagte Frederike und an Molly, die den ganzen Abend mit Gläsern und Weinflaschen und Aschenbechern herumgewirtschaftet hatte, (nicht an Irma oder Pascal) gewandt, fügte sie hinzu: »Du mußt mich entschuldigen, ich bin jetzt doch sehr müde, es war ein wirklich langer Tag.«

Sie erhob sich und steuerte geradewegs und entschlossenen Schritts dem Ausgang zu.

Das war das Signal zum allgemeinen Aufbruch. Plötzlich wollten auch die anderen (bis auf Kuhn, der gerne noch weiterdoziert hätte, und die Irma-Freundinnen) ganz dringend aus der Betroffenheitszone wieder herauskommen – und eine enttäuschte Irma konnte diesen Aufbruch durch keinen ihrer vielen nötigenden Einsprüche mehr verhindern.

(Starker Anfang, schwaches Ende.)

Irgendwann
Irgendwo

<u>Kurt:</u> Hallo Iopö, auf eine Frage nur.

<u>Iopö:</u> Um was geht's?

<u>Kurt:</u> Ich brauche Hilfe. Informiere mich bitte.

<u>Iopö:</u> Frag schon.

<u>Kurt:</u> Wir sollen hier doch auch die Worttemperatur messen? Wobei ich nicht weiß, ob die Transformation: ›Worttemperatur‹ einigermaßen hinkommt.

<u>Iopö:</u> Ja, so ungefähr könnte man das semantisch transferieren. Wir haben uns darauf geeinigt, von einer durchschnittlichen Entzündungskraft ihrer Wörter auszugehen. – Moment mal. – Die Einspeisung ihres gesamten Vokabulars in deinen Speicher ist doch hoffentlich vollzogen?

<u>Kurt:</u> Ja, ja, das schon, aber was diesen Entzündungswert betrifft, da bin ich sehr irritiert. Mein interner Erregungsgradmesser schlägt nämlich dauernd ins Extrem auch bei als belanglos veranschlagten Wörtern und Namen wie zum Beispiel ›Messer‹ oder ›Urlach‹. Ich hatte gespeichert, da liege der Durchschnittswert etwa bei 30 bis 40 Plimplü, aber die Messung weist permanent ins äußerste, sie steigt auf 130, manchmal auf 180 Plimplü.

<u>Iopö:</u> Ja, das ist uns natürlich auch schon aufgefallen. Das hängt mit dem zusammen, was sie Mord nennen. Es gab unerwartet einen Toten in ihren Reihen. Sie vermuten, daß ein anderer aus ihren Kreisen ihm mutwillig das Leben nahm. Wissen aber nicht, wer das gewesen sein könnte.

<u>Kurt:</u> Das ist doch keine Erklärung. Es wimmelt von Toten, da auf ihrem Planeten, in manchen Gebieten, allzumal da, wo

sie das haben, was sie Krieg nennen, da wo sie sich fortwährend gegenseitig töten, häufen sich die Getöteten zu ganzen Leichenbergen, warum gibt es bei unserem Rudel diese maßlose Erregung wegen eines einzigen? In diesen Kriegen ist das Töten doch offensichtlich gewollt und erlaubt. Außerdem lieben sie es, sich permanent diese Geschichten von den Tötern zu erzählen und sich in Filmen Totschlagrätsel anzusehen.

Iopö: Es macht für sie wohl einen Unterschied, wenn sie den einzelnen, bevor er zur Leiche wird, persönlich gekannt haben. Und du mußt bedenken, in welchen Regionen welche moralischen Verabredungen jeweils Geltung haben. Aber schwirre bitte nicht dauernd durch weit abliegende Zonen. Wir haben einen klar lokal begrenzten Auftrag.

Kurt: Was machen sie mit den Tötern in unserer Region?

Iopö: Die kommen ins Gefängnis.

Kurt: ????

Iopö: Ein Raum, aus dem sie nicht nach Belieben herauskommen. Sie sind dann, wie sie es nennen, ihrer Freiheit beraubt.

Kurt: Hahaha. Das sind sie doch immer.

Iopö: Werde bitte nicht albern! Das ist für sie auch eine Frage der Quantität. Zum Beispiel der Raumgröße und der Teilhabe am Leben vieler.

Kurt: Haben sie eine Idee, eine Vorstellung von uns, ein Wort für uns?

Iopö: Ja und nein, mancherlei Ideen, dunkle Vorstellungen, viele Wörter. Geister- und Gespensterkram. Sie wähnen, daß es etwas gibt, das sie nicht sehen können, nicht verstehen können. Das erschreckt sie. Sie wollen klare Ursachen kennen für harte Wirkungen. Und, wo ihre veränderlichen Wissenschaftsbehauptungen jeweils nicht hinreichen, schaffen sie sich Bilder, denken sich alles Mögliche aus, um sich zu beruhigen. Sie beruhigen sich immer zu schnell. Sie erfinden zu ihrer Beruhigung einen bevölkerten Himmel und auch ein wenig Hölle, um sich Erklärungen herbeizuschaffen: Engel und Teufel, Götter und Dämonen. Das wimmelt nur so. Regional sehr unterschiedlich, aber immer diesem Bedürfnis entsprungen. Sie wollen sich sehen als Dirigierte. Sie wollen nicht im Freien stehen. Sie wollen seelisch nicht frieren. Lieber haben sie Angst vor den selbst erdachten Dirigenten. Die Angst jedoch treibt sie zurück in ihre Enge, in das, was sie kennen und für die einzig mögliche Wirklichkeit halten. Sie zirkeln: Die Verleugnung ihrer Endlichkeit, ohne die sie nicht sein könnten, versperrt ihnen das Denken über die Endlichkeit hinaus. Der Weg ist verstellt mit dem Gerümpel ihres schnell herbeigeholten Trostmobiliars.

Um deine Frage zu beantworten: Sie kommen nicht wirklich an uns heran, sie kreiseln, erschrecken, verzögern, schweifen ab, das hat natürlich auch mit ihren eingeschränkten Wahrnehmungsmöglichkeiten zu tun –

Die meisten von ihnen nehmen das, was sie sehen und wahrnehmen und denken können, als höher gewollte Gegebenheit und richten all ihre sinnlichen und kognitiven Orientierungsmöglichkeit und ihre Überlebenstechniken daran aus, so daß sie schließlich gar nicht mehr denken können, daß es auch anders sein könnte. Andere aber, wenige, sehr wenige, reiben sich an den Wänden des Vorhandenen wund, wollen weiter, wollen heraus aus ihren Gefängnissen, ihren Denk- und Fühlzellen, den Schranken ihrer Zeit und des Allgemeinen Dafürhaltens. Diese wenigen durchbrechen immer mal wieder eine kleine Schallmauer.

Kurt: Hast du Beispiele?

Iopö: In manchen ihrer Musiken, ihrer Dichtungen, ihrer Malereien kannst du Beispiele finden.

Sieh, wie einer von ihnen, das liegt wohl nach ihrer Zeitachsenzählweise schon zwei Jahrhunderte zurück, auf einem kleinen Bild, es zeigt einen Teller mit toten Fischen, alles Leid ihrer Welt veranschaulichen konnte, dann weißt du, was sie ungeachtet der genannten Einschränkungen immerhin sein könnten – aber eben nicht sind.

Die Zitation einzelner Überschreitungen bringt uns jedoch nicht weiter. Wir brauchen Gattungsmerkmale.

Du mußt immer bedenken: Sie haben eben nur die armen fünf Sinne – sie können zum Beispiel nicht gzungtedscv … Entschuldige, ich bemerke, da kommt gerade eine Nachricht aus der Zentrale. Wir müssen die Unterrichtung auf der hiesigen Zeitschiene etwas nach vorne verschieben …

Donnerstag 9 Uhr
Kommissariat

Die Nerven

Unter der Leitung des Ersten Kriminalhauptkommissars Erwin Merker fand eine Besprechung in der ›Leichensache Urlach‹ statt.
Zudem anwesend:
Kriminalhauptkommissarin Leonie Wagner
Kriminaloberkommissar Jan Schwartz
Kriminalkommissar Daniel Förster
Kriminalkommissaranwärterin Elise Berg

»Wo sind Möller und Lingfeld?« fragte Erwin Merker.

»Beide krankgeschrieben«, sagte Leonie Wagner.

Merker reichte mehrere Photographien von der ›Auffindungssituation‹ herum.

Nachdem auch Elise Berg als letzte die Photographien eingehend betrachtet hatte – die Aufnahmen zeigten die Leiche des bäuchlings auf dem gefliesten Boden der Personaltoilette liegenden Ulf Urlach sowie einige Einzelaufnahmen seines in der Kabine neben der Kloschüssel befindlichen Kopfes –, sagte sie:

»Warum hat die Zeugin …« Sie blätterte in ihren Unterlagen, fand schnell die gesuchte Information, »Laura Rudolph von einer Blutlache gesprochen?«

»Erwartungstäuschung«, sagte ihr Chef Erwin Merker und erklärte: »Das ist nicht abwegig. Da liegt dieser Professor auf dem Boden, vermutlich tot. Die Frau kriegt einen gehörigen Schreck. Die Frau sieht: Ein Messergriff ragt aus dem Rücken des Mannes, der allem Anschein nach einer der Professoren ihres Instituts ist. Auf dem Bild, das die Frau jetzt zu sehen glaubt und das weitgehend ja auch der Realität entspricht, sind jedoch zusätzlich Gewohnheit (Bilder von solchen Leichen in Film und Fernsehen) und Wahrscheinlichkeit (Blutlachen bei Stichverletzungen) eingearbeitet. Das heißt: Sie könnte unbewußt die Blutlache ergänzt haben. Außerdem waren die Sichtverhältnisse nicht gut. Zwar schien die Sonne zu dieser Uhrzeit auf die Nordostseite des Gebäudes, auf die die Fenster des Gangs und auch die der Toilette weisen, aber durch die weitgehend zugezogenen Plisseerollos und die in diesem Moment, in dem die Zeugin nach eigener Aussage in den Vorraum schaute, geöffnete Tür zum Gang drang nur wenig Licht in den Raum. Sie kann auch durch die Schattenbildungen, die du auf diesem Photo« – er suchte es aus dem kleinen Stapel heraus – »gut sehen kannst, getäuscht worden sein. Nach der bisherigen Lage der Dinge glaube ich nicht, daß wir in ihrer Aussage eine vorsätzliche Irreführung sehen sollten. Wie auch immer – wir sind ja erst ganz am Anfang.« Er schaute in die Runde. »Was haben wir bislang?«

»Die Sofortanalyse hat ergeben: Das Opfer ist nicht an der Stichverletzung gestorben«, sagte Daniel Förster. »Das ist mal sicher. Das hat der Bereitschaftsdienst schon im ersten Angriff (Fachterminologie) eindeutig feststellen können. Der Körper weist, abgesehen von diesem Messerstich, keine weiteren äußerlichen Verletzungen oder andere einschlägige (?) Merkmale auf. Den vorläufigen Untersuchungsbericht über die Todesursache bekommen wir voraussichtlich um 15 Uhr. Theoretisch könnte der Mann auch auf natürliche (?) Weise ums Leben gekommen sein.«

»Allerdings unter etwas merkwürdigen Begleitumständen«, sagte Leonie Wagner, die älteste (62 Jahre und 9 Monate) in der Runde, die grundsätzlich alles für möglich hielt und sich über nichts mehr wunderte. »Man hat schon Pferde kotzen sehen«, sagte sie oft und gerne.

»Was wissen wir noch?« fragte Merker.

»Der Mann ist möglicherweise nicht auf diesem Klo gestorben.« Förster übernahm weiterhin die Zusammenfassung der ersten Sichtungen und Befragungen. »Es könnte sein – das bleibt aber Spekulation, bis wir die genauen Auswertungen der Kollegen von der Technik hier haben –, daß er in seinem eigenen Büro und zwar auf seinem Schreibtischstuhl ums Leben gekommen ist. Es handelt sich dabei um einen exklusiven High-Tech-Designer-Drehstuhl mit Armstützen und einer niedrigen Rückenlehne auf fünf sehr leichtgängigen Rollen. Merkwürdigerweise befand sich dieses auffällige Komfort-Gerät auf dem langen Gang, von dem alle Büros abgehen und der zu den Personaltoiletten führt. Befragungen haben ergeben, daß es aus dem Privatbesitz von Urlach stammte. Die Anschaffung dieses kostspieligen Möbels würde den Etat jeder Universität sprengen. Niemand, das wurde von vielen Zeugen bestätigt, niemand außer diesem Urlach, besaß einen vergleichbar luxuriösen Arbeitssessel. In einem Abfalleimer, der auch auf dem Gang stand, wurden zwei Gurte sichergestellt, solche, die man früher um seinen Koffer band, wenn man den Schlössern nicht ganz traute. Dieser Fund und der aus dem Büro entfernte und irregulär abgestellte Stuhl brachte die Leute vom Kriminalbereitschaftsdienst zu der vorläufigen Annahme, daß das Opfer möglicherweise noch lebend, wahrscheinlich aber schon tot an die Rückenlehne des Stuhls gefesselt auf die Toilette gerollt und dort einfach heruntergekippt worden sein könnte. Sollte das Opfer zu dieser Zeit nicht handlungsfähig oder tot gewesen sein, wären für den Transport keine außerordentlichen Kräfte von Nöten gewesen.«

»Und wie paßt das Messer in diese Theorie?« fragte Leonie Wagner.

»Gar nicht«, sagte Förster. »Das ist etwas rätselhaft.«

Elise Berg übernahm jetzt:

»Das Messer. Ich habe mich kundig gemacht. Es handelt sich um ein schottisches Ziermesser, ein sogenanntes Strumpfmesser: Sgian Dubh, übersetzt heißt das ungefähr: verstecktes schwarzes Messer. Es hat eine Gesamtlänge von 18 Zentimetern, die Klinge mißt 9 Zentimeter. Es lag für gewöhnlich auf Urlachs Schreibtisch, und er benutzte es als Brieföffner. Er hatte offensichtlich einen Hang zu exotischen und makabren Ausstattungen.«

»Der Fall fängt an, mir zu gefallen«, sagte Leonie Wagner. Sie konnte sich solche regelwidrigen Bemerkungen leisten, ja, sie wurden sogar von ihr erwartet.

»Was gefällt dir daran?« fragte Merker.

Sie lachte.

»Das ist alles so schön altmodisch. Ich kann es gar nicht glauben. Du lieber Himmel: weltfremde Professoren, exotische Dolche und schüchterne Bibliothekare. Hey Leute, das ist ein Witz. Ich dachte schon, das gibt's nur noch in solchen Inspektor-Barnaby-Serien. Unsere Klientel hat sich doch in den letzten Jahren nahezu ausschließlich aus drogensüchtigen Müttern, die ihre Kinder aus dem dritten Stock schmeißen, muslimischen Vätern, die ihre unbotmäßigen Töchter vom Sohn umbringen lassen, und waffentechnisch hochgerüsteten Mädchenhändlern aus dem ehemaligen Ostblock zusammengesetzt.« Sie hörte auf zu lachen und kam wieder zur Sache. »War das Messer scharf?« fragte sie.

»Ja«, sagte Elise Berg. »Eigentlich haben solche Ziermesser relativ stumpfe Klingen, dieses war aber geschärft worden – dem ersten Anschein nach hatte das jemand schon vor längerer Zeit getan, vielleicht das Opfer selbst. Möglicherweise ist die Klinge auch ausgetauscht worden. Genaueres werden wir heute nachmittag erfahren. Jedenfalls, das Messer war scharf genug, um durch eine Anzugjacke und ein Hemd und dann noch fünf Zentimeter in den Körper des Opfers links neben dem linken Schulterblatt eindringen zu können.«

»Dazu braucht man ein wenig Kraft«, sagte Daniel Förster.

»Kraft oder Wut«, sagte Leonie Wagner.

»Ob der Täter nun kräftig oder wütend oder beides war, das wissen wir nicht, über anatomische Kenntnisse hat er jedenfalls nicht verfügt«, sagte Erwin Merker.

»Es könnte ja auch eine Täterin gewesen sein«, sagte die Kriminalkommissaranwärterin Elise Berg.

»Ist schon klar«, sagten Wagner und Förster (synchron).

»Wer hat die Leiche gefunden?« fragte Merker.

»Der Bibliothekar Simon Menzel«, sagte Förster. »Er ging, nach eigener Aussage, zur Toilette für das Personal, schloß die Tür zum Vorraum auf, er wollte sich angeblich dort nur die Hände waschen, sah auf dem Weg zum Waschbecken durch die ›zur Hälfte geöffnete Tür‹ zum eigentlichen Toilettenraum ›einen Mann auf dem Boden liegen‹.«

»Sag doch einfach ›wörtlich‹«, sagte Merker.

»Wie bitte?«

»Du hebst immer die Arme und machst mit den Fingern diese affigen Häkchenbewegungen neben deinen Ohren. Kannst du nicht einfach, bevor du einen Zeugen zitierst, ›wörtlich‹ sagen?«

Die Nerven, dachte Leonie Wagner, er hat in letzter Zeit schwache Nerven.

Förster war gekränkt.

Jan Schwartz, der keinen unsachlichen Streit aufkommen lassen wollte, schaltete sich erstmalig ein:

»Und was tat der Zeuge dann?«

Försters Tonfall und seine Sprechweise hatte jetzt diesen spürbar beleidigten Einschlag:

»Der Zeuge Menzel behauptete, er habe gar nicht genauer hingesehen, wörtlich: ›ich habe gar nicht genau hingeschaut‹. Er habe gedacht, da sei jemand ohnmächtig geworden, wörtlich: ›ich habe gedacht, da ist jemand ohnmächtig geworden‹.

Er habe postwendend kehrtgemacht, sei auf seinem Weg zum Geschäftszimmer der Doktorandin Johanna Schwarzenbach begegnet, die auf dem Gang mit zwei Studenten, wörtlich: ›diskutiert‹ habe – auch die Aussagen der Studenten liegen vor –, habe ihr natürlich mitgeteilt, was er gesehen hatte, wörtlich: ›da liegt ein Mann auf dem Klo‹, und die habe das dann der Sekretärin mitgeteilt, wörtlich: ›da liegt ein Mann auf dem Klo‹.«

Merker legte Fröhlich begütigend die Hand auf die Schulter und murmelte: »Sorry, war nicht so gemeint.«

»Ist schon gut«, sagte Förster friedfertig und grinste gutmütig.

»Warum hat er das nicht selbst der Sekretärin gemeldet?« fragte Berg.

»Die Schwarzenbach war einfach nur schneller, er ist wohl eher von der bedächtigen Sorte. So ein nachdenklicher Typ«, sagte Förster, der sich beruhigt hatte.

»Und warum rennen sie zur Sekretärin, statt selbst etwas zu unternehmen?«

»Ja, wie die Kinder. Das haben sie sich angewöhnt. Diese Sekretärin, Laura Rudolph, wird, obwohl noch verhältnismäßig jung, von allen respektiert, ob Professor oder Student, weil sie den Laden in Schwung hält – eine dieser selten gewordenen Perlen, schlecht bezahlt und ungemein tüchtig. Sie war es auch, die uns benachrichtigte, nachdem sie etwas genauer hingesehen hatte.«

»Übergenau, wenn ich an die Blutlache denke«, sagte Berg, die auch mal wieder etwas sagen wollte.

»Wissen wir schon etwas über den Zeitpunkt des Todes?« fragte Merker.

»Die – natürlich sehr vorläufige – Vermutung des Kollegen Dr. Weirauch (Rechtsmedizin) veranschlagt« – Förster blätterte in den Unterlagen – »den Zeitraum zwischen 1 Uhr und 3 Uhr nachts.«

»Damit wären diese ulkigen Institutsleute erst mal aus dem Schneider«, sagte Leonie Wagner, die sich offensichtlich die vor ihr liegenden ersten Untersuchungsberichte nur sehr flüchtig (wenn überhaupt) angesehen hatte. Sie konnte sich das leisten, sie würde demnächst in Pension gehen.

»Nicht so ganz«, sagte Förster. »Vier von ihnen: Laura Rudolph, Professor Schauer, Simon Menzel und Johanna Schwarzenbach waren am Vorabend bis in die Nacht hinein auf der gleichen Party wie das Opfer.«

Leonie Wagner, die keine Angst vorm Unweiblichen hatte, pfiff leise durch die Zähne:

»Na, dann werden wir uns die mal gezielt vornehmen müssen.«

Aber bevor sie zur Arbeitsverteilung schreiten konnten, klopfte es an die Tür und ein uniformierter Kollege meldete, daß ein gewisser Professor Bruno Schauer nebst Frau aufgetaucht sei und jemanden sprechen wolle, der in der Leichensache Urlach zuständig sei.

»Das mache ich selbst«, sagte Merker entschlossen.

Er wollte seinen Leuten das Gefühl geben, daß er als leitender Ermittler diesen Fall, ungeachtet der spöttischen Bemerkung der Kollegin Wagner, ernst nehme.

»Bringen Sie die Leute in mein Büro.«

Auf dem Weg dorthin überlegte Merker, ob dieser Literaturwissenschaftler wirklich von einer »Leichensache« gesprochen haben könnte. Wohl kaum, dachte er.

(Vielleicht ja doch, auch Professoren sehen fern.)

Donnerstag 10 Uhr 04
Kommissariat

Eine sachdienliche Mitteilung

Wie artige Schulkinder saßen Bruno und Carola auf hartem Gestühl vor Merkers Schreibtisch. Als Merker den Raum betrat, stand Bruno auf.

»Guten Morgen«, sagte Erwin Merker.

»Guten Morgen«, sagten Bruno und Carola Schauer. (Tonhöhenabstand: eine Terz.)

Erwin Merker stellte sich vor und sagte (vielleicht etwas zu verhalten):

»Hauptkommissar Merker« und (obwohl er es wußte): »Sie sind?«

»Mein Name ist Bruno Schauer«, sagte Bruno Schauer, »und dies ist«, er legte seine Hand leicht auf Carolas Schulter (als wäre er von möglichen Gattinnen umzingelt), »meine Frau Carola.«

Merker registrierte, daß Bruno seinen Titelschmuck weggelassen hatte.

Sie gaben sich die Hände.

»Wie war der Name?« frage Carola und führte ihre Hand andeutungsweise zum Ohr, um zu signalisieren, daß es sich um ein akustisches Problem handelte.

»Merker«, sagte er jetzt überdeutlich (fast herausfordernd).

Das leichte Lächeln, das über ihr gerade noch ausdrucksloses Gesicht glitt, zeigte ihm, daß sie sich eine Bemerkung über seinen Namen vornehm verbat. Das traf ihn mehr, als es jeder Spott vermocht hätte. Bei Merker lagen die Nerven blank (wie man so sagt).

»Bitte setzen Sie sich«, sagte Merker.

Bruno und Carola setzten sich, und auch er setzte sich an die andere Seite des Schreibtisches.

»Sie wollten uns etwas Sachdienliches zum Todesfall Urlach mitteilen?«

»Ja«, sagte Bruno gequält. »Mir war das, was ich Ihnen jetzt mitteilen will, als ich gestern morgen mit Ihren Kollegen sprach, in der ersten Aufregung völlig entfallen. Und ich weiß auch nicht, warum mein Gedächtnis diese flüchtige Wahrnehmung plötzlich wieder freigab. Aber meine Frau meinte, ich solle Sie davon in Kenntnis setzen.«

Aha, dachte Merker, der Herr will mich ›in Kenntnis setzen‹.

Bruno machte eine Pause und bewegte ungemütlich seine Schultern, als müsse er sich in seiner Haut neu einrichten.

Das hier mit diesen Leuten macht mich jetzt schon nervös, dachte Merker. Warum nur macht mich in letzter Zeit alles so nervös?

»Ich weiß allerdings nicht, ob es, wie Sie sich ausdrückten, sachdienlich sein könnte«, sagte Bruno.

Er fuhr sich mit den Händen erschöpft übers Gesicht.

»Und ich weiß auch gar nicht, wie ich es genau ausdrücken soll.«

Dann drück es halt ungenau aus, dachte Merker und hinderte sich daran, mit den Fingern zu trommeln oder dem Fuß zu wippen.

»Wenn ich sagte«, sagte Bruno, »mir sei noch etwas eingefallen, so wäre das nicht richtig.«

Merker fühlte, wie ihm, ganz leicht, der Schweiß ausbrach, ein dünner noch unsichtbarer Film, der sich auf Stirn und Brust legte.

Bruno sprach (kleinmütig) weiter: »Mir ist heute morgen etwas durch den Kopf gehuscht.«

Bei dem Wort ›gehuscht‹ schien Carola leicht zusammenzuzucken. (Das ist doch kein Grund!)

Bruno setzte wieder an:

»Eine Beobachtung, nein, das ist zu aktivisch formuliert, eine flüchtige Wahrnehmung, die ich gestern morgen hatte, bitte verstehen Sie, ganz diffus, ganz nebelhaft, ich könnte mich da auch getäuscht haben, vielleicht habe ich mir das auch nur eingebildet ...«

Bruno stockte.

»Was?« fragte Merker lauter als beabsichtigt.

Bruno zuckte zusammen. Hatte der Mann ihn akustisch nicht verstanden und fragte jetzt mit diesem unhöflichen »Was?« und in dieser unangemessenen Lautstärke nach? Mußte er sich das gefallen lassen?

Merker riß sich zusammen und präzisierte (in leiserem Ton): »Was haben Sie sich eingebildet? (Wieder etwas lauter:) Bitte – waas??«

Merker spürte eine unprofessionelle Unruhe in sich aufsteigen.

»Ach so, ja also« – Bruno räusperte sich –, »ich glaubte wohl, als ich die Gebäudetür aufschloß und ganz absichtslos, bitte, eine zufällige Blickabschweifung gewissermaßen, zu den Fenstern des Gangs, an dem unsere Büros liegen, aufschaute ...« Bruno zögerte.

Merker schrie jetzt fast:

»Ja, ja und was glaubten Sie da ...?«

Er spürte, wie die gefräßige Unruhe sich seiner immer mehr bemächtigte.

Bruno litt auch, er dachte: Der Mann hatte ein berufliches Recht auf eine ordentliche Antwort. Er raffte sich auf:

»Ich glaubte dort vage, sehr vage eine Bewegung wahrgenommen zu haben, ich bin mir aber nicht sicher.«

»Was für eine Bewegung?« Merker wurde etwas ruhiger.

»Irgendwie geduckt, irgendwie huschend, ja huschend.«

»Könnten Sie das etwas genauer fassen?«

»Nein.«

Merker nahm neu Anlauf:

»Was huschte da?«

Carola hatte jetzt (sichtlich) Mühe, sich das Lachen zu verkneifen.

»Ich weiß es nicht, ich weiß ja nicht einmal, ob da überhaupt etwas huschte. – Ich hätte nicht kommen sollen.«

Bruno hatte das Gefühl, sich lächerlich zu machen. Diese ganze Huscherei war doch zu albern. Er war deprimiert und zudem glaubte er, Carolas unterdrückte Lachlust am eigenen Leibe spüren zu können. Er sagte unwirsch:

»Ich denke, wir können jetzt gehen.«

Er machte Anstalten aufzustehen.

Und der völlig entnervte Merker (am Rande eines Nervenzusammenbruchs?) hätte ihn auch gehen lassen, wenn sich nicht Carola eingemischt hätte.

Sie sprach zu Bruno wie zu einem Kind:

»Wäre es dir wenigstens möglich, dem Kommissar zu sagen, in welcher Richtung sich diese Bewegung vollzogen haben könnte?« (Schlau!)

»Ja«, sagte Bruno.

Merker und Carola waren erstaunt, ja verblüfft über diese einfache klare Antwort.

Und auch Bruno war erstaunt – über sich selbst.

»Ja, wie verwunderlich, ich glaube, das kann ich Ihnen sagen, auf dem Bild, das ich da undeutlich gespeichert habe, gibt es eine Bewegung von links nach rechts.«

Bruno dachte: Wie ist es möglich, daß ich mir eines Details sicher sein kann, wenn ich das Bildganze bezweifele?

Merker dachte: Da ist Hoffnung.

»Also eine Bewegung in Richtung Bibliothek und Personaltoilette?« fragte er.

»Ja.«

»Könnte es sich um geduckt rennende Personen gehandelt haben?«

»Ja, das könnte hinkommen.«

»Wie viele?«

»Zwei, höchstens drei. Bitte hören Sie, so konkret war diese Wahrnehmung nicht, Schemen, Formen, Bewegungen – allenfalls.«

Merker spürte, wie er langsam wieder zum professionellen Ermittler mutierte:

»Gehen Sie von den Bewegungen aus. Sie sagten: geduckt und huschend …«

»Ja, und irgendetwas wippte auch rhythmisch, aber bedenken Sie – das ist vielleicht alles Unsinn … Eine Einbildung, die aus der Überarbeitung kommt …«

Bruno war unglücklich. Er hatte das Gefühl, in eine Aussage manipuliert worden zu sein, die er strenggenommen nicht würde bestätigen können.

»Da bin ich mir gar nicht so sicher«, sagte Merker und: »Haben Sie im Treppenhaus oder auf dem Gang noch irgend etwas bemerkt?«

»Nein, gar nichts, das sagte ich schon zu Ihren Kollegen.«

Merker wußte: Diesem Professor würde man im Moment Weiteres nicht entlocken können.

Er wandte sich jetzt übergangslos an Carola.

»In welcher Beziehung standen Sie zu dem Ermordeten?«

»In keiner«, sagte Carola munter. Im Gegensatz zu Bruno fand sie die Situation höchst unterhaltsam. (Noch.)

Hatte Merker gehofft, sie durch diesen plötzlichen Wechsel seiner Ansprechrichtung zu irritieren?

Carola war in keiner Weise irritiert.

»Aber Sie haben ihn gekannt?«

Sie zögerte kurz:

»Gekannt?« Sie fuhr sich burschikos mit der Hand durchs Haar, ohne daß ihre Frisur davon Schaden nahm. »Du liebe

Güte, wie soll ich das beantworten? Das kommt doch ganz darauf an, was Sie unter ›kennen‹ verstehen. Ja, ich bin ihm früher schon begegnet, auf irgendwelchen Institutsfesten oder Abendeinladungen, da waren immer eine Menge Leute, denen ich vorgestellt wurde, mit denen ich vielleicht sogar ein paar Worte gewechselt habe – doch ihre Namen und Gesichter habe ich zumeist auf der Stelle wieder vergessen – und dieser Urlach hat sich in meinen Augen durch nichts besonders hervorgetan – doch ja, jetzt fällt mir etwas ein: Ich dachte immer, er gehöre zu den Anglisten.«

»Warum denn das?«

»Ja, wie blöd von mir.« Sie lachte kurz auf. »Denken Sie nur, ich bin auf sein aufdringliches Signalement hereingefallen. Vermutlich, weil ich ihn für keiner genaueren Überlegung wert gehalten habe. Was ich da aus den Augenwinkeln völlig interesselos wahrnahm, war seine Kleidung: viel Tweed, Lederflecken auf den Ellbogen, Krawatten mit Regimentsstreifen, Barbour-Jacken – seine verkitschte Prince-of-Wales-Kostümierung. Wahrscheinlich sieht in ganz Britannien kein Mensch so aus.«

Sie lachte wieder.

Merker lachte nicht.

Sie sprach (jetzt etwas lustlos) weiter:

»Bewußt wahrgenommen habe ich ihn erstmalig vorgestern abend während einer Party bei gemeinsamen Freunden. Obwohl da nicht viel wahrzunehmen war. Der Mann saß den ganzen Abend stieselig in einer Ecke und brachte kein Wort heraus. Ich glaube, er war erkältet, jedenfalls hatte er einen üblen Hustenanfall. Leider habe ich erst nachträglich gehört, daß er noch eine andere – ich möchte fast sagen: interessantere – Seite gehabt haben soll.«

Carola wußte, daß sie einen Köder ausgeworfen hatte und machte deshalb ein besonders unschuldiges Gesicht.

Merker schnappte sofort zu:

»Wo haben Sie das gehört?«

Bruno warf ihr einen warnenden Blick zu, den sie aber nicht beachtete.

»Gestern abend bei Irma, Pascal und Molly.«

»Sie meinen vorgestern abend.«

»Nein, gestern abend.«

»Da waren Sie gestern gleich wieder?«

»Alle waren ›da gestern gleich wieder‹.«

»Ach, das ist ja interessant«, sagte Merker.

»So richtig interessant fand ich es eigentlich nicht«, sagte Carola und (scheinbar unmotivierter Themen- und Tonwechsel ins Muntere): »Wohingegen es mich wirklich brennend interessieren würde, Einzelheiten über Ihren Beruf zu erfahren.«

Carola strahlte ihn (offensiv) an.

»Ach ja?« (Skeptisch.)

»Ja! Sie müssen das verstehen, bitte. Ich bin Schriftstellerin und deshalb bedingungslos neugierig. Eine Berufskrankheit, wenn Sie so wollen.« Merker wollte nicht so, aber bevor er etwas einwenden konnte, sprach sie schon weiter. »Sie kommen doch ständig wechselnd in ganz unterschiedliche Lebenswelten und ...«

»Was verstehen Sie unter Lebenswelten?« unterbrach Merker unwirsch.

»Das ständig wechselnde Milieu, in das Sie jeweils bei Ihren Befragungen eintauchen. Wissen Sie, ich hasse die Pluralbildung des Wortes Milieu. Ich vermeide sie, wo es nur geht ...«

Merker wurde von einem Juckreiz in der Halsgegend befallen.

»Vielleicht können wir dieses Gespräch über meinen Beruf verschieben, denn ich wüßte doch gern, was sie gestern abend über das Opfer in Erfahrung brachten«, Merker schwitzte.

Eine enttäuschte Carola sagte jetzt gelangweilt:

»Er war wohl bei Lichte besehen ein Ekelpaket, jedenfalls haben das die Leute, die an der Universität mit ihm zu tun hatten, bestätigt.«

»Wer hat das bestätigt?«

»Na, mindestens drei der Gäste.«

Merker schaute Carola fragend (dringlich, leicht irre?) an.

»Der Bibliothekar Simon Menzel, die Sekretärin Laura Rudolph und ...« Carola stockte.

»Und ich«, sagte Bruno herausfordernd.

Merker war richtiggehend froh, daß er sich wieder dem Professor zuwenden konnte.

»Sie finden auch, daß er ein ›Ekelpaket‹ war?« fragte er.

»Nun, das ist nicht meine Ausdrucksweise. Aber ja, um zum Kern Ihrer Frage zu kommen, auch mir war zuweilen unangenehm aufgefallen, daß er Leute mit ironischen, ja höhnischen Bemerkungen niedermachte.«

»Warum haben Sie das unseren Leuten bei Ihrer ersten Befragung nicht berichtet?«

»Weil er in allen dienstlichen Angelegenheiten und auch in seinem Verhalten mir gegenüber immer korrekt war. Wir alle haben charakterliche Mängel, ohne deshalb gleich unser gewaltsames Ende befürchten zu müssen.«

Bruno putzte gelassen seine Brille und hielt sie dann gegen das Tageslicht, das durch ein großes Fenster drang, um das Resultat zu überprüfen.

Man könnte diesen Mann auch mögen, dachte Merker.

Bruno hatte beobachtet, wie irritiert Merker auf Carolas Abschweifungen reagiert hatte, und das hatte seine Laune gehoben. (Sagt man so?)

Er dachte: Der Mann ist hochgradig nervös. Das paßte zwar so gar nicht zu dem Bild, das man mediengelenkt von einem leitenden Kriminalbeamten hatte, machte ihn aber gerade deshalb sympathisch. Er konnte die allergischen Reaktionen Merkers nachvollziehen. Und er konnte jetzt spüren (durch das eigene Wohlwollen sensibilisiert), daß auch er dem Beamten, der ihm gegenübersaß, angenehmer geworden war, und er konnte den Kopf heben und lächeln, als er zu Merker sagte:

»Da war noch jemand, der sich zur Person des Ulf Urlach äußerte …« Bruno senkte die Stimme nicht, und als Merker ihm zunickte, sprach er flüssig weiter. »Der Mann heißt Florian Kuhn, ein erfolgreicher Sachbuchautor, wenn ich das richtig verstanden habe, ich habe nichts von ihm gelesen und werde das vermutlich auch nie tun. (Snob.) Jedenfalls hatte dieser Kuhn vor einiger Zeit Kontakt mit Urlach, im Zusammenhang mit dessen Arbeiten zur Künstlichen Intelligenz. Kuhn berichtete, daß Urlach ein lukratives Angebot aus der Privatwirtschaft erhalten hatte. Das war mir auch alles neu.«

»Können Sie mir dazu genauere Informationen liefern?«

»Nein, leider«, Bruno setzte die Brille wieder auf. »Das ist so gar nicht mein Gebiet, da müssen Sie sich mit den Sprachwissenschaftlern und den Informatikern unterhalten. Ich weiß nur, daß es ein großes Interesse an dieser Forschung seitens der Industrie gibt. Da ist Geld im Spiel.«

Es ist so einfach, einem Kriminalhauptkommissar eine Freude zu machen, dachte Bruno und verbot sich ein Lächeln.

Merker dachte: Na endlich, etwas Handfestes, der Hinweis des Professors auf die KI-Forschung war doch wesentlich brauchbarer als der von dieser merkwürdigen Schriftstellerin auf die Animositäten irgendwelcher Universitätsleute.

Carola dachte: Es wird Zeit, daß ich hier irgendwie wegkomme.

Bruno dachte: Es wird Zeit, daß ich wieder an meinen Schreibtisch komme.

Merker dachte: Es wird Zeit, daß ich das hier beende.

Merker stand auf.

»Ich danke Ihnen, daß Sie gekommen sind. Sie haben uns geholfen.«

Der Professor und die Schriftstellerin nickten gnädig.

Dann sagte der Hauptkommissar:

»Könnten Sie bitte, bevor Sie gehen, noch die Namen all derer, einschließlich der Gastgeber, die sich gestern abend nochmals versammelt haben, aufschreiben.«

Er schob ein leeres Blatt Papier über den Schreibtisch.

Sie verabschiedeten sich. Der Ermittler verließ den Raum.

Bruno schob das Blatt zu Carola. Seine Geste sagte: Das kannst du jetzt machen, schließlich hast du das Ganze angerührt.

Auf dem Korridor sagte Carola (abfällig):

»Solche Leute haben doch immer einen Tunnelblick.«

»Das finde ich eigentlich nicht«, sagte Bruno (wohlwollend), als sie das Gebäude verließen.

(Dann trennten sich ihre Wege.)

Donnerstag 11 Uhr 12
Kommissariat

Der Virus

Als Merker in den Sitzungsraum zurückkehrte, besprachen seine Leute gerade den Abschlußbericht für einen älteren Fall.

»Du machst einen strapazierten Eindruck«, sagte Jan Schwartz zu ihm.

»Da kannst du dich doch nur noch vollkotzen«, brach es aus Merker heraus. »Du willst einen Mord aufklären und die Frau hat Angst vor einem Wort im Plural …«

Wagner lachte.

»Da sollst du nicht lachen«, sagte er (grimmig). »Die quasseln dich krank. Erst hatte ich ja gedacht: Na, das wird vielleicht mal ein interessante Abwechslung, mit dieser – wie du, Leonie, dich ausgedrückt hast – altmodischen Klientel, endlich mal gebildete Leute, die gleich kapieren, worauf du mit deiner Frage hinauswillst, worauf es ankommt im großen Frage-und-Antwort-Spiel, die in ganzen Sätzen sprechen, nicht nur in verstümmelten Sprachfragmenten durchsetzt mit Fäkal- und Sexualbefehlen, wie wir sie hier ständig zu hören bekommen, weit und breit kein ›Scheiß drauf‹, ›Verpiß dich‹ oder ›Fick dich‹, endlich mal Leute, die dir genaue Auskünfte zu genau beschriebenen Sachverhalten geben können – das dachte ich. Aber weit gefehlt! Die sind dreimal anstrengender als alle unsere brutalen Macker und zugedröhnten Tussis.«

Wagner lachte noch immer.

»Nie können sie direkt antworten, gehen immer Umwege, schweifen ab, lenken ab, streuen ein, skrupeln herum, finden sich in irrwitzigen Betrachtungen wieder – der Professor geht ja noch, irgendwie verstehe ich den, aber diese überkandidelte Schriftstellerin …«

»Du brauchst Urlaub«, sagte Leonie Wagner.

»Ich brauche Urlaub«, sagte Merker und lachte jetzt auch. »Das sieht man schon daran, daß ich völlig vergaß, die beiden zu fragen, wann Urlach die Party vorgestern nacht verlassen hat.«

»Kein Problem. Holen wir nach«, sagte Förster freundlich. (Eine Aussage Brunos lag schon vor. Schaute denn da keiner in die Unterlagen?)

Dann berichtete Merker sachlich von seiner Unterhaltung mit dem Ehepaar Schauer und endete mit der Aufforderung:

»Wir müssen diesen Kuhn kontaktieren und auch das universitäre Umfeld von Urlach, seine Assistenten, Mitarbeiter, und so weiter, alle, die uns etwas über seine Forschungen und seine Außenkontakte mitteilen können.

Natürlich müssen wir auch der anderen Fährte folgen. Der Mann war offensichtlich nicht beliebt, jedenfalls nicht bei den Kollegen. Eine Affekttat ist da doch nicht ganz auszuschließen.

Der Professor hat eine Wahrnehmung beschrieben, die die Hypothese stützt, daß Urlach auf diesem High-Tech-Stuhl in das Klo gerollt worden sein könnte.

Befragt bitte diese Adeligen und die Frau, die da auch noch wohnt.«

»Die sind schon zugeteilt«, sagte Jan Schwartz. »Jedenfalls alle, von denen wir bislang wissen.«

»In meinem Büro liegt eine Liste dieser Leute«, sagte Merker und: »Jan, könntest du diese sprachwissenschaftliche Abteilung übernehmen? Sie befindet sich im selben Gebäude auf demselben Flur.«

»Geht in Ordnung«, sagte Schwartz.

»Da war ein Anruf«, sagte Leonie Wagner jetzt. »Wir kriegen die Ergebnisse der diversen kriminaltechnischen Untersuchungen erst morgen früh, eventuell erst morgen mittag.«

»Warum denn das?« fragte Merker.

»Der im Moment grassierende Novo-Virus dezimiert die Dezernate«, sagte sie munter und freute sich sichtlich über die Assoziationen, die durch ihren Kopf gingen.

»Ich glaube, mich hat dieser Virus auch schon erwischt, ich habe in letzter Zeit so komische Schweißausbrüche«, sagte Merker.

»Das ist er nicht, der Novo-Virus, der geht anders, du hast was Eigenes«, sagte Leonie Wagner weiterhin fröhlich.

»Aber immerhin haben die wenigen bislang virusverschonten Kollegen schon mal ein merkwürdiges Manuskript für uns freigegeben, das sie im Arbeitsraum von Urlach sicherten. Die Auswertung seines Computers, der Aktenordner und der sonstigen Unterlagen dauert noch an.«

Das »merkwürdige Manuskript« war ein längerer handschriftlicher Text, und es war von den Kollegen vermerkt worden, daß es sich nicht um die Handschrift von Ulf Urlach handelte.

(Überschrift: »Von den menschlichen Abgründen«.)

Donnerstag 12 Uhr 10
Kommissariat

Störungen

Mittagspause. Merker saß wieder am Schreibtisch in seinem Büro. Er lehnte sich zurück und streckte die Beine aus. Allein. Wunderbar. Er sah auf seine Armbanduhr: 12 Uhr 11.

Es war sehr ruhig im Haus. Die meisten Kollegen waren vermutlich in der Kantine. Er ging nicht mehr in die Kantine. Schon seit vier Monaten nicht. Seine Frau Gisela gab ihm seitdem ein belegtes Brot in die Aktentasche. (Die Gute.) Zu dem belegten Brot (heute: Vollkornschnitte, Butter, Mailänder Salami) trank er einen Automaten-Kaffee aus dem Pappbecher. Der schmeckte nicht gut. Der in der Kantine schmeckte auch nicht gut, immerhin etwas besser. Diesen Qualitätsunterschied wollte er der Ruhe gerne opfern.

Er suchte in letzter Zeit regelmäßig diese mittägliche Möglichkeit des Alleinseins. Störungsfrei. Er bedauerte auch heute wieder, daß er nicht mehr rauchte. Die noch Süchtigen betonten immer den Geselligkeitsgewinn, den ihr Laster ihnen verschaffe. Er aber hatte es geliebt, allein, ungestört und schweigend dem ausgestoßenen Rauch nachzusehen, wie er sich immer mehr in vielfältigen Arabesken verflüchtigte und schließlich endgültig ins Nichts auflöste.

Warum suchte er zunehmend die störungsfreien Räume? Warum? Merker war nicht dumm. Er wußte es: Er hatte angefangen, sich selbst zu stören, da war Zusätzliches von außen kaum noch erträglich. Oder sollte ich denken, dachte er, etwas hat in mir angefangen mit dem Stören – ein inneres Tätertier, das überführt werden und dingfest gemacht werden müßte.

Erwin Merker liebte seinen Beruf.

Ich liebe meinen Beruf, dachte er auch jetzt wieder. Und: Ich werde sonderlich.

Ich hätte gerne einen Hund, dachte er dann – übergangslos (?), Warum denke ich das jetzt, fragte er sich, oder besser: Warum hat das jetzt in mir an einen Hund gedacht?

Wo er doch wußte, daß das mit dem Hund nicht ginge, weil Gisela Merker auch berufstätig war (eine engagierte Grundschullehrerin). Er war verständnisvoll. Man durfte so ein Tier nicht stundenlang allein gelassen einsperren. Das mußte man ja einsehen.

Wenn ich alt bin, werde ich einen Hund haben, dachte er. Der wird mich nicht volltexten – eine Vokabel aus dem Jugendjargon (schon überholt!), die er mochte. Aber das mit dem Altsein würde, wenn es stattfände, noch dauern. Er würde noch zwanzig Jahre, wenn nicht länger, im Dienst sein und auf den Hund warten müssen. Er ging zum Abfalleimer, um den Pappbecher wegzuwerfen.

Auf dem Weg dorthin fiel ihm das Prachtstück auf.

WOW. Er blieb ruckhaft stehen. Die Tasche ›prangte‹, man konnte das gar nicht anders ausdrücken. Sie stach heraus aus seiner durchaus nicht häßlichen, jedoch streng funktionalen Büroeinrichtung, in der die Farbe Grau in unterschiedlicher Nuancierung und Sättigung vorherrschte. Es war, als habe jemand ein farbiges Requisit in einen Schwarzweißfilm kopiert.

Exquisit, dachte er und war zugleich verwundert, er hatte gar nicht gewußt, daß sich diese Vokabel in seinem Wortschatz befand. Na, das war mal eine Aktentasche! Sie strahlte Luxus aus, so wie sie da in saftigem Leder unschuldig an dem schwarzen Stahlbein des Stuhls lehnte, auf dem zuletzt Professor Schauer gesessen hatte.

Erwin Merker stellte den Becher ab und hob die Tasche auf den Tisch. Er fuhr vorsichtig prüfend mit den Fingerspitzen über das Leder.

Selbstverständlich schaute er hinein. Er war Ermittler.

Er sah: vier Bücher. Literaturwissenschaft. Für manche vielleicht wichtig, für ihn völlig uninteressant. Ein Notizbuch, mit einem knallroten Plastikeinband. Das könnte etwas preisgeben. Die Seiten waren bis zur Mitte des Buches nahezu randlos bedeckt mit einer irrwitzig kleinen Handschrift.

Merker entzifferte mühselig einige Zeilen auf der ersten Seite – da ging es um den Einfluß, den ein gewisser Christoph Martin Wieland unter Gesichtspunkten, die er nicht verstand, auf den Dichter Goethe gehabt haben sollte. Dann wandte er sich einer Passage in der Mitte des Heftes zu, dort wo die Notizen endeten – da ging es um den Bedeutungswandel des Wortes ›Witz‹. Offensichtlich hatte man darunter im achtzehnten Jahrhundert etwas wahrhaft Geistreiches verstanden. Merker überlegte kurz, ob diese Ausführungen etwas mit dem Ermordeten zu haben könnten, kam davon aber ab. Nein. Also: Uninteressant. Er schnüffelte weiter. Ein ledernes Schreibetui, es war schon etwas speckig und paßte so gar nicht zur Eleganz der Aktentasche. Darin ein gediegener antiquierter Füllfederhalter (Parker), ein billiger Kugelschreiber mit roter Miene und ein pfeilspitzer Bleistift. Uninteressant. Augentropfen. Ein leeres Brillenetui. Eine Packung Tempotaschentücher. Uninteressant. In einem zweiten Fach befanden sich – Merker zählte kurz durch – acht studentische Hausarbeiten und eine Magisterarbeit durchkorrigiert (Bemerkungen mit roter Schrift am Rande und wellenförmigen Unterstreichungen). Uninteressant. Der Tascheninhalt war uninteressant in Gänze. Kein Terminkalender. Nicht einmal ein Adreßbuch. Dafür gab es ja jetzt elektronische Geräte. Selbst für so einen altmodischen Professor. Er würde die Tasche an der Pforte deponieren.

(Aber dazu sollte es nicht kommen.)

Donnerstag 12 Uhr 22
Kommissariat

Berührungen

Er war gerade dabei, sie sorgfältig zu schließen, als es klopfte, und noch ehe er »Herein« sagen konnte, betrat die Verwaltungsangestellte (Martina Hauschildt) den Raum, dicht gefolgt von Carola Schauer.

»Ach, entschuldigen Sie …«, sagte die Verwaltungsangestellte etwas echauffiert – sie hatte in Carola die Schriftstellerin Carola Holm wiedererkannt, deren letztes Buch kürzlich in einem TV-Magazin besprochen worden war – »Ihre Sekretärin war nicht am Platz, und ich dachte, Sie seien auch zu Tisch. Frau Holm sucht eine Tasche. Sie meint, ihr Mann …«

»Ja, ja. Die Tasche ist hier«, sagte Merker und hielt sie mit leicht abgewandtem Gesicht an lang ausgestrecktem Arm Carola entgegen, als wolle er den Abstand möglichst groß halten. Das war hart an der Grenze zur Unhöflichkeit.

Die Verwaltungsangestellte verließ den Raum.

Carola, die seine Geste lesen konnte (das versteht sich doch), sagte:

»Sie müssen nicht denken, daß es mich mit Macht wieder hierhergezogen hat, ganz im Gegenteil, aber mein Mann rief mich völlig aufgelöst an und bat mich, bei Ihnen wegen der Tasche anzufragen. Er hat erst in der Tiefgarage der Universität beim Aussteigen aus dem Wagen gemerkt, daß er sie nicht mehr bei sich hat, und er wußte, daß ich hier in der Gegend noch Einkäufe machen wollte.« (Diesmal offensichtlich kein Vorwand.)

Ihre eigene Formulierung erinnerte sie flüchtig an die letzte Begegnung mit Freidank. Der hatte zweimal auf ihre Mailbox gesprochen. Sehr (übertrieben!) besorgt, der Mord hatte sich auch schon in seiner Verlagswelt herumgesprochen. Von Ulf Urlach war dort vor Jahren einmal ein schmales Bändchen erschienen. (»Einführung in die Allgemeine Sprachwissenschaft«.) Da Carola, für einen kurzen Moment gefangen in der Erinnerung an ihren Besuch bei Freidank im Verlag, einen etwas abwesenden Eindruck gemacht hatte, fragte Merker wie ein gelangweilter Verkäufer:

»Kann ich sonst noch etwas für Sie tun?«

Carola lachte (verlegen?).

»Keine Sorge, Sie sind mich gleich wieder los. Lassen Sie mich nur kurz in die Tasche schauen, dann kann ich meinem Mann mit Überzeugung bestätigen, daß sein rotes Notizbuch in Sicherheit ist. Nur dem gilt seine Sorge.«

»Es ist drin«, sagte Merker.

»Sie haben hineingeschaut?« fragte Carola.

»Ich bin Schnüffler«, sagte Merker leicht amüsiert.

»Dürfen Sie das?« fragte Carola.

»Ich denke doch, wie anders hätte ich herausfinden können, wem das edle Fundstück gehört«, sagte Merker. Er grinste und fragte: »Und was hat es mit ›Frau Holm‹ auf sich. Schmuggeln Sie sich immer unter fremden Namen in die Gebäude?«

»Das ist mein Mädchenname. Unter diesem Namen veröffentliche ich meine Bücher. Und weil ich das schon tat, als ich noch nicht verheiratet war, habe ich ihn beibehalten.«

Sie betrachtete ihn nachdenklich und sagte dann:

»Übrigens, es tut mir leid, daß ich Sie vorhin so aufdringlich über ihren Beruf ausfragen wollte. Ich weiß auch nicht, warum ich das tat, wahrscheinlich, weil ich im Moment mit meinem eigenen hadere.«

Das klang aufrichtig. Merker hatte dafür ein Ohr. (Das ist ja schließlich sein Beruf!)

Er war erstaunt, wie extrem die Stimmungen neuerlich in ihm umschwangen, als er sich sagen hörte:

»Ich verstehe schon, daß Sie sich dafür interessieren, für die fremden ›Milieus‹«, er grinste immer noch, »obwohl mir meine Frau, sie ist eine passionierte Leserin, einmal erklärt hat, daß es nicht die Aufgabe der Literatur sei, Realität nachzuahmen oder sie abzubilden. Vielmehr solle sie eine eigene Wirklichkeit erschaffen. Habe ich das richtig verstanden?«

Seine Miene war jetzt ernst.

»Ja«, sagte Carola, »auf diese Formel hat man sich etwa Mitte der siebziger Jahre geeinigt. Sie glauben gar nicht, wie viele geschriebene und ungeschriebene Gesetze es auch in meiner Welt, in der Welt der Literatur gibt.«

»Ach ja?« sagte Merker (durchaus interessiert).

»Und wie viele Berührungen unsere Berufe haben.«

»Ach ja?« (Leichter Zweifel.)

»Aber ich will Sie nicht aufhalten.«

Carola wandte sich zur Tür.

»Wo sehen Sie da Berührungen?« fragte Merker und machte eine einladende Bewegung zu dem Stuhl, auf dem vormals Bruno gesessen hatte. Carola folgte erfreut der Einladung, und Merker setzte sich friedlich neben sie, verschränkte die Arme über seiner Brust, schlug ein Bein über das andere und sah sie abwartend an.

Carola stellte ihre Handtasche ab und antwortete:

»Zum Beispiel: – das ist auch so ein Gesetz –, junge Kritiker und Lektoren lernen es wie die Schulkinder das kleine Einmaleins – Ein Schriftsteller darf nichts erklären!«

»Nein?« (Erstaunt.)

»Nein, alles muß sich gewissermaßen ergeben, zum Beispiel aus dem, was Figuren sagen, und dem, was sie tun, aus der Stimmung eines Gesprächs oder dem Charakter einer Handlung ...«

Carola war nicht zufrieden mit dem, was sie da gerade gesagt hatte, kam aber aus ihrem Gesprächsschwung nicht mehr heraus, redete immer weiter, immer hastiger weiter ...

»… Stimmungen und Bedeutungen, die nicht benannt oder erklärt werden dürfen, sondern durch die Wahl der Wörter, durch die Kombination der Wörter, durch die bestimmte Stellung, die ein Wort in einem Feld mit anderen Worten einnimmt, und durch Rhythmisierungen und Klangwirkungen allenfalls nahegelegt …« Sie stockte, das Wort ›nahegelegt‹ gefiel ihr gar nicht, sie setzte neu an:

»… durch das Aroma eines Wortes in seinem Gebrauchszusammenhang …«

Sie dachte: Meine Rede ist wirklich wirr. Wirr? – Da war es ja schon wieder, das böse Bruno-Wort! Was treibt mich neuerdings immer wieder in dieses wirre Gerede? Das dachte sie einmal mehr. Aber sie wollte, nein, konnte, auch jetzt nicht aufhören mit dem Versuch, diesem fremden Mann etwas zu erklären, obwohl sie nicht wußte, warum es ihr so wichtig war.

»Verstehen Sie? Ein Autor darf in direkter Form allenfalls Nano-Hinweise einstreuen in seinen Text, wie er eine Figur oder ein Ereignis wirken lassen will … Wirkungen, die der Leser gar nicht im einzelnen benennen können sollte, die jedoch im Gesamtgeschwirr der Wörter den gewollten Eindruck evozieren sollen …«

Carola schwieg einen Moment, sie war vermutlich (?) etwas beschämt, weil sie sich (in unverständlicher Erregung) dem Fremden gegenüber verbal so unbeholfen gezeigt hatte, und sagte dann:

»Mein Mann könnte Ihnen das besser erklären.«

»Was heißt evozieren?« fragte Merker mild. Er schämte sich auch etwas, weil er diese Frau völlig falsch eingeschätzt hatte. Das war keine Show. Irgend etwas trieb sie um. Sie war aus dem Gleichgewicht geraten, so wie er selbst.

Sie antwortete:

»Die allgemeine Bedeutung ist wohl: hervorrufen. Es ist eigentlich nicht mein Wort, Bruno benutzt es ständig. So viel ich weiß, meinte es in der Antike einmal den lauten Ruf der Krieger im Kampfgetümmel, mit dem sie die Aufmerksamkeit der Götter und deren parteiliche Hilfe herbeiführen wollten. Ein sehr offenes und keineswegs dezentes Geschehen also. Während es bei dem, was ich ihnen eben zu erklären versuchte, doch eher um Figuren des bewußten oder unbewußten Verbergens, einer Verhüllung, einer kalkulierten Unschärfe geht.«

»Und wo sehen Sie da Berührungen mit dem, was ich tue?« fragte Merker, weiterhin spürbar interessiert.

»Während unseres Gesprächs heute morgen hatte ich plötzlich die – möglicherweise absurde – Idee, daß ich in meiner Literatur alles verwische und bis ins Unkenntliche verfeinere, was Sie in Ihrer beruflichen Realität erspüren und aufdecken müssen.«

Merker lachte, nicht feindlich, eher verlegen, weil ihm dazu nichts einfiel.

»Haben Sie einen Hund?« hörte er sich zusammenhanglos fragen.

Erstaunlich, die Schriftstellerin schien gar nicht verwundert über diese Frage, die in keiner Beziehung zu dem vorangegangenen Gespräch stand.

»Nein, aber ich hätte gerne einen. Geht leider nicht. Bruno ist allergisch«, sagte sie, und sie fragte: »Darf ich hier rauchen?«

»Eigentlich nicht«, sagte er. Er öffnete das Fenster und schob ihr seinen leeren Pappbecher hin. »Ist immer ein bißchen eklig, muß aber jetzt genügen. Mein Aschenbecher wurde entfernt, um die Versuchung niedriger zu halten«, sagte er.

»Ich hoffe, Sie werden nicht inhaftiert, wenn herauskommt, daß hier geraucht wurde«, sagte sie, nachdem sie die Zigarette angezündet hatte.

»Ich werde behaupten, ich hätte einer zwar schönen und eleganten, aber besonders widerspenstigen Verdächtigen nur mit Hilfe dieser Regelverletzung Informationen abringen können.«

Sie betrachte ihn. Sein Kompliment erzwang einen sorgfältigeren Blick, und sie sah: einen sympathischen Mann. Großgewachsen, gute Hände (!), dunkles Haar mit ersten Grauanteilen, etwas schräg stehende Augen, einen eigenwilligen Gesichtsausdruck, ein angenehmes Lachen. Und auch seine Bekleidung wurde von diesem Blick erfaßt. Sie sah: Einen leichten hellbraunen Anzug (Farbe: Sand), gut geschnitten, wenn auch etwas verknittert, an den Taschen und Knien ein wenig ausgebeult und ein dunkelblaues Poloshirt.

Der Mann ist attraktiv, dachte sie. War es ihr deshalb so ungeheuer wichtig, daß er sie verstand? Sie wußte es nicht.

Sie sagte:

»Sie müssen wissen, es gibt in diesem Metier kein stilistisches Laster, das nicht auch zur Tugend werden könnte. Ich erinnere mich, daß ein hochgerühmter Dichter (kein Name) der Vergangenheit in einer Novelle achtzehn Nebensätze unmittelbar hintereinander gesetzt hat, jeweils eingeleitet mit der unterordnenden Konjunktion ›daß‹. Da bekäme jeder Schüler im Deutschaufsatz eine glatte sechs. Jedoch, so wie der das in einer hämmernden Figuren-Rede zur Wirkung einer atemlosen Überstürzung brachte, könnte es besser nicht sein.«

Merker sah sie verwundert an und fragte:

»Wie soll man sich denn da zurechtfinden, zu halbwegs gültigen Bewertungen kommen?«

»Konstellativ. Nur konstellativ. Was funktioniert wie in welchem Zusammenhang? Ein kybernetisches Spiel. Ist das nicht bei Ihren Fällen ähnlich?«

Er dachte nach.

»Ja, vielleicht.«

Er dachte nochmals nach.

»Doch ja, irgendwie (?) schon«, sagte er erstaunt.

Carola freute sich über diese (aber doch nur sehr halbherzige!) Bestätigung, und sie spürte, wie ihr die leichte Röte einer freudigen Verlegenheit ins Gesicht stieg. Das hatte sie seit Jahren nicht mehr gespürt. Sie fühlte sich zum Mutwillen ermutigt. Sie sagte:

»Ich bin entschlossen, in meinem nächsten Roman alle Regeln zu verletzen. Alle! Diesen Entschluß habe ich heute gefaßt. Und ich werde mich durch nichts und niemanden wieder von ihm abbringen lassen. Schon seit längerem bemerke ich, daß ich aus dem Ruder laufe, ich mag meine Leserschaft nicht mehr manipulieren, in Stimmungen nötigen, ich habe Lust, wider den Stachel zu löcken (auf was für einen altertümlichen Ausdruck war sie denn da verfallen?), habe Lust, alles zu tun, was verboten ist, mit Adjektiven nur so um mich zu werfen, alles aufzudecken, alles grell mehrfach und vielfarbig zu beleuchten und zu erklären, was ich nur erklären kann, die Leser sollen immer auf meiner Höhe sein, sollen genau merken, was ich da tat …« (Sie wird schon sehen, was sie davon hat.)

Sie hatte feurig gesprochen und mit der heftigen Gestikulation, die ihre Rede begleitete, versehentlich ihre Zigaretten und ihr Feuerzeug vom Tisch gewischt. Sie bückte sich, steckte beides in ihre Handtasche und sagte etwas ruhiger:

»Wie gesagt, ich laufe aus dem Ruder …«

Carola wirkte jetzt beschwingt wie ein Kind, das jemandem in heller Aufregung eine neue Entdeckung beschreibt und wider Erwarten auf ein liebevolles Verstehen trifft.

Diese Arglosigkeit, die so gar nicht zu ihr paßte, nicht zu ihrer Erscheinung, nicht zu dem Verhalten, das sie für gewöhnlich an den Tag legte, und auch nicht zu ihrem Selbstverständnis, brachte etwas in Merker zum Klingen.

»Ich auch«, sagte er impulsiv, »ich laufe auch aus dem Ruder!«

Noch bevor er fortfahren und sich erklären konnte, brummte und pulsierte ein Mobiltelefon in der Handtasche von Carola. Es befand sich in einem Außenfach dieser schwarzen Tasche aus handschuhweichem Leder, und es schien ihr für einen Moment, als bewege sich dort ein böses kleines Tier.

Sie entschuldigte sich, schaute ärgerlich auf das Display, und sagte:

»Es ist mein Mann.«

Sie nahm das Gespräch an.

Er hörte:

»Ja, ich habe die Aktentasche.

Natürlich habe ich hineingeschaut.

Jaaa, dein Notizbuch ist darin.

Ich hätte dich jetzt gleich angerufen. Das Zimmer war verschlossen. Es hat ein bißchen gedauert, bis jemand gefunden wurde, der einen Schlüssel hatte.

Ja, in schätzungsweise einer Stunde.

Ja, ja, gern geschehen.

Bis dann.«

Als sie das Mobiltelefon wieder in die Handtasche steckte, fühlte sie, daß die Luft raus war (wie man so sagt) aus diesem Gespräch mit dem Kommissar. Vielleicht auch wegen der kleinen Lüge, die sie Bruno so glatt serviert hatte. (Ohne Not.) Das ist jetzt so, dachte sie resigniert, die Dinge enden, bevor sie richtig anfangen können.

Sie fragte trotzdem, mußte das fragen:

»Und warum laufen Sie aus dem Ruder?«

»Die Fragerei«, sagte er, »die ewige Fragerei. Die Sätze biegen sich in meinem Kopf schon von selbst zur Frage, auch dann, wenn ich ausnahmsweise mal nicht fragen muß.«

»Ich verstehe«, sagte sie blaß.

Der Hauptkommissar wußte, daß dies nicht der entscheidende Grund war, und die Schriftstellerin ahnte es. Und sie wußten beide: Hier war etwas, das sie beide nicht hätten benennen können, schnell zu einem Ende gekommen.

Carola stand auf.

»Vergessen Sie die Aktentasche nicht«, sagte er.

Er hielt sie wieder hoch in ihre Richtung, aber diesmal wandte er sein Gesicht nicht ab.

»Gefällt sie Ihnen?« fragte sie

»Ja sicher, wem gefiele eine so luxuriöse Tasche nicht?«

»Meinem Mann, zum Beispiel, ihm gefällt sie nicht. Besser gesagt: Er haßt diese Tasche, ich hätte das wissen können, als ich sie ihm schenkte. Eleganz ist ihm peinlich. Gleichgültig erworbene Geschenke haben etwas Demütigendes für den Beschenkten, finden Sie nicht?«

Merker wußte, daß hier keine Antwort von ihm erwartet wurde.

»Cognacfarben«, sagte sie.

Er nickte qualfrei.

»Wenn sie eine große Plastiktüte in der Nähe haben, schenke ich sie Ihnen.«

»Das ist Beamtenbestechung«, sagte er und lachte.

»Diese Vorteilsannahme sollten Sie riskieren, jetzt, wo Sie sowieso aus dem Ruder laufen.«

»Und wie soll ich das meiner Frau erklären?«

»Das müssen Sie doch wissen als Kommissar: Wenn der Moment der Wahrheit kommt, hilft nur eins: lügen, lügen, lügen!«

Sie lachten beide, wie man eben so lacht unter dem Einfluß konventioneller Scherze und Freundlichkeiten.

Auf dem Heimweg kaufte Carola eine solide und unauffällige Aktentasche, ordnete Brunos Utensilien hinein, warf Merkers Plastiktüte in einen Müllkübel und war ein bißchen traurig.

(Carola Schauer und Erwin Merker sahen sich nie wieder.)

Donnerstag 13 Uhr 02
Kommissariat

Hysterien

Er hörte, wie sich ihre Schritte immer weiter entfernten. Erster Hauptkommissar Erwin Merker war wieder allein. Aber jetzt war es nicht mehr gut. Es war nicht zu leugnen: Er war deprimiert. Warum hatte er zu der Schriftstellerin nichts von seinen wahren Nöten gesagt. Sie hätte es vielleicht verstanden. Ja, so eine Schriftstellerin kannte sich wahrscheinlich aus mit Wortallergien. Jetzt war es zu spät. Es hatte nur diesen kleinen Ausschnitt einer weichen Vertrautheit gegeben. Ein flüchtiges Verwandtschaftsgefühl. Da wäre es möglich gewesen zu sprechen. Ungepanzert zu sprechen. Wie sie es für einige Minuten auch getan hatte. Er hatte ihr Problem nicht ganz verstanden, aber er hatte verstanden, daß sie es ihm dringlich anvertrauen wollte. Warum ihm? Ausgerechnet ihm, einem Fremden. Vielleicht gerade deshalb, weil er ein Fremder war. Dann war ein Vorhang gefallen. Nein, dachte er, dieses Bild aus der Theaterwelt ist zu brav. Es war, als hätte ein böswilliger Zuschauer eine andere Programmwahltaste gedrückt.

Sie war gegangen. Er roch noch ihr Parfüm. (Angenehm.)

Er entsorgte den Pappbecher. In der Restpfütze seines Kaffees schwamm ihr Zigarettenstummel. (Eklig.)

Er betrachtete die Aktentasche. (Prächtig.)

Er würde die Frau wahrscheinlich nicht wiedersehen. Sie hatte nur am Rande mit dem Fall zu tun. Er könnte eine Begegnung natürlich herbeiführen, nichts leichter als das, es gäbe genug Vorwände. Aber er würde das nicht tun. Solche

Stimmungen mußten sich finden, sie ließen sich nicht erzwingen.

(Ja, keine Frage: Merker war intelligent.)

Er stellte die leere Aktentasche in einen abschließbaren grauen Metallschrank.

Dann dachte er: Vielleicht war es doch besser gewesen, daß er geschwiegen hatte. Man macht sich ja nicht gerne lächerlich. Mit dem Wort ›lächerlich‹ war er wieder bei seiner Not.

Es waren diese lächerlichen Fernsehkrimis, die ihn fertig machten. Gisela sah sie gerne. So oft er ins Wohnzimmer gekommen war, fragte ein Schauspielerkommissar: »Wo waren sie zur Tatzeit?« oder er fragte einen Kollegen: »Wurde der Tatort gesichert?«

Oftmals hatte er nur wenige Stunden zuvor die gleichen Sätze oder zumindest ähnliche gesagt.

Das, was irgendwelche Autoren sich über Merkers Beruf da jeweils ausdachten, stimmte natürlich hinten und vorne nicht mit seiner Berufsrealität überein, aber einige dieser Sätze hatten sie sich doch auf den Originalschauplätzen erlauscht.

Ich komme mir vor wie ein Plagiat, dachte er, wie ein Plagiat meiner selbst. Ich habe ein Rückkopplungsproblem. Um mich herum gibt es nur noch Echoeffekte.

Ich bin völlig überreizt, dachte er anschließend. Ich bin mir peinlich. Peinlich in jeder Beziehung!

Ich bin kurz vor einem hysterischen Lachanfall, dachte er, wenn ich mich als Hauptkommissar Merker vorstelle oder wenn ich Daniel Förster frage: »Haben wir schon Erkenntnisse aus der Gerichtsmedizin?« Als folgte ich einem Drehbuch, nein, einem Drehbuchdiktat.

Allein schon sein Name, so schien es Merker, der war doch wie ein schlechter Witz.

Das ist alles nicht gut, dachte Merker, das ist gar nicht gut, ich darf mich da nicht hineinsteigern. Wenn das so weitergeht, treibe ich in die Berufsunfähigkeit, dachte er.

Ja, Erwin Merker war deprimiert.

(Wenn er wenigstens einen Hund hätte.)

Donnerstag 14 Uhr 10
Wohnung Merker

Symptome

Die Grundschullehrerin Gisela Merker hatte sich, als sie heute verhältnismäßig frühzeitig nach Hause gekommen war, einen Salat gemacht und dazu einen Joghurt (rechtsdrehend) gegessen. Sie hatte auch schon eingekauft für das Abendessen, das sie, wie sie hoffte, mit ihrem Mann einnehmen würde, sofern er nicht dienstlich daran gehindert sein würde. Da sollte es dann mehr und bessere Nahrung geben. (Lammkoteletts, grüne Bohnen und einen Tomatensalat. Hernach ein Vanille-Eis mit aufgetauten Himbeeren).

Er machte ihr Sorgen. Er hatte sich verändert in letzter Zeit.

Sie wußte, daß sie keinen unkomplizierten Mann geheiratet hatte. Hatte es immer gewußt. Er ist schwierig, dachte sie oft bei kleinen Zerwürfnissen, aber wer ist das nicht, und einen Unschwierigen hätte sie gar nicht gewollt. Ja, so friedlich dachte sie. Kannte seine Reizbarkeit in der Phase anstrengender Verhöre, wenn sie – wer war eigentlich sie? – nicht weiterkamen und Druck hatten von oben – wer oder was war eigentlich oben? – oder von der Presse oder von wo auch immer. Sie kannte sich da in seinen Berufsangelegenheiten nicht aus. Kannte das auch nur aus Film und Fernsehen, aber das kannten ja alle und das hatte sie nicht ernst genommen, jedenfalls in der Vergangenheit nicht. Er sprach nie über die Einzelheiten seines Berufslebens. Und sie fragte ihn nie danach. Sie kannte nicht einmal die Räumlichkeiten, in denen er sich an den meisten Tagen und zuweilen sogar während der halben Nacht aufhielt. Kannte von seiner Arbeitsstätte nur die Außenfassade. Er hatte ihr nicht untersagt, ihn in seinen Diensträumen aufzusuchen, aber sie wußte, er hätte es nicht wirklich gern gehabt. Sie ging auch niemals mit zu den Betriebsfeiern, um die auch er sich, so gut er nur konnte, herumdrückte. Nur die Kollegin Leonie Wagner war einmal zum Essen bei ihnen gewesen. Das hatte sich so ergeben. Frau Wagner hatte Erwin gegen Abend noch Unterlagen vorbeigebracht und war dann geblieben. Sie hatte diese handfeste Frau sofort gemocht, und es hatte sie gefreut, sie in seiner beruflichen Nähe zu wissen. An diesem Abend hatte es aber keinerlei Fachgespräche gegeben.

Er wollte die Räume seines Lebens getrennt halten. Ein Leben in streng geschiedenen Abteilungen, wie es viele leben. Sie hatte das unter anderem geschlossen aus seinem verächtlichen Schnauben, wenn in einem Film Kommissare gezeigt wurden, die ihre Fälle mit den Ehefrauen besprachen und bei ihnen die beruflichen Kümmernisse abluden.

Ihre Freundinnen fragten bisweilen, ob sie als Frau eines hohen und erfolgreichen Kriminalkommissars nicht etwas Aufregendes zu erzählen wisse über einen seiner laufenden Fälle, möglichst einen schlagzeilenträchtigen. Und die waren dann immer verwundert gewesen, wenn Gisela ihnen eröffnet hatte, daß es gar keine Teilhabe ihrerseits gebe. »Er ist ein guter Mann«, hatte sie dann immer gesagt, »ein guter Mann, aber kompliziert.« Sie hatte oft noch dazugesagt, daß sie ja auch ihre Grundschule nicht ins abendliche Wohnzimmer verlängere. Doch da hatten die Freundinnen einen Unterschied gesehen.

Sie liebte ihren Mann. Und sie machte sich Sorgen.

Hatte er sich früher immer ein wenig lustig gemacht, wenn sie sich Kriminalfilme im Fernsehen ›reinzog‹ (wie ihre Schüler sagen würden), so hatte sie ihn in letzter Zeit mehrfach vor dem großen TV-Gerät im Wohnzimmer gefunden, wie er sich einen dieser Serienkrimis ansah, und er hatte – ja, man konnte es leider nicht anders nennen – gekichert. Gekichert! Kein hoheitsvolles Schnauben mehr. Dieses defensive Gekichere ängstigte sie.

Sie hatte das einer Freundin erzählt. Was sie sofort wieder bereut hatte. Diese Freundin war auf die älteren Tage (42 Jahre) noch einmal in ein neues geisteswissenschaftliches Studium eingetaucht (Hauptfach Romanistik), was die Freundschaft belastete. Die hatte dann gleich von einem Baudrillard-Syndrom gesprochen. Gisela hatte nicht nachgefragt – die Freundin war etwas ermüdend in ihrer neuen Wissenschaftlichkeit, einschüchternd begriffsbewaffnet und zielbewußt ging sie auf jedes noch so alltägliche Ereignis los, griff in ihren Theorieköcher, hatte dann sogleich eine scharfe These parat und wußte genau Bescheid, ohne daß damit irgend jemandem geholfen wäre.

(Ja, Gisela Merker machte sich Sorgen.)

Irgendwann
Irgendwo

<u>Kurt:</u> Können wir bitte die Unterrichtung fortsetzen? Ich weiß, das ist etwas regelwidrig, aber ich brauche unbedingt eine weitere Unterweisung.

<u>Iopö:</u> Wozu brauchst du mich? Du weißt doch hoffentlich, wie das geht.

<u>Kurt:</u> Ja klar, aber hier ist doch alles anders, und ich komme nicht durch zur klugen Maschine.

<u>Iopö:</u> Ja, das kommt immer mal vor: Ich sage nur: Weltraummüll.

<u>Kurt:</u> ???

<u>Iopö:</u> So nennen die Menschen den Dreck, den sie bei der Installation ihrer Kommunikationssatelliten und bei der Suche nach planetarischen Ausweichquartieren in den Orbit schleudern. Dieser Dreck stört unsere Verständigung.

<u>Kurt:</u> Mist. Ich brauche unbedingt noch ein paar zusätzliche Informationen über die Hominiden. Ich habe da schwere Defizite. Übermittle das bitte nicht Ertzuj.

<u>Iopö:</u> Alles klar. Dann frage mal los.

<u>Kurt:</u> Welche von diesen Exemplaren, die da für uns ausgesucht wurden, sind Repliken oder Musterwesen.

<u>Iopö:</u> Keines. Das gibt es nicht. Das können sie nicht machen.

<u>Kurt:</u> Wie??? Kein Scheiß? Du meinst im Ernst, solche Standardtypen wie diese Irma oder diesen Bruno oder diesen Pascal – um nur mal drei zu nennen –, die haben sie nicht seriell vorrätig? Oder zumindest als Duplikat oder Triplikat?

<u>Iopö:</u> Nein, diese von dir registrierten Merkmalkonzentrationen fußen auf kulturellen Musterbildungen, denen sie sich

mehr oder weniger unbewußt anverwandeln, damit sie sich selbst erkennen und von anderen erkannt werden können. Sie nennen das Individualität, was ebenso falsch wie richtig ist, und verfangen sich darin zunehmend. Sie haben ja nur diese ihre eigenen Zutaten für sich, wenn sie sich denken und versuchen, sich zu entwerfen.

Kurt: Sie können nicht hjklöä?

Iopö: Nein. Sie fangen gerade an mit dem Klonen, aber das ist uninteressant. Eine bloße Körperkopie.

Kurt: Und wie regeln sie bhuijn?

Iopö: Sie generieren sich noch in der tzuiolk-Weise. Sie selbst würden da von »natürlich« oder »biologisch« sprechen.

Kurt: Igitt.

Iopö: Das hast du doch hoffentlich schon gespeichert: Sie sind jetzt an einer Grenze. Sie haben immer an der Körperbaustelle herumgewirtschaftet. Der Körper ist eines ihrer Gefängnisse. Jetzt hoffen sie darauf, da auszubrechen, sich neu erfinden zu können. Eingriffe in die Keimbahn haben sie sich schon in Aussicht gestellt. Sie wollen das tun, was sie lange als das exklusive Geschäft ihrer Götter angesehen haben. Sich selbst kreieren.

Kurt: Aber die Götter haben sie sich doch auch immer sehr menschlich gedacht.

Iopö: Ja, genau, da zirkeln sie. Sie selbst würden sagen: Da beißt sich der Hund in den Schwanz. Sie können sich nur vorstellen, was sie sich eben vorstellen können. Sie sind hirnphysiologisch nicht über sich selbst erhaben. Sie kreiseln, sie wähnen sich auf steilen Wegen, aber sie kreiseln nur. – Hallo, hallo. – Wir müssen unterbrechen. Ein Signal von der Zentrale.

Donnerstag 14 Uhr 05
Straßencafé Innenstadt

Im Straßencafé

Frederike und Molly schoben fast synchron die Sonnenbrillen auf die Nasenspitze und schauten über deren obere Ränder hinweg einer Frau hinterher, die mit Sicherheit wollte, daß man ihr hinterherschaute. Die mußte man in den Originalfarben studieren. (Platinblondiert, winziger Minirock in Pink, breiter Gürtel in Violett, enge Wickelbluse in Orange, Zebra-gemusterte Highheel-Sandalette und gleich gemusterte Tasche im Kelly-Style).

Dann sahen sie sich an und lachten.

»Nicht schlecht«, sagte Molly.

»Aber auch nicht wirklich gut«, sagte Frederike.

Molly, die heute zwar nicht übertrieben ausgestattet, jedoch erstaunlich präsentabel aussah – Frederike sah: eine gutsitzende Jeans und eine weiße Leinenbluse, etwas verknittert, aber das durfte ja sein –, widmete sich ihrem Eisbecher Maracuja, und Frederike trank einen Schluck Kaffee. Die Bedienung hatte es gar nicht glauben können, als sie gesagt hatte:

»Eine Tasse Kaffee, bitte.«

(Kaffeevariationen waren auf der Karte in sieben Positionen vertreten.)

Molly nahm die Sonnenbrille ab, lehnte sich zurück und gab sich mit geschlossenen Lidern der Sonne hin. Ein weiterer Frühsommertag, wie er schöner nicht sein kann. Gutgelaunte Menschen in den Straßen.

Frederike dachte: Das wäre ein Tag, wie geschaffen, um sich zu verlieben. Und das wird mir auch wieder geschehen.

Aber noch nicht so bald, nicht mehr in diesem Jahr. Dies ist das Jahr der Trennung und des Verbrechens.

»Morde sollte es nur im Winter geben«, sagte Molly.

Das ist so ein typischer Molly-Satz, dachte Frederike und sagte:

»Dann erzähl mal vom Besuch der Kriminalpolizei im Irma-Haus.«

»Sie rückten kurz vor dem Mittagessen an. Zwei Frauen. Eine ältere und eine junge Kriminalbeamtin. Sie haben sich vorgestellt, ich habe mir die Namen und Dienstgrade nicht gemerkt. Irma war ganz Hoheit. ›Sollen wir hier etwa verhört werden?‹ hat sie pompös über alle Köpfe hinweg zur hohen Decke ihres Vestibüls gerufen und dabei ihren Arm mit der Krallenhand wie zur Anklage erhoben. Die Jüngere hat versucht, sie zu beschwichtigen. Nein, davon könne keine Rede sein, es handle sich nur um eine einfache Zeugenbefragung, und sie und ihre Kollegin wären sehr erfreut, wenn sie von den Anwesenden ein paar Auskünfte erhielten. Trotzdem hat Irma fortwährend diesen Empörungston beibehalten. Der Älteren hat sie damit nicht imponieren können. Die hat sie ohne Umschweife ganz kalt und knapp gefragt: ›Wie gut kannten Sie Ulf Urlach?‹ Und Irma hat in Kopfhaltung und Gestik immer noch zur Höhe gewandt gerufen ›Natürlich überhaupt nicht‹, als sei es generell unter ihrer Würde, zukünftige Mordopfer zu bewirten. Immerhin habe sie diesen Mann doch zu der Party eingeladen, hat die Jüngere eingewandt. ›Nein‹, hat Irma gerufen, ›nein, das war mein Sohn‹, und hat mit der Fingerkralle auf Pascal gezeigt, der hat sich geduckt wie ein ertappter Sünder, und Irma hat gefragt, ob sie noch gebraucht werde, sie wolle sich zurückziehen, sie sei eine todkranke Frau. Aber die Ältere hat nicht lockergelassen und gesagt, daß es gut wäre, wenn sie das mit dem Zurückziehen noch etwas aufschöbe – das Wort ›zurückziehen‹ hat sie in einen ganz maliziösen Ton gebracht –, denn sie müsse wissen, was Irma mit der Versammlung am darauffolgenden Abend bezweckt habe. Weiß der Geier, woher die Polizei die Information über Irmas Einberufungen hatte. Irma ist daraufhin für einen Moment etwas aus der Fassung geraten und hat geknurrt, daß man sich doch mit den Freunden in einem solchen Fall besprechen müsse, dann aber hat sie sich gleich wieder gestrafft und in ihrer üblichen Lautstärke getönt, daß es ihr Recht sei, in ihrem Hause Versammlungen abzuhalten, wann immer sie wolle. ›Aber klar doch‹, hat die Ältere völlig unbeeindruckt und von soviel Aufplusterung sichtlich erheitert gesagt. Und sie hat die Frage hinterhergeschickt, ob Irma sich noch erinnern könne, wann Ulf Urlach die Party verlassen habe. Nein, könne sie nicht, hat Irma gerufen, sie führe da nicht Buch – und war auch schon davongeschritten.

›Ich wußte gar nicht, daß es solche Typen wie diese Alte noch gibt‹, hat die Jüngere der Älteren zugeflüstert, ich habe es aber doch gehört.

Weißt du«, sagte Molly, »außer dir war diese ältere Kommissarin der erste Mensch, den das Einschüchterungsgehabe von Irma völlig kalt ließ. Die hat mir gut gefallen.«

»Und wie ging's weiter?« fragte Frederike.

»Dann haben sie Pascal nach seinem Verhältnis zu Urlach befragt, woher er ihn kannte, wie lange und wie gut. Dessen Aussagen waren unglaublich schwammig. Er kenne viele dieser Gelehrten von der Universität – er sagte wahrhaftig ›Gelehrte‹, wahrscheinlich wollte er den Kommissarinnen damit imponieren –, und er zählte eifrig Namen auf, auch die von Leuten, denen er in der Universität allenfalls (wenn überhaupt) einmal die Hand geschüttelt hatte. Sogar den des Universitätspräsidenten. Die Namen Schauer, Menzel und Krüss waren natürlich auch darunter. Irgendwo und irgendwann, sei er dort auch Urlach erstmalig begegnet, vielleicht anläßlich eines Gastvortrages von irgendeiner Koryphäe – Pascal geht nie zu Vorträgen – oder einem anschließenden

Umtrunk – da kann ich ihn mir eher vorstellen –, bei irgendeiner derartigen Gelegenheit also habe er Urlachs Bekanntschaft gemacht – ach, da merke man sich doch nicht einzelnes und einzelne … Wie das eben so sei, da sei man einmal und dann immer häufiger kulturfreudig miteinander ins Gespräch gekommen … Nein, eng befreundet? – Das auf keinen Fall! Bekannt? Ja, das könne er so stehen lassen. – Der Professor Urlach sei ja doch ein interessanter und überaus unterhaltsamer Mann gewesen. Bösartig? Nein, das könne er nicht bestätigen –

Es war ein diffuses Gefasel, das Pascal ablieferte. Ich hatte nicht den Eindruck, daß er die Kommissarinnen überzeugt hat. Und erwartungsgemäß hatte er auch keinen blassen Dunst, wann Urlach vorgestern abend die Party verlassen hat.

Pascal war, als die beiden an der Tür klingelten, gerade von einem Tennismatch zurückgekommen und machte einen ziemlich deplazierten Eindruck, wie er mit nackten Knien, rosa verfärbten Tennisschuhen und verschwitztem Haar weit vorgebeugt in dem tiefen Plüsch-Fauteuil saß und faselte. Ich weiß nicht, ob er sich selbst so gesehen hat, jedenfalls, das war deutlich: Er hat sich äußerst unwohl gefühlt. Und dann war noch die Frage gekommen, die er am meisten fürchtet: ›Und was machen Sie beruflich?‹ hatte die Ältere unerwartet und hart in seine Faselei hinein gefragt. Er war erschrocken, aber nur ein wenig, denn für den Fall dieser Frage hat er ja seine Standardantwort parat: Er schreibe an einem Buch über Abraham a Sancta Clara, das sei bekanntlich ein Geistlicher des siebzehnten Jahrhunderts gewesen – dieses ›bekanntlich‹ bringt er immer – eine grobe Unverschämtheit! –, und deshalb stehe er auch im wissenschaftlichen Austausch mit den Dozenten der Universität und bewege sich in diesen Kreisen, hat er gesagt.

Das ist natürlich blank gelogen. Ich habe nie erlebt, daß er mit einem von denen über seine angebliche Forschung sprach. Und an diesem Buch hat er schon geschrieben, als ich ihn kennenlernte. Eine zähe Schreiberei, wie mir scheint. Das Buch wird wohl nie zustande kommen. Wahrscheinlich gibt es nicht einmal den ersten Satz. Und ich bezweifle auch, daß er die vielen Stunden seiner Aushäusigkeit tatsächlich, wie er immer zu Irma sagt, in der Bibliothek verbringt.« Molly lächelte unergründlich und fuhr fort: »Dann hat die Ältere mit einem deutlich spöttischen Unterton gefragt: ›Und davon können Sie leben?‹ ›Ich verfüge über ein privates Vermögen‹, hat er gestelzt geantwortet.

Das war die nächste Lüge. In Wahrheit leben wir von den Zuteilungen der vermögenden Irma, jedenfalls solange wir brav bei ihr wohnen und uns um sie kümmern.«

Mit dem letzten Satz hatte Molly, von ihrer lebhaften Schilderung etwas zu weit aus der Kurve getragen, mehr gesagt, als sie eigentlich wollte. Schnell fügte sie hinzu:

»Das wirst du dir ja schon gedacht haben.« Sie warf einen verlegenen Seitenblick auf Frederike und sagte dann: »Schau mich bitte nicht so mitleidig an, das vertrage ich nicht, glaube mir, ich weiß genau, was ich tue.«

Frederike hatte auch jetzt wieder, wie schon so oft, die Freundin fragen wollen, ob sie diesen Pascal denn so sehr liebe, daß sie für ihn und diese Liebe das Irma-Martyrium zu ertragen bereit sei. Aber Molly durchkreuzte auch diesmal schlau ihr Fragevorhaben, indem sie ihren Bericht wieder aufnahm und flüssig vorantrieb:

»Und dann bin ich an der Reihe gewesen«, sagte sie etwas zu munter. »Mit mir sind sie zufrieden gewesen, weil ich ihnen ziemlich genau sagen konnte, wann Urlach die Party verlassen hat. Ich erinnere mich nämlich, daß er, als ich erstmalig auf die Terrasse lief, weil der Gewitterregen plötzlich eingesetzt hatte, noch in seiner Salonecke links neben der großen Schiebetür saß – ich dachte, was für ein Stiesel, der sieht doch, was hier los ist, und könnte ruhig mal helfen – und daß er, als ich das nächste Mal bei diesem Rein-Raus-Gerenne zwischen Küche und Terrasse wieder an seinem Platz vorbeikam, ganz plötzlich verschwunden war und daß ich zu gleicher Zeit das tiefe Dröhnen seines Sportwagenmotors hörte, als er aus unserer Einfahrt brauste. Und die Polizei kann ja leicht feststellen, wann genau das Gewitter in unserem Bezirk ausbrach. Und ich habe ihnen auch klipp und klar sagen können, daß ich diesem Ulf Urlach noch nie zuvor begegnet war und auch an diesem Abend – außer: ›Darf ich Ihnen noch etwas nachschenken?‹ und ›Ja, bitte‹ – kein Wort mit ihm gewechselt habe. Und meine Stellung im Hause war ihnen auch bekannt, weil Pascal mich eingangs sehr pathetisch als seine ›wunderbare Lebensgefährtin‹, ohne die er ›verloren‹ sei, vorgestellt hatte. Das war ihm wichtig, und es war zu merken, daß ihm das wichtig war.«

»Was für eine Platitude«, sagte Frederike, »oder ist da was dran?«

»Wie man's nimmt«, sagte Molly unbestimmt. Und dann beendete sie ihren Bericht eilig mit dem Satz: »Sogar die Ältere war freundlich zu mir, als ich die beiden hinausbegleitete.«

Als die Bedienung den Sonnenschirm aufspannte, bestellte Frederike ein Wasser ohne Kohlensäure und Molly einen Espresso.

»So ein Mord treibt alle mächtig um, ich will mich da nicht ausnehmen«, sagte Frederike.

»Meinst du, daß jemand von denen, die gestern oder vorgestern bei uns waren, etwas mit dem Mord zu tun haben könnte?« fragte Molly.

»Keine Ahnung.«

»Angenommen, der Urlach war wirklich so widerlich, wie der brave Menzel ihn beschrieb, oder vielleicht darüber hinaus ein regelrechter Sadist, so daß es ihm gefiel, empfindliche oder schwache Leute nicht nur zu demütigen, sondern sogar psychisch zu vernichten, dann müßte man vielleicht Verständnis für den Täter aufbringen«, sagte Molly.

»Das finde ich auch«, sagte Frederike, »aber es ist trotzdem grausig zu denken, daß da jemand unter uns sein könnte, der, wenn man ihn hinreichend reizte, in aufgestautem Haß oder hochgepeitschter Wut, den Mut hätte, dir ein Messer in den Rücken zu rammen.«

Molly überlegte.

»Ich kann mir in dieser Rolle keinen vorstellen, nicht den korrekten Bruno Schauer, nicht den sanften Simon Menzel, nicht die melancholische Laura Rudolph, nicht die nymphomane Johanna Schwarzenbach und nicht einmal diesen Sachbuchwiderling, wie heißt er noch?«

»Florian Kuhn«, sprang Frederike ein. »Woher weißt du, daß die Schwarzenbach nymphoman ist?«

»Weiß ich gar nicht«, sagte Molly heiter, »habe ich mir im Moment ausgedacht, ich mußte dieser farblosen Person doch auch ein Adjektiv beigeben.«

»Spricht aber nichts dagegen. Es sind immer die, von denen man es gar nicht denkt, diese stillen unscheinbaren Mäuse«, ergänzte Frederike.

Sie lachten.

»Hat sie was mit Schauer?«

»Glaub ich nicht. Hätte sie vielleicht gern. Ich glaube aber, Schauer wäre zu einer Affäre nicht imstande. Er liebt seine Carola, hat sie aber immer im Affärenverdacht und will ihr, indem er vor ihren Augen mit seiner Doktorandin flirtet, zeigen, daß er das auch könnte. Könnte er aber nicht.«

»Hat Carola was mit dem Lektor?«

»Das schon eher.«

»Siehst du Krüss noch gelegentlich?«

»Nein«, sagte Molly, etwas erschrocken, wie es Frederike schien. Dann sehr bestimmt: »Nein, nie« und dann fragte sie sofort: »Was macht dein Kleiner?«

Sie wußte wohl, daß eine Mutter, nach ihrem Kind befragt, immer zu einem Themenwechsel bereit ist.

»›Mein Kleiner‹ studiert im vierten Semester Kunstgeschichte in München, hat eine Frisur, die ich nicht verstehe, trägt nur extrem konservative Anzüge und findet es cool, die Mitteilung, daß sein Vater endgültig ausgezogen ist, mit der Bemerkung zu quittieren: ›Das wurde aber auch Zeit.‹«

»Da ist viel Fassade«, sagte Molly einfühlsam.

»Ich glaube, seine neue Freundin ist ziemlich zickig«, sagte Frederike.

»Vermutlich hat er jetzt einen eigenen Brennpunkt und will von eurem müden Krieg nicht mehr so viel hören.«

»Ja, das ist gut möglich.«

»Hast du ihm von dem Mord erzählt?«

»Nein, ich will mir nicht die Hoffnung nehmen, daß es ihn doch ängstigen könnte, sein liebes Mütterlein in der Nähe eines Mordopfers zu wissen.«

»Jetzt sitzen wir so schön hier in der Sonne und sprechen schon wieder von dem Mord.«

»Ja, der Magnetismus der unerklärten Leiche. Da hat Carola schon recht mit ihrer Spekulation über die Bedeutung des lokalen Abstands. Je näher, desto schwärzer und länger der Schatten.« Frederike wechselte das Thema. »Die Wohnung ist jetzt zu groß für mich. Kennst du nicht jemanden, der eine kleinere zu vermieten hat?«

»Nein«, sagte Molly. »Du kannst ja bei uns einziehen, in dem alten Kasten ist jede Menge Platz.«

Sie lachten beide über diese abwegige Vorstellung.

»Ich will mir noch ein paar Klamotten kaufen«, sagte Molly, nachdem sie bezahlt hatten. »Diesen Sommer will ich viel Weiß tragen. Kommst du mit?«

»Nein, kann ich nicht. Leider. Muß in die Redaktion.«

(Lüge!)

Donnerstag ca. 12 Uhr 35
Dienstwagen der Polizei

Mitarbeiter gesucht

»Hast du Lust auf Kantinenessen?« fragte Leonie Wagner ihre junge Kollegin.

»Nein.«

Elise Berg saß etwas verspannt in den Kunstlederpolstern des Dienstwagens wegen der außerordentlich rabiaten Fahrweise der Älteren. Sie fragte:

»Hätten wir sie nicht nach ihren Alibis fragen müssen?«

»Wir kennen die genaue Tatzeit noch nicht, außerdem, da gehe ich jede Wette ein, sie schlafen einzeln in möglichst weit voneinander entfernten Zimmern. Die Alte wird aber eine schrille Notklingel auf ihrem Nachttisch haben. Da wird keiner vom anderen sagen können, ob der in der Nacht unterwegs war oder nicht«, antworte Leonie Wagner.

Elise Berg kippte nach vorne in den Sicherheitsgurt, weil Leonie Wagner scharf bremsen mußte.

»Du fährst wie ein neapolitanischer Taxifahrer«, sagte sie, und als sie bemerkte, daß die Hauptkommissarin diesen Vergleich offensichtlich nicht ehrenrührig fand, ja, daß er ihr sogar zu schmeicheln schien, fügte sie an: »Irgendwann führst du eine Airbag-Katastrophe herbei.«

Auch das beunruhigte Leonie Wagner nicht, und sie überhörte die verkleidete Anmahnung einfach und sagte:

»Ist dir aufgefallen, wie häufig dieser Pascal von Seefeld die Worte ›irgendwann‹, ›irgendwo‹ und ›irgendwer‹ benutzte?«

»Der sieht aber ganz gut aus«, sagte Elise Berg (unsachlich).

»Findest du?«

»Na, ja, wenn man diesen Typ Mann mag.«

»Vielleicht solltest du diesen ›Typ Mann‹ nicht zu sehr mögen. Das führt zu nichts. Ich fand die Frau sympathisch.«

»Die Alte?« fragte die Jüngere.

»Unsinn, die ist Karikatur. Ich meine diese Molly. Allerdings hatte ich den Eindruck, daß sie etwas verheimlicht.«

Die Kriminalkommissaranwärterin Berg hielt während eines riskanten Überholmanövers die Luft an und sagte dann:

»Ich kann mir keinen von denen vorstellen, wie er aus dem Haus schleicht, in einen Wagen steigt, in das Institut fährt und Urlach ein Messer in den Rücken jagt.«

»Die Alte würde das körperlich gar nicht mehr bringen«, sagte Leonie Wagner. »Die ist nur noch eine Sitzdespotin.«

»Und ich kann da auch gar kein Motiv sehen«, sagte Elise Berg.

»Vielleicht müssen wir umdenken«, sagte Leonie Wagner. »Vielleicht gehen wir noch viel zu sehr davon aus, daß Menschen von gewaltigen kriminellen Energien oder weitreichenden Motiven geleitet sein müssen, um zu Mördern zu werden. Vielleicht ist das überholt. Vielleicht sollten wir generell die Morde viel lockerer sehen, denk doch nur mal an die Frau in Michigan, die ihre Nebenbuhlerin beseitigen wollte und zu diesem Zweck eine Anzeige ins Internet stellte unter der Rubrik ›freier Mitarbeiter gesucht‹.«

»Du bist zynisch.«

»Ich bin vor allem hungrig«, sagte Leonie Wagner, die sicher war, daß sie zynisch nicht war, und bremste jäh, weil sie einen freien Parkplatz erspäht hatte.

»Das vorne ist eine Kneipe, die ich mag«, sagte sie zur jungen Kollegin.

(Elise Berg war etwas bleich.)

Donnerstag 12 Uhr 46
Restaurant

Die Unterweisungen der Leonie Wagner

Bei der Kneipe handelte es sich um ein unauffälliges solides Restaurant. Wagner war strammen Schrittes vorbei an den Tischen, die sich einladend in der Sonne vor dem Lokal befanden, ins Innendunkel vorgestoßen.

»Das ist der Vorteil des guten Wetters. Die Räume sind dann so angenehm leer«, hatte sie gesagt, als sie sich an einem der Tische niederließen.

Berg hätte lieber in der Sonne gesessen, aber sie wagte keinen Einspruch.

Der Wirt begrüßte Leonie Wagner freundlich mit einer dezent angedeuteten Verbeugung. Es wurden keine Namen genannt und auch keine Hände geschüttelt.

Berg bestellte ein Schinkensandwich, einen grünen Salat und ein Mineralwasser. Wagner bestellte Sülze mit Bratkartoffeln und ein kleines Helles.

Während sie auf das Essen warteten, fragte Berg:

»Wie lange bist du schon Ermittlerin im Morddezernat?«

Wagner mußte nicht rechnen:

»Achtundzwanzig Jahre.«

»Geht das?« fragte die Jüngere.

»Eigentlich nicht. Am Montag hast du es mit Gewalt und Tod zu tun, am Freitag immer noch und am nächsten Montag wieder. Und oft am Wochenende auch.«

»Kann man es ertragen auf die Dauer?«

»Du mußt Interessen außerhalb deines Berufes haben und Freunde, die anderes wichtig finden. Mir haben auch die Bücher, die ich von meinem Vater erbte, geholfen. Ich lese gerne: Gedichte, Romane …«

»Auch Kriminalromane? Die wohl kaum.«

Leonie Wagner lachte. »Warum denn nicht. Wenn du deine fachlichen Einsprüche beiseite räumst, kannst du daran Gefallen finden und wirst zugeben müssen, daß es auch auf diesem Gebiet immer mal wieder gute Autoren gab. Hat es dich in deiner Kindheit gestört, daß die Ente Donald Duck sprechen kann und nur vier Finger hat?«

»Nein.«

»Na also. Vergiß die berufliche Besserwisserei. Du mußt dir diese kindliche Bereitschaft zurückholen, mit einer Schrift einen Pakt einzugehen. Wenn du nur Glaubwürdigkeit und Realismus willst, dann bleibe bei den Handbüchern des Polizeiwesens.«

Elise Berg sagte:

»Ich glaube, da gibt es so einiges in diesem Beruf, von dem in diesen Büchern und auf der Polizeischule nicht die Rede ist.«

»Ja klar. Aber das findet sich von ganz allein. Nenn es Erfahrung, nenn es Routine, nenn es Intuition. Alles dies, was dir mit der Zeit zuwachsen wird, ist brauchbar, aber auch gefährlich. Du darfst dir deiner Sache niemals zu sicher sein. Niemals.«

»Klingt anstrengend.«

»Das Leben ist anstrengend.«

Leonie Wagner nahm vergnügt einen großen Schluck von ihrem Bier.

Elise Berg sprach jetzt wie jemand, dessen Sätze angeschoben werden von dem lang gehegten Vorsatz, sie bei guter Gelegenheit auszusprechen. Hier war sie, die Gelegenheit.

»Ich bin froh, einmal mit dir sprechen zu können, ohne daß die Kollegen mithören. Ich denke, daß ich beträchtlich von dir lernen könnte. Und ich habe den Eindruck, daß ich es tun sollte, bevor du eines Tages ohne Vorwarnung in deinen Ruhestand verschwindest.«

Gar nicht so schlecht, die Kleine, dachte Leonie, sie hat feine Antennen und zieht gute Schlüsse aus dem, was sie mit ihnen empfängt.

»Hast du ein Geheimwissen, das du an mich weitergeben könntest?« fragte Berg.

»Nein, ich habe kein ›Geheimwissen‹«, sagte Wagner, »ich kann dir nur von einigen Einsichten erzählen, die mir bei der Arbeit geholfen haben. Du mußt dann selbst entscheiden, ob sie für dich brauchbar sind.«

Der Wirt brachte das Essen, und Leonie Wagner erläuterte, während sie mit großem Appetit aß:

»Ich habe immer versucht, die Fälle in eine doppelte Perspektive zu bringen. Da ist zunächst und unvermeidlich die Vogelperspektive oder, wenn dir das besser gefällt: die olympische Perspektive. Das ist die Sicht auf die Verästelungen eines Verbrechens. Als beobachtete man die Vorgänge in einem Ameisenhaufen. Die Schau auf alle Ereignisse und auf alle Akteure einschließlich der vermeintlich unerheblichen Randfiguren. Das ganze Gewusel. Da die Dinge in diesem beweglichen Hügel sich permanent verändern, mußt du dir dessen Gestalt immer wieder neu einprägen. Berichte lesen, Befragungen und Verhöre durchführen, mit den Kollegen sprechen. Alles mit allem abgleichen. Das kennst du ja schon. Da machst du dich innerlich riesengroß, wenn du dich über das Wimmelgebilde beugst und den gottähnlichen Überblick zu gewinnen suchst. Zugleich aber mußt du dich, ganz konträr, winzig klein machen und von tief unten schauen. Denn bei der zweiten Perspektive, der Mausperspektive, mußt du dich mit all deinen Nerven nur aufs Detail richten. Du mußt dicht aufrücken. Sehr dicht, unappetitlich dicht an die Dinge, an die Akteure heran. Da darf keine Scheu bei der Einfühlung aufkommen. Wenn es sich bei dem Verbrechen nicht nur um einen Akt roher Gewalt handelt, wenn Vorsatz und Überlegung im Spiel waren, mußt du dich hineindenken in die Topographie der egoistischen Winkelzüge und in die psychische Beschaffenheit aller mutmaßlich Beteiligten. Der Täter wird, wenn er intelligent ist, auch immer diese doppelte Perspektive haben. Er wird, das ist ja klar, seine Absichten listig verrätseln, er wird Irrwege einbauen und Hindernisse in den Weg stellen. Du mußt dich einfühlen in seine miese gefräßige Selbstsucht. Du kannst gar nicht niedrig genug denken. Kurzum, was du brauchst und dir über die Jahre erhalten mußt, ist diese Elastizität im Wechsel der Perspektiven.«

Wagner machte eine kleine Pause und sagte dann:

»Deine Vorstellungskraft darf weder vor der ungeheuerlichsten Bestialität noch vor dem erbärmlichsten Motiv versagen.«

Wagner beendete ihren Vortrag zeitgleich mit dem Essen. Sie trank einen letzten Schluck Bier und bestellte Kaffee für beide, obwohl Berg immer noch in ihrem Salat herumpickte und nur einmal in ihr Sandwich gebissen hatte.

»Läßt sich irgend etwas von dem, was du eben ausgeführt hast, auf unseren aktuellen Fall anwenden?« fragte Berg.

»Nein. Überhaupt nicht«, sagte Wagner heiter. »Nein, dieser Fall ist von geradezu grotesker Schlichtheit, und – ich werde das Gefühl nicht los – das ist zugleich seine Tücke.«

Leonie Wagner sah auf ihre Armbanduhr.

»Wir müssen zurück ins Präsidium.«

(Immer wenn Elise Berg später, und viel später, an die Unterweisungen von Leonie Wagner zurückdachte, hatte sie das rotweißkarierte Tischtuch dieses Restaurants vor Augen.)

Donnerstag 15 Uhr 20
Wohnung Schauer

Familiensaga (gerafft)

»Du willst Informationen über die Familie Seefeld?« fragte Carola erstaunt.

Frederike hatte sie angerufen und um ein Treffen gebeten, kurz nachdem sie sich von Molly in der Stadt getrennt hatte. Carola kam ihr Besuch nicht ungelegen. An Arbeiten war in dieser Mordatmosphäre nicht zu denken.

»Ja«, sagte Frederike, »man hat mir gesagt, daß du die einzige seist, von der ich sie bekommen könnte.«

»Stimmt, mein Vater war eng mit dem Vater von Pascal befreundet, daher kenne ich diese Familie von Kindesbeinen an. Das ist eine ulkige Redensart, findest du nicht?«

»Doch, ja«, sagte Frederike desinteressiert. Sie hatte keine Lust auf Sprachbilderörterungen.

»Um was geht es dir denn?« fragte Carola, die spürte, daß Frederike möglichst schnell zur Sache kommen wollte.

Frederike kam zur Sache:

»Es geht mir um Molly. Ich mag sie. Sie ist meine Freundin. Aber sie ist mir zuweilen ein Rätsel. Ich habe sie erst besser kennengelernt, nachdem sie sich von Krüss getrennt hatte und bei Irma und Pascal eingezogen war. Und nun, nachdem ich diese merkwürdige Hausgemeinschaft in letzter Zeit etwas aufmerksamer beobachtet habe, kann ich mir immer weniger vorstellen, daß sie Pascal von Seefeld wirklich liebt. Ich komme jedoch in dieser Frage nicht an sie heran.«

»Ach«, sagte Carola. Sie lächelte beschwichtigend. Frederike schien ihr sehr verspannt. Man würde sie lockern müssen.

Sie sagte: »Das geht uns allen doch permanent so, daß wir uns bestimmte Paarkombinationen partout nicht vorstellen können. Ich bin sicher, daß mancher auch nicht verstehen kann, warum ich einst Bruno wählte, oder warum er mich erträgt.«

»Da hast du recht«, Frederike lächelte jetzt auch. (Schwach.)

»Ich habe mich gerade nach langer Ehe getrennt und kann mir jetzt schon, am zweiten Tag nach Konrads endgültigem Auszug, nicht mehr vorstellen, daß dieser Mann und ich es dreiundzwanzig Jahre miteinander aushielten. Von Liebe war seit langem nicht mehr die Rede.«

»Du hast früh geheiratet?«

»Ja, mit achtzehn. So etwas geht selten gut. Aber das ist jetzt nicht das Problem.«

»Und was ist das Problem?«

Frederike wurde wieder ernst (fast zornig):

»Diese Seefelds nutzen Molly aus. Die behandeln sie wie ein Dienstmädchen.«

»Tja, wenn sie sich das gefallen läßt.«

Carola hatte keine Lust auf Empörung.

»Vielleicht hat sie keine Alternative«, sagte Frederike

»Sie kann doch jederzeit gehen, sie ist mit Pascal nicht einmal verheiratet.«

Carola hatte auch keine Lust auf Einfühlung.

Frederike ließ sich nicht beirren:

»Da bin ich mir nicht so sicher. Irgend etwas bindet sie, das ist es ja, was ich nicht verstehe.«

»Da kann ich dir nicht helfen«, sagte Carola entschieden.

»Dann erzähl mir wenigstens etwas über Irma und Pascal«, bat Frederike.

»Ah, ganz die recherchierende Journalistin«, sagte Carola. »Ich sehe zwar nicht, was dir das nützen könnte, aber ich will dir gerne berichten, was ich über diese Familie weiß.«

Sie brachte sich in Positur, als sei sie um eine Lesung aus ihren Werken gebeten worden.

Frederike registrierte amüsiert, daß sie sogar mit knappen Handbewegungen ihre Frisur etwas ordnete und den Rock gerade zog, bevor sie sprach.

Sie begann mit einer Frage:

»Wir müssen mit der Frage beginnen: Warum ist Irma wie Irma?«

»Keine Ahnung, willst du es mir sagen?«

»Ja, das will ich: Sie ist Opfer ihres eigenen inneren Auftrags.«

»Als Opfer kann ich sie eigentlich nicht sehen. Und was ist das für ein Auftrag? Ein hoher Auftrag im Namen hohen Adels?«

Carola lachte.

»Ja, das hätte sie wohl gern. Aber nein, da ist weit und breit kein hoher Adel. Die Seefelds stehen tief unten in der Feudalhierarchie. Preußischer Briefadel. Der Großvater von Pascal war in den letzten Jahren der Kaiserzeit als Dank für irgendwelche kaufmännischen Dienstbarkeiten in den Adelsstand erhoben worden. Kurz vor Schluß gewissermaßen. Irma hat dessen Sohn Friedrich von Seefeld geheiratet, der von seinem Adel nicht viel Aufhebens machte und lieber das Geld vermehrte, mit Begeisterung und Glück an der Börse und auf den Pferderennbahnen.

Irma selbst ist eine geborene Leisegang. (Kleines, etwas schäbiges Lachen.) Der Vater betrieb ein von der Kundschaft sehr geschätztes Geschäft für Süßwaren. Und weil Friedrich vernascht war – man sah ihm das auch an –, ist er dort häufig aufgetaucht und hat sich in sie verliebt, als sie ihm die Pralinen ihres Vaters einpackte.

Ich weiß da viel aus den Erzählungen meines Vaters.

Irma war ein schönes Mädchen, regelmäßige Gesichtszüge, volles Haar, gute Figur, hoch gewachsen. Das gefiel dem

Friedrich. Er hatte einen Namen und Geld. Das gefiel der Irma.

Kaum war sie in die Familie derer von Seefeld eingerückt und hatte das ›von‹ in ihrem Namen, mutierte sie zur Turbo-Adligen oder zu dem, was sie dafür hielt, und in ihr wuchs ein Auftrag und vor ihr entstand ein Bild.

Silberne Messerbänkchen waren das mindeste, was da sofort sein mußte. Und sie hat umgehend angefangen, an der Fassade ihrer Selbstveredelung zu bauen – man könnte aus anderer Perspektive auch sagen: ihre Käfigstäbe zu polieren –, hat gleich versucht, ihre neu erheiratete Nobilität tief in die Historie einzusenken, hat alten Schmuck gekauft und sich damit bekränzt, um den Eindruck einer großmächtigen und weit zurückreichenden Blaublutherkunft zu erzwingen. Geld für jeglichen Erwerb war ja genug vorhanden. Diese kunsthistorisch völlig wertlosen Porträts aus dem frühen 19. Jahrhundert, die in Irmas Vestibül hängen, hat sie auf Reisen im Ausland unter Einsatz unsinnig hoher Beträge zusammengerafft – alles völlig unbekannte Leute, zu denen sie sich selbst eine Familienähnlichkeit einredet. Nun mußt du wissen: Irma war ein schlichtes Gemüt – und ist es im Grunde immer noch. Die sehr verkürzte Schulausbildung – der Vater holte das Mädchen früh ins Geschäft – hätte eine intelligente und phantasievolle junge Frau kompensieren können, aber Irma fehlten die notwendigen Empfindlichkeiten.

Das hast du sicher bemerkt: Sie hat kein gutes Auge und kein gutes Gehör für Nuancen. Sie preßt das vermeintlich Höhere grob in ihren kleinlichen Alltag. Wie alle Egozentriker verfügt sie über keinerlei Einfühlungsvermögen.

Das gab ihr zuweilen Stärke (die Kraft der Ignoranz), versperrte jedoch auch viele Zugänge. Indes, Irma arbeitete weiter fanatisch an der Anpassung, vor ihr immerwährend das Bild, das sie früh von sich entworfen hatte. Da ging es zunächst um die Körperausstattung. Ihre kleiderästhetischen

Bemühungen waren noch am erfolgreichsten: Da konnte sie ihre extreme Selbstliebe zu Hilfe holen, da konnte sie sich spiegeln und vor den Spiegeln ständig Bildkorrekturen vornehmen, da konnte sie in Opernhäusern und einschlägigen Restaurants Anregungen holen und sich von den Bildern in den Illustrierten vieles abschauen. Schwieriger war schon die Sprachanpassung. Gewohnte Vokabeln waren auszurotten, andere hereinzuholen in den eigenen Wortvorrat. Auch das schaffte sie einigermaßen, und zwar über den zu dieser Zeit schon unüblichen preußisch verknappten Kommandostil: reduzierte Syntax und schmuckloser Ausdruck. Da sie reich war, konnte sie sich karge Imperative leisten. Aber dann kam sie an eine Grenze. Fürs Interieur hatte sie keinen Atem mehr. Da stapelte sie einfach Altgewordenes. Sie konnte nur – gelenkt durch die Einflüsterung gewinnsüchtiger Händler – aufs einzelne Stück zielen, nicht auf dessen kompositorische Einfügung in eine Raumwirkung. Zudem hatte sie für die Innenausstattung ihrer ersponnenen Herkunft keine Anschauungen. Das war ihr großer Schmerz: Nie fand sie Einlaß in die Kreise und Häuser, in denen sie sich gerne aufgehalten hätte, weil ihr Friedrich daran keinerlei Interesse hatte.

(Tonwechsel ins Muntere.) Der war ein origineller Typ. Alles, was er tat, tat er gern. Er arbeitete gern und viel, er aß gern und viel, er trank gern und viel, und er liebte gern und viel, wenn auch bald schon nicht mehr Irma. Ich vermute, er war ein gern gesehener, weil spendabler Gast in den Bordellen. Und als er 1966 in seinem einundfünfzigsten Jahr den Korken aus einer Weinflasche (ein hervorragender Bordeaux) ziehen wollte, kippte er, die Flasche zwischen den Knien und die Hand am Holzgriff des Öffners, vom Stuhl und starb.

(Rückkehr zum geläufigen Erzählton.) Vorher hat er wohl noch einmal – wahrscheinlich in volltrunkenem Zustand – den Weg in Irmas Schlafzimmer gefunden, und daraus entsprang ihrer Verbindung ein spätes Kind. Pascal! (Kunstvolle Pause.)

Nun setzte Irma ganz auf diesen Sohn und erlebte eine Enttäuschung nach der anderen. Der war pausbäckig gesund, ein ansehnliches Kind, und – als sich die Pausbäckigkeit mit zunehmendem Alter verlor – im landläufigen Verständnis sogar schön, aber auch in diesem Vorteil, es war sein einziger, lag in Irmas Augen kein Trumpf, weil sie seine Schönheit für banal und deshalb für adelsfern befand. Blutkrank und langnasig wären die erhofften Körpermerkmale gewesen. Hätte es damals schon einen Vorreiter der körperlichen Bildanpassung wie Michael Jackson gegeben, sie hätte das Kind, ohne zu zögern, mit genauen Anweisungen der plastischen Chirurgie überantwortet.

Auf anderen Gebieten war erst recht kein Staat mit ihm zu machen. Trotz ungezählter Nachhilfelehrer, wechselnder, aber immer teurer Internate und viel zuweilen nicht ganz statthafter Hilfe während seines Studiums kam er nie zu den beruflichen Darstellungen, etwa im diplomatischen Dienst, die Irma von ihm erwartete. Daß er sein Examen nur mit Ach und Krach – sogar Bruno hatte ihm ein paar Krücken unter die Achseln geschoben – mit einer schwachen Vier minus (in der Abschlußnote) bestand, hat er ihr vermutlich nie gestanden. Und auch auf dem Sektor, der ihr der wichtigste war, versagte er. Zwar stellte er ihr hin und wieder eine unscheinbare ›Von und zu‹ vor, aber nie wurde eine haltbare Verbindung daraus, nie kam ein neuer Stammhalter in Sicht.

Was für ein fataler Mechanismus: Mit jeder Enttäuschung wuchs ihr Fanatismus bei der Arbeit an der Bilderfüllung und je aussichtloser die Erfüllung schien, desto mehr wucherten ihre amorphen Hoffnungen, dem Auftrag doch noch zu genügen.

(Kleine Pause.)

Eines Tages brachte Pascal Molly ins Haus und verkündete,

daß er sie heiraten wolle. Sie war zu diesem Zeitpunkt siebenunddreißig Jahre alt. Nun kann man sich ja leicht vorstellen, daß Molly nicht gerade die ideale Besetzung für Irmas Familienporträt war. Andererseits: Molly machte einen gesunden Eindruck und befand sich gerade noch in einem Alter, das die Stammhaltererzeugung nicht völlig ausschloß. Irma dekretierte, daß Pascal sie beim ersten Anzeichen einer Schwangerschaft heiraten dürfe.«

»Und der Schwächling hat sich daran gehalten?« fragte Frederike, und ihr Ton ließ ahnen, daß sie die Antwort zu kennen glaubte.

»Ja, sicher. Wie immer in seinem Leben. Sobald er aufmuckte, wenn er die Schule verlassen, das Studium abbrechen oder ins Ausland gehen wollte, drohte sie sofort mit Enterbung. Er ist nicht sonderlich intelligent, aber das hat er, unfähig und auch zu faul zum geregelten Gelderwerb, klar durchschaut, daß er lebenszeitlich an Irmas Finanztropf würde hängen müssen, wollte er den gewohnten Lebensstil aufrechterhalten.

Nach außen konnte Irma Mollys Anwesenheit gut in ihre Adelslegenden einbinden. Ich hörte sie einmal zu einer ihrer verwechselbaren Freundinnen sagen: Sie nähre die Hoffnung, daß Molly frisches Blut in ihr uraltes Geschlecht brächte.«

Carola lachte (ein kleines Gehässigkeitslachen), und ihrer entspannten Miene war zu entnehmen, daß sie zum Ende ihrer Erzählung gekommen war.

»Was wird Irma tun, wenn sich ihr Bild weiterhin nicht erfüllt?« frage Frederike.

Carola nahm jetzt wieder eine bequeme Haltung ein.

»Ach, was weiß ich. Vielleicht hofft sie einfach weiter gegen jede Wahrscheinlichkeit an. Vielleicht wird sie verrückt, ein bißchen ist sie es ja schon.«

Frederike hatte sich tatsächlich gelockert unter dem Eindruck von Carolas Erzählung.

»Ich danke dir«, sagte sie, »für diese Familiensaga im Stil des neunzehnten Jahrhunderts. Du solltest eine lange Fassung davon erdichten.«

Carola lachte (freudlos).

»Ja, und damit könnte ich mich, wenn ich ihr einen raunenden Ton beigäbe und sehr viel Kolorit einwebte, der gegenwärtigen Kunstrestauration empfehlen.« Sie winkte ab. »Lassen wir das. Eine Figur wie Irma gehört ja wirklich ins neunzehnte Jahrhundert. Wir sollten uns jedoch in der Freude über unsere allzu weisen Erkenntnisse in der Irma-Analyse nicht täuschen lassen. Bei einer so anachronistischen und zu Lebzeiten schon erstarrten Figur können wir die Bildgefangenschaft scharf umrissen erkennen. Das Bild, zu dessen Personifikation Irma wurde, tritt uns deutlich aus einem ruhigen, weil historiographisch vom Zufälligen und Unbedeutenden gesäuberten Hintergrund entgegen – aber glaube mir: Wir alle hängen mehr oder weniger – zumeist nicht gar so offensichtlich – in solchen engen Bilderrahmen. Das Wimmelbild der alltäglichen Ereigniswahrnehmung überdeckt das Muster unserer eigenen Bildgestalt. Da können wir uns leicht eine charakterliche und habituelle Beweglichkeit und Vielschichtigkeit einreden.«

Frederike schüttelte den Kopf:

»Vielschichtigkeit? Beweglichkeit? Nein, ich rede mir keine Beweglichkeiten ein, ich fühle mich schwer und lahm. Und auch meine Wahrnehmung liefert zunehmend geronnene Bilder. Dieser Mord hat die Unbeweglichkeit meiner überheizten Wahrnehmung noch verstärkt. Aber ich will dich nicht länger mit meinen Problemen langweilen.«

»Du langweilst mich nicht. Das interessiert mich. Sprich bitte weiter.«

Frederike zögerte einen Moment, dann sagte sie:

»Mir erscheint in letzter Zeit alles, was mir widerfährt, scharf ausgeleuchtet: starre Masken, hampelnde Akteure, vorgeschriebene Aktionen. Alles nur Programm, Formel und Schablone. Alles Teil eines böse inszenierten Stockpuppentheaters. Verlangsamt zwar, aber durchaus nicht harmlos. Ich kann es nicht besser beschreiben.«

Carola schien wirklich interessiert.

»Ja. Das Théatre Grand Guignol ist ein Vorläufer der Splattermovies«, sagte sie (etwas rätselhaft).

Sie stand auf und schaute aus dem Fenster, auf den Ast, auf dem die Amsel wieder saß. Sie wandte Frederike den Rücken zu. Dann drehte sie sich blitzschnell herum und fragte angriffslustig:

»Wer war denn nun der Puppentheatermörder?«

Frederike erschrak, sie war nicht gefaßt auf einen so plötzlichen Stimmungswechsel.

Nach einer kurzen Pause lachte sie auf, wurde aber gleich wieder ernst:

»Ich habe keine Ahnung. Wenn ich wenigstens vermuten könnte, irgend etwas vermuten könnte – das wäre ja schon ein Gewinn. Dann hätte mein Nachdenken eine Richtung. Aber da ist nur öde Rotation. So ein naher Mord erzeugt eine Vibration auf der Stelle. Ein geistiges Laufrad. Ich will das nicht. Ich bin rundum mißtrauischer geworden. Es ist eine Indiziensammlerin in mir gewachsen. Die Leiche verändert mein Verhältnis zu den anderen. Du siehst ja, wie ich meiner Freundin nachspioniere, hinter ihrem Rücken. Das ist nicht gut. Ich will das nicht, nein, ich will das nicht.«

(Sie wird sich noch wundern.)

Zur gleichen Zeit, Donnerstag ca. 15 Uhr
Universität

Pädagogischer Eros

»Ich halte das nicht aus!« sagte Bruno Schauer (deprimiert) zu Laura Rudolph. Er hatte sich ins Geschäftszimmer zu ihr geflüchtet. Er hatte nicht länger allein in seinem Arbeitszimmer sitzen wollen. Er hatte sich dort nicht mehr wohl gefühlt.

Das war neu für ihn gewesen.

Das hatte ihn verstört.

Laura Rudolph hatte sich gefreut, als er im Geschäftszimmer aufgetaucht war. Sie war auch nicht gern allein gewesen, obwohl jede Menge Arbeit liegengeblieben war. Sie hatte, nachdem er zu ihr gekommen war, die Tür geschlossen und ein Schild »Bitte nicht stören« an die Außenklinke gehängt. Das Telefon klingelte ununterbrochen. Sie nahm den Hörer nicht ab.

»Das sind Ihre Kollegen«, sagte sie, »die sind alle vorsichtshalber zu Hause geblieben, wollen zwar über die weiteren Entwicklungen genau informiert, aber selbst in nichts verwickelt werden, wollen den Abstand zur Leiche groß halten, nicht mit dem Bösen in Berührung kommen, und auch nicht mit denen, die, wie wir, bereits verwickelt sind ins ungute Geschehen. Sie sind der einzige, der den Lehrbetrieb heute wieder aufgenommen hat.«

»Ich halte das nicht aus«, sagte Bruno nochmals. »In diesem Institut ist an Arbeit nicht mehr zu denken. Ich kann mich nicht erinnern, je solch eine Unruhe während meiner Vorlesung erlebt zu haben. Es war ein Fehler, sie heute schon wiederaufzunehmen. Einige der Studenten haben mich geradezu empört angesehen. Ich las in ihren Gesichtern die Frage: ›Wie kann er hier über die Klopstockschen Oden reden, während die Polizei nach dem Mörder von Professor Urlach sucht.‹ Ich kann den Studenten ihre gedanklichen Abschweifungen nicht verübeln, es geht mir ja ebenso. Auch ich habe Konzentrationsschwierigkeiten. Immer wieder muß ich an Urlach denken und an seinen grausigen Tod. Warum ist er umgebracht worden? Ich komme zu keinen Resultaten.«

(Tot – Klo – Leiche, diese Worte zogen wie auf einem von unsichtbarer Hand gezogenen Spruchband immer wieder durch sein Hirn.)

»Ja, der Magnetismus einer unerklärten Leiche«, sagte Laura. Aber sie sagte es nicht leichthin, wie Carola ihren Satz in den Raum hatte schweben lassen, sie sagte es so, daß die einzelnen Worte wie Tropfen flüssigen Bleis zu Boden fielen.

Schauer sah sie (erstaunt) an.

Laura erklärte: »Ich glaube, etwas Ähnliches sagte Ihre Frau, als wir uns bei Irma trafen. Und ich glaube, sie hat recht.«

»Ja, sie hat recht«, sagte Bruno traurig.

»Da ist ein Getuschel und Gemurmel in allen Gängen und Räumen und überall schwirren schon wieder Leute von der Kriminalpolizei durch die Abteilungen. Sie geisterten den ganzen Vormittag bei den Linguisten herum und haben sich die Kollegen und Mitarbeiter von Urlach vorgenommen. Und sie waren auch schon kurz hier im Geschäftszimmer, weil sie einen Raum für ihre Befragungen suchten. Ich habe ihnen den Übungsraum II zugeteilt. Sie sagten, daß sie auch uns noch einmal bemühen müßten. In der Bibliothek hokken schon der Simon Menzel, die Irene Nolte und die Johanna Schwarzenbach befragungsbereit. Sie wirken verängstigt. Sogar die Studenten Mahenke und Baumann haben sie herzitiert.«

Bruno ließ sich auf einen Stuhl fallen.

»Waren die auch an dem Morgen als Urlach … Wann war das überhaupt?« fragte er (sein Gedächtnis meldete: Tot – Klo – Leiche). Dann dachte er: Diese Wortfolge wird da sein, solange ich da bin.

»Gestern«, sagte Laura. »Gestern erst, ich kann es auch kaum glauben. Irgend etwas ist mit der Zeit passiert.«

»Waren da auch Studenten? Ich kann mich gar nicht mehr erinnern«, sagte Bruno.

(Tot – Klo – Leiche.)

»Ja, die Genannten. Ich fürchte, wir gehören auch noch zum Kreis der potentiellen Täter.«

Bruno schaute sie entgeistert an. Es war unglaublich, in dieser Rolle hatte er sich noch keinen Moment gesehen.

»Wir?? Ich??? – Um Himmels willen!« sagte er, »Welchen Grund sollte ich denn …?«

Er verstummte.

»Man kann sich das bei keinem von uns beiden und auch bei keinem unserer Leute vorstellen«, sagte Laura.

Dann sagte sie unvermittelt:

»Ich habe Angst vor einer erneuten Befragung.«

Bruno wurde väterlich:

»Die müssen Sie nicht haben, Laura. Gewiß, das ist lästig, so ein Frageansturm. Aber was wissen wir denn schon? Nichts, was wir ihnen nicht bereits gesagt hätten. Die können Ihnen doch gar nichts …«

Laura sprach in seinen Satz hinein:

»Ich weiß nicht, ob ich lügen soll.«

»Warum sollten Sie lügen?« fragte Bruno erstaunt.

»Weil ich Dinge weiß, die ich lieber nicht wüßte …« Laura stützte ihre Ellbogen auf die Schreibtischplatte, ballte ihre Hände zu Fäusten und legte ihr Kinn darauf, als wäre ihr der Kopf zu schwer geworden:

»Ich möchte nicht lügen, aber ich möchte auch niemanden in Verdacht bringen.«

Bruno konnte Laura den Konflikt ansehen.

»Wollen Sie mir von diesen ›Dingen‹ erzählen?« fragte er vorsichtig.

»Ich weiß nicht recht ...« Laura zögerte. »Dann wissen Sie auch etwas, das Sie vielleicht lieber nicht wüßten«, sagte sie.

Bruno dachte nach. Die Möglichkeit, daß jemand (jemand? wahrscheinlich das halbe Institut) ihm einen Mord zutraute, stärkte ihn. Es war absurd. In ihm wuchs ein Täter. (Na ja, sagen wir: die Möglichkeit eines Täters.) Er sah sich selbst für einen Moment, wie er als Schattenmann aus seinem Büro kam, tief geduckt, wie er gehetzt nach rechts und links schaute, den Dolch im Gewande (muß das sein?), wie er aufs Klo schlich, wie er seinen Dolch dort dem Urlach in den Rücken stieß ...

Bruno lachte laut auf. Laura Rudolph schaute ihn verwundert (schockiert!) an. Bruno dachte noch einen weiteren Moment nach. Dann stand er auf, steckte die Hände in die Hosentasche, lächelte sie an und sagte:

»Nix da« (Hat er wirklich »nix da« gesagt?), »ich bin robuster, als Sie vielleicht denken. In meiner Jugend war ich ein guter Ruderer in einem renommierten Verein, habe hart trainiert und etliche Medaillen eingeheimst. Ich glaube, ich werde wieder damit anfangen.«

Laura war immer noch verwundert.

Er lehnte sich lässig mit der linken Schulter gegen einen hohen Aktenschrank, schlug ein Bein über das andere (die Pose gelang ihm mühelos) und sagte, die Hände noch immer tief in den Taschen:

»Kommen Sie, reden Sie schon. Wenn wir es beide wissen, wird es leichter. Und wenn die Lüge sein muß, werde ich mich zum Großordinarius aufblasen. Im übrigen wird es jetzt, wo wir eine Notgemeinschaft bilden, Zeit, daß wir uns duzen. Ich darf Ihnen das anbieten, ich bin älter und ranghöher.«

Er grinste (ja, er konnte das!), um zu signalisieren, daß

er den Rang nur aus formalen Gründen ins Spiel gebracht hatte.

Laura sah ihn dankbar (glücklich?) an und dachte: Er hat, so wie er sich da hoch gewachsen und schlaksig an den Schrank lehnt, eine entfernte Ähnlichkeit mit Gary Cooper (Hätte sie da kein aktuelleres Beispiel finden können?), wieso ist mir das noch nie aufgefallen? Die neue Solidargemeinschaft tat ihr gut. Sie faßte einen Entschluß und sagte:

»Dann sollst du wissen: Der Urlach war ein richtiges Schwein. Der Typ war wesentlich übler, als der arme Simon Menzel das bei Irma von Seefeld zum Ausdruck brachte. Er köderte, wie von Simon beschrieben, die Leute mit der Lustigkeit, verbarg seine Perfidie hinter der Witzig-Maske, mischte jedoch bald schon Flirtsignale in seine Scherze, machte nicht einklagbare Versprechungen, warf herzöffnende Anlockköder hin – ein übertriebenes Kompliment, ein tiefer, etwas länger gehaltener Blick, eine flüchtige, jedoch als zärtlich auslegbare Berührung –, brachte die für ihn Brauchbaren auf diese Weise Schritt für Schritt, mehr und mehr emotional in Abhängigkeit – und dann, ja dann, war dies erstmal gelungen, waren sie blind begeistert, standen die in Flammen, ging er richtig zur Sache, lud sie ein in seinen angeberischen Sportwagen und anschließend in ein schickes Restaurant und endlich in sein Bett. Da hatte er wohl nicht unbeträchtliche Talente. Unter den Verführten waren auch Studenten.

Wenn sie dann keinen Blick und keinen Gedanken mehr von ihm wenden konnten, ihm mit allen Fasern hörig (was für ein veraltetes Wort) waren, ließ er sie eiskalt fallen und machte in Gegenwart anderer Witze über ihre Unzulänglichkeiten.«

»Ein richtiges Arschloch also«, sagte Bruno interessiert und gleichzeitig erfreut darüber, wie leicht diese Beschimpfung ihm über die Lippen kam (wie man so sagt).

»Ja, ein richtiges Arschloch«, bestätigte Laura. »Pädagogischer Eros. Das weißt du doch aus eigener Anschauung, wie schnell man die jungen Seelen an sich fesseln kann. Aber die Methoden, das auszunutzen, wie das der Urlach machte, die kennst du wahrscheinlich nicht.«

»Und woher kennst du sie?« fragte Bruno.

»Ich habe mir die von Helge Baumann – der studiert Sprachwissenschaft im Nebenfach – beschreiben lassen.

Zum Beispiel: Ein Sommertag. Im Hörsaal III, der die großen Fenster zur Südseite hat. Wie immer an solchen Tagen ist da eine brütende Hitze. (An die 30 Grad Celsius.) Gleich zu Beginn der Seminarsitzung erzählt der Herr Professor Dr. Ulf Urlach leutselig, welchen Film er am Vorabend gesehen hat. Der Professor ist für einen kurzen Moment ganz Mensch und ganz nah bei dem gemeinen Studenten, er läßt für einen Moment sein allzumenschliches Privatleben vor den Lernenden aufscheinen, nur, um sie dann sogleich wieder in den Tälern ihres Unwissens zurückzulassen, und selbst aufzusteigen und immer weiter zu entrücken, in die intellektuell für sie unzugänglichen Höhen der Theorie und dort ein wenig zu brillieren. Damit sie ihn da oben an seinem akademischen Firmament nicht völlig aus den Augen verlören oder vergäßen, wie witzig er ist, streut er in genau kalkulierten Abständen immer mal Anzügliches in die Abstraktionen. Und, das weißt du ja auch, das abstrakt strapazierte Hirn lechzt nach Bildern. Und dann, irgendwann mitten im sehr Theoretischen und sehr Trockenen, sagt er mit einem verführerischen Lächeln, das da doch eine unerhörte Hitze im Raum sei und wie heiß auch er sich nach einer kühlen Dusche sehne. – Und schon hat er die Sehnsüchte und Assoziationen der Verführbaren da, wo er sie haben will ...«

»Das ist ja zum Kotzen«, sagte Bruno. »Ich war ja wohl völlig blind die ganze Zeit.«

»Nein, vor Ihren – ich meine –, vor deinen Augen hätte er etwas Ähnliches nie abgezogen.«

»Hat er etwas dergleichen bei dir probiert?«

»Nein, er hatte, wie das oft bei solchen Leuten ist, ein untrügliches Gespür für potentielle Opfer. Er war mir vom ersten Moment an unsympathisch. Er wußte wohl: Da ist nichts zu machen.«

Ein kleiner Stolz über die gute Menschenkenntnis schwang in ihre Rede.

»Nun aber raus damit. Wer wurde da zum Opfer? Und woher weißt du das, was du der Polizei nicht sagen willst?« fragte Bruno.

»Neben meinen institutionellen Aufgaben, die du kennst, fungiere ich hier auch als seelischer Mülleimer für viele …«

Sie machte eine Pause. Bruno schwieg, nickte ihr aber erwartungsvoll zu.

»Ich weiß definitiv, daß Urlach den Menzel an den Rand des seelischen Ruins gebracht hat. Der verließ sogar seinen Freund, mit dem er fünf Jahre in einer gemeinsam liebevoll eingerichteten Wohnung ein gutes Leben und Lieben gehabt hatte. Er wohnt jetzt in einer miesen Ein-Zimmer-Bude und hofft auf Vergebung«, sagte sie.

»Also liebte Urlach die Männer. Liebte er sie *auch* oder *ausschließlich*?«

»›Auch‹«, sagte sie. »Er fuhr zweigleisig. Aber geliebt hat er sicher niemanden. Die meisten seiner Opfer waren Frauen. Von der Schwarzenbach weiß ich es. Die Arme war völlig verzweifelt und beschämt. Sie erwog sogar, ihre Doktorarbeit hinzuschmeißen, faßte einen Fach- und Universitätswechsel ins Auge, sogar die Auswanderung in ein anderes Land. Hast du nichts bemerkt? Ich kann mir nicht denken, daß sie in letzter Zeit mit ihrer Dissertation vorangekommen ist.«

»Johanna?« fragte Bruno hochgradig erstaunt. »Ich dachte immer, sie sei ein wenig in mich verliebt. In allen Ehren (versteht sich).«

»Ich will dich nicht kränken, aber das war Tarnung. Das

Verborgene und Geheime war ja Teil seiner Show. Wegen der ›political correctness‹. Das redete er den Opfern ein. Sie sollten nichts ausplaudern, sich nichts anmerken lassen.«

»Ich bin nicht gekränkt, ich liebe meine Frau«, sagte Bruno und erschrak über das Gesagte. Laura sollte nicht denken, daß er jetzt auch anfangen würde mit den intimen Geständnissen.

Aber Laura schien nicht irritiert.

Bruno fragte:

»Und wer geriet außer den Genannten in seine Fänge?«

»Definitiv weiß ich es nur noch von einer ehemaligen Mitarbeiterin der Romanistik, die seit zwei Jahren in Köln wohnt, einer Studentin, die ich seit vielen Wochen nicht mehr gesehen habe – möglicherweise ist sie in der Psychiatrie –, und das Gerücht nennt noch eine attraktive Hilfskraft der Numismatik. Ich bin allerdings sicher, daß es mehr Opfer gab. Nicht alle tragen ihre Sorgen in mein Geschäftszimmer. Und ich weiß ganz genau, daß eine feste Freundin oder Vertraute oder Komplizin existiert, die nichts mit der Universität zu tun hat.«

»Woher weißt du das?«

»Ich habe ein enorm gutes Gedächtnis für Stimmen. Da rief oft, wenn er in seinem Büro nicht ans Telefon ging, hier im Geschäftszimmer eine Frau an und fragte mit einer unangenehm ins Samtige getrimmten Stimme, wo sie ihn finden könne. Mir wäre gar nichts aufgefallen, wenn sie nicht jedes Mal einen anderen Namen genannt hätte. Die wirkte allerdings nicht wie ein Opfer, die war tough.«

»Diese Figur müßtest du bei einer Befragung ganz nach vorne schieben«, riet Bruno, und dann sagte er: »Ja, du hast recht, das ist ein klassischer Konflikt, wenn wir unsere Leute schützen wollen, müssen wir lügen.«

»Aber so ein Telefonphantom – das gibt nicht viel her«, sagte sie zweifelnd.

»Du meinst also wirklich, daß einer von denen, die jetzt in

der Bibliothek beklommen beieinandersitzen, der Messerstecher sein könnte«, fragte er.

»Ich weiß es nicht, wirklich, ich weiß es nicht«, sagte sie.

»Und was ist mit der Nolte? Die war doch auch schon so früh im Institut«, sagte Bruno.

Laura zuckte mit den Schultern. »Ich weiß nicht, ob er sie auch in seinen Bann gezogen hatte, sie kann mich nicht leiden, sie hätte mir nichts anvertraut. Mit ihr müssen wir uns bei Gelegenheit mal gründlicher befassen. Die hat nämlich ein anderes Problem. Die klaut. Eine Kleinkriminelle. Aber diese Ermittlung müssen wir vertagen, bis hier wieder Ruhe eingekehrt ist.«

Bruno ließ sich auf einen Stuhl sinken, dachte zunächst etwas wehmütig, daß ihm sein Institut wohl niemals mehr wie vordem zur akademischen Idylle taugen könnte, und war dann erstaunt über sich selbst, wie wenig er diesen Verlust betrauerte. Wäre es möglich, daß das, was er für seinen ›glücklichen Ort‹ gehalten hatte, nur ödes Abstellgleis gewesen war? Auch diese Überlegung mußte in eine unbestimmte Zukunft verschoben werden.

Er lehnte sich zurück und beobachtete, wie sich Laura, ungeachtet des Rauchverbots in den Räumen des Öffentlichen Dienstes, bereits die dritte Zigarette anzündete und dachte: So ein Mord läßt die Uhren schneller laufen und setzt die Regeln außer Kraft. Noch etwas, über das man bei Gelegenheit einmal gründlicher nachdenken müßte.

Er fragte sie:

»Ein Verbrechen aus verlorener Ehre? (Könnte er den Zitationszwang nicht endlich ablegen?) Gibt es das in neuer Zeit? Zwingt der Ehrverlust heute noch ins Kapitalverbrechen? Wohl kaum. Der bringt die Seelen nicht mehr zum Brodeln. Sie werden allein durchs Geld befeuert. Das Kapitalverbrechen zielt in der Regel wahrhaftig aufs Kapital. Die Wut über den verlorenen Groschen (?) oder die Sucht nach dessen maßloser Vermehrung kann nahezu jedermann zum Haupt- und Staatsverbrecher werden lassen. Ja, im Gewinn ist die Leidenschaft noch zu Hause …«

Bruno kam richtig in Fahrt, aber Laura unterbrach seine hochgestochene Rede, die verdächtig den Ton einer Vorlesung anzunehmen drohte:

»Zugegeben: Enttäuschung, Beschämung, Verzweiflung, Eifersucht – das sind Motive, die uns nicht mehr ganz zeitgemäß erscheinen, allerdings wenn du dir die Wirkungen der Urlachschen Quälereien – so wie ich – aus der Nähe und in allen Einzelheiten hättest anhören müssen, die heulenden oder händeknetenden Opfer vor dir sitzend, wenn du erlebt hättest, wie Simon von Tag zu Tag mehr verfiel, wie Johanna immer blasser, die Studentin immer verhuschter wurde, dann schiene es auch dir plausibel, daß man selbst einen gutartigen Menschen dahin bringen kann …«

Sie brach ab.

Bruno, der den gedanklichen Raum seiner vorhergehenden Rede so schnell noch nicht verlassen wollte, sagte:

»Heute morgen hatte ich eine Unterhaltung mit meiner Frau. Sie hält es für eine reine Willkürentscheidung, ob wir in jemandem lieber den aktuellen Täter oder das gewesene Opfer sehen wollen. Irgend etwas oder mehreres hat auch den Urlach zu dem Sadisten gemacht, der er schließlich war. Man landet bei dieser Überlegung schnell bei Hitlers schwerer Kindheit, du verstehst. Carola meint, man müsse immer den Umschlagpunkt finden, an dem man besser mit dem Verstehen aufhören sollte. Sie meint, daß jedes Verständnis schon eine halbe Entschuldigung im Gepäck hat. Sie glaubt nicht an die viel beschworene Differenz von Verstehen und Rechtfertigen. Sie sagt, das sei eine Unterscheidung, die aus intellektueller Verlegenheit komme.

Wir haben uns gefragt, welche Motive es generell für einen Mord geben könne.

Da wäre: die Möglichkeit, durch die Beseitigung eines anderen Macht zu gewinnen oder eine vorhandene Macht zu vergrößern. Das ist zu allen Zeiten ein Motiv. Die Dramen Shakespeares liefern Anschauungsmaterial. Aber diese Tatmotive weisen mehr ins Politische. Bei den meisten Morden in unseren Kreisen geht es, wie gesagt, ums Geld. Das wäre die KI-Spur. Oder es geht um Erpressung. Daß man jemanden, der von einer zurückliegenden Untat Wind bekommt, umbringt, weil eine Veröffentlichung den gesellschaftlichen oder finanziellen Ruin bedeuten würde. Und dann gibt es noch die Sexualmorde oder die Morde im Affekt, gar im Suff, doch die hat man eher selten bei Leuten wie uns. Ich muß zu Carolas und meiner Schande gestehen, daß wir uns bei diesen Überlegungen, für die wir kuriose Bilder und Szenerien fanden, gut amüsiert haben. Wir haben uns ausgemalt, was uns zu Mördern werden ließe, oder welche Motive jemand haben könnte, uns umzubringen. Wir waren heiter wie lange nicht mehr. Das ist schon ein bißchen pervers.«

(Hatte da im Hause Schauer eine kurzfristige Waffenruhe stattgefunden?)

Er hatte bei der Wiedergabe dieser Erinnerung milde in sich hineingelächelt, wurde aber jetzt, als er sich erneut Lauras Nöten zuwandte, wieder ernst.

Sie fragte (ungeduldig):

»Was meinst du denn nun, wie soll ich mich verhalten? Was soll ich preisgeben bei einer Befragung?«

Bruno überlegte kurz.

»Du solltest, ohne zu lügen, knapp auf alles antworten, was sie dich fragen. Aber kein Wort darüber hinaus. So werde ich auch verfahren. Wir können sie nicht dreist anlügen, weil wir damit rechnen müssen, daß die anderen, die sie da in unserem Übungsraum gerade in der Verhörzange haben, sich verplappern oder richtig auspacken.«

Und so war es. Ihre Sorgen waren unnötig. Aus dem in der

Bibliothek versammelten Häuflein hatten sich Jan Schwartz und Daniel Förster jeden einzeln in den Übungsraum II zitiert. Und die hatten nach kurzer Gegenwehr geredet und geredet. Wollten gar nicht mehr aufhören. Hatten Gefahr vergessen. Man mußte sie sogar etwas bremsen, wenn sie sich in schmerzlicher Erinnerung verloren. Auf jede Frage hatten sie gleich mehrfach geantwortet, und jede ihrer Antworten war mit Beteuerungen durchsetzt gewesen.

Schwartz und Fröhlich hatten eingangs nicht viel List anwenden müssen, ein wenig Routine hatte genügt. Sie hatten durchblicken lassen, daß sie schon wüßten, was für ein Infamer der Urlach gewesen sei, und wen er gequält habe. Sie brauchten nur noch ein wenig Bestätigung. Und sie könnten sich gar nicht genug darüber wundern, daß ein so durchtriebenes Individuum zum Hochschullehrer hatte aufsteigen können. Verantwortungslos sei das. Diese selbstkritische Empörung staatlicherseits hatte den Befragten wohlgetan.

»Ein leichtes Spiel. Ich verstehe gar nicht, warum Merker diese Leute so nervtötend findet«, sagte Schwartz zu Fröhlich, »die sind doch ganz dünnhäutig und leicht durchschaubar.«

Nachdem die Kriminalbeamten ungefähr auf den Wissensstand gekommen waren, auf den Laura Rudolph zu gleicher Zeit Bruno Schauer gehoben hatte, schauten sie noch kurz im Geschäftszimmer vorbei. Das Schild »Bitte nicht stören« hatte sie (wie man sich denken kann) nicht abgehalten.

Umstandslos, ohne Anrede, und zweifellos in der Annahme, den Überraschungseffekt auf seiner Seite zu haben, wandte sich Daniel Förster an Laura Rudolph und fragte, ob auch sie ein Verhältnis mit Urlach gehabt habe.

»Nein«, sagte Laura kühl, »ich konnte ihn nicht leiden, aber diese Abneigung reichte nicht bis zu Mordlust.«

Dann sprach Kriminaloberkommissar Schwartz. Er sagte zu Bruno in professionellem Ton:

»Herr Professor Schauer, aus wohlerwogenen Gründen müssen wir Ihnen diese Frage auch stellen.«

»Welche Frage?« Bruno zog die Augenbrauen hoch. »Verstehe ich das richtig, Sie wollen mich allen Ernstes fragen, ob ich ein Verhältnis mit meinem Kollegen Professor Dr. Ulf Urlach hatte?«

Bruno hatte das so aufgeplustert und professoral empört gesagt, daß Laura beinahe laut gelacht hätte.

»Ich bitte Sie, meine Herren, ich bin verheiratet«, sagte Bruno und stolzierte aus dem Raum.

Und ich habe schon Pferde kotzen sehen, hätte Förster beinahe gesagt, doch dieser Ausspruch gehörte ja Leonie Wagner.

(Hier muß bedauert werden, daß Laura völlig vergaß, von der Frau am Telefon zu berichten.)

Donnerstag 17 Uhr 08
Café am See

Allzu deutlich

Sie saßen nah am Wasser. (Ts Ts Ts.)

Auf Freidanks vierte Mail hatte sie reagieren müssen. Ihr Schweigen sollte nicht zu aussagekräftig werden. Das hatte sie nicht gewollt. Das entsprach auch nicht ihrem Temperament. Ein Treffen hatte sich nicht mehr aufschieben lassen. Sie hatten sich verabredet auf neutralem Terrain.

In dem Selbstbedienungscafé direkt am Lietzenseeufer hatte Freidank auf einem Tablett zwei Gläser Tee und zwei Teller mit gedecktem Apfelkuchen vorsichtig herbeibalanciert. (Einmal mit, einmal ohne Sahne.) Vorsichtig, weil der Boden von dem Wurzelwerk der schattenspendenden Bäume holprig durchädert war.

Freidank hatte mit altmodischer Höflichkeit angefragt, ob es gestattet sei, daß er sein Jackett ausziehe und die Ärmel seines Hemdes etwas hochschlage. Sie hatte das (auffällig) gerne bewilligt. Sie war, was Männer betraf, eine Arm- und Handfetischistin. (Übertreibung!) Freidank hatte wohlproportionierte Unterarme. Kräftig und gut geformt im Übergang zu Knöchel, Gelenk und Hand.

Ich bin, dachte sie, als sie seine Arme und Hände betrachtete, die Sklavin meiner erotischen Disposition. Weiß der Geier, wie dergleichen zustande kam. Irgendwann in früher Jugend hat sich ein Formgesetz in mir verwurzelt. Nein, dachte sie dann, von einer pathologischen Fixierung kann die Rede nicht sein. Eher von einem seltsam übersteigerten Wohlgefallen, vor dem ich mich hüten muß, will ich nicht blind für andere Qualitäten werden …

Auch als ich Bruno kennenlernte, war ich gleich von seinen Armen entzückt gewesen, von den Armen eines ehemaligen Ruderers. Ich muß mir da keine Sorgen machen, so beruhigte sie sich erneut, diese Vorliebe steht ja nicht zwanghaft im Mittelpunkt meiner sexuellen Phantasien. Aber sie reicht immerhin so weit, daß ich mich nicht in einen Mann mit zu dünnen Armen und unschönen Händen verlieben könnte. Und dann dachte sie, wie idiotisch solche Gefühlsdiktate doch sind. Es gibt Schlimmeres, dachte sie abschließend, aber es ist idiotisch.

Freidank konnte nichts wissen von dem, was gerade in ihr vorging. War da nicht einer seiner Vorzüge (von dessen Geltung in Carolas erotischem Haushalt er allerdings auch keine Kenntnis hatte) eben noch Gegenstand ihrer wohlgefälligsten inneren Abhandlung gewesen, nur um schon im nächsten Moment einer ironischen Selbstbezweiflung zum Opfer zu fallen?

Carola rief sich zur Ordnung. Er hatte – das stand ja außer Frage – überdies viele andere Vorzüge, sie spürte doch, daß sie noch da war, die Bereitschaft, sich in Freidank zu verlieben, aber sie spürte auch, daß eine Kraft in ihr zunehmend dieses Wollen zersetzte. Sie konnte sich das nicht erklären.

Freidank, der Carolas kleine gedanklichen Abwesenheiten schon kannte, hatte zurückgelehnt mit halbgeschlossenen Augen auf ihre Gesprächsbereitschaft gewartet.

Plötzlich schreckten beide auf. Ein ungewöhnliches Geräusch, ein Rauschen und Schlagen, das sie nicht einordnen konnten. Dann sahen sie, daß sich ein Schwanenpaar flügelschlagend aus dem Wasser erhoben hatte und schnurgerade hintereinander aufsteigend in die jetzt tief stehende Sonne hineinzufliegen schien.

Ein schönes Bild.

»Hoffentlich versengen sich Molly und Gustav die Federn

nicht«, sagte Freidank. (Peinlich, diese Deutlichkeit!) Und als Carola ihn spottlustig und fragend ansah, fügte er hastig erklärend hinzu:

»So haben die Anrainer das Schwanenpaar benannt.«

»Molly, ja?«

Freidank nickte.

Carola lachte. »Erinnerst du dich an die Frau, die alle Molly nennen? Die auf der Party den harten Teil des Gastgeberischen übernommen hatte?«

»Ja, aber sie hatte nicht viel Ähnlichkeit mit einem Schwan.«

»In ihrem Haus, nein, ich sollte besser sagen: in dem Haus, in dem auch sie lebt, haben wir alle Ulf Urlach zuletzt gesehen. Am Vorabend seiner Ermordung. Hattest du nicht zuvor schon beruflich mit ihm zu tun?«

»Nur ganz flüchtig«, sagte Freidank. »Er hat vor etwa fünf Jahren ein schmales Lehrbuch bei uns publiziert, aber ich habe ihn nur ein- oder zweimal im Verlag gesehen und konnte mich kaum an ihn erinnern. Ich habe wenig Kontakt zu unseren Sachbuchautoren.«

»Und Florian Kuhn, kennst du den?« fragte Carola.

»Ja«, sagte Freidank, »den kenne ich, obwohl er nicht bei uns veröffentlicht. Ich bin ihm zuvor schon einmal auf einer Buchmessenparty begegnet. Ein Kotzbrocken. Hat sich mächtig an alle, die er in der Branche für tonangebend und wichtig hält, rangewanzt. Sobald eine Person den Raum betrat, fuhr er den Hals aus, wie das Periskop eines U-Boots, drehte den Kopf in die Türrichtung und ortete den Hinzukommenden. Schien der ihm prominenter als die ihn Umstehenden, unterbrach er mitten im Satz und schmuggelte sich in dessen Nähe. Man hätte nicht sagen können, daß er gezielt zu ihm hinging, jedoch darauf wetten, daß er in Kürze neben ihm zu stehen kommen würde. Warum interessiert er dich?«

»Er kannte Urlach, hatte ihn wohl um Rat gebeten in Sachen Künstlicher Intelligenz«, antwortete Carola.

»Mir scheint, der Mord hält dein Denken ganz gefangen«, sagte Freidank in einem leicht provokanten Tonfall.

Sie nahm seinen Tonfall auf:

»Na, deines doch auch, oder wie anders soll ich deine besorgten E-Mails interpretieren? Hast du gedacht, daß da ein Serienkiller alle Institutsmitglieder nebst Ehefrauen niedersticht?«

Freidank lachte verlegen, wurde dann aber trotzig:

»Und du siehst dich als die Souveräne, als eine, die das Geschehen aus der Distanz hoheitsvoll kommentiert?«

Er hatte auch das herausfordernd gesagt. So wie jemand, der das Gefühl hat, auch in der Verliebtheit seine kritische Eigenständigkeit unter Beweis stellen zu müssen.

Carola reagierte (unerwartet) verhalten.

Sie arrangierte mit der Kuchengabel die Krümel auf ihrem Teller. Gab ihnen eine geometrische Anordnung. Aber ein mutiger Spatz pfuschte ihr, festgekrallt am Tellerrand, mit spitzem Schnabel ins Werk.

»Freche Viecher«, sagte sie.

»Sie sind vom Aussterben bedroht«, sagte Freidank.

»Wirklich? Die Spatzen?«

»Ja.«

»Sollte man gar nicht denken«, sagte sie.

Es befanden sich jetzt schon fünf Spatzen auf dem Tisch, die sich, einige forscher, andere ängstlicher, hüpfend ihrem Teller näherten.

Freidank verscheuchte sie mit einer sanften Handbewegung.

Dann sagte Carola:

»Du hast recht, Freidank. Ich sah mich als Beobachterin. Als Zuschauerin der Zuschauer, das war die Haltung, die mir an mir gefiel. Zunächst. Alle anderen befanden sich plötzlich in einem Zustand dumpfer Aufregung. Flatterten und gakkerten wie aufgescheuchte Hühner, wurden zu Schnüfflern, spekulierten sinnlos herum, beriefen Versammlungen ein, beäugten sich mißtrauisch, lieferten ohne Not Bekenntnisse ab, sammelten Indizien oder versanken in Schwermut. Das ist interessant, dachte ich, was dieses Mord-Ereignis mit den Menschen macht. Ich kenne ja die Hysterien der Universitätsleute, die, haben sie einen intellektuell verstiegenen Aufsatz zu einem abgelegenen Thema geschrieben und in irgendeinem von der Öffentlichkeit weitgehend unbeachteten Fachblatt veröffentlicht, sich nächtelang schlaflos im Bett wälzen, wenn sie erfahren müssen, daß der Kollege X von der Universität Y in einem anderen von der Öffentlichkeit gleichermaßen unbeachteten Fachblatt zum selben oder einem dicht angrenzenden Thema auch einen Beitrag publiziert hat. Ich habe mich oft genug über diese berufliche Prägung, die ich an Bruno und seinen Kollegen gut studieren konnte, lustig gemacht. Doch mit ihr hat die Erregung, die jetzt alle befallen hat, nichts zu tun. Alle jene, die sich im Magnetfeld des Mordes bewegen. Deine Formulierung von der Gefangenschaft des Denkens trifft es genau: Aus der Bahn ihrer alltäglichen Gewohnheiten geworfen, wurden sie zu Gefangenen dieser Gravitation. Aber so unglaublich es dir erscheinen mag, einem von ihnen verhalf dieser Akt der Gewalt, der in ihrer Nähe einschlug, wie ein Meteorit, zu neuer Belebung. Bruno ist wie verwandelt, seit er seine Bahn verließ. Ganz erstaunlich. Bei ihm bemerke ich eine Lockerung. Er erscheint mir wie befreit. Verrückt, findest du nicht?«

Eine rhetorische Frage. Freidank erkannte das natürlich und ersparte sich eine Antwort. Diese Bruno-Analysen gingen ihm zunehmend auf die Nerven. (Kein Wunder.) Er runzelte die Stirn.

Carola beachtete ihn nicht und sprach nach einer kurzen Pause weiter:

»Und während einer Unterhaltung, die ich heute morgen mit einem Kriminalbeamten hatte, wurde mir plötzlich bewußt, daß auch ich mich unter der Einwirkung dieser Urlach-Geschichte verändert habe. Ich werde eine Schreibpause einlegen müssen.«

Sie zündete sich eine Zigarette an, inhalierte und sah, als sie den Rauch ausstieß, an ihm vorbei auf den See.

Freidank war verwirrt. Er sagte:

»Ich bin verwirrt: Von dieser Schreibkrise sprachst du doch schon gestern am Morgen, als du noch gar nichts von dem Mord wußtest.«

»Nein, das meine ich nicht«, sagte Carola, »mit diesem Glaubwürdigkeitproblem, das ich dir im Verlag vorgetragen habe, wäre ich, mit deiner Hilfe« – danke, sehr höflich, dachte Freidank – »vielleicht fertig geworden. Aber das interessiert mich nicht länger.«

Sie starrte auf die durch den Vogel chaotisierte Krümelei auf dem Kuchenteller, als warte sie auf das Aufscheinen einer Nachricht.

Dann sagte sie:

»Jetzt geht es um viel mehr.«

»Nämlich?« fragte Freidank, Schlimmes befürchtend.

»Jetzt geht es um meine grundsätzliche Haltung zum Schreiben.«

??? (mimisch)

»Schwer zu erklären. Ich weiß, ich muß Kälte bewahren in der Beobachtung ...«

»Das hast du noch immer hingekriegt«, sagte Freidank (seinerseits ziemlich kühl).

Carola fuhr konzentriert fort: »Ich weiß, daß ich weiterhin kristallin und kalt bleiben muß, wenn ich schreibe, und mir keine schwammigen oder wohligen Gefühlslagen gestatten darf, das ist mein antisentimentales Gesetz und soll es bleiben, und ich weiß auch, daß ich das Geschriebene dann für mindestens einen Monat ins Eisfach legen muß, bevor ich es überarbeite, daran hat sich nichts geändert – hingegen das, was ich bei den Lesern erzeugen will, muß gerade infolge dieser Gefrierdisziplin von etwas anderem künden.«

»Und das wäre?« fragte Freidank.

»Von der Liebe und dem Erbarmen und der Möglichkeit des Glücks«, sagte sie.

Freidank war so verblüfft, daß ihm die Gesichtszüge etwas entglitten. Für einen kurzen Moment hatte sein feingeschnittenes, intelligentes Gesicht einen nahezu blöden Ausdruck. Auf diesen hohen Ton war er nicht gefaßt gewesen. Nicht von ihrer Seite. Für diese Themen hatte man ja schließlich spezielle Autoren im Haus. (Keine Namen?)

Dann war für einen weiteren kurzen Moment eine doppelte Hoffnung in ihm aufgelodert (?). Da gab es die Hoffnung, daß er ihre Antwort als eine verheißungsvolle private Anspielung verstehen dürfe (weil schon so viel plumpe Anspielung gewesen war?), und da gab es auch die Hoffnung auf eine publizistische Kehrtwende (weg von den Marsmännchen-Flausen?). Aber beide Hoffnungen wurden sofort wieder erstickt, durch das, was sie jetzt sagte, vermutlich (?) in der Absicht das Pathos des zuvor Gesagten zu konterkarieren.

Carola sagte:

»Vielleicht schreibe ich einen Kriminalroman. Ich habe jetzt reichlich Anschauungsmaterial.«

»O Gott«, sagte Freidank. Dieses »O Gott« war ihm herausgerutscht (wie man so sagt).

»Du solltest diese Gattung nicht geringschätzen.«

»Das tue ich ja gar nicht«, behauptete er matt (unglaubwürdig).

»Tust du doch. Ich könnte einen Kriminalroman schreiben, in dem eine Schriftstellerin vorkommt, die einen Kriminalroman schreibt«, sagte Carola und lächelte aufmunternd.

Freidank, nicht aufgemuntert, eher resigniert, machte einen letzten Abwehrversuch:

»Sind diese selbstreferenziellen Romane nicht etwas aus der Mode?«

»Pah, ich war nie eine Sklavin der Moden. Auch in Kleiderfragen nicht, ich beobachte die Neuerungen, mache aber dann, was ich will, nehme auf und behalte bei, wie es mir gefällt.«

Sie machte eine kleine Pause und sprach dann angriffslustig weiter:

»Und, mein lieber Freidank, sind es nicht Leute wie du, die zwar immer normfeindlich betonen, daß im Literarischen auch Stile nach alter Manier willkommen sein müßten, die aber ihre poetische Liberalität augenblicklich vergessen und anfangen zu zetern, wenn ein Text an die Neuerungen der Moderne oder der Postmoderne erinnert?«

Es entstand eine lange Pause.

Freidank fand sich in dieser Unterhaltung nicht mehr zurecht. Diesem Gemisch aus Spott, Angriff und seriöser Rede. Als er gerade protestieren wollte gegen ihre seltsame und höchst unzutreffende Einschätzung seiner Person, meldete sich sein Mobiltelefon. Es befand sich in dem Jackett, das er über die Rückenlehne des Stuhls gehängt hatte. Er entschuldigte sich, sagte, daß er eine wichtige Nachricht aus dem Verlag erwarte, fingerte das Gerät aus der Jackentasche, schaute kurz auf das Display, drückte auf den Knopf, auf dem ein altmodischer grüner Telefonhörer abgebildet war, nahm die Nachricht entgegen, sagte dann nur »Ich verstehe« und daß er später zurückrufen werde.

Jetzt sah er wieder zu Carola. Lag nicht in seinem Blick eine kleine Traurigkeit? (Aber vielleicht war er traurig, nur weil er soeben erfahren hatte, daß ein von ihm betreuter Autor wider Erwarten nicht für einen Preis nominiert worden war.)

»Dann wird das wohl nichts mit einem Buch von dir im nächsten Frühjahrsprogramm«, sagte er.

»Nein«, sagte sie, »tut mir leid, Freidank. Wirklich. Tut mir aufrichtig leid. Du mußt umdisponieren.«

Jetzt schauten sie beide auf den See. Carola rauchte.

Etwas später sagte sie:

»Ich mag dieses Café. Hier kommen sie alle her. Die Kinder und die Hunde, die Jungen und die Alten, die Familien und die einzelnen, die Reichen und die Armen. Na ja, die wirklich Armen wohl nicht.«

Und nach einer weiteren Pause:

»Früher konnte man hier Boote mieten.«

»Sie werden das Café schließen«, sagte Freidank und dachte: Warum erscheint mir heute alles, wirklich alles, was ich sage, so plump und verfänglich?

»Schade«, sagte Carola.

»Ja, schade«, sagte Freidank.

(Als sie gegangen waren, stürzten sich sieben Spatzen auf die verbliebenen Krümel.)

Donnerstag 15 Uhr
Kommissariat

Das Manuskript

Anwesend: Merker, Wagner, Schwartz, Förster und Berg.

Es ging bei dieser Zusammenkunft darum, einen gleichmäßigen Wissensstand herzustellen. Jan Schwartz hatte angefangen mit der Zusammenfassung seiner Befragungen.

»Ich glaube, die KI-Spur ist tot«, sagte er. »Die Kollegen und Mitarbeiter von Urlach wußten nichts über seine Kontakte zur Privatwirtschaft. Und sie hielten ihn auch nicht für eine große Leuchte auf diesem Forschungsgebiet. In seinem Computer fanden wir eine Korrespondenz, die zunächst vielversprechend erschien. Tatsächlich war er gebeten worden, seine Forschungsergebnisse bei einer schwedischen Firma einzureichen. Die hatten ihn aber nicht genommen und hatten ziemlich unverblümt erkennen lassen, daß sie das, was er da wissenschaftlich trieb, für ausgesprochen überholt hielten. Vermutlich war diese Geschichte von seiner lukrativen KI-Karriere, die er dem Sachbuchautor erzählte, reine Angeberei.«

Auch Daniel Förster war fleißig gewesen und wurde jetzt gebeten vorzutragen:

»Ich habe mich gestern abend und heute in der Mittagspause mit den diversen Unterlagen, zum Beispiel dem Terminkalender und dem Adressenverzeichnis, beschäftigt, die in Urlachs Arbeitszimmer sichergestellt wurden. Auffällig ist dieses ominöse handschriftliche Manuskript. Ein Fragment von neunundachtzig eng beschriebenen Seiten. Nicht Urlachs Handschrift. Das wußten wir ja schon. Es lag in der vormals verschlossenen Schreibtischschublade, in der sich auch ein untauglicher Inhalator befunden hatte. Die Lektüre war interessant. Wirklich interessant. Das Schriftstück behandelt die kleineren und größeren Gemeinheiten und Bosheiten, die Menschen Menschen antun. Eher literarisch als kriminalistisch. Aber es sind anscheinend alles genau recherchierte Fälle. Und es werden Namen und Orte genannt.«

»Namen, die wir kennen?« fragte Leonie Wagner.

»Ja, durchaus, neben vielen anderen, die den größeren Raum einnehmen, tauchen auch Personen auf, die in unserem Fall eine Rolle spielen.

Zum Beispiel wird beschrieben, wie Irma von Seefeld, als ihr Vater 1947 verstarb, in den Nachkriegswirren kaltblütig ihren Bruder um einen Teil seiner Erbschaft betrog – da war sie durch die vorteilhafte Heirat schon mehr als versorgt. Alles längst verjährt. Der Bruder starb 1988 verarmt, umnachtet und kinderlos. Es wird beschrieben, wie ihr Sohn Pascal von Seefeld sich erst durch die Zwischenprüfung mogelte und dann in noch höherem Maß bei seinem Magisterabschluß beschissen hat. Die schriftliche Examensarbeit hat er sich von einem etwas begabteren Kommilitonen verfassen lassen. Von einer armen Sau, die dringend Geld brauchte, weil sie im Suff mit einem geliehenen Auto drei parkende Wagen zu Schrott gefahren hat. Schwer nachweisbare Prüfungsmogeleien. Da würden wohl alle dichthalten, der, der das Geld gab, und der, der das Geld nahm.

Es wird beschrieben, daß Irene Nolte eine diebische Elster ist. Was immer sie unauffällig mitgehen lassen kann, Druckerpatronen, Kopierpapier, Schreibstifte, Kaffee, Filtertüten, Sahnedöschen, ja sogar Klopapier, alles, was sie am Institut abgreifen kann, verschwindet in ihrem großen Jutebeutel, auch private Geldbörsen in unbeobachtet herumstehenden Taschen sind vor ihr nicht sicher. Sie entnimmt aber immer nur kleinere Mengen und Beträge. Und warum tut sie das? Weil sie sich selbst erotisch nicht mehr ertragen kann. Sie will zum Fernsehen und spart fanatisch auf eine Brustvergrößerung.

Indem ich euch das so verkürzt und prosaisch wiedergebe, verfehle ich den Charakter dieses Manuskripts. Ihr müßt wissen, es ist glänzend geschrieben. Es zeigt die Figuren der Bosheit und der Eigensucht, wie sie in einem höllischen Tanz immer schneller und wilder um ihre Opfer wirbeln …«

Förster unterbrach sich kurz. Jemand hatte gekünstelt gehustet. Er lächelte zwar entschuldigend, fuhr aber dann unbeirrt fort:

»Ich konnte es keinen Moment beiseite legen, und es geht mir fortwährend im Kopf herum. Man wird da richtig reingezogen in diesen Text.«

»Komm mal wieder runter«, sagte Schwartz. Er mußte deutlich werden. Der begeisterte Förster war durch bloßes Hüsteln nicht zu bremsen.

Aber Förster beachtete ihn weiterhin nicht.

»Wie gesagt: Dem Autor oder der Autorin geht es nicht primär um den Nachweis gesetzlicher Verfehlungen, so wie sie uns vielleicht interessieren müßten, sondern um die scheußlichen Motive, die subtilen und groben Quälereien, die charakterliche Verselbständigung des Bösen, die unersättliche Gier, die vollständige Skrupellosigkeit und den Mangel jedweder Scham und Empathie. In den meisten akribisch beschriebenen Fällen handelt es sich nicht um verbrecherische Großtaten, aber diese genaue Sicht auf die kleinen Gemeinheiten und Grausamkeiten, die Menschen ohne Not begehen, um kleinster Vorteile willen, manchmal nur aus Eitelkeit, um vor sich oder den anderen in einem besseren Licht zu stehen, gerade diese Sammlung des Fiesen und Miesen im scheinbar Belanglosen und Gewöhnlichen geht an die Nieren. Wenn du das gelesen hast, willst du nicht mehr unter deinesgleichen leben, du schreibst die Menschheit ab.«

»Donnerwetter«, sagte Merker, »vielleicht solltest du in die Literaturkritik wechseln.« Er hatte das ohne Ironie gesagt.

»Aber wir müssen uns leider immer wieder ums, wie du es genannt hast, ›Prosaische‹ kümmern. Also: Welches Interesse könnte Urlach an diesem Manuskript gehabt haben?«

»Ein handfestes«, sagte Förster. »Es werden darin auch Urlachs schmierige Psychotricks beschrieben, und zwar in allen Einzelheiten. Da wird dir speiübel, wenn du das liest. Es wäre hochnotpeinlich für diesen sadistischen Herrn Professor gewesen, wenn die Schrift den Weg in die Öffentlichkeit gefunden hätte. Und in dem Fall wären die Vergehen auch justiziabel gewesen: Geschlechtsverkehr mit Abhängigen und einiges mehr.«

Er machte eine Pause und genoß die Anerkennung und die Neugier seiner Kollegen, bevor er weitersprach:

»Und er könnte darin auch Material für eine Erpressung gesehen haben. Allerdings so richtig vorstellen kann ich mir das nicht. Die Schweinereien der Irma von Seefeld sind verjährt, die des Pascal von Seefeld vermutlich nicht nachweisbar, und die Nolte wird nicht so blöd sein, ein geheimes Warenlager in ihrer Wohnung einzurichten. Wie gesagt, es ging dem Verfasser nicht um die juristische Aufbereitung seiner Fallstudien.«

»Trotzdem«, sagte Erwin Merker. »Wir werden unter Umständen auch dieser schwachen Spur nachgehen müssen. Gibt es irgendeinen Anhaltspunkt für die Herkunft des Manuskripts?«

»Nein«, sagte Förster, »die Kollegen haben uns, einer genaueren Analyse vorausgehend, schon mal wissen lassen, daß es aus jüngster Zeit stammt. Noch keine Hinweise auf die Verfasserschaft. Es wurde mit einem Füllfederhalter geschrieben, was, wie auch das gepflegte Schriftbild, an einen älteren Menschen denken läßt. Aber das kann täuschen.«

»Haben wir noch weitere Informationen von der Spurensicherung?«

Merker unterdrückte ein Kichern und hustete dann, um dem merkwürdigen Geräusch, das er nicht hatte verhindern können, einen halbwegs plausiblen Grund zu geben.

»Ja«, sagte Förster. »Wir haben den Nachweis telefonischer Aktivitäten, die vom Festnetz in seiner Wohnung, die von seinem Dienstanschluß in der Universität und die von seinem Mobiltelefon.«

»Und?«

»Vorgestern erhielt er in der Universität einen Anruf aus dem Hause von Seefeld. Das könnte die Einladung für die Party gewesen sein.«

Förster machte wieder eine kleine Pause. Dann sagte er:

»Er hat in der letzten Zeit auffällig häufig, und auch zweimal am letzten Tag seines Lebens, eine Nummer gewählt, die zu einer Villa Engadin, einem privatem Senioren- und Pflegeheim gehört. Er kannte die direkte Durchwahl zu der Leiterin, einer gewissen Isolde Schrempel.«

»Vielleicht ist sie die Verfasserin des Manuskripts. Und er hat ihr es wegen der ungünstigen Charakterisierung seiner Person abgekauft, oder er hat es geklaut«, sagte Elise Berg.

»Das könnte sein«, sagte Erwin Merker, der das für nicht so wahrscheinlich hielt, der aber junge Kollegen gern ermutigte. »Wir brauchen einen Schriftvergleich.«

Förster war noch nicht am Ende seines Berichts angekommen. Er hatte noch weitere Überraschungen zu bieten. Er räusperte sich.

»Noch etwas«, sagte er. »In diesem Pflegeheim lebt ein gewisser Dr. Norman Krüss. Der war noch vor zwei oder drei Jahren (ungenau recherchiert) als Akademischer Oberrat an dem gleichen Institut beschäftigt. Er ist aus gesundheitlichen Gründen vorzeitig ausgeschieden.«

»Hat er einen eigenen Telefonanschluß in dieser Villa?«

»Ja.«

»Hat Urlach auch ihn angerufen?«

»Nein. Allerdings weist eine weitere Spur in das Haus Seefeld. Die Frau, die alle Molly nennen und die mit Pascal von Seefeld seit drei oder vier Jahren lebt – das werde ich genauer eruieren müssen –, ist noch verheiratet mit diesem Norman Krüss.«

»Das ist ja ein richtiger Filz«, sagte Leonie Wagner fröhlich.

»Ja«, sagte Förster. »In Urlachs digitalem Telefonverzeichnis fanden sich die Namen: Schauer, Menzel, Schwarzenbach, Nolte, von Seefeld, Schrempel und Kuhn.« Förster schaute stolz in die Runde. »Und ein Letztes«, sagte er: »Auf dem Stuhl, mit dem der Tote möglicherweise von seinem Arbeitszimmer zur Toilette geschoben wurde, waren die Fingerabdrücke von Laura Rudolph.«

»Danke«, sagte Merker, »wirklich gute Arbeit.« Dann wandte er sich an Leonie Wagner und sagte: »Was hältst du von einem Ausflug ins Engadin?«

»Gute Idee«, sagte Leonie Wagner.

(Daniel Förster hatte, durch Merkers Lob in der Eigenliebe begünstigt, am Abend dieses Tages den Mut, die Frau seines Lebens anzusprechen.)

Donnerstag 17 Uhr 13
Villa Engadin

Einrichtungen

Als Erwin Merker und Leonie Wagner vor dem Kommandotresen in der Eingangshalle der Villa Engadin standen und sich auswiesen, schauten sie in die schreckgeweiteten Augen eines jungen Mädchens. Sie trug eine Art Schwesterntracht, und das Namenschild auf ihrer Brust wies sie als Agnes Brunner aus.

»Morddezernat?« fragte sie angstvoll. »Ist einem unserer Bewohner etwas passiert?«

»Nicht daß wir wüßten«, sagte Leonie Wagner (robust). »Wir würden gerne mit Frau Isolde Schrempel sprechen. Ist sie anwesend?«

»Ja«, sagte Agnes, »ich werde Ihren Besuch anmelden«, und griff zum Telefonhörer.

»Nicht nötig«, sagte Leonie Wagner (energisch). »Wenn Sie uns nur sagen wollten, wo wir sie hier finden können.«

»Ja, sicher«, die Hand von Agnes zuckte zurück, als hätte sie sich verbrannt. »Im ersten Stock gleich links, da sehen Sie schon das Namensschild am Eingang zu ihrer Wohnung.«

Ihre Stimme erlosch.

»Herzlichen Dank.«

Auch das sagte Leonie Wagner so markig, daß Erwin Merker sich genötigt sah, die junge Frau freundlich anzulächeln, damit sie keinen seelischen Schaden erlitte.

Merker drückte auf die Klingel. Isolde Schrempel öffnete und sagte ohne Begrüßung:

»Wie kamen Sie ins Haus? Wer sind Sie überhaupt?« Schlecht gespieltes Erstaunen. Agnes hatte wohl doch noch genug Kraft für einen Warnruf gefunden. Interessant, dachte Wagner, offensichtlich hatte sie mehr Angst vor der Schrempel als vor der Polizei.

»Ich bin Hauptkommissar Merker, und dies ist Hauptkommissarin Wagner«, sagte Erwin Merker und seine Stimme hatte bei dieser Vorstellung ganz leicht, nahezu unhörbar tremoliert. (Leonie Wagner hatte das aber doch gemerkt.) Sie zeigten nochmals ihre Ausweise.

Isolde Schrempel nahm den von Merker in die Hand und betrachtete ihn ausgiebig, als sei es ihr möglich, bloßen Auges dessen Echtheit zu überprüfen.

»Wären Sie wohl so freundlich, uns für einen Moment hereinzubitten«, sagte Leonie Wagner straff, um der sinnlosen Betrachtung ein Ende zu machen.

Isolde Schrempel bat sie herein, wenn auch nicht freundlich. (Zwei Schritte zurück, steinerne Miene, knappe Armbewegung.)

Sie kamen in ein ausgesprochen luxuriös möbliertes Wohnzimmer. Gnadenlos geschmackvoll und völlig lieblos eingerichtet, als warte man auf den Photographen eines Einrichtungsmagazins für den gehobenen Mittelstand.

Isolde Schrempel bot ihnen keinen Platz auf ihrem weißen Ledersofa an. Im Stehen sagte sie:

»Ich vermute, Sie kommen wegen der Ermordung von Professor Urlach. Da kann ich Ihnen leider gar nicht helfen.«

Sie sagte das so, als nährte sie die Hoffnung, daß einer von den beiden antworten würde: »Ja, wenn es so ist, dann entschuldigen Sie bitte die Störung.« Aber weil sie wußte, daß sie das nicht ernsthaft hoffen konnte, fügte sie jetzt hinzu:

»Sie sehen mich ratlos und auch fassungslos.«

So sahen die beiden Isolde Schrempel nicht. Diese Frau war nichts als Fassung.

»Aus welcher Quelle haben Sie Ihre Informationen?« fragte Erwin Merker.

»Welche Informationen?« fragte Isolde Schrempel. Die sollten nicht denken, daß sie es leicht haben würden mit ihr. (Das waren doch Mätzchen.)

»Woher wissen Sie, daß Urlach tot ist? Wer sagte Ihnen, daß er ermordet worden sei? Und in welcher Beziehung standen Sie zu Ulf Urlach?«

Das war ein harter Polizeiton. Das war Leonie Wagner, die diese neue Tonart für angebracht hielt.

»Ich rief im Institut an, jemand – ich erinnere mich nicht, wer da meinen Anruf entgegennahm – informierte mich.« Sie machte eine kleine Pause, aber als sie dem drohenden Blick von Leonie Wagner begegnete, beeilte sie sich, auch die dritte Frage zu beantworten. »Meine Beziehung zu Ulf Urlach war freundschaftlicher Natur. Wir kannten uns schon als Jugendliche. Ich sah in ihm so etwas wie einen großen Bruder, den ich leider nie hatte.«

Isolde Schrempel schaute sie triumphierend an, als wäre mit dieser Offenbarung einer privaten Empfindung ihre grundlegende Herzensgüte unter Beweis gestellt.

»Wir möchten Sie um eine kleine Schriftprobe bitten«, sagte Erwin Merker betont höflich.

»Bin ich dazu verpflichtet?« fragte sie.

Höfliche Töne verfingen bei der Schrempel nicht.

»Wir können Sie, wenn Ihnen das hier nicht konveniert, auch gerne ins Kommissariat befehlen«, sagte Wagner und versorgte das Gesagte mit einem kalten Lächeln und machte einen Schritt auf sie zu. Isolde Schrempel wich etwas zurück (kaum merklich).

Erwin Merker legte ein Blatt Papier auf den gläsernen Coachtisch, daneben einen altmodischen Füllfederhalter, von dem er die Kappe abgeschraubt hatte, und wies sie gestisch an, auf dem weißen Sofa Platz zu nehmen. Sie setzte sich widerwillig. Er schlug das ominöse Manuskript auf und begann zu diktieren:

»›und er zögerte auch nicht, sich wie ein gemeiner Dieb die Tagebücher und Briefe derer anzueignen …‹«

Merker, der registrierte, daß die Schrempel nicht geschrieben hatte, tippte energisch (zweimal) auf ihre Schulter und begann erneut zu diktieren. Jetzt schrieb sie.

»›und er zögerte auch nicht, sich wie ein gemeiner Dieb die Tagebücher und Briefe derer anzueignen, die ihm in verzweifelter Liebe …‹«

Merker nahm Füllfederhalter und Papier wieder in Besitz und brachte beides sorgfältig in seiner Aktentasche unter.

»Das genügt schon«, sagte er. Und er fragte: »Kennen Sie diesen Text?«

»Nein, wie sollte ich«, sagte sie starr und »Was ist das für ein Text?«

Sie erhielt keine Antwort. Sie kennt diesen Text, dachte Wagner.

»Wissen Sie etwas über die Nebentätigkeiten Ihres Freundes Ulf Urlach?« fragte Erwin Merker.

Schrempel war wieder aufgestanden.

»Wieso Nebentätigkeiten?« sagte sie. »Er hatte doch eine einträgliche Professur.«

Ihr Ton war jetzt wieder aufsässig, Leonie Wagner glaubte jedoch erneut, eine kleine Nervosität wahrgenommen zu haben. Die Frage gefiel ihr nicht, dachte sie. Sie konnte sich geirrt haben. Aber sie irrte sich in solchen Fällen zumeist nicht. Die langen Dienstjahre hatten Intuitionen auf den Weg gebracht. Sie hat Dreck am Stecken, dachte sie dann noch.

Merker setzte an:

»Wo waren Sie …« Er brach ab, weil er spürte, wie ein unangemessenes Gelächter in ihm aufstieg.

Wagner übernahm:

»Wo waren Sie vorgestern nacht?«

»In meinem Bett«, sagte Schrempel, »und nein, ich habe keine Zeugen, ich lebe zur Zeit allein.«

Schrempel hatte wieder Oberwasser (wie man so sagt).

»Sie leiten diese Einrichtung, bin ich da richtig informiert?« fragte Merker.

»Ja«, sagte Schrempel.

»Macht einen exklusiven Eindruck.«

»Ist exklusiv!«

»In welcher Hinsicht?«

»In jeder.«

»Das wollen Sie jetzt gern ein wenig erörtern, nicht wahr«, mischte sich Leonie Wagner ein.

»Sie ziehen hier die ›Good-guy-bad-guy-Nummer‹ ab«, sagte Schrempel. Sie mochte das Aufbegehren noch immer nicht lassen.

»Wir ziehen hier überhaupt keine Nummern ab, aber wir hätten gern eine präzise und wahrheitsgemäße Antwort«, sagte Merker, ganz der korrekte Hauptkommissar.

»Unsere Einrichtung ist exklusiv, weil sie – ich rede da nicht um den heißen Brei – sehr teuer ist, und sie ist exklusiv, weil wir hier jeglichen Komfort bieten und nicht jeden aufnehmen. Über Neuzugänge wird lange beraten, und es wird abgestimmt. Selbstverständlich gibt es ein Vetorecht und ein Vorschlagsrecht seitens der Leitung des Hauses.«

»Und die Leitung, das sind Sie.«

»Ja. Aber ich bin einem Konsortium rechenschaftspflichtig.«

»Ich gehe wohl nicht fehl in der Annahme, daß man Ihre Tätigkeit hier recht gut bezahlt«, sagte Leonie Wagner und musterte dabei das kostspielige Mobiliar.

»Ich kann nicht klagen«, sagte Schrempel.

»Einer Ihrer Bewohner ist ein gewisser Dr. Norman Krüss«, sagte Merker dann und fragte: »Wußten Sie, daß er, bevor er hier einzog, am gleichen Institut tätig war wie Urlach?«

»Ja«, sagte Schrempel.

»Wir sind ja schon wieder so einsilbig. Finden Sie denn nicht auch, daß das ein merkwürdiger Zufall ist?«

Das war (selbstverständlich) Wagner, die das sagte.

»Ich bin einsilbig, weil ich Ihnen dazu nicht viel sagen kann. Wahrscheinlich war es kein Zufall, wahrscheinlich hat ihm Urlach unsere Einrichtung empfohlen«, sagte Isolde Schrempel pampig.

»Darüber kann uns der Herr Dr. Krüss sicher Genaueres sagen. Wo können wir ihn finden?« fragte Merker.

»Sie können heute nicht zu ihm«, sagte Isolde Schrempel.

»Ach, warum denn nicht?« fragte Merker.

»Dr. Krüss ist sehr krank. Der Arzt ist sicher noch im Haus. Er wird das bestätigen.«

Isolde Schrempel telefonierte mit dem Empfang und ordnete bei der dort Diensthabenden an – es war nicht zu hören, ob es noch die ängstliche Agnes war –, daß ein Herr Dr. Servatius aufgehalten und in ihre Wohnung gebeten werden solle.

»Dr. Helmut Servatius?« fragte Merker.

»Ja«, sagte Schrempel.

Es dauerte nicht lange, bis Dr. Helmut Servatius erschien. Ein älterer Herr, der einen freundlichen, etwas übermüdeten Eindruck machte. Er war erstaunt, als er Erwin Merker sah, und begrüßte ihn dann herzlich. Merker erklärte ihm, daß seine Anwesenheit berufliche Gründe habe und daß er sich mit Dr. Krüss unterhalten müsse.

Der Arzt sagte (weiterhin freundlich), daß dies leider nicht möglich sei. Krüss sei wirklich sehr krank. Was ihm denn fehle, fragte der Polizist. Da jedoch wurde gleich die ärztliche Schweigepflicht ins Feld geführt. Aber Dr. Servatius wollte es offensichtlich nicht bei der förmlichen Abfuhr belassen. Er fügte beschwichtigend an den Kommissar gewandt noch hinzu, daß der Patient im Moment zu gar keiner Aussage fähig sei. Er sei durch die Wirkung einer starken Spritze in einen tiefen Schlaf gesenkt. Er, Dr. Servatius, habe Herrn Dr. Krüss, der schon seit vielen Jahren sein Patient sei, vehement geraten, sich in eine Klinik zu begeben, aber der habe das unter keinen Umständen tun wollen. An Isolde Schrempel richtete er die Frage, ob er sich darauf verlassen könne, daß ihr Personal während der Nacht in regelmäßigen Abständen nach dem Patienten schaue und daß er bei den geringsten Unregelmäßigkeiten sofort gerufen werde. Isolde Schrempel sicherte das zu. Sie habe geschulte Kräfte speziell für diese Fälle. Der Arzt versprach, spätestens um sieben Uhr am kommenden Morgen, noch bevor er in seine Praxis gehen würde, wieder nach Krüss zu schauen. Sollte sich dessen Zustand bis dahin nicht verbessert haben, käme der Patient um einen Klinikaufenthalt nicht herum. Er verabschiedete sich, und schon in der Tür drehte er sich noch einmal um und sagte zu Merker, daß er Gisela bitte grüßen solle.

Nicht viel später steuerte Leonie Wagner den Dienstwagen mit überhöhter Geschwindigkeit durch den abendlichen Verkehr.

»Nach der nächsten Ampel kommt eine Radarkontrolle«, sagte Merker. Er öffnete seine Aktentasche und zog das Manuskript heraus. Er las murmelnd den Titel: »›Von den menschlichen Abgründen‹«. Wagner verlangsamte das Tempo, und Merker verglich die Schriftbilder.

»Ich bin zwar kein Graphologe«, sagte er, »aber ich glaube nicht, daß die Schrempel das geschrieben hat.«

»Wenn ich bedenke, was Förster über Stil und Inhalt dieser Schrift ausführte«, sagte Wagner, »halte ich das sogar für ausgeschlossen.« Und sie fügte hinzu: »Ein fürchterliches Schrapnell, diese Frau.«

Dann fragte sie, während sie den Wagen wieder beschleunigte:

»Ist dieser Arzt vertrauenswürdig?«

»Ja«, sagte Merker. »Er ist nicht nur der langjährige Hausarzt meiner Frau, sondern auch ein alter Freund ihrer Familie. Absolut verläßlich. Ein Berufsfanatiker. Der Zustand von Norman Krüss schien ihm Sorgen zu machen.«

»Den Eindruck hatte ich auch«, sagte sie.

Sie schwiegen eine kurze Zeit. Dann sagte er:

»Freust du dich auf deinen Ruhestand?«

»Ja«, sagte sie. »Ja, sehr sogar. Ich werde einen Garten haben.«

»Und einen Hund?«

»Ja, auch einen Hund.«

»Vielleicht verändere ich mich auch«, sagte er.

»Kannst du schon darüber sprechen?«

»Nein, aber nach Gisela wirst du die erste sein, die es erfährt.«

»Es ging dir nicht so gut in der letzten Zeit«, sagte sie.

»Du hast es gemerkt«, sagte er.

»Ja«, sagte sie. »Eine Berufskrise?«

»Ja«, sagte er.

Sie schwiegen wieder.

»Dann ist dieser ulkige Mord vermutlich unser letzter gemeinsamer Fall?«

»Ja, vermutlich«, sagte er.

»Das kriegen wir gerade noch hin«, sagte sie und lachte.

Als sie ausstiegen, sagte sie:

»Schicke Tasche.«

»Cognacfarben. Gefällt sie dir?« fragte er.

»Ja, durchaus, wenn sie noch ein bißchen Patina ansetzt, wird sie Klasse haben.«

»Ich schenke sie dir zum Abschied«, sagte er.

(Leonie Wagner freute sich, nicht so sehr über die Tasche, wie über sein Bedürfnis, ihr etwas zu schenken.)

Donnerstag 22 Uhr 11
Wohnung Schauer

Die Espressomaschine

Sie hatten gut zu Abend gegessen (Schinken und Melone, Risotto mit grünem Spargel und Erdbeeren mit Sahne).

Während des Essens hatten sie sich über das Vaterungeheuer und das vierundzwanzigjährige Kellermartyrium einer Tochter unterhalten, weil ihnen zum Tod von Urlach nichts mehr einfiel. (Aber ein Verbrechen sollte es schon sein?)

Jetzt tranken sie Kaffee.

»Eine Espressomaschine wäre nicht schlecht, was meinst du, sollten wir uns so ein Gerät ins Haus holen?« fragte Carola.

Bruno, der diese Maschine eigentlich nicht brauchte, aber über jede Planung einer gemeinsamen Anschaffung erfreut war, weil sie der Gemeinsamkeit eine Zukunft versprach, nickte heftig.

»Ja, gute Idee«, sagte er, und dann noch, als handele es sich um die Abstimmung in einer größeren Gruppe: »Ich bin dafür.«

»Andererseits«, sagte sie, »noch so ein Gerät, was bald schon einstaubt, weil die anfängliche Begeisterung schnell versiegt ...«

Sie ließ den Satz unvollendet.

»Das glaube ich eigentlich nicht, ich denke, so einen Espresso würden wir uns häufig gönnen.«

Und bei den Worten »wir« und »gönnen« war ein kleines Glück in ihm gewesen.

In diese friedlichen Anschaffungserwägungen hinein klingelte das Telefon des Hausanschlusses. Auch das war in letzter

Zeit nicht so oft vorgekommen, zumeist waren sie gesondert auf ihren jeweiligen Mobiltelefonen angerufen worden.

Carola nahm das Gespräch an.

Er hörte.

»Guten Abend, Frederike.

Ob ich was schon weiß?

Irma ist tot?

Kaum zu glauben. Ich dachte, sie überlebt uns alle. Hat sie ein Messer im Rücken?

Ach so.

Du mußt meine Frivolitäten nicht so ernst nehmen.

Wie geht es denn Molly und Pascal?

Ja, ich verstehe. Wir fahren da morgen auch hin. Vielleicht können wir helfen.

Bis morgen dann.«

Carola kehrte an den Tisch zurück.

»Du hast es gehört«, sagte sie, »das Schicksal war gütig mit ihr, so gütig wie sie selbst nie war, sie ist aus einem Mittagsschlaf nicht mehr erwacht.«

Bruno stand auf und kam mit einer Flasche Cognac und zwei Gläsern zurück.

»Da haben wir jetzt einen richtig guten Vorwand.«

Er schenkte ein, hob sein Glas (schwenkte es nicht), betrachtete die Flüssigkeit und sagte:

»Cognacfarben.«

Sie lachte.

Dann fragte er:

»Wo hast du sie gelassen?«

»Verschenkt«, sagte sie.

Er fragte nicht weiter.

Nach einer kurzen Pause sagte er:

»Vielleicht solltest du die Leute nicht mit so derben Reaktionen erschrecken.«

»Du meinst ehrliche Reaktionen?«

»Geschenkt«, sagte er. »Aber du weißt auch, daß die Übergänge zwischen Ehrlichkeit und Grausamkeit fließend sind.«

»Geschenkt«, sagte sie.

Sie zündete sich eine Zigarette an und trank einen Schluck Cognac.

Dann sagte sie:

»Du wirst es vielleicht nicht glauben, der Tod von Irma macht mich wirklich traurig.«

»Ach ja? Weil du ihre Familie schon so lange kennst?«

»Nein«, sagte sie, »ich bin traurig, weil ich vermute, daß dies ein Tod ist, über den niemand traurig ist.«

(Ja, so war es.)

Donnerstagabend 20 Uhr 14
Wohnung Merker

Die gefühlte Bedrohung

Erwin Merker sah die »Tagesschau«. Neben einigen außenpolitischen Splitterinformationen drehte sich alles um den Mann, der in einem Kellergefängnis ein »unvorstellbar« grausames Inzuchtexperiment durchgeführt hatte. Das Wort »unvorstellbar« kam mehrfach vor. Er dachte: Es ist eben nicht unvorstellbar. Psychoexperten sagten Erwartungsgemäßes. Eine Sondersendung war angekündigt, in der weitere Experten weiterhin Erwartungsgemäßes sagen würden. Die Journalisten hatten nicht viel Bildmaterial. Immer wieder sah man das biedere Wohnhaus von außen und Teile des Kellers und ältere Filmaufnahmen, wie das Monster es sich an einem exotischen Urlaubsort zusammen mit anderen Kleinbürgerarschlöchern hatte gutgehen lassen, während seine Opfer in ihrem Verlies litten. (Mußte man nicht sagen: dahinsiechten?) Die Aussagen der österreichischen Kollegen waren blaß und mußten es wohl sein. Es gab da offensichtlich eine Informationssperre.

Er schaltete den Fernsehapparat aus und nahm die Tageszeitung zur Hand. Dort las er, daß die beiden Jugendlichen, die in einem Münchner U-Bahnhof einen Rentner zusammengeschlagen hatten, demnächst vor Gericht kommen würden. Er erinnerte sich an die erste Krise, die er in diesem Zusammenhang hatte. Ein Politiker im hessischen Wahlkampf war auf die Idee verfallen, sich die schändliche Tat zunutze zu machen und eine populistische Kampagne für härtere Strafen loszutreten. Der Gewaltexzeß der beiden Jugendlichen war von einer Überwachungskamera erfaßt worden. Das Fernsehen hatte permanent diese Aufnahmen von den Prügeljugendlichen, wie sie auf den wehrlosen alten Mann einschlugen, gezeigt. Permanent! Schwer zu ertragen, je öfter man das sah. An einem Tag, an dem er erst zur Mittagszeit seinen Dienst antreten mußte, sah er, wie im Frühstücksfernsehen eine junge Moderatorin mit kurzen schwarzen stachelig vom Kopf abstehenden Haaren – die präpotente Unverfrorenheit hatte sich schon prägend auf die Züge ihres noch glatten Gesichts gelegt – einen Spezialisten der Kriminologie befragte, was denn seiner Meinung nach gegen diese zunehmende Bedrohung durch gewaltbereite Jugendliche staatlicherseits zu unternehmen sei. Der besonnene Experte hatte nicht das Erwartungsgemäße gesagt, sondern darauf hingewiesen, daß statistisch gesehen diese Form der Kriminalität eher rückgängig sei. Die Moderatorin, nur ganz kurz aus dem Konzept gebracht, ging sofort wieder in die Offensive und sagte im Ton stellvertretender Empörung, daß jedoch die »gefühlte Bedrohung« zugenommen habe und was er denn, bitte sehr, gegen diese zu unternehmen gedächte. Da hatte Merker erst einmal tief Luft holen müssen und er hatte sich gewünscht, daß der Experte die obszöne Frage dieser Moderatorin statt mit einer artigen Antwort mit einem saftigen Schlag quittieren möge. Und er selbst hatte sich mit Mühe davon abhalten müssen, einmal kurz in das TV-Gerät zu treten. (Die Nerven!)

Das mußt du dir mal vorstellen, hatte Merker tags darauf zu Förster gesagt: »Diese Agentin eines Mediums, das auf breiter Basis ein Gefühl der Bedrohung erzeugt, fragt einen Wissenschaftler, was er gegen dieses Gefühl zu unternehmen gedächte.«

Noch schlimmer wurde es, als er kurz darauf einen Bericht von einem grausamen Mord sah. Der Medienberichterstatter vor Ort sagte, um die Wahrhaftigkeit seiner Augenzeugenschaft zu beglaubigen, daß er »hier« Szenen gesehen habe »wie aus einem Krimi«.

Als er gerade überlegte, zu welchem Zeitpunkt er sich selbst peinlich geworden war, ob gleich, nachdem er diesen Bericht gesehen hatte, seine unkontrollierbare Lachlust eingesetzt hatte oder erst später, hörte er, wie die Wohnungstür aufgeschlossen wurde.

Gisela Merker kam ins Zimmer, gab ihm einen Kuß auf den Mund und sagte: »Tut mir leid, Schatz. Es ist spät geworden. Elternabend. Ich kann uns schnell Spaghetti machen, oder wir lassen etwas kommen – Sushi oder ...«

»Lassen wir etwas kommen«, unterbrach er sie. »Sushi wäre mir recht. Das wollen wir uns heute leisten. Ich möchte etwas mit dir besprechen.«

Gisela orderte telefonisch die gewünschten Speisen (Nr. 3, Nr. 8, Nr. 12 und Nr. 24) und setzte sich dann in den Sessel neben ihm vor den ausgeschalteten Fernsehapparat.

»Könntest du dir vorstellen, in München zu leben?« fragte er.

»Ja, sicher«, antwortete sie.

Er hatte diese Antwort erwartet, weil er wußte, daß ihre Sippe im Münchner Raum lebte, allen voran ihr Bruder mit seiner Frau und dem von ihr geliebten Kind.

»Man hat mir dort eine Stelle in Aussicht gestellt. Es wäre beruflich gesehen ein Aufstieg. München ist teuer, aber ich hätte auch ein wesentlich höheres Gehalt. Und sie haben mir zugesichert, daß im Fall meiner Versetzung für dich an einer Münchner Schule eine Stelle, die der hiesigen entspräche, gefunden würde.«

Er schaute sie liebevoll an.

»Was müßtest du dort tun?« fragte sie etwas ängstlich.

»Nun ja, ich käme wohl nicht mehr viel unter die Leute. Eine Bürotätigkeit. Ich würde die Dezernate neu strukturieren und die laufenden Koordinationen gewährleisten, auch die Koordination mit den Organen der Justiz und der Politik. Ich würde Fett ansetzen.«

Jetzt erst strahlte Gisela, so wie er es erhofft hatte. Gisela war glücklich.

»Ja, wir gehen nach München«, rief sie begeistert.

(Und als sie den Satz beendet hatte, klingelte der Sushi-Bote.)

Donnerstag 21 Uhr 28
Irmas Haus

Verträge

»Du hättest nicht kommen müssen«, sagte Molly. »Ich schaffe das hier schon.«

»Wo ist Pascal?« fragte Frederike.

»Keine Ahnung. Als der Arzt zu ihm sagte, daß sie tot ist (Herzversagen?), hat er theatralisch aufgejault und war kurz darauf verschwunden. Ich hatte ihm das zuvor auch schon gesagt, aber da hatte er mich nur ungläubig angeglotzt.«

»Wo mag er sein?« fragte Frederike.

»Ich habe mir noch nie die Mühe gemacht, zu ergrübeln, wo er sein könnte.«

»Vielleicht ist er wirklich verzweifelt.«

«Das halte ich für ausgeschlossen.«

»Es ist so überraschend. Irma schien mir sehr munter gestern abend.«

»Ja, manchmal geht es schnell. Aber du mußt bedenken, sie war mehrfach krank. Der Arzt hat sich sogar gewundert, daß sie so lange durchhielt. Ein zäher Wille war da am Werk. Der Urlach-Mord hat sie noch mal richtig hochgepuscht. Allerdings war sie von ihrer gestrigen ›Agatha-Christie-Show‹ enttäuscht. ›Fing stark an, hat aber schwach geendet‹, diese Worte im üblichen Vorwurfston hat sie, bevor sie schlafen ging, noch in den Raum gesetzt. Und sollte ich in Zukunft an Irma denken müssen – hoffentlich nicht allzu oft –, sind es mit Sicherheit diese Worte, die sich vordrängen werden: ›Fing stark an, hat aber schwach geendet.‹

Heute morgen beim Frühstück war sie mürrisch und wortkarg. Das war sie oft, eigentlich immer. Nach dem Mittagessen hat sie sich hingelegt, wie immer. Und auch ich hatte mir einen kurzen Mittagsschlaf gegönnt. Wie immer. Ein Stündchen nur. (War erfrischt erwacht, wie immer.) Als ich um vier Uhr noch nicht wie gewohnt ihren harten Schritt (kein Klock Klock Stock) auf der Treppe und ihre Kommandostimme vernommen hatte, ging ich in ihr Zimmer. Sie war friedlich entschlafen. (Sagt man nicht so?) Ich rief ihren Hausarzt in der Praxis an und dann Pascal auf seinem Handy. Sagte ihm aber noch nichts von ihrem Tod. Zu meinem Erstaunen lief er ziemlich bald ein. Ich denke, er wird auch jetzt nicht so lange ausbleiben, weil ich ihm klargemacht habe, was auf ihn zukommt. Die Organisation der Beerdigung und der Trauerfeier. Sarg aussuchen und Blumenschmuck. Mit dem Pfarrer sprechen. Das ganze Programm. Er hat mich händeringend beschworen, ihm dabei zu helfen. Ich glaube aber nicht, daß ich das tue, mein Job hier ist beendet.«

Frederike konnte das erkennen. Es gab keine ordnende Hand mehr in der großen altmodischen Küche. Auf dem dunklen Tisch standen noch die schmutzigen Teller irgendeiner Mahlzeit, daneben ein aufgeschlagenes Telefonbuch. Der Mülleimer war nicht geleert worden. Jemand hatte achtlos einen Trenchcoat über einen Stuhl geworfen. Niemand hatte die welkenden Schnittblumen entsorgt. Ein schaler Geruch lag in der Luft.

Frederike nahm noch eine andere Ausdünstung wahr, die sie nicht identifizieren konnte. Monate später, als sie sich wieder einmal an diese Szene erinnerte, dachte sie, daß es sich um das Aroma der Vergeblichkeit gehandelt haben müsse.

Sie unterdrückte den brennenden Wunsch, das Fenster weit zu öffnen. »Das verstehe ich nicht«, sagte sie, die nur staunen konnte, über die Veränderung, die sich an Molly vollzogen hatte. Die Freundin schien ihr inmitten all der sie umgebenden Auflösung neu sortiert und versammelt. Nicht nur – aber auch – äußerlich. Frederike sah: ein gutsitzendes schwarzes

Kostüm, dem Anlaß entsprechend. Sorgfältig hochgesteckte Haare. Dezenter Lippenstift. Kein Augen-Make-up. Präzise und schnelle Bewegungen.

»Das verstehe ich nicht«, wiederholte sie. »Was meinst du, wenn du sagst, daß dein Job hier beendet sei?«

Molly lachte verlegen, wurde schnell wieder ernst, richtete sich auf, schaute Frederike eindringlich an und sagte:

»Bitte verzeih mir. Ich war oft kurz davor, es dir zu gestehen, kam aber immer wieder davon ab, weil Stillschweigen ein Teil des Vertrags und der Abmachung war. Dieses Wissen und ein Verschwiegenheitsgelübde hätten dich unnötig belastet. Das wollten wir dir nicht zumuten.«

»Was für ein Wissen? Was für ein Vertrag? Was für eine Abmachung? Und wer ist ›wir‹?« Frederike kam aus dem Staunen nicht heraus. (Wie man so sagt.)

»Was soll das alles heißen? So rede doch schon.«

Molly tat ihr den Gefallen.

»Es gibt einen schriftlichen Vertrag zwischen Irma und mir, der besagt, daß ich, bei sorgfältiger pflegerischer Betreuung (da hatte sie sich nichts vorzuwerfen), nach ihrem Ableben eine Summe von dreihunderttausend Euro erhalten soll. Allerdings hatte sie verfügt, daß diese Regelung erst zwei Jahre nach Vertragsschluß Geltung haben würde. Wäre sie in diesen ersten zwei Jahren gestorben, wäre ich leer ausgegangen. Es sei denn, ich hätte eine Schwangerschaft vorweisen können. Und es gab – unabhängig davon – eine Abmachung zwischen Pascal und mir, daß ich vor den Augen von Irma und denen der restlichen Welt die aufopfernde Geliebte spielen sollte. Du mußt wissen, er interessiert sich nicht wirklich für Frauen. Andernfalls wäre ich diesen Pakt nicht eingegangen. So viel zur erhofften Schwangerschaft.«

Molly schob angeekelt einen fettigen Teller aus ihrer Reichweite.

»Soll ich uns einen Kaffee kochen?« fragte sie.

Nein, das sollte sie nicht. Nein, Frederike wollte keinen Kaffee trinken. Frederike wollte Information.

»Nein danke, bitte sprich weiter.«

»Ich vermute, Pascal hockt auch jetzt bei seinem Tennisknaben und sie überlegen, wohin sie reisen werden, sobald er die lang erhoffte gewaltige Erbschaft in Händen hält, ob sofort nach San Francisco oder zuvor noch mal kurz nach Mykonos. (Irrtum!) Ich war Fassade. Ein Gaukelspiel speziell für Irma. Und so fügten sich unsere Interessen ineinander. Irma war kraß homophob. Sie hätte ihn, wären da Schwulitäten ans Licht gekommen, umgehend enterbt. Sohn oder nicht.«

»Wie hast du die ganze Zeit diese Rolle durchhalten können?« Frederike staunte wieder.

Molly lachte wieder.

»Ich machte mir das zunutze, was die Psychologen als ›Hofeffekt‹ bezeichnen, das meint, daß es eine Eigenschaft gibt, die so dominant in Erscheinung tritt – in meinem Fall war es wohl die Trägheit –, daß sie alle anderen kaschiert. Das Schlimmste war, daß die drei Personen in diesem Hause – ich meine Irma, Pascal und diese Molly, die ich war – sich nicht mochten. Die Behausung war eine Gefrierzelle. Keiner mochte keinen. Dafür bin ich eigentlich nicht gemacht.

Dennoch: Meine Rolle, diese gutgläubige, etwas verschlampte Figur ist mir gar nicht so schwergefallen. Die Molly, die du kennst, steckt durchaus in mir. Ich habe mein Bild nur ein wenig karikiert. So eine Mimikry kannst du auf langer Strecke nur durchhalten, wenn du mit der Figur, in die du dich verwandelst, nah verwandt bist. Noch ein Jahr länger, und ich wäre ganz mit ihr verschmolzen.«

Molly machte eine Pause. Dann senkte sie den Blick. Sie sagte:

»Schwergefallen ist mir die verheuchelte Übertreibung nur dir gegenüber. Du bist mir gerade in dieser harten Zeit zur liebevollen und aufrichtigen Freundin geworden. Und auch Krüss fand es mühsam, in Gesprächen, die Molly, die ich spielte – und doch auch war –, zu verhöhnen, um deine Phantasie in die falsche Richtung zu schicken. Aber wir glaubten, es tun zu müssen, weil du die einzige warst, die genügend Scharfblick gehabt hätte, um der Wahrheit nahezukommen.«

»Krüss?« fragte Frederike, und dann sagte sie: »Ich verstehe überhaupt nichts mehr.«

»Ja, für Krüss, oder besser für unsere Liebe und unsere Zukunft habe ich das alles auf mich genommen.«

Sie richtete sich auf. (Verkündigungston:)

»Ich liebe Krüss. Habe ihn geliebt, seit wir uns begegneten, und werde ihn immer lieben. Ich würde alles für ihn tun. Das ist einfach. Das ist klar. Das wies den Weg.«

(Welchen Weg?)

Donnerstag 21 Uhr 43
Irmas Haus

Nachrichten von einem Narren

Molly machte wieder eine Pause. Sie zündete sich eine Zigarette an.

Frederike wollte gerade sagen, daß durch diese Erklärung alles nur noch unverständlicher würde, als Molly traurig fortfuhr:

»Er ist krank. Sehr krank. Sein Herz. Deshalb der vorzeitige Ruhestand. Er hat wahrscheinlich nicht mehr so viel Zeit. Auch er hat eine Rolle übernommen, die Rolle des Narren. Um sich die Leute vom Leibe zu halten. Er ist stetig in dieses Kostüm hineingewachsen. Und auch er konnte diese Rolle nur übernehmen, weil er etwas von einem Narren hat, einem weisen Narren, wie ich betonen möchte.«

Molly schaute kurz prüfend zu Frederike, bevor sie zunehmend erregt fortfuhr mit der Beschreibung des Geliebten. Es war, als habe Molly eine Tür aufgestoßen und beträte einen anderen Raum. Sie sagte:

»Du wirst ihn ganz neu kennenlernen. Vergiß, was ich je über ihn sagte. Vergiß, was er über mich sagte. Vergiß alles, was du über ihn zu wissen glaubst. Wir werden ihn besuchen.« Sie sprang auf: »Ja, ja jetzt können wir das tun. Was für eine Freude!«

Sie wirbelte zum Fenster, riß es auf, kam aber sofort wieder zurück. Sie rief:

»Wir werden zu ihm gehen, ja schon morgen, schon morgen werden wir gemeinsam zu ihm gehen, und du wirst ihn nicht wiedererkennen.«

Seltsam, dachte Frederike, das wäre dann schon die zweite unheimliche Verwandlung. Sehr seltsam. Hier schien niemand mehr der zu sein, der er gerade noch gewesen war. Aber es blieb ihr nicht viel Zeit für solche Überlegungen.

Molly hatte sich wieder neben sie gesetzt. Sie redete jetzt sehr schnell:

»Ihn hat sein Beruf, das ganze akademische Gespreize, die intellektuellen Auftrumpf-Rituale, die zunehmende Banalisierung und Verschulung des Universitären mehr und mehr gequält. Ich verstehe davon ja nicht so viel. Er sprach von Effizienz-Professoren, Bonsai-Studiengängen, von Schrumpf-Hochschulen, einer Modul-Verblödung ... Bitte, du mußt ihn verstehen. Er hat gesagt, daß er da nichts verachte, aber er wolle nicht mehr mitmachen. Er wollte auch nicht mehr Texte schreiben über Texte, die andere Leute über Texte geschrieben hatten. Er träumte von einer Akademie, in der stolze Menschen sich in einem freien geistigen Austausch befänden und auch die Freiheit hätten, eigene Wege und auch große Umwege zu gehen ...« Molly lächelte liebevoll, als säße der freiheitsliebende Krüss ihr gegenüber. »Ich glaube, er war ein akademischer Geisterfahrer. Deshalb floh er aus dem Hochschulraum.«

Sie machte eine Pause, weil die Standuhr in der Halle blechern die volle Stunde schlug. Als der letzte Schlag verklungen war, sprach sie weiter:

»Vergiß, was ich dir gestern sagte. Er nimmt mich ernst. Er vertraut mir. Er gibt mir Würde. Er spricht zu mir eindringlich von Himmel und Hölle. Wenn es einen Gott gäbe, sagte er einmal, dann wären unsere Religionen nichts als Hohn auf ihn.«

Sie zündete sich erneut eine Zigarette an. Die vorangehende war, während sie sprach, unbeachtet verglüht und hatte einen langen Aschewurm auf einem zweckentfremdeten Dessertteller hinterlassen.

Diesen Teller wird Molly nicht mehr abwaschen, dachte Frederike flüchtig.

»Ach, was soll ich dir sagen?« sagte Molly in diese Überlegung hinein. »Ihn zermürbt dieser Alibizynismus. Diese Dumpfbackenschläue. Die allgemeine Schamlosigkeit. Er will sich begeistern. Wie ist es nur möglich, so fragte er mich einmal, daß die Leidenschaft, ja sogar schon jedwede Form des uneigennützigen Engagements, der Lächerlichkeit preisgegeben wurde. Wie konnte es geschehen, daß sich diese Gleichgültigkeitsglocke über die Menschen und die Länder senkte.«

Sie zog an der Zigarette, machte sie aber sogleich wieder aus, erstickte sie in einem Rest zerflossener Sahne. Es schien, als solle nicht einmal der aufsteigende Rauch ihren Redefluß stören.

»Die Menschen haben keinen Stolz mehr, behauptet er. Und er meint nicht den dümmlichen Stolz, einen Pelzmantel oder eine Villa zu besitzen, oder den, einer bestimmten Nation anzugehören, sondern den Stolz auf deren gute geistige Traditionen. In dem Maße, so sagt er, in dem die patriotischen Blähungen wieder zunähmen, machten sie den kulturellen Stolz zunichte. Er spricht mit Trauer vom kleinmütig bürokratisierten und amerikanisierten Europa. Es ist nicht zu glauben, sie haben mein Europa ausverkauft, rief er einmal. Die Jungen kennten ihre eigene Kultur nicht mehr. Ihre einzige Waffe gegen die heranschleichende Barbarisierung.

Du mußt wissen: Mein Krüss ist ein Liebender. Ein Phantast, sagen viele. Das mag ja sein. Aber ein liebender Phantast.

Ich will, daß du ihn ganz neu siehst: Du mußt bedenken, mein Krüss paßt nicht in diese Zeit. Er bleibt mit seinen skurrilen Ideen allein. In den letzten Jahren – das ist jetzt nur mal so ein Beispiel – hat sich in ihm ein fanatischer Autohaß aufgestaut. Man müsse die neuen Krisen nutzen und die Städte grundlegend vom stinkenden Blech befreien, das sei längst schon fällig gewesen, und wie schön sie dann würden ohne diese brutalen Blickbremsen, man könnte wieder etwas sehen von den Häusern und den Bäumen und den Menschen. Das sei doch nicht zu fassen: Kaum, daß die Menschen einst aus der Pferdekutsche heraus- und ins Automobil hineingefallen seien, habe sich ihre Libido auch gleich schon ins kalte Blech verkrallt, und jedweder Erfindergeist sei auf der Stelle erloschen. Keine ausgreifenden Ideen mehr. Warum, so hat er mich gefragt, gäbe es jenseits von Pferd und Ford keine eleganten, quirligen Allroundgefährte, die ein Kind gefahrlos zu Wasser, zu Land und in der Luft steuern könnte und seine Großmutter auch?«

Frederike starrte, obgleich sie speziell an dieser Autoarrabeske kein sonderliches Interesse hatte, weiterhin fasziniert auf ihre berauschte Freundin.

Molly verfiel jetzt sogar in den näselnden Ton, den Frederike von Krüss kannte. »Wenn die Blechliebhaber davon nicht ablassen wollten, so sagt er, wäre es doch konsequenter, wenn sie den Mut fänden, sich gänzlich in Cyborgs zu verwandeln. Über diese radikale Vermählung von Fleisch und Stahl könne man ja reden.«

Molly leuchtete. Frederike hatte das noch nie an einem Menschen wahrgenommen. Als stünde Molly innerlich in Flammen, während sie endlich, ENDLICH!, ihren Geliebten der Freundin in allen Farben und Facetten beschreiben, ja überhaupt zu Dritten, zur ganzen Welt wieder von ihm sprechen konnte. Als hätten sich die Worte in ihr drangvoll gestaut und brächen jetzt einer Lautlawine gleich aus ihr heraus.

Frederike konnte dem Sinn dieser prasselnden Wortfolge nur mit einer kleinen Verzögerung nachkommen, weil sie so gefesselt war vom Studium der sichtbaren Mollyerregung.

Sie erinnerte Frederike an eine Genesende, die nach langem Siechtum erstmalig wieder aus einem verdunkelten Krankenzimmer ins Freie und ins Licht kommt. Das reine Entzücken stand in ihrem Gesicht. Ihre Augen funkelten. Ja, sie funkelten! Dieses Klischee hätte sich Frederike in jedem anderen Zusammenhang verboten, aber hier war es so. Ja, hier war es so. Sie könnte kein besseres Wort dafür finden. Das dachte Frederike, während Molly glühend weitersprach.

»Verstehst du?« fragte Molly gerade erneut und ergriff mit heißer Hand die Hand von Frederike und drückte sie fest, beinahe schmerzhaft, und als Frederike hilflos nickte, obwohl sie manches nicht verstand, sagte sie:

»Er ist ein Katastrophenpoet, er sah den großen Knall kommen, er sah die große Depression voraus, in die alles schließlich münden wird. Das neuzeitliche Purgatorium. Schon seit Jahren spricht er von diesem Zivilisationscrash.

Da aber hielten sie ihn für verrückt, als er nämlich anfing, in seinen Seminaren auch zu den Studenten davon zu sprechen. Er dozierte in seinen letzten Jahren nur noch über Autoren, in deren Schriften sich Katastrophen und Umbrüche anmeldeten, lange bevor sie die Wirklichkeit erreichten. Um den Lernenden die Möglichkeit und Unersetzlichkeit und die Einzigartigkeit der Kunst zu veranschaulichen.«

Mollys Ton ging jetzt in die Beschwörung.

»Du mußt wissen: Sein Alarm stand allein im Dienste der Rettung.

Er will retten. Das vor allem. Er entwirft unermüdlich Rettungsprogramme. Und es entmutigt ihn nicht, daß keiner sie hören will. Das ganze Land, den ganzen Kontinent, wenn nicht sogar die ganze Welt will er heilen – etwa von der globalen – wie er es nennt – Verschnöselung. Die Coolness durch Schönheit blamieren.

Von solchen Großaufnahmen einer besseren Zukunft hat er ein volles Dutzend im Repertoire. Ein Ideenrausch – er verausgabt, er verschwendet, ja, er verzehrt sich.«

Molly machte eine kleine Pause und senkte die Stimme. Es schien, als beträte sie wieder einen neuen Raum.

»Vor drei Jahren erhielt er nach dem Tod einer Tante eine

kleine Erbschaft. Gerade genug, um sich für zweieinhalb Jahre in dieses feine Seniorenheim einzukaufen. Da fühlt er sich wohl. Da hat er die Ruhe, die Versorgung, die er braucht. So ein öffentliches Pflegeheim wäre sein schneller Tod.«

Molly unterbrach nochmals ihre Rede, aber nur für einen kurzen Moment.

»Ich wollte einzig, daß er es gut hat. Daß er glücklich ist. Doch glücklich, das hat er immer gesagt, kann er nur mit mir zusammen sein.«

Molly sah traumverloren in eine unbestimmte Weite, als zeichnete sich dort dieses gemeinsame Glück deutlich ab.

Dann kehrte sie in die Gegenwart zurück, ließ Frederikes Hand los, und das Leuchten nahm ab, als wäre ein Schatten auf das innere Licht gefallen, und ihre Stimme glitt ins Nüchterne und nahm schließlich mehr und mehr einen praktischen Ton an (der letzte Raum?):

»Jetzt haben wir Geld. Das war der Plan. Jetzt können wir uns das Engadin leisten. Jetzt werde ich zu ihm ziehen. Jetzt kommt noch eine gute Zeit für uns. Für eine gute Frist.«

Molly senkte den Blick, und ihre Stimme hatte bei den folgenden Worten plötzlich einen metallischen Klang. Frederike schreckte etwas zurück, als Molly sie frontal anging:

»Du wirst dir überlegen müssen, ob du mich noch magst, wenn du gehört hast, was ich dir jetzt sage: Ich habe Irmas Tod die ersten zwei Jahre gefürchtet und dann ein Jahr und fünf Monate erhofft. Uns lief die Zeit davon.«

»Ich verstehe das«, sagte Frederike. Sie hörte sich das sagen und nahm erstaunt wahr, daß ihre Stimme heiser klang.

Sie wirkte, als sei sie momentan doch leicht überfordert.

Molly schien geistig wieder in Irmas Küche angekommen zu sein.

Sie sah Frederike prüfend von der Seite an. Dann sagte sie locker (ablenkend?):

»Manchmal bin ich ausgebrochen aus der Cinderella-Rolle – Ach nein, falsch! Das Aschenputtel ist ja auch immer wieder ausgebrochen! Also, ich korrigiere: Manchmal habe ich meine Rolle sogar in diesem Punkt erfüllt, habe mich schön angezogen, habe getarnt durch einen alten Trenchcoat – falls mir der Irma-Habicht nachspähte – das Haus verlassen, habe mich im Auto geschminkt und frisiert und habe in der Stadt meinen Prinzen Krüss getroffen. Wir sind dann Essen gegangen in einem abgelegenen kleinen Restaurant und danach in ein Hotel. Wie die Ehebrecher. Verkehrte Welt. Wir brauchten das. Unsere Körper sollten sich nicht vergessen. Ein kostbares Exil für Haut und Träne. Da hatte ich für eine knappe Frist eine satte Zeit. Davor und danach lebte ich von erinnerter Vergangenheit und erhoffter Zukunft.«

Ihr Ton wurde lebhafter. »Einmal, als ich in einer Boutique meine Geheimgarderobe aufbesserte, wäre ich dir beinahe in die Arme gelaufen, ich konnte aber im letzten Moment die Richtung wechseln.«

(Was für ein Durcheinander!)

Donnerstag 22 Uhr 15
Irmas Haus

Noch eine Verwandlung

Als Frederike gerade sagen wollte, daß auch sie sich erinnere an eine elegante Frau, in der sie für wenige Sekunden geglaubt hatte, Molly zu erkennen, stürmte Pascal in den Raum.

Frederike hätte ihn beinahe nicht erkannt. Auch mit ihm und an ihm hatte sich eine Verwandlung vollzogen, wie schon an Molly, wenn auch – man könnte sagen – in gegenläufiger Richtung. Offensichtlich hatte er in größter Eile wahllos eine dunkle Hose und ein schwarzes Hemd aus seinem (zweifellos wohlsortierten) Kleiderschrank gezerrt und an seinen jetzt schlaff wirkenden Leib gebracht. Sein Hemd war falsch geknöpft und wies Schweißränder unter den Achseln auf, sein Haar befand sich in Aufruhr, und seine Augen glänzten fiebrig, als habe er ein Aufputschmittel überdosiert.

Er ist schrill, dachte Frederike. Und schlaff. Schrill und schlaff zugleich, dachte sie. Sie war aufgeregt, das immense Verwandlungsgeschehen, dem sie in dieser Küche ausgesetzt war, erzeugte einen Schwindel. Sie dachte sehr schnell. (Hektisches Denken im Informationsansturm.) Er paßt nicht mehr in sein altes Bild, dachte sie. Wer war das nur gewesen, der immer das Bild von der Bildanpassung bemüht hatte? Ach ja, Carola. Vielleicht dachte sie, hat ja auch er all die Jahre schon sein Wunschbild entworfen und gerahmt, das Bild eines reichen und unabhängigen Pascal. In dem Fall wäre zu hoffen, daß er souverän hineinwachsen möge, damit es ihm nicht erginge wie seiner Mutter ein Leben lang. Im Moment wirkte Pascal allerdings nicht souverän, eher konturlos, wie eine Moluske (offensichtlich zu schnell vom Irma-Korsett befreit), als würde er aus jedem Bilderrahmen sogleich wieder herausgleiten.

Sein Gejammer fuhr in ihre Gedanken.

»Wie geht das jetzt weiter«, Pascal schwitzte heftig, seine Schultern hingen, und er hatte noch immer diesen unsteten fiebrigen Blick.

Molly antwortete gelassen:

»Das habe ich dir doch alles schon gesagt. Du solltest dich von deiner Mutter, die da oben noch liegt, verabschieden.«

Pascal schien geradezu entsetzt bei diesem Gedanken. Das wird er mit Sicherheit nicht tun, dachte Frederike. Dieser Mann hatte keine Ähnlichkeit mit der glatten Erscheinung am Frühstückstisch. Du liebe Güte, dachte sie noch, das war ja gestern erst.

»Dann solltest du ein Bestattungsunternehmen anrufen und einen Termin vereinbaren«, sagte Molly jetzt distanziert. »Du solltest Karten drucken lassen für die Benachrichtigung ihrer Freunde und Bekannten und dir einen Text ausdenken für die Anzeige in der Zeitung. Du solltest den Pastor anrufen. Und euren Notar, den solltest du auch kontaktieren, wegen der Erbschaft.«

Für den letzten Satz hatte sie ein kleines böses Lächeln gehabt. Es war nicht zu leugnen, Molly wurde von Minute zu Minute kraftvoller.

Pascal dagegen schien zu schrumpfen.

Das war alles ein bißchen zuviel gewesen für den armen Pascal: Gestern erst die ungute Auseinandersetzung mit dem Jüngeren, und die nagende Angst, daß dieser seine Drohung, Irma die Augen zu öffnen, wahrmachen könnte, dann das Tennismatch, das er nicht hatte absagen können, dann die peinliche Befragung durch diese Polizeimatrone und jetzt die überraschende Nachricht, daß Irma die Augen für immer geschlossen hatte (wie man so sagt), und vor ihm aufklaffend die Freiheit.

Kurzum: Pascal war nervlich am Limit. Er sprach jetzt automatisch, er wußte nicht viel vom dem, was er sagte. Es jaulte aus ihm heraus:

»Wann, meinst du, wird sie … wird man sie …? Wann, meinst du, wird die Beerdigung sein? Und … Und all das andere. Wann, meinst du, wird das alles vorbei sein?«

Wie eklig, dachte Frederike, Pascal ist wie ein vergreistes Küken, das von innen bis zur Erschöpfung an einer dickwandigen Eischale gepickt hat und jetzt nach einer Ewigkeit völlig erschöpft, mit Erregung zwar, aber auch mit großer Angst, durch einen rissigen Spalt in eine unbekannte Welt schaut. Wahrscheinlich hatte er sich über viele Jahre immer wieder ausgemalt, was er alles tun würde, wenn die große Freiheit käme, und war jetzt, wo sie endlich da war, völlig regrediert.

Sie sagte zu Molly, die appetitlich und mit einem sibyllinischen Lächeln vor ihr saß:

»Ich las einmal einen Roman, in dem am Ende eines jeden Kapitels jemand die Frage stellt: ›Was wird er damit machen?‹«

Molly lachte laut auf.

Dann zündete sie sich eine Zigarette an.

Dann breitete sich ein langes Schweigen aus.

Dann klingelte das Telefon.

Molly nahm das Gespräch an.

Sie meldete sich mit »Molly Krüss«.

Frederike hörte, wie Molly einen spitzen durchdringenden Laut der Klage von sich gab. Und dann hörte sie:

»Danke, Dr. Servatius.

Ich fahre sofort dorthin. Sofort!

Nein, ich werde selbstverständlich selbst auf ihn aufpassen.

Ja.

Ja. Wenn Sie der Schrempel bitte Bescheid geben würden, daß sie mich hindernisfrei zu ihm lassen soll.

Sie haben recht. Ich traue ihr auch nicht.

Ja, danke, bis morgen in der Frühe.«

Molly stand auf. Aus ihrem Gesicht war alle Farbe gewichen, so daß das dezente Rot ihres Lippenstiftes jetzt beinahe grell wirkte. Sie weinte lautlos, ohne etwas gegen die rinnenden Tränen zu unternehmen.

Sie sagte fahl zu Frederike:

»Das war Dr. Servatius, unser einziger Verbündeter. Meinem Krüss geht es schlecht. Sehr schlecht. Sein Herz. Ich fahre zu ihm.«

Zu Pascal sagte sie:

»Rechne nicht mehr mit mir.«

Sie warf diesen Satz achtlos und ausdruckslos in seine Richtung, so wie sie die brennende Zigarette zuvor in den Spülstein geworfen hatte.

Als sie hinauseilte, sagte sie zu sich selbst oder zum Himmel oder zum Schicksal leise zweimal:

»Was für eine Ironie, was für eine Ironie.«

(Frederike schwirrte der Kopf – wie man so sagt.)

Irgendwo
Irgendwann

<u>Kurt:</u> *Das ist alles so anstrengend hier in der Raumzeitlichkeit und ohne die gewohnte cerebrale Vernetzung. Und dann: Kein Zugang zur klugen Maschine! Diese ewigen Lautbildungen und Bedeutungserzeugungen. Schrecklich anstrengend. Schrecklich umständlich.*

<u>Iopö:</u> *Hör auf zu jammern. Das macht man nicht als frisch ernannter dfrtgbs. Ja, hast du denn ganz ausgeblendet, genau das sollen wir doch untersuchen, ob es bei diesen umwegigen Verständigungsmodi einen Surplus gibt. Ist da etwas, was uns in der Unmittelbarkeit verlorenging? Ihre Sprache: Umweg oder Chance?*

<u>Kurt:</u> *Ja doch, ich weiß, aber es nervt. Diese elenden Transformationen. Und das alles ohne Zugang zur klugen Maschine. Und außerdem – ich habe noch so viele Fragen zu den Hominiden.*

<u>Iopö:</u> *Also los, frag schon.*

<u>Kurt:</u> *Dieser Wirbel da bei unserem Rudel um den Toten. Wie ist das generell bei denen? Wollen sie gerne sterben?*

<u>Iopö:</u> *Im großen und ganzen nicht, selten nur, sehr selten, wenn sie sehr schwach, sehr krank oder sehr unglücklich sind.*

Nur die, die zeitlebens in der Qual stehen, können sich ihr endgültiges Verschwinden vorstellen, weil es ihnen zum Wunsch wird.

Nein, in der Regel, wenn sie biochemisch balanciert sind, wollen sie nicht sterben, aber sie fügen sich in diese Endlichkeit, sie können sich nur als sterbliche Wesen verstehen. Der Tod ist ihnen selbst-ver-ständlich. Ja, so würden sie es sagen, der »versteht sich von selbst«. Eine denkwürdige Sprachfigur! Das ganze Werden und Vergehen erscheint ihnen »normal«, »natürlich« oder »gottgewollt«, jedenfalls unabänderlich. Gegebenheiten, in die sie hineinwachsen, die ihnen zur Gewohnheit werden, erscheinen ihnen plausibel. Die Plausibilität wird ihnen oft zur Falle.

Kurt: Aber es erschien ihnen doch auch einmal als »plausibel« oder als »natürlich« oder als »gottgewollt«, daß sie sich nicht in die Lüfte erheben, nicht auf dem Mond spazierengehen, sich grundsätzlich nicht schneller als zu Fuß oder zu Pferde bewegen konnten. Es schien ihnen doch auch einmal »normal«, an der kleinsten Infektion einzugehen. Das habe ich vor meinem Einsatz noch gelernt. Irritiert sie das nicht? Läßt sie das nicht erkennen, wie zeitgebunden ihre anschaulichen Gewißheiten sind?

Iopö: Ja und nein, an ihrer Lebensverlängerung basteln sie schon herum und einige auch an der Idee des ewigen Lebens, aber mechanisch, ganz mechanisch. Und so lange sie mental beschaffen sind, wie sie sind, wäre es nicht gut, wenn sie sich in die Ewigkeit erweitern könnten. So gesehen, sind alle ihre Einschränkungen wünschenswert. Sie haben nämlich die Qualität ihres Lebens, auch dessen Länge – etwa die medizinische Abwehr und Reparatur von organischen Defekten – mehr und mehr zum käuflichen Gut gemacht. Stell dir vor, sie könnten dem Ziel der Unsterblichkeit nahekommen, sie würden sich konkurrierend abschlachten, um in deren Genuß zu kommen. Um aber deine Frage nach ihrem Verhältnis zum Tod abschließend zu beantworten: Die meisten haben sich eine Notwendigkeit eingeredet und fügen sich in die biologischen Ablaufschemata.

Kurt: Haben sie ein Wort für 56t7ujm?

Iopö: Ja, aber sie messen dem, was es meint, kein besonderes Gewicht zu, es ist nicht aufgeladen. Sie gefrieren nicht, wenn sie es aussprechen. Sie umgehen seine Bedeutung meistenfalls.

Kurt: Wie lautet es in ihrer Sprache?

Iopö: F R I S T.

Kurt: Müßte das nicht ihr schmerzlichstes Wort sein?

Iopö: Speichere doch endlich mal ab: Sie sind nicht wie wir. Es ist schwer zu transponieren und im Vollzug linearen Verstehens nicht sehr logisch. Ich bringe es mal versuchsweise auf eine Formel. Sie wissen sich als Sterbliche und wähnen sich als Überlebende. Sie können ihren eigenen Tod nicht wirklich denken. Es ist ihnen möglich, etwas zu wissen und es sich zugleich vor sich selbst zu verbergen.

Denken sie sich abstrakt als Gattungswesen – das können sie nur tun, wenn sie gleichzeitig weit von sich selbst wegdenken –, erscheint ihnen der Tod selbstverständlich, aus ihrer individuellen alltäglichen Befindlichkeit jedoch blenden sie ihn zumeist aus, und müssen es tun, um ausgreifend denken zu können. – Ein Verhinderungszirkel.

Kurt: Mir schwindelt.

Iopö: Zudem solltest du noch wissen: Sie neigen dazu, ihr Denken und ihr Fühlen in unterschiedlichen, möglichst weit entfernten Körperteilen zu lokalisieren, früher: Kopf und Herz, jetzt: Hirn und Bauch. Du siehst, der Abstand wird bildsprachlich immer größer. Das gibt ihnen jede Möglichkeit zur Selbsttäuschung. Zwar wissen ihre hirnforschenden Gelehrten inzwischen, daß das Unsinn ist, aber die meisten dieser Wesen lassen sich davon nur ungern abbringen. Gerade habe ich gehört, wie einer aus dem Rudel sagte: »Das wage ich nicht zu denken.« Auch habe ich schon gespeichert, daß das Adjektiv »verkopft« in höchster Potenz negativ aufgeladen ist.

Kurt: Wie denn? Denken und Fühlen und ein leerer Graben dazwischen?

Iopö: Allenfalls ein paar Wortkrümel wie »ahnen« oder »wähnen«. Für das Wort Intuition haben sie nicht einmal ein Verb. Keine delikaten Schattierungen.

Kurt: *Können sie cftruq?*

Iopö: *Nein, dafür haben sie auch kein Wort, sie kennen es nicht, und können es nicht kennen und können es nicht können und daher auch nicht benennen.*

Kurt: *Es ist schwierig, sich so etwas vorzustellen.*

Iopö: *Du hast aber erhebliche Lücken. Das hast du doch hoffentlich jetzt schon gespeichert, sie haben beschränkte Sinnesapparate, sie können manches nicht sehen, so entdecken sie zum Beispiel gerade erst etwas, was sie nicht sehen können und vorläufig dunkle Materie nennen. Nur über negative Darstellungen kommen sie heran.*

Kurt: *Da ist noch etwas, das ich nach wie vor nicht verstehe …*

Iopö: *Ja, bitte …*

Kurt: *Ich verstehe immer noch nicht ganz, warum sie als Sterbliche das Geschäft des Tötens selber übernehmen. Warum töten sie einander?*

Iopö: *Auch das hättest du aus dem, was ich dir soeben erklärte, schließen können. Die Lösung heißt: Freßsucht. Sie versuchen, als einzelne möglichst viel in sich und an sich zu bringen, wollen fressen, raffen, horten, wollen haben, mehr und immer mehr. Nichts kann sie bremsen. Die kleinen Moralhürden, die sie sie sich gelegentlich in den Weg stellen, überrennen sie nach Bedarf mühelos und werden dafür noch bewundert.*

Kurt: *Freßsucht???*

Iopö: *Im Grunde sind sie Kannibalen. Einverleibungsmonster.*

Kurt: *Sie fressen einander??? Das konnte ich bei unserer Horde so direkt nicht beobachten.*

Iopö: *Sie tun es, wie du dich richtig ausdrückst, nicht so direkt. Nur selten leibhaftig. Sie haben gelernt, daß es effektiver ist, wenn sie sich so erweitern, daß für andere der Platz und die Nahrung nicht mehr reicht, nichts oder nur weniges bleibt.*

Kurt: *Warum tun sie das alles? Wie kann man das verstehen?*

Iopö: *Sie wissen, na ja, sie ahnen – das ist in ihrer Sprache schwer zu fassen – es ist ein unbestimmtes Wissen, eher so etwas wie eine Grundierung –, daß sie nicht viel Zeit haben, und wollen sich in der kurzen Zeit ausdehnen, mehr fressen, mehr haben …*

Kurt: *Was haben?*

Iopö: *Futter, Behausungen, Vorräte, Land, Waffen, Fortbewegungsmittel, Schmuck und alles, was sie drüber hinaus erfunden haben. Und Macht, ja, sie lechzen auch danach, Macht über andere zu haben, auch sexuelle Macht. Selbst ihre Sexualität ist in dieses Machtgespinst und Freßgeschehen ungut eingewoben. Geltung, Ansehen, Anerkennung wollen sie auch haben. Davon können sie gar nicht genug kriegen. Jedoch: Nie ist es genug! Diese Erkenntnis können wir in unseren Forschungsbericht einspeichern: Es gibt da keine Sperre, kein eingebautes Sättigungsgefühl.*

Kurt: *Wenn ihre Sprache, ihre Möglichkeit, sich untereinander differenziert zu verständigen, und das, was sie Kultur nennen, sie nicht aus diesem verhängnisvollen Freßkreislauf herausgeführt hat, warum forschen wir da noch herum, wäre es nicht sinnvoller, sich gleich mit Ratten und Kakerlaken zu beschäftigen?*

Iopö: *Gut, Kurt! Du lernst. Das ist ein ernstzunehmender Einwand.*

Kurt: *Darf ich gtrewede?*

Iopö: *Nein, das darfst du nicht, das geht hier gar nicht!*

Freitag 9 Uhr 02
Kommissariat

Untauglicher Versuch
Anwesend: Merker, Wagner, Förster, Berg.

Ein ausgeglichener, ja heiterer Erster Hauptkommissar Erwin Merker hatte seine Kollegen freundlich, ja nahezu herzlich an diesem Morgen begrüßt.

Er macht einen »aufgeräumten« Eindruck, hatte Leonie Wagner gedacht. Wie zutreffend diese Redensart sein konnte, hatte sie erst bemerkt, als seine Veränderung für sie so überaus sinnfällig gewesen war: Da war einiges aus dem Weg geräumt worden: die nervöse Lachlust, die kleinen Hysteriereize, die versteckt in manchen Sätzen gelauert und eine böse Macht über ihn gehabt hatten. Er hat eine Entscheidung getroffen, dachte sie, und es war die richtige. Seine neue Munterkeit hatte sich sogleich auf die Kollegen übertragen. Man hatte zunächst ein wenig gescherzt, auch über das Wetter gesprochen und darüber, wohin der Kollege Schwartz mit seiner Frau und den beiden schulpflichtigen Kindern in den Sommerferien reisen würde.

»Wo ist Jan?« hatte Merker dann in freundschaftlichem Ton gefragt, um zum dienstlichen Teil ihrer Zusammenkunft überzuleiten.

»Im Wedding, Möller und Lingfeld, seit heute wieder im Dienst, sind auch schon dort«, sagte Förster. »Tatortbesichtigung. Die bündeln schon die ersten Befragungsergebnisse der Schutzgeldmorde. Ihr habt davon sicher schon gehört.«

Hatten sie.

»Mafia?« fragte Merker.

»Wahrscheinlich.«

»Italienisch? Türkisch? Libanesisch? Russisch?«

»Wissen wir noch nicht«, sagte Förster. »Es gibt auch noch keine Nachrichten von unseren V-Leuten. Wahrscheinlich müssen wir uns alle darum kümmern, sobald wir den Urlach-Fall abgeschlossen haben.«

»Dieser Fall wird uns voraussichtlich nicht mehr lange beschäftigen«, sagte Merker. »Als ich heute morgen in mein Büro kann, lagen endlich sämtliche Untersuchungsberichte auf meinem Schreibtisch. Der Novo-Virus scheint die Kollegen aus seinem Würgegriff entlassen zu haben«, sagte er.

»Würgegriff«? Die Erleichterung treibt ihn in die Bilder, dachte Wagner.

»Und? Was sagen die Berichte?« fragte sie und schaute zu Merker.

Der dachte, daß sie ihm, wäre er erst nach München übergesiedelt, fehlen werde, sie war direkt, offen, zuverlässig, manchmal ein bißchen rabiat, gleichwohl nicht unempfindlich. Das waren die Wörter, die, wenn er an sie dachte, ihrer Person Kontur gaben, ohne daß ihm die einzelnen Adjektive als solche deutlich zu Bewußtsein kommen mußten.

Er sagte:

»Urlach ist eines natürlichen (?) Todes gestorben. Zwischen ein Uhr dreißig und zwei Uhr nachts. Der Messerstich erfolgte mindestens fünf, wahrscheinlich sogar sechs Stunden später.«

»Dann war es also keine mörderische Aktion«, das war die Kriminalkommissaranwärterin Elise Berg, die das sagte. Schon im nächsten Moment bereute sie ihre vorschnelle Feststellung, als ihr nämlich die Antwort:

»Kommt darauf an« einstimmig aus drei Richtungen entgegenklang. Eine leichte Röte überzog ihr Gesicht. Die Kollegen amüsierten sich auf ihre Kosten. Sie ärgerte sich über sich, das hätte sie vermeiden können.

Sie sagte:

»Ach ja, ich weiß. Das ist die Sache mit der subjektiven und der objektiven Straftheorie.«

Merker sagte:

»Ganz richtig. Nach der bundesrepublikanisch gültigen subjektiven Straftheorie« – er präzisierte – »weitgehend subjektiven Straftheorie, ist es ein Mordversuch, wenn der Täter nicht wußte, daß das Opfer zuvor schon aus dem Leben schied. Grob umrissen: Das Motiv, nicht das Resultat ist ausschlaggebend. Es handelt sich um einen untauglichen Versuch.«

»Und wie heißt das … Ich meine, was ist es juristisch ausgedrückt?« fragte Berg.

»›Untauglicher Versuch‹, so steht es im Gesetzbuch«, sagte Merker.

»Und was ist es, wenn der Täter wußte, daß er eine Leiche vor sich hat?«

»Grober Unfug oder Leichenschändung. Aber du wirst keinen Staatsanwalt aus dem Bett jagen wegen eines solchen Leichenschändungsdeliktes, wenn es nicht politisch motiviert ist.«

»Das freut mich jetzt richtig«, sagte Leonie Wagner, »daß ich am Ende meines Dienstes noch einmal mit einem Fall befaßt bin, bei dem diese Unterscheidungsartistik aus den Lehrbüchern der Kriminologie und des Strafrechts eine Rolle spielt. Ich dachte, sie habe vornehmlich die Funktion, Examenskandidaten zu stressen. Gab es nicht einmal einen Film, in dem jemand fortwährend einen Toten umbringt?«

Sie hatte bei dieser Filmerwähnung Merker beobachtet, aber der war ruhig geblieben.

»Ich freue mich über soviel cineastische Kompetenz in unseren Reihen«, sagte er, »aber vielleicht sollten wir uns doch wieder unserem Fall zuwenden.«

»Und woran ist er wirklich gestorben?« Elise Berg kam gehorsam seiner Aufforderung nach.

»An einem schweren Asthmaanfall«, sagte Merker. »Status Asthmaticus. Es ging ihm schon den ganzen Tag nicht gut. Und er soll auch auf der Party mehrfach von einem Hustenkrampf geschüttelt worden sein.«

»Bleibt das Messer im Rücken«, sagte Wagner.

»Ja, bleibt das Messer im Rücken. Es befinden sich keine Fingerabdrücke am Messer. Erwartungsgemäß. Auch Universitätsleute konsumieren Kriminalgeschichten in Schrift und Bild.«

Merker schaute Leonie Wagner triumphierend an, als wolle er sagen: Sieh nur, ich bin über den Berg.

Daniel Förster sagte:

»Theoretisch könnte jeder, der sich zwischen acht und neun Uhr morgens in diesem Institut herumtrieb, zum Messer gegriffen haben.«

»So ist es«, sagte Merker.

»Dann stelle ich mal die nächsten Fragen«, sagte Wagner. »Was hatte dieser Urlach nachts in der Universität zu suchen? Warum ist er nach der Party dahin gefahren? Fand er es besonders stilvoll, dort zu sterben?«

»Nein«, sagte Merker, »Stilfragen haben ihn wohl nicht gequält, eher schon sein Asthma. Ich habe eben telefonisch bei dieser Isolde Schrempel, seiner Freundin und Vertrauten, anfragen lassen, die sagte, daß er immer einen Inhalator in der Jackentasche bei sich führte, und einen weiteren in seinem Universitätsschreibtisch deponiert hatte. Das deckt sich mit den Aussagen seiner engen Mitarbeiter. Auf seinem Schreibtisch befand sich ein leeres Gerät. Und ein intaktes in der Tasche des tagsüber getragenen Blazers, der in seinem Schlafzimmer unordentlich auf seinem Bett lag. Das bestätigten die Kollegen, die seine Wohnung durchsuchten. Er hat sich offensichtlich sehr hastig umgezogen.

Ich skizziere jetzt mal den möglichen Ablauf:

Er hat schon auf der Party die ersten Anzeichen einer

Asthma-Krise bemerkt und gleichzeitig mit Entsetzen das Fehlen seines Inhalators, den er immer bei sich führte. Er realisiert, daß er ihn beim Umziehen in der Blazertasche gelassen haben mußte. Da war wahrscheinlich schon eine leichte Panik in ihm. Sein ganzes Denken ist jetzt darauf fixiert, möglichst schnell wieder zu einem Inhalator zu kommen. Die Ärzte nennen diese Fixierung, wie mir Dr. Weirauch sagte, ›Amulett-Syndrom‹. Er ist danach im panisch verschlechtertem Zustand in die Universität gerast, weil die Fahrt zu seiner Wohnung wesentlich länger gedauert hätte. Als er in seinem Arbeitszimmer ankam und bemerkte, daß der dort deponierte Inhalator so gut wie leer war – er hat wohl noch einen Zug nehmen können –, war es schon zu spät. Nach einem letzten schweren Bronchialkrampf sackt er in sich zusammen und stirbt.«

»Müßte er dann nicht auf dem Boden liegen?« fragte Berg.

»Nein«, sagte Merker. »Nach Auskunft von Dr. Weirauch kriegen Asthmakranke im Sitzen noch am besten Luft.«

Elise Berg fragte weiter:

»Könnte jemand mutwillig den Inhalator entleert haben?«

»Nein«, sagte Merker wieder. »Das ist nicht anzunehmen. Woher sollte jemand gewußt haben, daß er an diesem Abend das Gerät vergessen würde und daß er einen Anfall erleiden und dann in die Universität fahren würde. Außerdem befand es sich in seiner verschlossenen Schreibtischschublade. Die wurde nicht aufgebrochen, er muß sie selber aufgeschlossen haben.«

»Dann sollten wir jetzt mal die Verdächtigen sichten«, sagte Leonie Wagner, der das alles zu langsam voranging.

»Da wären: Laura Rudolph, die Sekretärin, der Professor Bruno Schauer, der Bibliothekar Simon Menzel, die Doktorandin Johanna Schwarzenbach, die studentische Hilfskraft

Irene Nolte sowie die Studenten Miriam Mahenke und Helge Baumann.«

Daniel Förster paßte sich ihrem Tempo an, sprach jetzt auch schneller und straffer:

»Die Befragungen haben ergeben: daß vor allem die Schwarzenbach und der Menzel ein Motiv hatten, möglicherweise die Nolte, sie bestreitet es zwar, aber auch sie könnte Opfer der Quälereien von Urlach geworden sein. Darauf gibt es allerdings keinen einzigen Hinweis durch die Zeugenbefragungen. Von den beiden anderen wissen wir es sicher.«

Leonie Wagner fragte:

»Nehmen wir einmal an, du bringst im Verhör einen von denen oder beide zu dem Geständnis, sich in Urlachs Arbeitszimmer geschlichen, zum Messer gegriffen und auf ihn eingestochen zu haben, wie willst du denen nachweisen, daß sie gegebenenfalls nicht wußten, daß er schon tot war? Die sind doch nicht blöd. Die kennen inzwischen doch auch den Unterschied zwischen einem objektiven und einem subjektiven Tatbestand.«

Elise Berg mutete sich noch einige Fragen zu:

»Müßte man ihm das nicht angesehen haben? Müßte nicht die Leichenstarre schon teilweise eingesetzt haben? Müßte er nicht unnatürlich blaß ausgesehen haben? Müßte ...«

Merker unterbrach:

»Eigentlich schon. Aber vielleicht sieht man das nicht gleich bei großer Wutaufladung. Überdies sollten wir auch bedenken, daß er rücklings erstochen wurde. Der Einstich befindet sich etwa in Höhe der Schulterblätter. Bis zu dieser Körperregion war der Rumpf des Opfers durch die Rückenlehne des Stuhls geschützt. Ich skizziere jetzt mal den möglichen Tatverlauf.

Möglichkeit A: Der Täter oder – damit ich hier nicht gleich wieder feministisch korrigiert werde – die Täterin war irgendwie darauf aufmerksam geworden, daß sich Urlach in seinem Büro befand. Vielleicht hatte der in seiner Panik die Tür offenstehen lassen. Er oder sie ist zu ihm gegangen, vielleicht, um ihn zur Rede zu stellen, jedenfalls im Haß. Sah ihn da so schlaff an seinem Schreibtisch sitzen, vielleicht dachte er oder sie auch, der Quäler sei eingeschlafen, griff zu diesem merkwürdigen Ziermesser auf seinem Schreibtisch und stach zu.

Möglichkeit B: Der Täter oder die Täterin hat durchaus bemerkt, daß Urlach schon tot war, hat ihm den natürlichen Tod jedoch nicht gegönnt, obgleich das sicher kein leichtes Sterben war, aber das wußte derjenige oder diejenige ja nicht, und wollte sich rächen, wollte die Wut noch ausagieren, hat sich noch am Toten schadlos gehalten für die erlittenen Demütigungen. Sein oder ihr Stich, ein Akt der psychischen Entlastung.«

Leonie Wagner sagte:

»Das hast du schön veranschaulicht, ich sehe beide Versionen vor mir. Mir gefällt Möglichkeit B besser.«

Merker sagte:

»Du weiß schon, daß dies keine Frage unseres Wohlgefallens ist.«

»Ja klar«, sagte sie. »Aber der Täter – ich nehme keine feministischen Sprachrücksichten – (kurzer Blick zu Elise Berg) konnte doch unmöglich glauben, daß ein nicht sehr tiefer Stich in diesen Körperteil zum Tode führen würde. Es war doch in jedem Fall – wie du es so fein – ausdrücktest: ein Stich der psychischen Entlastung.«

Elise Berg kam noch immer aus dem Fragen nicht heraus:

»Und wie ging's dann weiter?«

»Ich vermute«, sagte Wagner, »der Täter befürchtete, daß jemand gesehen haben könnte, wie er Urlachs Zimmer betrat. Also beschloß er, den Toten anderweitig unterzubringen. Auch wenn wir von der – in meinen Augen unwahrscheinlichen – Möglichkeit A ausgehen, muß ihm inzwischen bewußt gewesen sein, daß er es mit einer Leiche zu tun hatte. Er band diese Leiche, die einmal ein Professor war, mit den Riemen, die praktischerweise in dem Raum herumlagen, am Stuhl fest, schob das leichtgängige Sitzmöbel mitsamt der leblosen Fracht ins Personalklo und kippte sie dort einfach ab. Auf dem Abort. Eine letzte Verachtung. Eine letzte Rache. Ein letzter Sieg. Oder doch nur eine Tatverschleierung? Für den Transport und das Abkippen braucht man nicht viel Kraft, das könnte auch eine zarte Frau tun. Wenn wir an die verschwommene Erinnerung von Professor Schauer denken, hatte der Täter möglicherweise einen Helfer, oder es waren von vornherein zwei Personen aktiv.«

Sie sprach jetzt schneller:

»Ich darf mal abkürzen. Wenn der Menzel und/oder die Schwarzenbach die Nerven behalten, werden wir das nicht herausfinden. Aber es wird mir den Schlaf nicht rauben.«

Sie machte eine Pause und fügte dann beiläufig hinzu:

»Ach so ja, das gibt mir die Gelegenheit, euch mitzuteilen, daß dieser gute Schlaf schon in meinen Ferien stattfinden wird. Morgen und übermorgen räume ich mein Büro aus, verteile die Akten mit den unerledigten Fällen auf eure Schreibtische, überziehe euch mit Mail-Hinweisen auf die Dinge, die dringend erledigt werden müssen. Montag fahre ich vier Wochen zu meiner Schwester ins Bayerische. Danach komme ich euch noch einmal kurz besuchen, und dann seid ihr mich endgültig los.«

Allgemeines Erstaunen.

Dann sagte Erwin Merker:

»Das kommt jetzt doch sehr überraschend. Ich dachte immer, es wären noch gute zwei Monate, in denen wir dich noch um uns haben dürfen.«

»Ich rechne dir gerne meine Überstunden und nicht angetretenen Urlaubstage vor«, sagte Leonie Wagner. Sie sagte das bewußt sachlich und herb. Sie war eine Feindin der Rührung.

»Ich habe noch eine letzte berufliche Bitte«, sagte Merker in ihre Richtung, er wirkte jetzt beklommen, aber er wußte, sie würde auch nur den Anflug jedweder Sentimentalität hassen: »Ich habe heute morgen für die Presse die Mitteilung herausgegeben, daß Urlach eines natürlichen Todes gestorben ist. Damit wir an dieser Front Ruhe haben, weil wir uns fortan mit allen verfügbaren Kräften auf die Bandenmorde werfen müssen. Aber wir müssen selbstverständlich auch im Urlach-Fall weiter ermitteln. Könntest du, liebe Leonie, heute nochmals in dieses Institut gehen? Dir traue ich am ehesten zu, daß du die beiden im Verhör knackst.«

»Liebe Leonie«? Das war das erste Mal, daß er sie so angeredet hatte. Leonie Wagner war jetzt doch etwas gerührt. Wider Willen. Das hatte ja gerade noch gefehlt. Dann half ihr Merker gleich wieder aus der Verlegenheit, er fragte unvermittelt: »Kennst du die amerikanische Krimiserie ›Closer‹?«

»Ja«, sagte Wagner, »die habe ich gelegentlich gesehen. Aber du willst mir jetzt nicht sagen, daß ich Ähnlichkeit mit dieser rattenscharfen Protagonistin habe.«

Merker grinste.

Als Leonie Wagner mit ihrem Privatwagen (Saab 93 Aero) in die Tiefgarage der Universität fuhr, fiel ihr wieder die Anspielung von Merker auf diese amerikanische »Closer«-Serie ein. Völlig unrealistische Drehbücher, absurde Fälle, mit deutschen Polizeiverhältnissen gar nicht zu vergleichen. Trotzdem, sie hatte das doch zuweilen gerne angesehen. Die Protagonistin, eine Verhörexpertin, hatte ihr gut gefallen. Eine hervorragende Schauspielerin (Kyra Sedgwick), nicht so ein Klonwesen, wie sonst in diesen amerikanischen Serien. Und – ja! – mindestens zwanzig Jahre jünger als sie. Leonie Wagner hatte gute Laune.

Sie hätte die verdächtigen Institutsleute auch in ihr Büro

bestellen können, aber sie sah sie lieber in deren gewohnter Umgebung. Außerdem hatte sie Lust auf einen kleinen Ausflug.

(Als sie in die Tiefgarage der Universität fuhr, lächelte sie.)

Freitag 10 Uhr 25
Universität

Also kein Mord?

»Also kein Mord?« sagte Bruno Schauer. Er lehnte wieder an dem Aktenschrank.

Laura Rudolph saß an ihrem Schreibtisch. Sie schaute immer wieder kurz zu ihm auf, während sie weiter die eingegangene Post durchsah. Als sie ihm nicht gleich antwortete, modifizierte er:

»Also kein Mordversuch?«

»Das wurde nicht gesagt«, sagte sie »Dieser Meldung war lediglich zu entnehmen, daß er eines natürlichen Todes gestorben ist.«

»Ja, heißt das denn das nicht?« (Hui, was für eine Sprache! Aber die war ihm jetzt gleichgültig). Er war verstört.

»Ich bin verstört«, sagte er.

»Na ja, das Messer«, sagte Laura vorsichtig.

»Ach ja, stimmt, der Dolch. Was ist das dann? Ein bißchen Mord? Das ist irgendwie lächerlich.«

Sie sah ihn jetzt direkt an:

»Hast du den Stimmungsumschwung nicht bemerkt?«

»Wovon sprichst du?« fragte er.

Sie erklärte:

»Erst waren sie alle sehr verschreckt, ein Mord, in ihrer Universität, in ihrem Institut und – nun ja – auf ihrem Lokus. Sie stoben auseinander wie die Hasen, versteckten sich in ihrem häuslichen Bau, wollten mit dem Verbrecherischen nicht in Berührung kommen und riefen nur hin und wieder an, um sich bei mir über den Stand der Dinge zu informieren. Auch das Dekanat und das Präsidialamt zogen periodisch vorsichtig Erkundigungen ein. Das Institut wurde zeitweilig nur besucht von neugierigen studentischen Katastrophentouristen aus anderen Fachbereichen. Vom sogenannten Lehrkörper keine Spur. Die meisten sagten offen, daß sie sich unter solchen Umständen nervlich nicht in der Lage sähen, eine Lehrveranstaltung abzuhalten, andere machten sich den grassierenden Virus zunutze und gaben sich als Befallene aus, und die Restlichen hielten es nicht einmal für nötig, ihr Ausbleiben anzusagen oder zu begründen. Ich war pausenlos unterwegs und habe Zettel an die Türen der Hörsäle und Übungsräume geklebt mit der Information, daß die Veranstaltung jeweils ausfällt. Du bist der einzige von der gesamten Professorenschaft, der hier erschienen ist.«

»Ich bin ja auch ein Verdächtiger«, sagte Bruno und beobachtete sich dabei, wie noch immer ein kleiner Stolz bei diesem Wort in ihm aufstieg.

Laura, die das nicht für sehr wahrscheinlich hielt, lachte verhalten und sagte dann:

»Jetzt jedoch, seit sich die Nachricht vom ›natürlichen Tod‹ rasend schnell herumsprach, hat sich die Stimmung erstaunlich verändert. Einige sind heute morgen schon erschienen, andere haben ihr Kommen telefonisch avisiert. Und sie alle sind ...«

»Erleichtert?« fragte Bruno.

»Ja, das sicher auch, aber – ich kann es nicht beweisen, spüre es jedoch deutlich – sie sind erleichtert und zugleich enttäuscht.«

Bruno war verblüfft.

»Enttäuscht?«

»Ja, enttäuscht!« wiederholte sie. »Und dein Hinweis auf die Lächerlichkeit von ›ein bißchen Mord‹ – nimm es mir bitte nicht übel –, weist er nicht auch in diese Richtung?«

Er lachte. Es war ein verlegenes Lachen.

Dann sagte er:

»Ich glaube, du hast recht. Darüber muß ich nachdenken. Das muß ich Carola erzählen, das wird sie interessieren.«

Laura sagte:

»In einer ersten Phase regierte das Entsetzen, in der zweiten die Angst und die Neugier, in der dritten die Erleichterung und die Enttäuschung. Ein Wechselbad.«

Bruno hatte aufmerksam zugehört.

Jetzt sagte sie:

»Auch du bist nicht ganz frei von der Versuchung, das Banale nachträglich zu theatralisieren.«

»Ach ja?«

»Zum Beispiel, indem du nicht von einem Messer, sondern von einem Dolch sprichst.«

»Das stimmt«, sagte er (beschämt?).

Und dann sagte er: »Berufskitsch.«

Es klopfte an der Tür.

»Herein«, rief Laura.

Simon Menzel und Johanna Schwarzenbach kamen zögerlich dicht hintereinander in den Raum. Sie hielten sich nicht an den Händen, aber sie wirkten, als hätten sie diese geschwisterliche Schutzhaltung nötig. Wie verschreckte Märchenkinder in einem dunklen Wald, dachte Laura. Die Verstörung, die sie stark verbindet, macht sie zu Fremden in gewohnter Umgebung.

So dachte Laura. Bruno dachte: Diese beiden sind nicht erleichtert, sie stehen noch immer voll in der Angst des ersten Tages.

Das Angstduo setzte sich.

»Habt ihr es schon gehört?« fragte Simon Menzel. »Er ist eines natürlichen Todes gestorben.«

»Ja«, sagte Bruno Schauer. »Gott sein Dank.«

Johanna Schwarzenbach sagte nichts, sie schaute düster zu Boden.

Auch Laura, die sich juristisch kundig gemacht hatte, schwieg betreten.

Menzel sprach weiter, als sagte er etwas auf, das er soeben auswendig gelernt hatte:

»Das heißt aber nicht, daß der Mordverdacht vom Tisch ist.«

»Nein?« Das war Bruno, der so arglos fragte.

»Nein«, sagte Menzel. »Das Messer. Sie werden weitersuchen, nach dem, der es dem toten Urlach in den Rücken stieß. Sie werden weitersuchen ...«

»Und warum sollte jemand so idiotisch sein, einem Toten ein Messer in den Rücken zu stoßen?« fragte Bruno.

Diese Frage steigerte die Beklemmung.

Menzel schien die Kraft zu einer weiteren Antwort zu fehlen.

Laura antwortete an seiner Stelle:

»Zum Beispiel, weil dieser Jemand nicht wußte, daß der Körper, in den er das Messer versenkte, bereits ohne Leben ist. Und in diesem Fall ist es (zu Bruno gewandt) ein veritabler Mordversuch.«

»Sie werden weitersuchen«, sagte Menzel nochmals hohl.

(Ja, was denn sonst?)

Freitag 10 Uhr 48
Universität

Ob sie es wußte?

In diesem Moment erschien Leonie Wagner in der Tür, als wolle sie die düstere Vorhersage von Menzel umgehend erfüllen. Sie hatte nicht angeklopft.

»Guten Tag, die Herrschaften«, sagte sie munter und laut in die Depressivversammlung hinein. »Ich bin Hauptkommissarin Wagner.« Und dann zu Laura Rudolph: »Wo finde ich Frau Schwarzenbach und Herrn Menzel?«

»Zugegen«, sagte Menzel matt, als habe er sich endgültig seinem Schicksal ergeben. Schwarzenbach sagte nichts.

Leonie Wagner hätte das nicht fragen müssen, die beiden Angstaugenpaare, die sich bei ihrem Eintreten auf sie gerichtet hatten, waren schon Antwort gewesen.

Im Übungsraum II, der noch immer für die Befragungszwecke reserviert war, sagte Wagner ohne einen von den beiden speziell anzuschauen:

»Ich komme direkt zur Sache. Sie sind gesehen worden, wie Sie den Stuhl mit dem festgetäuten Toten über den Gang rollten. Sie hatten vermutlich darauf geachtet, daß sich dort niemand befand, aber nicht bedacht, daß man Sie von der Straße aus an den Fenstern des Gangs vorbeihuschen sehen könnte. Überdies, auch das wird Sie nicht erfreuen: Wir können Fingerabdrücke auch auf Gurten identifizieren und auf Kleiderstoffen.«

Sie lehnte sich zurück, verschränkte die Arme über der Brust und schwieg.

Simon Menzel und Johanna Schwarzenbach starrten angestrengt auf ihre Füße und schwiegen auch.

»Glauben Sie da unten eine Ausflucht finden zu können?« fragte Wagner fast heiter.

Sie richtete sich steil auf, wechselte den Ton und sagte scharf:

»Sie lassen das jetzt besser mal mit der Schweigerei. Ich werde Ihnen die Alternative kurz aufzeichnen. Wenn Sie hier nicht reden, hier unter uns, ohne Aufnahmegerät, in Ihrer Welt, dann lasse ich Sie unter Mordverdacht zu uns ins Präsidium bringen, und Sie werden dort über Stunden von wechselnden Kollegen verhört.« Gut, daß sie nichts von unseren Personalnöten wissen, dachte sie. »Glauben Sie, daß Sie dem standhalten?«

Wagner hatte die beiden genau beobachtet und bemerkt, daß Johanna Schwarzenbach mehrfach wie um Entschuldigung bittend zu Menzel aufgeschaut hatte, deshalb unternahm sie jetzt einen gezielten Ausfallschritt und sagte dabei fast mütterlich (eine Rolle, die ihr nicht sonderlich lag) zur Schwarzenbach: »Nun reden Sie schon, mein Kind, befreien Sie sich von dem großen Druck und reißen Sie nicht länger Ihren hilfsbereiten Kollegen mit in Ihr Elend.«

Die bizarre Kombination von Mütterlichkeit und Angriff tat ihre Wirkung, wenn auch zunächst nur auf Menzel.

»Sie hat mich in nichts hineingerissen, das entscheide ich immer noch selbst, ob ich jemandem helfe oder nicht«, sagte er trotzig.

»Ach ja, und wobei haben Sie ihr geholfen oder nicht?« hakte Wagner blitzschnell nach.

»Ich stehe ihr bei, zum Beispiel jetzt und hier, wenn sie von Ihnen zu Unrecht verdächtigt wird«, sagte er mit empörtem Blick. (Gerade noch mal aus der Falle entwischt!)

Braver Junge, dachte Wagner, die jetzt wußte, daß sie auf dem richtigen Weg war.

»Machen Sie sich und ihn doch nicht noch unglücklicher«, sagte sie wieder zur Schwarzenbach. »Sie wurden erkannt. Da kann man nichts machen. Pech. Die Fensterfront zur Straße. Wie gesagt, man kann von unten erkennen, wer sich da auf dem Gang bewegt und was er tut. Da braucht man kein Fernglas. Aber vielleicht hatten Sie gar keinen wirklich bösen Willen, bei all dem, was Sie da so taten – oder sollte ich besser sagen: was Sie schoben?«

Johanna Schwarzenbach begann zu weinen, erst nur leise, doch schnell schon steigerte sich der wimmernde Beginn ihrer Verzweiflung zu einem heftigen Schluchzen. Wagner kramte eine Packung Papiertaschentücher aus ihrer Jackentasche, riß die Lasche der transparenten Umhüllung auf, zog das oben liegende Tuch in die Griffbereitschaft und drückte sie der Weinenden behutsam in die Hand, der diese Behutsamkeit endgültig die Fassung raubte und die jetzt zwischen ihren Weinkrämpfen einzelne Wörter und Satzfetzen herausstammelte, Sprachfragmente, die weitgehend unverständlich blieben. Aber daß sie überhaupt, wenn auch vorerst in noch nicht verwertbarer Form zum Wort fand, beunruhigte Menzel sichtlich, und er sandte einen weiteren feindseligen Blick zu Wagner, ein Blick, der sie der seelischen Grausamkeit bezichtigte.

Leonie Wagner schwieg, sie drängte die junge Frau jetzt nicht, weil sie nicht wollte, daß sich deren Verzweiflung zu einem ernsthaften Nervenzusammenbruch bündelte. Das wäre nicht gut, dachte sie, gar nicht gut. So vergingen etwa fünf Minuten, die Menzel endlos vorkamen. Niemand sagte etwas. Johanna Schwarzenbach schluchzte heftig weiter in die allgemeine Wortlosigkeit hinein.

Leonie Wagner ging zum Fenster und sah lange hinaus.

Auf dem besonnten Rasen zwischen den Hörsaalgebäuden saßen oder lagen Studenten einzeln oder in kleinen Gruppen, lasen oder sprachen miteinander. Ein friedliches Bild.

Bald werde ich einen Garten haben, dachte sie. Werde meine Hände in die feuchte Erde senken und pflanzen: Blumen und Sträucher. Sie hatte sich schon vorbereitet. Hatte Kataloge von prominenten Blumenzüchtern geordert und gesichtet. Und ich werde meinem kleinen Hund beibringen müssen, dachte sie, daß er das soeben Gepflanzte nicht gleich wieder ausgraben darf. Den Hund gab es schon. Sie hatte ihn im Tierheim auserwählt. Dort wartete er seit zwei Tagen auf ihre Pensionierung und seine Erlösung. Nur noch diesen einen Tag. Bei dem Tier handelte es sich um eine vier Monate alte Mischlingshündin, die aus der kurzen Verbindung zwischen einem Husky und etwas viel Kleinerem hervorgegangen war. Bella hieß sie, und sie trug ihren Namen zu Recht. Aber den Garten gab es noch nicht. Darum würde sie sich kümmern müssen.

Das waren erfreuliche, farbige Bilder von prächtigen Blumen und einem lustigen Hund, die der Kommissarin durch den Kopf gingen, während sie darauf wartete, daß sich die verzweifelte Johanna Schwarzenbach etwas beruhigte.

Dann kam sie zurück. Dann setzte sie sich. Dann sagte sie sanft (ja, sanft!):

»Johanna Schwarzenbach, bitte lassen Sie uns jetzt beginnen. Reden Sie.«

Johanna Schwarzenbach hatte sich beruhigt, noch nicht vollständig, doch so weitgehend, daß sie ansprechbar war.

»Ja«, sagte sie ergeben. Sie putzte sich die Nase. Sie ignorierte Menzels beschwörende Blicke. Sie begann stockend, aber einigermaßen verständlich zu reden.

»Ich wollte mit ihm sprechen, ich wollte ihm sagen, daß er Dreck ist. Nur Dreck.«

Das Wort »Dreck« hatte sie vehement hervorgestoßen. Dann ruhte ihr Blick für einen Moment nachdenklich auf Leonie Wagner. Die erwiderte diesen Blick ernst und eindringlich. Johanna Schwarzenbach war offensichtlich zu einem Entschluß gekommen. Denn ihre nun folgende Rede war zwar noch immer befeuert von starker Erregung, aber sie konnte sie flüssig und in klar gesetzter Wortfolge vortragen.

»Sie müssen wissen, ich habe ihn geliebt, ich hielt ihn für witzig und weltgewandt und intelligent und extravagant und außergewöhnlich, völlig unterschieden von allen Männern, die ich kannte. Selbst in seiner anglophilen Kostümierung sah ich eine stilsichere Individualität. Und ich war stolz, daß dieser sensationelle Mann sich für mich entschied. Und ich glaubte mich geliebt. Und ich war glücklich. Drei Tage, eine Zeit, während der wir aus seiner seidenen Bettwäsche nur herauskamen, um in teure Restaurants zu gehen, befand ich mich auf diesem Glücksgipfel. Und als er meiner Liebe sicher war, hat er angefangen, mich auf Distanz zu bringen, mich zu demontieren und in jeder nur erdenklichen Weise zu demütigen, öffentlich bei jeder Gelegenheit zu blamieren. Ich stürzte aus meinem Himmel übergangslos in seine vorgeheizte Hölle. Er wollte mich zerstören. Das war sein Zwang. Das war sein Ziel. Das war seine Lust.«

Sie schluchzte noch einmal in ihre Erinnerung hinein. Wagner unterbrach sie nicht.

»Da hielt ich ihn für den Teufel. Ich wollte ihn auch im Bösen noch mächtig sehen. Ich wollte mir die Achtung vor mir selbst erhalten, indem ich ihn mir auch als Quäler noch groß dachte. Erst als ich beobachtete, wie er das, was er mir angetan hatte, mit gleicher Methode, in gleicher Manier mit gleichem Ergebnis auch anderen antat, kam zur Erkenntnis die Wut. Als ich sah, wie er die Angelockten um Verstand und Selbstachtung brachte, als ich sah, wie er wuchs in dem Maße, in dem sie kleingequält litten, wie er aufblühte in dem Maße, in dem sich die Blamierten in Grund und Boden schämten, erst als ich genau beobachtete und genau hinsah, wie er seine Masche schematisch von Phase zu Phase durchzog, da wußte ich, er war kein Dämon, er war ein bloßer Techniker des Bösen. Ein Lebewesen zwar, doch darin nur der letzte Dreck.

Er wollte seine Opfer da haben, wo er schon war: im Dreck. Er wollte, daß sie zu dem werden, was er schon war: Dreck. Das wollte ich ihm, diesem dreckigen Dreckschwein, sagen. Schon lange.«

Sie putzte sich die Nase. Dann sprach sie weiter:

»Auch an diesem Abend, während der Party bei den von Seefelds, hatte ich mir das vorgenommen, ich wollte ihm folgen, wenn er aufbrach, ihn vor der Haustür stellen und ihm meine Verwünschungen an den Kopf werfen. Dann aber war er plötzlich aufgesprungen und zu seinem protzigen Wagen gerannt und wie von Hunden gejagt hineingesprungen und mit aufjaulendem Motor davongefahren, so daß ich, eingehüllt in meine Wut, vor der offenen Haustür im Gewitterregen stand und auf seine Rücklichter starrte, als er mit schlingerndem Heck die abschüssige Einfahrt hinunterraste.«

Johanna Schwarzenbach machte erschöpft eine Pause. Leonie Wagner schwieg. Simon Menzel scharrte mit den Füßen im Versuch, Schwarzenbachs Aufmerksamkeit auf sich zu lenken. Er suchte die Möglichkeit, ihr mahnende Zeichen zu geben. Die Kommissarin registrierte das beiläufig.

Dann sprach Johanna Schwarzenbach wieder:

»Ich schlief schlecht. Träumte wüst. Am nächsten Morgen ging ich schon sehr früh in das Institut. Ich hatte mich mit Simon in der Seminarbibliothek verabredet, weil ich in Ruhe, bevor die übliche Betriebsamkeit einsetzen würde, etwas nachlesen wollte. Und auch, weil ich seinen Trost suchte, Simon Menzel war mir ein Bruder im Leid geworden. Als ich am Zimmer von Urlach vorbeikam, drückte ich mechanisch, ohne zuvor anzuklopfen die Klinke herunter, obwohl ich nicht angenommen hatte, daß er um diese Uhrzeit schon anwesend sein könnte. Es war eher ein Reflex. Zu meiner Überraschung war die Tür nicht verschlossen. Dann ging ich in den Raum hinein und sah ihn an seinem Schreibtisch sitzen. Da wallte meine Wut wieder hoch. Ich sah das Messer …«

»Lag das Messer auf dem Schreibtisch vor ihm?« fragte die Kommissarin.

»Nein, es lag auf dem kleinen Beistelltisch neben ihm, auf dem sich die Posteingänge befanden.«

»Sie mußten sich demzufolge nicht weit vorbeugen oder um ihn herumgehen, um sich das Messer anzueignen?«

»Nein.«

Menzel hustete künstlich. Die Frauen achteten nicht darauf.

»Sie sahen ihn also nur von hinten?«

»Ja, und er war zudem größtenteils von der Rückenlehne des Stuhls verdeckt.«

Die Kommissarin wandte sich zu Simon Menzel und sagte:

»Ihre Kollegin scheint mir jetzt doch ein wenig erschöpft, würden Sie ihr bitte ein Glas Wasser holen?«

Menzel sah sie mit unverhülltem Zorn an und sagte:

»Nein!!«

»Nein???« Leonie Wagner war eher belustigt als erbost. Aber sie zeigte das nicht.

»Geh bitte«, sagte Johanna Schwarzenbach, »ich habe wirklich einen ganz trockenen Mund.«

Menzel verließ niedergeschlagen den Raum.

»Bringen wir es zu einem Ende«, sagte Leonie Wagner.

»Ja, gut«, sagte Johanna Schwarzenbach, »ich werde sagen, was ich kann.«

Johanna richtete sich gerade auf. Sie sprach jetzt gefaßt und deutlich und jedes Wort betonend:

»Ich nahm das Messer und stach es mit aller Kraft in seinen Rücken.«

»Wußten Sie, daß das Messer scharf war?«

»Nein.«

»Haben Sie sich nicht gewundert?«

»Nein.«

»Hätten Sie diesen Stich gegebenenfalls auch mit einem stumpfen Messer ausgeführt.«

»Vermutlich, ich habe nicht darüber nachgedacht.«

»Hatten Sie bemerkt, daß Urlach tot war?«

»Das ist die entscheidende Frage, nicht wahr.«

Johanna Schwarzenbach sah Leonie Wagner ins Gesicht, und was sie sah, gefiel ihr.

»Ja«, sagte die Hauptkommissarin Leonie Wagner, »und das, was Sie jetzt sagen, wird die entscheidende Antwort sein.«

»Ich kann jetzt ›ja‹ sagen«, sagte die Befragte.

»Ja«, sagte die Leonie Wagner. »Das könnten Sie. Und sagen Sie ›ja‹?«

Und Johanna Schwarzenbach sagte:

»ICH WEISS NICHT, ob ich es wußte. Ich weiß das nicht –« Sie legte die Fingerspitzen an ihre Schläfen. »Ich kann die Szene in mir nicht mehr scharfstellen. Da stieg wohl so eine Ahnung in mir auf, etwas an seiner zusammengesackten Haltung war komisch. – Aber, ob ich es wirklich wußte? – Ich weiß es nicht mehr.« Sie schüttelte in der Verwunderung über sich selbst den Kopf. »Bitte, glauben Sie mir. Ich versuche die ganze Zeit, das herauszufinden. Immer wieder. Und je häufiger ich meine Erinnerung in die Genauigkeit zwingen will, desto diffuser wird sie. Ich weiß, daß meine Gedanken rasten, als ich zu dem Messer griff, meine Empfindungen schäumten, in mir war ein greller Aufruhr, aber auch eine große Undeutlichkeit. Die Redensart von der blinden Wut ist zutreffend. Auch die, daß man in solchen Momenten unter Strom stehe. Ich war außer mir. Ja, das ist vermutlich die treffendste Bezeichnung für meinen Zustand.

Seine Hände, das fiel mir auf, hatten sich so merkwürdig in die Armlehne verkrampft. Das hatte ich bemerkt. Aber nur ganz beiläufig, ganz am Rande meiner Aufmerksamkeit. Jedoch, sosehr ich mich quäle, ich kann rückblickend nicht sagen, ob mein Hirn in der Sekunde, als ich zu dem Messer griff, eine Überführung dieser einzelnen diffusen Wahrnehmung hin zur Erkenntnis seines totalen Ablebens leistete …?«

Simon Menzel kam zurück mit einem Glas Wasser in der Hand. Er reichte es Johanna Schwarzenbach und sah sie besorgt an.

Johanna trank.

Die Kommissarin sagte in dienstlichem Ton, als faßte sie einen klar umrissenen Sachverhalt nur noch einmal zusammen:

»Na, da hatten Sie ja genügend deutliche Hinweise auf seinen lange schon eingetretenen Tod. Und was taten Sie dann?«

Als sich Simon Menzel jetzt auf seinen Stuhl fallen ließ, sah er erleichtert aus. Sehr erleichtert. Er atmete schwer aus und schloß für einen kurzen Moment die Augen.

Johanna Schwarzenbach sagte:

»Ich war völlig durcheinander. Ich rannte zu Simon Menzel und sagte: ›Ich habe Urlach erstochen.‹«

Menzel stieg (wachsam) wieder ins Geschehen ein. Er verbesserte:

»Du sagtest: ›Ich habe auf den toten Urlach eingestochen.‹«

Braver Junge, dachte Leonie Wagner erneut. Das hatte er sich zurechtgelegt, falls Schwarzenbach die falsche Antwort gegeben hätte.

Der brave Junge übernahm:

»Wir sind dann gemeinsam zurück in Urlachs Zimmer gelaufen. Ich fragte sie, ob jemand sie gesehen habe, als sie in sein Zimmer ging. Sie sagte, daß sie nicht darauf geachtet habe. Aus diesem Grund beschlossen wir, ihn mit diesen Koffergurten, die da herumlagen, an seinem Stuhl festzubinden und auf die Personaltoilette zu schaffen. Das taten wir auch, nachdem wir uns vergewissert hatten, daß niemand auf dem

Gang war. An die Fenster dachten wir nicht. Wir mußten ihn am Geschäftszimmer, dessen Tür, wenn Laura Rudolph anwesend ist, immer offensteht, vorbeirollen. Wir hatten Glück, sie war gerade in den Lagerraum gegangen, um Papier für den Drucker zu holen. Und dann hatten wir nochmals Glück, denn kaum hatten wir das Personalklo erreicht, erschien Professor Schauer auf der Bildfläche. Als er in seinem Zimmer verschwunden war, wischte ich den Stuhl und den Messergriff gründlich ab, wegen der Fingerabdrücke. Wir schoben den Stuhl auf den Gang und warfen die Gurte weg.

Wir warteten ungefähr eine halbe Stunde, um uns etwas zu beruhigen, und dann hat Johanna bei Laura gemeldet, daß da ...«

»Ja, ja, das Weitere ist bekannt«, sagte Leonie Wagner. »Ich gebe Ihre Ausführungen zu Protokoll, und Sie müssen dieses in den nächsten Tagen bei uns im Dezernat unterschreiben.«

»Und was wird weiterhin mit Johanna und mir geschehen?« fragte Menzel.

»Das liegt nicht mehr bei uns. Es bleibt der Vorwurf des groben Unfugs. Ich könnte mir vorstellen, daß man ihn fallenläßt. Das müssen Sie auf sich zukommen lassen«, sagte die Kommissarin.

Das wollten die beiden gerne tun.

Die Hauptkommissarin Wagner begleitete Menzel und Schwarzenbach in das Geschäftszimmer. Sie übergab Laura Rudolph den Schlüssel für den Übungsraum.

Sie verabschiedete sich erst von Menzel und dann von Johanna Schwarzenbach, die sie etwas länger als üblich ansah. Johanna Schwarzenbach nickte fast unmerklich.

Dann verließ Leonie Wagner das Institut.

Erst als ihre Schritte auf dem langen Gang ganz verklungen waren, fragte Laura:

»Du hast doch hoffentlich gesagt, daß du dir absolut sicher gewesen seiest, daß er schon tot war.«

»Ja«, sagte Johanna Schwarzenbach. »Ich habe gesagt, daß ich ihn nur beschimpfen wollte und dann sofort bemerkt hätte, daß er schon tot gewesen ist, und ich habe dann alles aufgezählt, was mir in diesem Moment aufgefallen sei: den schon steifen Körper, das blutleere Gesicht, den starren Blick – ich bin doch nicht blöde.«

Und dann sagte sie noch:

»Die Kommissarin ist auch nicht blöde, und sie wußte, daß ich nicht blöde bin.«

Dann sagte niemand etwas.

Laura Rudolph begann damit, die Papiere auf ihrem Schreibtisch zu ordnen, Bruno Schauer holte die eingegangene Post aus seinem Fach. Simon Menzel betrachtete das Plakat einer Man-Ray-Ausstellung, das schon seit zwei Jahren dort an der Wand hing, als sähe er es zum ersten Mal, und Johanna Schwarzenbach kramte in ihrer Handtasche.

Nach einiger Zeit sah Laura Rudolph von ihren Papieren auf und sagte:

»Das war's dann wohl.«

Ja, das war's dann wohl. Sie würden weiterhin Vorlesungen abhalten, Doktorarbeiten verfassen, Bücher katalogisieren und den Institutsbetrieb in Gang halten.

(Eine Leere machte sich breit.)

Freitag 11 Uhr 20
Wohnung Schauer

StGB § 22

Als Bruno zu ungewohnter Zeit in seine Wohnung zurückkam, saß Carola an ihrem Schreibtisch und las. Eine steile Falte ragte von ihrer Nasenwurzel in die Stirn. So sieht sie aus, wenn sie sich sehr konzentriert, dachte Bruno zärtlich. Noch bevor er sie fragen konnte, was sie so angestrengt lese, schaute sie auf, nahm die Lesebrille ab und fragte:

»Nun, gibt's was Neues vom ›Untauglichen Versuch‹?«

»Ja«, sagte er. »Die Kriminalpolizei ist nochmals im Institut erschienen.«

»Herr Merker?«

Hatte sie das nicht etwas zu interessiert gefragt? Aber Bruno bemerkte das nicht. Er sagte:

»Nein, eine Hauptkommissarin, eine höchst resolute Dame. Sie hat den Menzel und die Schwarzenbach ins Verhör genommen.«

»Wer von den beiden hat denn nun diese subjektiv vollständig gewollte, jedoch objektiv unvollständig gebliebene Tat vollbracht?«

»Donnerwetter«, sagte Bruno, »der Passus ging dir ja erstaunlich glatt über die Zunge. Ich darf wohl annehmen, daß du ihn aus dem dicken Buch gestohlen hast, in das du da gerade vertieft warst.«

»Richtig«, sagte Carola, »wie konntest du das wissen?«

»Auch die Belegschaft meines Instituts hat in letzter Zeit ein befremdliches Interesse am Strafgesetzbuch entwickelt. Dieses strafrechtliche Vokabular ist mir inzwischen vertraut«, sagte Bruno.

»Würdest du dem Menzel oder der Schwarzenbach eine rechtsfeindliche Gesinnung unterstellen?« fragte Carola.

»Nein.«

Carola setzte die Lesebrille wieder auf.

»Aber müßten wir bei unserem Fall nicht doch von einer ›Kombination aus verbrecherischem Willen und tatbeständlichem Erfolg‹ sprechen?«

Carola war sichtlich begeistert von der juristischen Bereicherung ihres Wortschatzes, war in ihm jedoch noch nicht wirklich zu Hause, so daß sie, während sie sprach, immer wieder in das aufgeschlagene Buch – sie hatte sich einzelne Passagen unterstrichen – schauen mußte.

»Nein, weder noch«, sagte Bruno, der sich inzwischen auch ein wenig rechtskundig gemacht hatte. »Du mußt bei diesem ›Untauglichen Versuch‹ vom sogenannten ›Tätervorhaben‹ ausgehen. Und da ist nichts bewiesen. Der Dolchstoß in den als tot erkannten Urlach könnte die Ersatzhandlung gewesen sein für eine eigentlich geplante Beschimpfung.« Bruno hob (theatralisch) die Hände, als käme er zum Ende seines Plädoyers vor einem Schwurgericht. »Da ging doch niemand in das Zimmer mit dem fertigen Plan, Urlach zu erdolchen.«

Er wollte das Gespräch gerne abkürzen und zu einer abschließenden Zusammenfassung kommen, in der auch seine eigenen Zweifel keinen Platz mehr haben sollten.

Aber Carola kam gerade erst in Schwung.

»Wenn ich das richtig sehe, haben wir für ›als tot erkannt‹ doch nur die Aussage des Täters. Und der Hinweis auf die Möglichkeit einer Affekthandlung verfängt schon gar nicht. Selbst wenn der Tat keine lange Planung vorausging, wenn der Entschluß zur Tat erst im letzten Moment gefaßt worden war, so fußt diese Tat doch auf einer Vorstellung und« – sie schaute kurz in ihr Buch – »einem Vollendungsvorsatz. Dabei ist es relativ unerheblich, zu welchem Zeitpunkt der Entschluß zu dieser ›tatbeständlich vertypten Tat‹ reifte.«

Bruno lachte.

»Ich habe den Verdacht, daß du mir diese Debatte nur aufgezwungen hast, um die ›tatbeständlich vertypte Tat‹ gesprächsweise unterbringen zu können.«

»Ja, ich gebe zu, daß mich die grotesken Verknotungen und Quetschungen faszinieren, die eine zur größten Präzision gepeitschte Sprache aufweist. Wenn du auf kleinem Raum etwas so unmißverständlich und abgedichtet formulieren willst, daß eine mutwillige Fehlinterpretation im parteilich individuellen Interesse keine Chance hat, dann schlägt sie ins Absurde. Die Sprache rächt sich für ihre Gängelung. Man darf ihr nicht ungestraft das Blut abschnüren.

Aber lassen wir das. – Ich will jetzt endlich wissen, wer diesem gräßlichen Urlach den Dolch in den Rücken gejagt hat.«

Bruno zögerte einen Moment, er hatte das Gefühl, als liefere er jemanden, der gerade knapp der Polizei und der Justiz entronnen war, einer viel unerbittlicheren Instanz aus.

Dann sagte er (zögernd):

»Johanna Schwarzenbach. Und Simon Menzel hat ihr geholfen, den toten Urlach ins Personalklo zu schaffen.«

»Das enttäuscht mich«, sagte Carola.

»Das enttäuscht dich??? Ich hör ja wohl nicht recht!« sagte Bruno.

Seine Empörung fiel schnell wieder in sich zusammen und wich einer Nachdenklichkeit.

»Von dieser Enttäuschung hat heute auch Laura Rudolph gesprochen. Sie hat so eine Art Steigerungstheorie entwickelt für die psychische Begleitmusik der letzten zwei Tage im Zeichen des Mordes. Ein Phasenmodell.«

»Laß hören.«

»Die erste Phase am Tag der aufgefundenen Leiche war, nach Rudolph, die des gemeinsamen Entsetzens; die zweite Phase, die der ausgreifenden Verdächtigungen, sie war beherrscht von der Angst bei den einen und der Neugier bei den anderen; die dritte Phase, die des heutigen Tages, an dessen Morgen sich herumsprach, daß es möglicherweise gar kein Mord oder Mordversuch war, zeitigte nur für wenige die pure Erleichterung. Die meisten sprachen zwar von Erleichterung, konnten jedoch die Enttäuschung kaum verbergen.«

»Sie hat recht«, sagte Carola. »Sie ist klug. Ich habe schon immer viel von ihr gehalten. Und du, bist du ganz frei von jeder Enttäuschung? Jetzt, wo die Angst wich, aber auch der Thrill?«

»Nein«, gestand Bruno kleinlaut. »Das ist furchtbar. Findest du nicht, daß das furchtbar ist?«

»Nein, eigentlich nicht. Sieh es doch nur einmal von der komischen Seite, ist es nicht, als fehlte bei einem Kriminalroman die letzte Seite. Nein, noch fieser: Es ist, als läsest du diesen Roman mit Spannung, und dann betrüge dich der Autor, indem er zum Schluß eine Nebenfigur zum Mörder kürte. Eine Figur, von der zuvor kaum die Rede war. Von der du gar keinen Eindruck hast. Dann wärst du nicht nur enttäuscht, du wärst sauer, und zu Recht.«

»Und diese Nebenfigur ist …?«

»Die Schwarzenbach. Und, das wirst du zugeben müssen, die ist doch blaß. Die will ich nicht als Mörderin oder, noch schlimmer, als Beinahe-Mörderin. In einem Roman hätte ich diesen lächerlichen Pascal von Seefeld, oder den affektierten Florian Kuhn, oder, am besten, dich, den braven Professor zum Mörder werden lassen.«

»Na, vielen Dank. Würdest du mir einen Mord zutrauen?«

»Unter bestimmten Umständen würde ich jedem einen Mord zutrauen.« Sie machte eine Pause. »Sogar dir.«

»Ich gehörte ja auch zum Kreis der Verdächtigen«, sagte Bruno mit kühner Stirn.

Das glaubte Carola zwar nicht, aber sie ging nicht weiter darauf ein.

»Nein«, sagte er jetzt (künstlich entschieden): »Johanna ist keine Mörderin.«

Carola lächelte (nachsichtig). Sie sagte:

»Das wäre noch enttäuschender für den Leser. Er hätte es dann mit der Untauglichkeit eines ›Untauglichen Versuchs‹ zu tun.«

Bruno beharrte:

»Ich kann mir Johanna als Mörderin nicht vorstellen.«

»Weil sie mit dir geflirtet hat?«

»Unsinn, damit hat sie auf der Party demonstrieren wollen, daß der Urlach ihr gleichgültig geworden sei.«

»Was offensichtlich nicht stimmte«, sagte sie.

Er lachte:

»Nicht gerade schmeichelhaft für mich.«

»Mach dir nichts draus. Im übrigen: Sie wäre, ob Mörderin oder nicht, keine Frau für dich.«

»Wie kommst du denn darauf?«

»Du brauchst keine Frau, die dich hemmungslos bewundert, das würde dich nervös machen, du brauchst eine Frau, die dir etwas entgegensetzt. Auch wenn es dich ärgert.«

»So eine wie dich?«

»So eine wie mich!«

Er wußte, daß sie recht hatte, aber es war ihm nicht recht, daß sie wußte, daß er es wußte … Deshalb wurde er ein wenig giftig:

»Dich hingegen macht die hemmungslose Bewunderung deines Lektors nicht nervös. Das ist ja offensichtlich.«

»Ach, Bruno.«

Was soll denn das nun wieder heißen? dachte Bruno.

Carola lenkte zurück auf das Mord-Thema.

»Hat die resolute Kommissarin deiner Doktorandin geglaubt, daß sie wissentlich auf einen Toten einstach?«

»Ich weiß das nicht. Sie schien nicht unzufrieden, als sie ging«, sagte Bruno (etwas kleinlaut).

Es war nicht das erste Mal, daß Carola in ihm einen ungenauen Beobachter sah.

»Wahrscheinlich konnte sie der Schwarzenbach das Gegenteil nicht beweisen«, sagte Carola, als läge darin wenigstens eine Teilbefriedigung.

»Oder sie hat ihr geglaubt«, sagte Bruno (trotzig), der es jetzt notwendig fand, seine Doktorandin in Schutz zu nehmen.

»Was glaubst du wirklich?« fragte Carola, die seine Schutzrhetorik nicht ernst nahm.

»Ich weiß es nicht und will es vielleicht auch gar nicht wissen. Sie ist, du hast das eben selbst angesprochen, wenn überhaupt, nur in dem Maße zu einem Mord oder einem Mordversuch fähig, in dem unter starkem Druck jeder von uns zum Mörder werden könnte.«

»Ja«, sagte Carola, »doch es bleibt diese quälende Unentschiedenheit und die Enttäuschung über das müde Ende. Ich hätte das Ganze viel delikater aufgezogen.«

Sie klappte das dicke rote Buch zu und nahm die Lesebrille wieder ab.

Bruno setzte an:

»Auch mich quält etwas, und es ist nicht die verschwundene letzte Seite oder das verpfuschte Ende …«

»Sondern?«

Er ging bei den folgenden Sätzen vor ihr auf und ab.

»Unterstelle ich einmal – woran ich nicht glaube –, daß sie nicht wußte, daß er tot ist, dann wäre es nicht nur die – ich bemühe hier auch einmal das strafrechtliche Vokabular – individualethische Verwerflichkeit, die mich bekümmerte, sondern auch das rechtsgutbedrohende Handeln. Verstehst du, darin läge ein Angriff auf die allgemeine Geltung der Rechtsordnung, und …«

Er blieb stehen, weil sie seine Rede (deren Endlosigkeit fürchtend) unterbrach.

»Solche Erwägungen brächten mich nicht um den Schlaf«, sagte sie und: »Es mag ja verwerflich sein, wenn ein vernunftbegabtes Wesen ein Scheusal mit einem Messer attackiert, obwohl ich das gut verstehen kann, aber es erscheint mir völlig schwachsinnig, dies zu tun im Wissen, daß das Monster schon tot ist. Diese Version liefert mir die größere Enttäuschung.«

Da war es wieder! Dieses feine (soll er denken: bösartige?) Lächeln, das sie hatte, wenn er sie unfreiwillig belustigte.

Sie hielt inne, betrachtete ihn nachdenklich, zündete sich eine Zigarette an, sah einen Mürrischen, und sagte:

»Ich werde das Gefühl nicht los, daß meine Enttäuschung zwar weniger edel und prinzipientreu, dafür aber menschlicher ist.«

Er lachte humorfrei. »Da könntest du recht haben«, sagte er. Hätte sie jetzt nichts mehr gesagt, wäre Frieden gewesen. Sie sagte jedoch etwas, noch dazu in gereiztem Ton:

»Das solltest du doch von deinem geliebten Dichter gelernt haben, daß unsereins die Vernunft allein gebraucht, um tierischer als jedes Tier zu sein.«

Das hatte ja noch gefehlt, dachte er: Bildungshuberei im gesprächskriegerischen Einsatz, und dann sagte er unwirsch (professoraler Ton):

»Es ist der Teufel, der das behauptet. Man könnte doch annehmen, daß eine Autorin weiß, daß es sich um Rollenprosa handelt.«

Seine Zurechtweisung irritierte sie überhaupt nicht.

»Dieser intelligente Teufel hat auch nicht an ein vernünftiges Ich geglaubt, das die Entscheidungshoheit über unser Verhalten hat«, sagte sie kalt, ohne auf seinen Einwand einzugehen.

Jetzt wurde er fies:

»Ach du liebe Güte, willst du hier etwa einen Diskurs über unsere Willensfreiheit lostreten? Du weißt hoffentlich: Das ist eine Debatte, für die man Niveauschutz einführen müßte.«

Auch Carola war jetzt böse. Sie stand auf. Sie sah ihn nicht an. Sie verließ das Zimmer.

Bruno ärgerte sich, erst über sie, dann über sich.

Es würde wohl vorerst keine Espressomaschine geben.

(Ja, da waren sie nun wieder, dort, wo alles anfing, aber es war ja nicht das Schlechteste.)

Freitag 12 Uhr 08
Friseursalon

Vor dem Spiegel

Carola sah sich in dem großen Spiegel des Friseurs. Sie sah ihr Gesicht. Ganz freigelegt durch den schwarzen Frotteeturban, der ihr Haar verbarg. Da auch ihr Oberkörper komplett eingehüllt war in einen schwarzen Frisierumhang, sprang ihr dieses isolierte Gesicht optisch geradezu entgegen. Als hätte jemand ihren Kopf auf einen Lavahügel montiert.

Etwas war mit ihrem Gesicht geschehen. Eine Veränderung. Das Alter wird sich ankündigen, dachte sie zunächst. Eine zwar naheliegende und plausible Erklärung, doch der fremde, besser: befremdende Ausdruck mußte andere Ursachen haben, das wurde ihr schnell bewußt.

So dringend wäre der Friseurbesuch nicht gewesen. Er hätte sich noch eine Woche, wenn nicht länger, aufschieben lassen. Warum war sie hier? Sie ahnte es: Sie hatte ein Verlangen gehabt nach einem ordnenden Eingriff in ihr Leben. Und da konnte man bei den Haaren ja mal anfangen. Wahrscheinlich wollte sie über sich nachdenken und ihr Gesicht dabei im Spiegel sehen. Natürlich hätte sich auch in ihrer Wohnung ein Spiegel gefunden, vor dem diese Introspektion möglich gewesen wäre. Aber allein vor dem Spiegel? Das wäre ihr zu pathetisch erschienen. Und sie hätte sich dieses Verlangen nach einer Innenschau auch richtiggehend eingestehen müssen. Was sie nicht wollte, jedenfalls nicht in aller Deutlichkeit.

Der Friseursalon war für sie ein Ort der Entlastung. Ein Ort der flüchtigen Erwägung, des belanglosen Gesprächs, der beiläufigen Wahrnehmung. Seelisches Allerlei. Vielleicht hätte sie es so formuliert, wäre sie gezwungen gewesen, ihr undeutliches Wollen zur Sprache zu bringen: Sie wollte etwas in sich ablenken, um an ein anderes näher heranzukommen.

»Wir könnten es vorne diesmal etwas kürzer schneiden, so daß es fransig geschrägt in die Stirn fällt.«

Das war Massimo, der Friseur, der das gerade gesagt hatte. Sie hatte im Spiegel gesehen, wie er, nachdem ihr die Auszubildende Vera die Haare gewaschen hatte, hinter ihr aufgetaucht war, die Schere in der einen, den Kamm in der anderen Hand. Ihr Turbankopf stand jetzt vor seinem weißen Hemd, das vor dem Bauch minimal spannte. Da Carola auf seinen Vorschlag nicht sofort reagierte, erläuterte er:

»Das wäre dann irgendwie frecher.«

»›Frecher‹? Nein, ›irgendwie frecher‹ muß nicht sein«, sagte sie.

»Auch jugendlicher«, lockte er, während er den Turban entfernte.

»›Jugendlicher‹? Nein, das muß auch nicht sein.«

»War ja nur ein Vorschlag, nicht daß Sie es nötig hätten.«

Er begann, ihr Haar durchzukämmen.

»Ja, ich verstehe, aber trotzdem: Danke nein.«

Massimo schien ein wenig beleidigt. Warum wollte diese Frau nicht jünger aussehen. Das wollten sie doch alle.

Carola betrachtete weiter ihr Gesicht. Sie war nicht unzufrieden mit ihrem Aussehen. Viele sahen in ihr eine attraktive Frau. Sie wußte das. Ich bin immer noch eine attraktive Frau, dachte sie ohne Eitelkeit. Nein, dachte diese Frau dann, es sind nicht die Alterssignale, die meine Züge verändern, die gab es natürlich auch, und sie werden sich mit Sicherheit stetig vermehren, aber das ist heute nicht mein Thema.

Sie schreckte auf. Massimo hatte etwas gefragt. Sie angelte seine Frage aus dem Gewirr ihrer Betrachtungen – knapp bevor sie in unzugänglichen Faltungen ihres Gedächtnisses verschwinden konnte.

»Nein, auch keine Strähnchen, bitte«, sagte sie dann.

Das war schon Ritual. Massimo machte bei jedem ihrer Besuche in seinem Salon diesen Strähnchen-Vorschlag und rechnete gar nicht mehr mit ihrer Zustimmung. Sie spürte Schere und Kamm in ihrem Nacken.

»Machen Sie bitte den gleichen Schnitt wie beim letzten Mal, nur insgesamt etwas kürzer.«

Massimo begann mit dem Haarschnitt.

Und um ihn mild zu stimmen, da war ja anfänglich viel Ablehnung ihrerseits gewesen, sagte sie:

»Der vorige Schnitt war fabelhaft.«

Sie hoffte, daß dieses Kompliment seiner Laune und somit ihrer Frisur zugute kommen würde. Es funktionierte: Das kurze Schnipp, Schnipp seiner Schere wurde sofort etwas munterer.

Und im gleichen Moment, als sie Massimo dieses Kompliment machte, identifizierte sie den Ausdruck, der sich fremd auf ihr Gesicht gelegt hatte. Da war eine Verdrossenheit, die sie nicht an sich kannte. Fast schon ein Gram.

Das war nicht gut!

Schnipp, schnipp, schnipp.

Massimo fand auch gerade irgend etwas nicht gut. Sie erwischte abermals den Anschluß. Sie sagte:

»Ich verstehe auch nicht, warum Ihre Landsleute diesen Clown wiedergewählt haben.«

Während Massimo sich hinter ihrem Rücken über die abträglichen Eigenschaften seines Ministerpräsidenten im allgemeinen und dessen unappetitliche Machenschaften im besondern ereiferte und dabei sachkundig ihr Haar bearbeitete, konnte Carola wieder über ihre neue Verdrossenheit nachdenken. Das fehlte ja noch, daß sie in das (wie man so sagt) reifere Alter mit allen Anzeichen des Mürrischen segelte. Das wäre schlimmer als ein Heer von Falten.

Schnipp, schnipp, schnipp.

»Ich glaube, sie wählen ihn, weil er so tüchtig im Bescheißen und im Raffen ist. Das bewundern sie. Sie wären gern wie er. So gierig wie er sind sie ja schon, nun wollen sie auch noch so reich und so mächtig werden wie dieser Scharlatan. Sie wollen den Italienern in amerikanischen Mafiafilmen gleichen.«

Schnipp, schnipp, schnipp.

Carola sagte:

»So einen Typ wie den, realistisch, das heißt: ohne jede Übertreibung beschrieben, könnte man allenfalls in einer Satire unterbringen, in einem ernstzunehmenden Roman wäre der völlig unglaubwürdig. Der Karikaturvorwurf wäre das mindeste, was man sich einhandelte.«

Massimo sagte:

»Das ist nicht mehr mein Italien! Ich erkenne es nicht mehr. Ich habe hier im Ausland ein anderes, ein schöneres Bild von meinem Land, von meinen Leuten, von meiner Herkunft konserviert, wahrscheinlich romantisiere ich das Italienische, wie einst eure im achtzehnten und neunzehnten Jahrhundert nach Amerika ausgewanderten Fluchtgruppen das Deutsche einst konservierten und romantisierten.«

Schnipp, schnipp, schnipp.

Massimo wurde zum Telefon gerufen.

Carola nahm ihre Gedanken wieder auf wie eine fallengelassene Masche. Sie vermißte jetzt die Taktgebung der Schere. irgend etwas (?) war schiefgelaufen in letzter Zeit. Was und wann? Wann hatte sich diese Griesgrämigkeit erst in ihr Gemüt eingeschlichen und dann auf ihr Gesicht gelegt? Als sie den Verheißungen einer Affäre mit Freidank widerstanden hatte? Ja, das könnte sein. Und das könnte sie noch korrigieren! Die Weiche neu stellen. Sie hörte in sich hinein. Es kam kein Glück zu diesem Gedanken.

Sie studierte wieder ihr Gesicht. Ich erkenne mich nicht mehr (maßlose Übertreibung), dachte sie jetzt. Und dann dachte sie: Hatte nicht Massimo gerade etwas Ähnliches gesagt? Und auch irgend etwas von einem konservierten Bild? Aber das ist doch mein Thema! Sie lachte mit einem Hauch von Bitterkeit.

Massimo stand plötzlich wieder hinter ihr, und sie spannte ihr Denken erneut in seinen Schnittrhythmus.

Schnipp, schnipp, schnipp.

»Sie wirken etwas verstört heute«, sagte Massimo.

»Ja«, sagte sie, »und ich weiß nicht, warum. Ich suche nach dem Umschlagpunkt. Vielleicht sollte ich überlegen, wann ich das letzte Mal glücklich war.«

»Das ist zu großräumig«, sagte Massimo.

»Wie meinen Sie das?«

»Die Momente des erinnerten Glücks sind zu selten«, sagte er (ein weiser Friseur!?). Und nach einer kleinen Pause: »Ich kenne Sie nur als eine gutgelaunte Frau. Vielleicht sollten Sie darüber nachdenken, wann die gute Laune sie verließ.«

Schnipp, schnipp, schnipp.

Zu einer früheren Zeit, vielleicht sogar vor eine paar Tagen noch, hätte sie sich geschämt. Eine Frau, die ihrem Friseur Intimitäten anliefert. Was für ein verdammtes Klischee. Etwas dergleichen huschte ihr auch jetzt durchs Hirn. Sie schämte sich jedoch nicht. Sie schickte ein dankbares Lächeln via Spiegel zu Massimo.

»Noch vor ein paar Stunden war ich gutgelaunt«, sagte sie.

»Und was geschah dann?« fragte Massimo, während er ihr Schaumfestiger in das Haar massierte.

»Ein Gespräch mit meinem Mann landete im Stimmungsmorast.«

»Steuerte er das Gespräch böswillig dort hinein?«

Carola dachte nach. Dann sagte sie kleinlaut:

»Nein, ich glaube, das war ich.«

»Er hat Sie geärgert?«

»Nein, er ist zwar manchmal etwas pedantisch und umständlich, aber das ärgert mich nicht – irgendwie (?) mag ich das sogar an ihm.«

Der Föhn kam zum Einsatz und verhinderte zunächst den Gesprächsfortgang.

Carola dachte wieder nach.

Massimo föhnte.

Plötzlich lachte sie auf. Massimo stellte den Föhn ab. Sie sagte: »Es ist ein Muster!«

??? (mimisch)

»Unsere ehelichen Gespräche haben ein Muster. Sie müssen so enden. Irgendwann im Laufe der Jahre hat sich dieses Muster ausgebildet und verhärtet, und jetzt fügen wir uns willenlos. Alle beide. Und noch etwas ist mir zu Bewußtsein gekommen: Ich bin es, die Bruno immer wieder in sein Bildgefängnis hineintreibt.«

Massimo, der nicht genau wußte, was sie mit ihren letzten Sätzen gemeint hatte, ihr aber ansah, daß diese Erkenntnisse sie befriedigten, fragte vorsichtig, während er ihre Frisur gleichmäßig mit Haarspray befestigte:

»Kann man da rauskommen aus den Mustern und dem Bildgefängnis?«

»Ja«, sagte sie, »das muß gehen – auch ohne Mord.«

(Massimo war jetzt etwas erschrocken.)

Freitag 12 Uhr 23
Kommissariat

Witwe unberührbar

Leonie Wagner gehörte nicht zu den Frauen, die ihr Büro mit Topfpflanzen, Urlaubspostkarten von Kollegen oder Photographien von Angehörigen dekorierten. Das vereinfachte die Dinge jetzt. Die Vorstellung, daß eine Photographie ihres lange schon verstorbenen Mannes zum Anlaß mitleidiger oder psychologischer Erwägungen hätte genommen werden können, wäre ihr ein Horror gewesen.

Die Sekretärin hatte einen großen Pappkarton neben ihren Schreibtisch gestellt, und Leonie Wagner, die vor der geöffneten Schublade saß, warf gerade eine angebrochene Packung Ingwerkekse und eine Dose Handcreme hinein, als die Sekretärin wieder erschien und sagte, daß eine höchst seltsame Frau, eine gewisse Adelheid Krüss, aufgetaucht sei, die dringend jemanden sprechen wolle im Zusammenhang mit der Leichensache Urlach, und da die Kollegen doch alle unterwegs seien wegen der Bandenmorde, habe sie gedacht, ob nicht die Frau Hauptkommissarin …

»Ja, schon gut«, sagte Wagner. »Schicken Sie die Frau herein.«

Leonie Wagner war auch nicht der Typ, der leicht zu erschüttern war, aber als Molly ihr Büro betrat, war sie doch beeindruckt. Die Frau schien ihr völlig verändert. Wie ausgetauscht. Als wäre sie unter einem schweren Schlag erstarrt.

Sie hatte sie bei der häuslichen Befragung gesehen als eine liebenswerte Frau, etwas nachlässig in der äußeren Erscheinung. Weich in Gestalt und Gemüt. Vielleicht auch ein wenig träge. Gutherzig in jedem Fall. Sie war ihr aufrichtig erschienen, obwohl sie zweifellos etwas verheimlicht hatte. Sie hatte überlegt, wie diese angenehme Frau das aushielt mit dem alten Drachen und dem schlappen Mann.

Diese Frau, überlegte sie jetzt, die in ihrem strengen schwarzen Kostüm vor mir sitzt, sorgsam gekleidet und gepflegt, doch nur, um eine textile und kosmetische Sperre zwischen ihr leibliches Sein und das der anderen zu errichten, macht den Eindruck, als habe sie mit allem und jedem abgeschlossen, als könne sie in diesem Leben nichts mehr berühren, als existiere sie nurmehr automatisch. Leonie Wagner verspürte eine Hemmung, sie auch nur anzusprechen.

Das war auch völlig neu für die Kommissarin.

Sie mußte Molly nicht ansprechen.

»Ich komme wegen des Manuskripts«, sagte Molly mit einer Ausdruckslosigkeit, die ins Gespenstische wies. Diese Frau wollte kein Gespräch. Wenn sie etwas sagte, dann nur, damit ein anderer etwas tat.

Leonie Wagner war etwas verwirrt.

Das war auch neu für die Kommissarin.

»Welches Manuskript?« fragte sie. Schon im gleichen Moment fand sie in ihren Beruf zurück, und ihr fiel das Manuskript wieder ein, das sie in der Schublade von Urlach gefunden und für das sie Schriftproben erhoben hatten. Sie ärgerte sich über sich. Um zu verhindern, daß die versteinerte Besucherin ihre Verwirrung bemerkte, setzte sie schnell die nächste Frage hinzu:

»Warum interessieren Sie sich für das Manuskript?«

Molly sprach fordernd und kalt und in kurzen Sätzen, mit einer modrigen Stimme. Sie modulierte nicht mehr. Blieb ständig auf gleicher Tonhöhe:

»Mein Mann, Norman Krüss, war der Verfasser. Er starb in der letzten Nacht. Das Manuskript war ihm wichtig. Ich bin seine Erbin. Es steht mir zu.«

»Aber Sie lebten doch getrennt von Herrn Krüss?«

»Ja«, sagte Molly, »doch wir waren nicht geschieden.« Und dann etwas leiser, aber im gleichen Tonfall: »In keiner Weise geschieden.«

»Das verstehe ich nicht«, sagte die Kommissarin.

»Das ist unerheblich« sagte Molly mechanisch.

»Ich würde es trotzdem gerne verstehen«, sagte die Kommissarin.

Molly schwieg.

»Ich kann Ihnen das Manuskript nicht übergeben, solange der Fall nicht abgeschlossen ist«, sagte die Kommissarin.

»Das ist er nicht?«

»Nein. Vielleicht müssen wir auch Irma und Pascal von Seefeld nochmals befragen.«

Das war zwar Unsinn, aber man mußte diese Frau zum Sprechen bringen.

»Das wird nicht gehen«, sagte Molly steinern.

»Und warum nicht?«

»Irma von Seefeld ist tot. Pascal von Seefeld ist verschwunden.«

»Wann und woran ist Frau von Seefeld gestorben?«

»Gestern mittag, Herzversagen.«

Mein Gott, da wird aber jetzt viel gestorben, dachte die Kommissarin, vielleicht müßte man nochmals nachhaken.

»Bitte korrigieren Sie mich, wenn ich etwas falsch sehe: Sie lebten doch mit Pascal von Seefeld?«

»Falsch«, sagte Molly. »Ich lebte *bei* Pascal von Seefeld. Ich liebte meinen Mann Dr. Norman Krüss.«

»Und warum haben Sie sich von ihm getrennt?«

»Habe ich nicht.«

»Frau Krüss, es wäre freundlich von Ihnen, wenn Sie mir das erklärten«, sagte Leonie Wagner ihrerseits freundlich.

Vielleicht war es diese Freundlichkeit, vielleicht auch die Anrede, wahrscheinlich jedoch die Unumgänglichkeit einer Antwort, wollte sie das Manuskript erhalten, jedenfalls begann Molly in einem unverändert mechanischen Ton und in kahlen Sätzen mit der Freigabe von Informationen.

»Pascal von Seefeld ist homosexuell. Er mußte das verbergen. Vor seiner Mutter. Sie hätte ihn enterbt. Wir spielten ihr das Paar vor. Sie kannte keine Liebe, daher fiel ihr deren Abwesenheit nicht auf. Das war das Ziel von Pascal. Das Ziel von Irma hieß Pflege. Ich bin ausgebildete Krankenschwester. Irma von Seefeld war mehrfach krank. Sie hatte eine Krebserkrankung und zwei Herzinfarkte hinter sich, als ich ins Haus kam. Sie wäre vor einem Jahr beinahe an einer Lungenembolie gestorben. Sie litt zudem unter einem Parkinsonismus. Sie ist gestern von ihrem Mittagsschlaf nicht erwacht. Herz- und Kreislaufversagen. Ihr Hausarzt stellte den Totenschein aus.«

Molly sah leer an der Kommissarin vorbei.

»Und was war Ihr Ziel?«

»Geld«, sagte Molly.

»Frau Krüss, bitte erläutern Sie das.«

Molly spulte auch die folgenden Sätze völlig gleichgültig ab:

»Es gibt einen Vertrag zwischen Irmgard von Seefeld und mir. Ich sollte bei ordnungsgemäßer Pflege nach ihrem Ableben dreihunderttausend Euro erhalten. Diese Vereinbarung galt erst nach Ablauf der ersten zwei Jahre, es sei denn, ich wäre zuvor schwanger geworden. Das war nicht wahrscheinlich.«

»Wie weit liegt dieser Vertragsabschluß zurück?«

»Dreieinhalb Jahre.«

»Wir könnten Irma von Seefeld obduzieren lassen«, sagte die Kommissarin. (Schnellschuß.)

»Tun Sie das«, sagte Molly.

Es ist ihr gleichgültig. Wahrhaftig. Meine Worte berühren sie nicht mehr. Man kann ihr nicht mehr drohen. Sie kennt keine Furcht mehr. Unheimlich ist das. Das dachte Leonie Wagner. Und dann fragte sie:

»Wozu brauchten Sie Geld?«

»Für ein gutes Leben mit Krüss. Wir dachten, daß wir noch mehr Zeit hätten.«

»Er wußte von dem Deal?«

»Ja, ein gemeinsamer Beschluß.«

»Er war krank?«

»Ja, sehr krank.«

»War Irma von Seefeld vermögend?«

»Ja, sehr vermögend.«

»Gibt es ein Testament?«

»Ja.«

»Kennen Sie es?«

»Ja.«

»Und?«

»Pascal von Seefeld erbt alles bis auf die dreihunderttausend Euro und das Haus. Das hat sie überraschend mir vermacht mit der Auflage, daß wir weiterhin darin wohnen sollen.«

»Haben Sie dafür eine Erklärung?«

Molly zuckte gleichgültig mit den Schultern.

»Oder wenigstens eine Vermutung? Vielleicht hat sie ihre Verbindung auf Dauer stellen wollen.«

»Kann sein.«

»Ich denke, dieses Ziel wird sie posthum nicht erreichen.«

Jetzt lachte Molly. Aber dieses Lachen war grausig, weil es nur aus einem kurzen Freilegen der Zähne bestand, Mollys Augen und auch ihr Tonfall blieben kalt.

»Keinesfalls. Pascal hat sich schon davongemacht.«

»Und Sie?«

Molly zuckte mit den Schultern.

»Vielleicht verkaufe ich, vielleicht vermiete ich, vielleicht bleibe ich. Das interessiert mich nicht mehr.«

»Verkaufen wäre gegen die Verfügung.«

Molly zuckte wieder mit den Schultern.

»Das ist mir gleichgültig. Wo kein Kläger ist …«

»Es hat einen Garten.«

»Es ist scheußlich.«

»Man könnte etwas daraus machen.«

»Das interessiert mich nicht. Bitte, was muß ich tun, um das Manuskript zu erhalten?«

»Ich werde veranlassen, daß man Sie benachrichtigt, wenn es freigegeben ist. Sie müßten dann einen Erbschein vorlegen. Haben Sie eine Idee, wie es in den Besitz von Urlach kam?«

»Ja, diese Leiterin …«

»Isolde Schrempel?«

»Ja, wahrscheinlich hat sie es gestohlen, wahrscheinlich im Auftrag von Urlach.«

»Warum sollte sie das tun?«

»Lesen Sie, was darin über sie und Urlach geschrieben steht, dann wissen Sie es.«

Molly stand auf. Im Stehen wirkte sie noch unberührbarer und erstarrter. Es war ersichtlich: Ihr Lautkontingent war erschöpft, sie würde jetzt verstummen.

»Sollten Sie an eine Vermietung des Erdgeschosses denken, geben Sie mir bitte Bescheid. Ich gebe Ihnen meine Karte.«

Molly steckte die Karte achtlos in ihre Tasche und ging ohne einen Blick, ohne Wort.

Jemand hatte zum Abschied eine Flasche Marillengeist auf Leonie Wagners Schreibtisch gestellt. Sie entfernte die Schmuckschleife und das Seidenpapier, zog den Korken heraus und genehmigte sich einen Schluck direkt aus der Flasche.

(Das hatte sie noch nie getan.)

Freitag 13 Uhr 20
Universität

Restnot

»Wo ist Laura?« fragte Johanna Schwarzenbach.

Sie kam aus der Vegetariermensa und war erstaunt, Simon Menzel auf dem Stammplatz der Sekretärin vorzufinden.

»Ich halte hier die Stellung. Laura hat die Flucht ergriffen. Dieser Florian Kuhn hat sein Kommen angekündigt, er habe davon Wind bekommen, daß – ich zitiere –: ›hier jemand das Urlach-Schwein um die Ecke gebracht hat‹. Er hat wohl vergessen, daß wir wissen, daß auch er das schon seit gestern abend weiß. Aber das Geschwätz dieses Freaks muß uns nicht interessieren.« Er wandte sich ganz der Johanna zu. »Du siehst elend aus.«

»Mir ist auch elend. Ich hatte in der Mensa das Gefühl, daß mich alle anstarren. Und hier im Institut ist es noch schlimmer. Ich muß weg«, sagte sie. »Aber vorher will ich mich noch bei dir bedanken.«

»Das mußt du nicht. Urlach hat uns in diese Grube gestoßen, und wir sind gemeinsam wieder herausgeklettert.«

»So siehst du das?«

»So sehe ich das!«

»Glaubst du, daß ich jetzt für den Rest meines Lebens grübeln muß, ob ich ›es‹ wußte oder nicht, ob ich schuldig bin oder nicht.«

»Glaubst du, daß du irgendwann zu neuen Resultaten kommst?« fragte er.

»Nein«, sagte sie.

»Dann laß das. Laß diese Selbstanklagen. Das sagt doch

etwas aus, daß man dich strafrechtlich nicht belangen kann.«

»Es sagt juristisch etwas aus, nicht aber moralisch. Zudem, auch aus dem rechtlichen Blickwinkel: Etwas, an das ich mich nicht erinnern kann, ein Wissen oder Nichtwissen, das ich vor mir selbst nicht zu bestätigen vermag, entscheidet darüber, ob ich eine potentielle Mörderin bin oder nur eine geschmackslose Ulknudel.«

»Hör auf dich zu quälen. (Gefühlsbefehl!) Bläh dich nicht auf in der Schuld. Sei vorsichtig: Es gibt so etwas wie eine Schuldwonne. Du hast gespürt, daß er tot war. Man hat da Intuitionen. Und überdies: Mit diesem Stich in die Schulter hättest du ihn nicht einmal gehörig verletzen können.«

Menzel machte eine Pause. Betrachtete besorgt die auf niedrigem Stuhl in sich zusammengesunkene Schwarzenbach und dachte: Das nennt der Volksmund »ein Häuflein Elend«.

»Er war ein Schwein«, sagte er dann.

»Ja, er war ein Schwein«, sagte Johanna Schwarzenbach.

Und Menzel sagte:

»Ich bin froh, daß er tot ist. So oder so. Und ich hätte nicht gedacht, daß ich einmal in dieser Weise über den Tod eines Menschen sprechen würde. Aber ich werde mich nicht den Rest meines Lebens deshalb quälen.«

»Da ist ein Unterschied«, sagte Johanna Schwarzenbach.

»Unwesentlich, glaub mir, ganz unwesentlich. Ich hätte das Gleiche – wie immer wir es nennen wollen – auch getan.«

In diesem Moment flog die Tür auf, und ein hochgradig erregter Florian Kuhn stand im Raum. Plötzlich. In der Raummitte. Als wäre er mit einem Fallschirm abgesprungen. Er sah verkleidet aus: ausgebeulter Kordanzug, ungebügeltes Hemd und ausgeleierte Socken in Sandalen. So wie man in einem Theaterstück einen Akademiker der siebziger Jahre ausstatten würde.

»Hallo«, sagte Florian Kuhn mit rotem Kopf, wirrem Haar und vergrößerten Pupillen.

Hallo, dachte Simon Menzel, wir sind hier auch schon, Armani hinter uns lassend, bei Lang und Brioni angekommen. Und er betrachtete böse belustigt den groben Strickbinder, den Kuhn sich um den Hemdkragen geknotet hatte. Menzel spürte, wie das Verlangen in ihm aufstieg, in einer ruhigeren Zeit, die jetzt hoffentlich kommen würde, Romane zu lesen, in denen die Figuren weitaus wirklichkeitsgetreuer waren als in seiner gegenwärtigen wirklichen Wirklichkeit. Dieses Verlangen wurde immer dringlicher. Zeitgleich wuchs ein anderes Verlangen in ihm, das Verlangen, diesen Kuhn zu schlagen. Ohne Ansatz, ohne Warnung, kurz und trocken ins Gesicht zu schlagen. Simon Menzel, der Sanftmütige, wunderte sich nicht mehr über sich.

Er unterließ das Schlagen und sagte:

»Guten Tag, Herr Kuhn.«

»Kennen wir uns?«

»Ich denke schon. Sie waren doch auch bei Irma von Seefelds großem Mördersuchspiel.«

»Stimmt. Sie sind?«

»Simon Menzel. Ich bin der Bibliothekar.«

»Und Sie, schöne Frau?«

»Johanna Schwarzenbach«, sagte Johanna Schwarzenbach ohne auch nur aufzusehen. Sie hatte nicht die geringste Lust, ihn darüber aufzuklären, daß auch sie an jenem Abend und auch an dem zuvor im Irma-Haus gewesen war. Schon bei der Party hatte er sie glatt übersehen, ganz darauf konzentriert, Laura anzubaggern.

»Ich bin hier mit der charmanten Laura Rudolph verabredet«, sagte der Sachbuchautor Florian Kuhn seifig.

Menzel wußte: Das war eine glatte Lüge, Laura hatte diesem Menschen am Telefon gesagt, daß sie keine Zeit habe. Aber der hatte gleichwohl darauf bestanden, in das Institut zu kommen. Man mußte diesen zugekoksten Komiker irgendwie loswerden.

»Das muß ein Mißverständnis sein«, sagte er. »Frau Rudolph ist heute nachmittag in einer mehrstündigen Sitzung unabkömmlich. So ein Pech.«

»Ach, wie schade«, sagte Kuhn und schaute sich um, als suche er den Raum nach Blutspritzern ab. Dann sagte er: »Ich habe nämlich, weil ich Urlach doch sehr gut kannte (?), der befreundeten Redakteurin einer Zeitschrift angeboten, eine kleine Milieu-Reportage zu schreiben. Waren Sie nicht auch verwickelt in den Fall?«

»Nein, nicht wirklich, eigentlich gar nicht«, sagte Menzel und ging ein paar Schritte auf Kuhn zu, um ihm die Sicht auf Johanna zu versperren.

»Hat die Polizei schon eine Spur?«

»Ja, die KI-Spur, Ihre Hinweise waren da, glaube ich, außerordentlich wertvoll, Sie sollten unbedingt die Linguisten befragen.«

Als Kuhn daraufhin grußlos zur Tür hastete, schon auf dem Weg in die sprachwissenschaftliche Abteilung, rief Menzel ihm hinterher:

»Übrigens das wird wohl nichts mit der kleinen Reportage, Urlach ist auf natürliche Weise von uns gegangen.«

Ich bin umstellt von Witzfiguren, dachte Simon Menzel auf dem Weg in seine Bibliothek. Dort würde er, dessen war er sicher, endlich einen großen Roman des neunzehnten Jahrhunderts aus dem Regal ziehen können, der reich gespickt war mit einem hochwertig und subtil geformten Figurenensemble.

Er hatte den Kuhn-Auftritt in Sprüngen wahrgenommen. Das hatte ihn erinnert an die familiären Super-Acht-Film-Abende seiner Jugend, wenn sein Vater den Amateurfilm nicht richtig eingelegt hatte, so daß dessen Bilder sowohl etwas zu schnell als auch nur ruckhaft auf der kleinen Leinwand erschienen.

Was für ein Ausstattungs-Idiot, dachte er im Rückblick auf den Kuhn-Auftritt. Und dann: Urlach war ja auch so ein Dekorateur seiner selbst gewesen. Aber waren das nicht alle – mehr oder weniger. Rannten sie nicht los und kauften sich ein komplettes Sport-Outfit, noch bevor sie erstmalig ein Fitneß-Studio, eine komplette Wimbledon-Kostümierung, noch bevor sie erstmalig einen Tennisplatz betraten, komplette Freizeit-Verschalungen für eine Zeit, über die sie oftmals gar nicht verfügen konnten.

Und ich, dachte er dann, ich bin Menzel, der sanfte Bibliothekar, ein Buchfreak, wahrscheinlich schon von weitem als solcher zu erkennen. Plötzlich hatte er ein scharfes Bild davon, wie ihn andere sahen. Muß mich das interessieren? dachte er und:

Ich hätte diesen Kuhn schlagen sollen.

Das dachte der traurige Simon Menzel und bedauerte, daß er vermutlich – es war so eine Ahnung – mit seinem Freund Krüss nicht mehr darüber würde sprechen können.

Johanna Schwarzenbach dachte, wie schon so oft an diesem Tag: Ich muß ganz schnell hier weg!

(Von Florian Kuhn sollte keiner von ihnen je wieder etwas hören. Er wurde drei Tage später von einem Lastwagen überfahren.)

Freitag 15 Uhr 12
Irmas Haus

Letzte Auftritte

Da saßen sie im Haus der toten Irma von Seefeld. In der Eingangshalle, oder im Vestibül, wie die Verstorbene diesen riesigen düsteren Raum bezeichnet hatte. Carola und Bruno wollten kondolieren, wollten helfen, wenn Hilfe nötig, wollten trösten, wenn Trost gewollt wäre. Aber da war niemand, der etwas davon hätte entgegennehmen, gebrauchen oder wollen können. Sie hatten, als sie eintrafen, das große zweistöckige Haus menschenleer vorgefunden, dunkel bei zugezogenen Vorhängen, die großen Türflügel des Eingangs weit aufgerissen. (Menschenleer? Lag da nicht im ersten Stock die Hausherrin entseelt in ihrem Bett?)

Die Tür war noch immer weit geöffnet. Die beiden hatten gerufen vom Hellen ins Dunkel. Was man da eben so ruft. »Hallo. Ist da jemand?« und »Ist jemand zu Hause?« Sie hatten keine Antwort erhalten. Jetzt saßen sie nebeneinander in einer hart umrissenen Lichtschneise, die vom Eingang bis zum Fuß der Treppe reichte, auf gobelinbespannten Stühlen mit steil hochragenden Rückenlehnen und sahen auf das leuchtende Entree in der Erwartung, daß da jemand, der in diesem Haus wohnte, hereinkommen möge. Wie ein Kronprinzenpaar, das seit Äonen vergeblich auf die Krönung wartet.

Das durch die klaffende Türe hereinfallende Sonnenlicht der Außenwelt hatte ein langes helles Rechteck auf das Parkett gebannt.

Jetzt sagte Carola: »Das ist mir zu dumm«, und sie stand schwungvoll auf, trat aus der Sonnengeometrie heraus und schob die schweren Samtportieren vor den beiden hohen Fenstern links und rechts neben dem Eingang mit energischer Hand beiseite. Sie mußte sich dabei anstrengen, und das unangenehme Quietschen der Ringe auf der Messingstange ließ ahnen, daß ihnen diese Bewegung schon lange nicht mehr zugemutet worden war. Dann öffnete Carola die Fenster. Nun lagen drei große Sonnenrechtecke auf dem Boden, und in die Halle drangen natürliche Lichtmengen wie (vermutlich) seit Jahrzehnten nicht, und die unbekannten Leute, die zeitfremd aus den schweren vergoldeten Rahmen von den Wänden auf Bruno und Carola herabsahen, schienen ein wenig erschrocken über diese plötzliche Tageslichtzufuhr, die sie in eine unvorteilhafte Sichtbarkeit brachten.

»Was für ein Ramsch«, sagte Carola und ließ ihren Blick über die Bilder, Teppiche und das Mobiliar schweifen. Die Helligkeit machte den Raum noch häßlicher, nahm ihm aber zugleich etwas von seiner Bedrohlichkeit.

»Sie werden einem Trödler etwas draufzahlen müssen, wenn er dieses Haus ausräumt. Das Zeug taugt allenfalls für Flohmärkte.«

»Wir können doch hier nicht ewig herumsitzen und warten, daß irgendwann irgend jemand auftaucht, dem wir unser Beileid aussprechen können«, sagte Bruno nervös. Ihm waren Carolas eigenmächtige Eingriffe in den Seefeldschen Haushalt peinlich.

»Ich würde gerne gehen, bevor du anfängst, hier die Möbel umzustellen und selbsttätig zu entrümpeln.«

»Ich warte«, sagte Carola (unbeirrbar). »Ich habe eine böse Vorahnung. Hier stimmt etwas nicht.«

Bruno fügte sich in sein Schicksal. Die Hose des dunklen Anzugs, in den Carola ihn gezwungen hatte, war im Bund etwas zu eng. Er hatte ihn lange nicht mehr angehabt. Ich sollte wieder rudern, dachte er (matt).

»Ich verstehe nicht, wo Frederike bleibt«, sagte Carola. »Sie wollte doch auch herkommen.«

»Vielleicht sind sie alle in ein Restaurant gegangen oder ins Kino«, sagte er unkonzentriert.

»Ins Kino???«

»Ja, zugegeben, das ist eine idiotische Idee, aber ich finde es auch idiotisch, hier zu sitzen und auf den Eingang zu starren. Und ich verstehe auch nicht, warum ich mich anziehen mußte, als wäre dies schon die Beerdigung. Du hast doch selbst gesagt, daß kein Mensch um den alten Drachen trauern würde.«

»Bei den Riten rund um den Tod eines Menschen geht es, denke ich, nicht so sehr um die Frage nach der moralischen Integrität des Verstorbenen, sondern mehr um unsere sittliche Selbstverpflichtung«, sagte sie gestelzt.

Da Carola mit dem Rücken zu ihm stand – sie betrachtete eines der Ölgemälde, auf dem ein schnurrbärtiger Herr in einer russischen Ulanenuniform zu sehen war –, konnte Bruno in ihrem Gesicht nicht lesen, ob diese geschwollene Rede ihr Ernst war oder ob seine Person persifliert werden sollte.

»Ich schau mich mal um«, sagte sie jetzt und stieg die Treppe hinauf.

Bruno betrachtete den wilden Tanz der Staubpartikel, die durch die heftige Bewegung der Samtportieren ins Licht der einfallenden Sonnenstrahlen verwirbelt worden waren. Zugleich lauschte er mit wachsendem Unbehagen auf die Geräusche, die Carola bei ihrer Hausinspektion verursachte. Er hörte ihre energischen Schritte. Sie schien sich in dem Raum zu befinden, der über der Halle lag. Das kann sie doch nicht machen, dachte Bruno. Sie kann nicht einfach neugierig hier herumgehen. Das ist schließlich das Haus einer Toten. Ein Totenhaus.

Plötzlich verdunkelte sich der Lichteingang. Zwei sichelförmige Silhouetten zeichneten sich nebeneinander in der

Türöffnung ab. Für einen kurzen Moment glaubte Bruno, daß dies magere Sargträger seien, die die Irma-Leiche aus dem ersten Stock abholen wollten. Dann aber, als er die Augen mit der Hand vor dem Gegenlicht geschützt hatte, erkannte er die beiden Irma-Freundinnen.

Die hatten ihm noch gefehlt.

»Ist niemand da?« sprach die eine ihn an.

Er hatte große Lust, sein grundlegendes Unbehagen an diesem unseligen Geschöpf abzureagieren und ihm zu sagen, wie blödsinnig es sei, jemanden, dessen Anwesenheit außer Frage stehe, mit genau dieser Frage zu belästigen.

Da sagte die andere schon spitz in seinen Ärger hinein:

»Ach, Sie sind es, der Herr Professor.«

»Ja«, sagte Bruno knapp.

»Hat Sie Frau von Seefeld auch zum Tee eingeladen?« Das war wieder die erste, die das fragte.

»Nein«, sagte Bruno, »wir kamen, um zu kondolieren. Frau von Seefeld ist gestorben.«

»Gestorben????« riefen die Irma-Freundinnen synchron und schrill und in gleicher Tonhöhe. Sie waren hochgradig alarmiert.

»Ja«, sagte Bruno, »sie ist von ihrem Mittagsschlaf nicht mehr erwacht.«

Die beiden sanken, wiederum gleichzeitig, auf herumstehende Stühle. Die eine saß jetzt in einem beleuchteten Rechteck, die andere verschmolz mit dem Grau einer Raumnische neben dem Treppenaufgang, in die das Licht nicht dringen konnte.

Nach mehreren zweistimmigen »OGottogotts« (hochgepeitschte Tonlage) rief die Beleuchtete plötzlich (scharf):

»Und wer ist ›wir‹?«

»Was meinen Sie?« fragte Bruno.

»Sie sagten eben: ›*Wir* kamen, um zu kondolieren.‹«

»Meine Frau und ich«, antwortete Bruno (artig).

»Und wo ist Ihre Gattin jetzt?«

»Ich weiß nicht«, sagte Bruno verlegen, »vermutlich …« Er räusperte sich, um Zeit zu gewinnen. »Vermutlich wäscht sie sich die Hände.«

Die verdunkelte, für Bruno unsichtbare Irma-Freundin hatte seine Verlegenheit in die Witterung bekommen.

»Und wo sind Pascal und Molly?« fragte sie streng.

»Das kann ich Ihnen nicht sagen, die Tür stand offen, als wir eintrafen.«

Die Irma-Freundin, die im Licht saß, legte nach:

»Aber das geht doch nicht, es sind Wertsachen im Haus.«

Carola, die in diesem Moment die Treppe herunterkam, fauchte, kaum unten angekommen, in heller Wut die eine der Irma-Freundinnen an (es traf zunächst jene, die in dunkler Treppennähe saß):

»Was fällt Ihnen eigentlich ein, meinen Mann in diesem inquisitorischen Ton auszufragen? Was maßen Sie sich an? Sie haben doch gehört, Ihre Freundin ist tot. Mausetot. Sie haben hier keinen Anschluß mehr. Der Zug ist abgefahren. Das Spiel ist aus. Hier wird kein Tee mehr getrunken.« Zu der im Licht: »Und hier ist für Sie auch sonst nichts mehr zu holen, ob mit oder ohne Wert. Sie sollten jetzt besser gehen.«

Die beiden grauen Gestalten waren aufgeschreckt in die Raummitte gehuscht und lehnten dort jetzt schutzsuchend aneinander.

Carola wiederholte (herrisch):

»Gehen Sie!«

Das Witwengespinst raffte Taschen an sich und bewegte sich raschelnd unter einem empörten Gemurmel des Zweifels daran, daß Carola ein Recht besäße, es so zu behandeln, zum Ausgang. Carola ging den jetzt schon Flüchtenden einige Schritte hinterher und machte dabei schaufelnde Bewegungen mit den Händen und Unterarmen, wie man sie macht, wenn man Hühner scheucht. Das letzte, was Bruno und Carola hörten und hören sollten, war die Wortwiederholung:

»… schließlich sind Wertsachen im Haus.«

»Genau«, rief Carola dem Wutgezischel hinterher.

Als das starke Licht vor dem Eingang die grauen Gestalten absorbiert hatte, fragte Bruno:

»Was hast du eigentlich da oben getan?«

»Ich war in Irmas Zimmer und habe den Schmuck, der da herumlag, an mich genommen«, sagte Carola.

»Hast du nicht!« sagte Bruno.

»Habe ich doch!« sagte Carola.

»Du hast unter den Augen der …« Bruno fand keine Worte mehr.

»Ja, unter den toten Augen der Toten. Jemand hatte sie geschlossen, falls dich das beruhigt«, sagte Carola.

Doch Bruno war nicht beruhigt:

»Ich fasse es nicht.«

Er griff an seine Stirn. Carola setzte sich wieder neben ihn und beobachte seine steigende Fassungslosigkeit gleichermaßen steigend erheitert.

Aber dann (so völlig unerwartet), noch während sie da saß und den Fassungslosen von der Seite betrachtete, wich ihre Erheiterung, und eine nie gekannte Zärtlichkeit stieg in ihr auf, und sie nahm plötzlich mit überwältigender Heftigkeit wahr, wie sehr sie ihn liebte. (Hatte sie das schlicht vergessen?)

Warum widerfuhr ihr diese Gewißheit jetzt? Ausgerechnet in dieser grotesken Situation?

Beinahe hätte sie geweint.

Ihr Geist war für eine Sekunde, nein, für den Bruchteil einer Sekunde umschlossen von einer tiefen Schwärze, aus der sich ihr hell und noch heller werdend der Schädel der toten Irma entgegenschob. Die Züge – vergeistigt wie im Leben nie. Die Haut wie poliertes Elfenbein. Das Höhlentief der geschlossenen Augen. Auf der Stirn ein Zeichen, das Carola nicht deuten konnte … Sie schreckte hoch – die Schwärze wich –, Brunos Stimme drang an ihr Ohr. Die Schwärze löste sich ganz auf und nahm das Gesicht mit.

»Du willst den Schmuck stehlen? Wirklich stehlen?« fragte Bruno, der, weil er starr vor sich hin schaute, ihre Gemütsturbulenzen nicht wahrnehmen konnte.

Sie legte ihre Hand auf seine Hand, die immer noch die hölzerne Armlehne des hohen Stuhls umschloß.

»Beruhige dich bitte, Bruno, ich will ihn nicht behalten. Molly soll ihn haben. Sie hat in diesem Horrorhaus genug gelitten.«

Und als sie bemerkte, daß Bruno noch immer sehr beunruhigt war, erklärte sie:

»Was soll dieser blöde Pascal mit dem Schmuck anfangen? Und du siehst ja, daß sich hier niemand mehr für das Haus verantwortlich fühlt. Sollen ihn irgendwelche Irma-Freundinnen oder Fremde, die hier hereinspazieren, an sich bringen?«

Bevor Bruno weitere Bedenken, die er zweifellos hatte, äußern konnte, hörten sie Frederikes Stimme. Sie stand in der geöffneten Tür wie zuvor die Schattenfreundinnen.

Da gab es an diesem Tag Auftritte wie in einem Scherenschnitt-Theater.

»Ihr habt wohl schon mit der Gespensteraustreibung begonnen. Ich sah die Irma-Freundinnen gerade in Panik aus dem Haus fliehen.«

»Vergiß sie«, sagte Carola, »sage uns lieber, was hier passiert ist. Ich habe das Gefühl, da ist jemand durch die weit geöffnete Tür gegangen und nicht mehr wiedergekommen.«

»Das muß Pascal gewesen sein«, sagte Frederike, die ein paar Schritte in die Halle gekommen war. »Er ist in einer etwas bedenklichen Verfassung.«

»Er trauert«, sagte Bruno arglos.

»Nein, so würde ich das nicht nennen.«

»Und wo ist Molly?« fragte Carola.

»Das weiß ich nicht. Ich suche sie schon den halben Tag. Ich hoffte, sie vielleicht hier zu finden. Sie erhielt in meinem Beisein einen Anruf gestern abend, die Nachricht, daß es Krüss sehr schlechtging. Sie ist sofort in diese Villa Engadin gefahren. Was ich inzwischen weiß: Norman Krüss ist heute nacht gestorben. Ich habe im Engadin angerufen, weil ich vermutete, sie in seinen Räumen noch zu finden. Aber sie hatte das Sanatorium schon am frühen Morgen verlassen. Ich habe keine Ahnung, wo sie sein könnte. Ich habe Angst.«

In die staunenden Mienen von Carola und Bruno erklärte sie knapp:

»Es ist eine lange Geschichte. Sie hat nie aufgehört, ihn zu lieben. Das hier in diesem Haus war nur ihre Lohnarbeit auf Irmas Ölplattform. Ich mag es jetzt nicht im einzelnen ausführen. Jedenfalls: Ich habe Angst um sie.«

Bruno, der es aufgegeben hatte, irgend etwas von dem, was um ihn herum geschah, und dem, was Frederike gerade erklärte, verstehen zu wollen (Muß mich das interessieren?), und der immer noch steif im Lichtrechteck auf dem hohen Lehnstuhl mit dem Blick auf die Eingangstür verharrt hatte, war plötzlich mit einem Laut des Erschreckens aufgesprungen. Die beiden Frauen sahen zu ihm und dann zu dem, was er sah.

Eine reglose Gestalt stand scharf konturiert im leuchtenden Türausschnitt wie ein schwarzer Obelisk. Dahinter zersprang das Sonnenlicht zu einem Strahlenkranz und steigerte sich in ein schmerzhaftes Weiß. Das Gesicht – ein ovaler heller Fleck. Ein vereistes Bild – wie herausgeschleudert aus dem Fluß der Zeit. Das Bild ließ sie frieren.

Molly!

(Ein Hausbesuch aus einer anderen Welt?)

Irgendwo
Irgendwann

Ertzuj: Ihr wißt es wahrscheinlich schon. Unsere tellurische Mission findet ein jähes Ende, noch bevor wir richtig mit der Untersuchung angefangen haben. Das entscheidende Abbruchsignal ist von einem anderen Team der Expedition gekommen unter der Leitung von Dfgvb, ein Team, das die Aufgabe hatte, die moralische Dimension der anthropogenen Verkehrsformen zu untersuchen.

Iopö: Es ist also wahr. Wir können uns entfernen. Ich bin erleichtert. In den Bedingungen und Ausprägungen ihrer sprachlichen Verständigung mag eines der Defizite dieser Spezies liegen, aber ihre fundamentale Untauglichkeit erweist sich an anderer Stelle. Das ganze Projekt ›Mensch‹ ist ein verfehltes Experiment. Ein Unglück der Evolution. Ein untauglicher Versuch in toto. Wir müssen uns nicht länger mit ihren armen lingualen Bemühungen beschäftigen.

Jkln: Die Mischung ist nicht tauglich. Stimmt's?

Ertzuj: Ja, du hast recht. Wären sie global orientierte Gattungswesen, wie diese Schwarmorganismen, wäre vielleicht etwas zu machen. Wären sie ausschließlich blindwütige vereinzelte Bestien unter dem Gesetz des Stärkeren, würde sich ihre Daseinsform auf grausame Weise automatisch regeln. Hätten sie sich ihrer atavistischen Schlacken vollends entledigen und auf intelligente Regelungen selbst verpflichten können, wäre Kälte, aber Hoffnung. Aber dieses unglückselige vermischte Gemisch … Ihr Geist reicht nicht in die Zonen weicher Empfindungen. Ihre Empfindung dümpelt im trüben. Da ist nichts durchgehalten. Kalte gierige Egoisten die meisten, nur an der einzelnen Bestandsvermehrung interessiert. Und in ihrer blinden Gier nicht einmal in der Lage zu erkennen, daß wenn sie so weitermachen – über Leichen voran –, auch ihre Einzelbastionen im von ihnen verursachten Ruin des Ganzen untergehen werden. Und selbst wenn einige von ihnen in ihrem kleinen Geist eine Einsicht in die großen Zusammenhänge haben, riskieren sie gleichwohl Schändliches, weil sie annehmen, daß der große Kollaps erst nach ihrem Ableben eintreten werde.

Und dagegen, spärlich aufgestellt, die wenigen Verlachten, die so etwas an den Tag legen wie ein Erbarmen mit all der armen Kreatur … Diese vertypte Autorin aus unserem Rudel, sie wird sich auch lächerlich machen, wenn sie das zu ihrem Credo erhebt.

Kurt: Immerhin! Das habe ich registrieren können, wenn es strenggenommen auch nicht zu meiner Aufgabe gehörte:

Unter den von uns Beobachteten war doch mindestens die Hälfte – ich schätze das jetzt einfach mal – mehr oder weniger befähigt zu so etwas wie Liebe und Erbarmen.

Jkln: Doch immer nur gelegentlich und im Einzelfall. Wenn es ein Exemplar betrifft, das ihnen nahesteht.

Kurt: Aber da ist eine Tauglichkeit in ihnen, wenigstens in einigen von ihnen, die über die biologische Programmierung und den Einzelegoismus hinausgeht. Etwas, das ihren Nützlichkeitsbestrebungen widersteht. Manche kennen die Liebe. Ich habe das registriert. Diese Molly zum Beispiel, ich habe sie etwas systematischer beobachtet in ihrer großen Liebe und auch in ihrer maßlosen Trauer und Verzweiflung, in der ihr das eigene Leben nichts mehr gilt.

Iopö: Immer diese Sentimentalitäten bei den Anfängern! Du bist da auch etwas zu dicht aufgerückt. Keine mentalen Anschmiegungen! Das hatten wir dir bei der Einweisung übermittelt.

Kurt: Sie hat mich bemerkt?

<u>Iopö:</u> Sagen wir, sie hatte dich in der Ahnung. Eine frtzh-Panne.

<u>Ertzuj:</u> Ja, Kurt, zugegeben, so eine Liebe, wie du sie bemerkt hast, gibt es bei einzelnen, aber auch dann streng bezogen auf einzelne. Selten genug. Sie können sie jedoch nicht erweitern auf jene, die sie nicht kennen, auf ihre Gattung. Die Kapazitäten ihres Mitgefühls sind minor. Nenn es anthropologisches Ungenügen. Leider nicht mehr zu ändern. Es ist vermutlich nicht ihre Schuld. Schuld? Siehst du, ich verfange mich auch schon in ihren kategorialen Netzen. Es wird Zeit, daß wir hier wieder wegkommen.

<u>Iopö:</u> Bedenke, Kurt, das war doch eine harmlose Gruppe, die wir observierten. Unter anderen Vorzeichen von der klugen Maschine erwählt. Allenfalls von Bedeutung unter dem Gesichtspunkt dessen, was sie Kultur nennen. Um mich ein letztes Mal der menschlichen Bildsprache zu bedienen: Dort fallen die Würfel nicht!

<u>Ertzuj:</u> Unsere Kollegen von der Abteilung Ethik hatten drei Rudel, hauptsächlich bestehend aus Wirtschaftsmagnaten, Waffenhändlern, Börsenmaklern und Hauptstadtpolitikern, unter Beobachtung. Die bewegen sich in den Schaltzentralen dessen, was sie Macht nennen. Da wirst du kaum noch Spuren eines Erbarmens finden.

<u>Iopö:</u> Aber Kurt, du hast den richtigen Punkt berührt. Es ist genau dieser Mangel an Liebe, Gnade und Erbarmen kombiniert mit einem Mangel an Phantasie, der sie in die Katastrophen führt. Sie haben diese Möglichkeiten, jedoch sie haben sie nicht kultiviert. Sie haben nur wenige Wörter für solche Regungen, und die sind zudem theologisch vereinnahmt, verengt und vereindeutigt. Schon an der Wortarmut und der geringen Erregungstemperatur beim Wortgebrauch kannst du erkennen, daß sie diese Möglichkeiten nicht sonderlich ausgebildet haben. Vergleiche nur einmal den Erregungsgrad beim Wort Sieg mit dem beim Wort

Friede. Die aggressiven Potentiale steigern sie unaufhörlich.

Ertzuj: *Wenige, sehr wenige, zu wenige wollen sich sehen als intelligente selbstgesteuerte Kulturwesen, überschreiten aber auch nicht ihre Möglichkeiten, können auch die Gewohnheitsfessel nicht lösen. Die anderen, die meisten, fast alle haben sich angewöhnt, wenn sie Katastrophen herbeiführen und im Dreck landen, den Affen hervorzuholen und sich mit dem Hinweis auf evolutionäre Determinationen zu entschuldigen. Schäbig ist das. Schäbig!*

Kurt: *Ich hätte eine Idee, wie sie zu retten wären. Die Abwesenheit des Schmerzes müßte sie in beständiger und gleicher Weise beglücken, wie seine Anwesenheit sie quält.*

Ertzuj: *Gar nicht so übel entworfen für einen Anfänger. Ist jetzt nicht mehr einzubringen. Das wäre nur Flickwerk.*

Kurt: *Was wird nun aus ihnen? Wird ihr Globus pulverisiert?*

Ertzuj: *Nein, das erledigen sie schon selber. Schau dir ihre atomaren Waffenarsenale an. Und wenn sie es waffentechnologisch nicht schaffen, schaffen sie es ökologisch. Du hast es gehört. Wir ziehen ab. Sie kommen für unsere Zwecke nicht in Frage.*

Kurt: *Die Schriftstellerin hat da einmal etwas zitiert: ›und brauchen es allein, um tierischer‹ – wie ging das nur weiter? Hey, fangt ihr schon an, meinen Speicher zu löschen?*

Ertzuj: *Ja.*

Kurt: *Darf ich sdfg2t?*

Ertzuj: *Ja, sobald wir zu Hause sind.*

3 Monate später

Sie sah auf, nahm den Blick von den Zeilen ihres Buches und ihre Gedanken von den Bildern, die die Schrift in ihrem Kopf entstehen ließ, und – schneller Weltenwechsel – schaute aufs Außenbild, schaute dem jungen Hund zu. Der grub ein Loch in die Erde des Gartens. Ganz an dessen Rand, ganz nah am Zaun, nicht ganz verdeckt von einem Gebüsch. Sie dachte: Das darf er nicht, er hat schon gelernt, daß er das nicht darf. Er weiß das, und tut es doch, aber nur dort, wo der menschliche Zorn voraussichtlich nicht in voller Dosis auf ihn niedergeht. Diese Verhaltensnuancen hat er an uns studiert. Hingegen, daß wir ihn sehen können, wenn wir uns erhöht auf einer Terrasse befinden, obwohl er hinter einem niedrigen Gebüsch arbeitet, das weiß er nicht, der kleine Hund, dachte sie. Und dann: Vielleicht sind die Dinge, die er von uns weiß, wichtiger als die, die wir von ihm wissen.

Sie bugsierte das Kissen, das verrutscht war, als sie sich auf der Liege vorgebeugt hatte, um den Hund besser sehen zu können, wieder an den genehmen Ort hinter ihren Kopf, lehnte sich darauf, zündete sich eine Zigarette an und wollte die Lektüre wieder aufnehmen. Aber dann fühlte sie sich (wider Willen?) doch in das Gespräch der beiden Frauen gezogen, die etwas abseits von ihr an einem kleinen Tisch saßen. Sie hörte:

»Wie heißt diese Pflanze, die mit der blauen Blüte – ein wunderbares Blau –, die du neben dem Brunnen in den großen Kübel gepflanzt hast?«

»Plumbago europaea, zu deutsch Bleiwurz.«

»Und jene dort in der Sonne am Zaun, dort, wo sich gerade Bella zu schaffen macht?«

»Digitalis purpurea, zu deutsch Fingerhut.«

»Ich meine, einmal gehört zu haben, daß die giftig sei.«

»Du mußt sie ja nicht essen. Es geht um Schönheit, nicht um Verträglichkeit. Ich bin nicht Hildegard von Bingen. Manchmal wird mir schwindlig, wenn ich daran denke, was ich an diesem Garten noch vollbringen muß.«

»Was ist daran so schwierig? Du suchst die Pflanzen nach Gusto aus, überlegst, an welchem Platz du sie haben willst, und bringst sie in die Erde.«

»Meine Liebe, du hast keine Ahnung, wirklich keine Ahnung.«

»Das bestreite ich nicht. Willst du es mir bitte erklären?«

»Ich lerne ja auch noch. Aber ich will dir gerne erklären, wie ich, selber noch Anfängerin, den Garten verstehe. Ich will es versuchen. Dein Anfang war so falsch nicht. Natürlich hat man, wie bei allen anderen Dingen des täglichen Lebens auch hier, Vorlieben und Abneigungen. Es gibt Pflanzen, die für mich definitiv nicht in Frage kämen.«

»Welche?«

»Zum Beispiel: die Sonnenblume und die Forsythie.«

»Kannst du diese Abneigung begründen?«

»Nur zum Teil. Sie hängt – nicht nur, jedoch auch – mit der Verwendung zusammen. Ich erinnere mich, daß ich lange Zeit die Gladiole nicht mochte, weil sie in einem uninteressanten Rot und einem ebenso uninteressanten Gelb die Repräsentationssträuße der fünfziger und sechziger Jahre beherrschte. Inzwischen mag ich sie wieder. Es gibt sie in einem wunderbaren dunklen Violett. Du wirst sie im nächsten Jahr in diesem Garten finden.«

»Würdest du eine Forsythie, wenn sie sich freistehend in der Natur auf deinem Weg befände, niedertrampeln?«

»Nein, das wäre schlechterdings unmöglich, das ist eine

Staudenpflanze. Aber auch wenn sie alleinstehend wüchse wie eine Primel, ich würde sie nicht niedertrampeln. Das würde ich, wenn ich es vermeiden könnte, bei keiner Pflanze tun.«

»Wie geht es dann weiter mit der Gartengestaltung?«

»Du kannst nicht wild arrangieren. Manche Pflanzen mögen die Sonne, manche den Schatten, manche diese Erdbeschaffenheit, manche jene. Bleiben wir bei den Blumen. Du mußt dir überlegen, in welchen Häufungen und in welchen Abständen du die verschiedenen Sorten zueinander bringst, wie die diversen Farben ihrer Blüten und die Grüntöne ihres Blattwerks im Zusammenspiel voraussichtlich wirken, welche Größen sie voraussichtlich erreichen, welche Linien und Formationen sich für unseren Blick voraussichtlich aus all dem ergeben werden. Alles ist Voraussicht. Du mußt das schon im Kopf entwerfen, noch bevor du den ersten Spatenstich machst. Da wird es nämlich auch wilde Wüchse und Wucherungen und überraschende Farbnuancen geben, mit denen du überhaupt nicht gerechnet hattest. Und schon setzt sich alles zirkulär wieder in ein neues Verhältnis zu allem. Da kann man üble, aber auch erfreuliche Überraschungen erleben. Das, was du jetzt schon siehst, sind nur die ersten Eckpunkte einer komplizierten Berechnung zukünftigen Wachstums und zukünftiger Wirkungen. Ich glaube, meine Gartenliebe gründet in dem Zusammenspiel von Schönheit und Zuversicht.«

»Mir gefällt jetzt schon, was ich sehe. Paß auf, Bella gräbt.«

»Ja, ich weiß, ich habe das längst bemerkt, doch in den Randbezirken gönne ich dem Hund den Hund. Wenn Bella aber dreister wird, dem Fingerhut zu nahe kommt oder sich wieder an meinen Beeten zu schaffen macht, kriegt sie was zu hören.«

»Ich kenne mich nicht aus mit Hunden. Habe allenfalls

Anschauungen aus zweiter Hand. Zum Beispiel erinnere ich mich an einen Film, den die Tierverhaltensforscherin Jane Goodall über eine Gruppe afrikanischer Wildhunde drehte. Der hat mich beeindruckt. Sie hat dieses Rudel über eine lange Zeit beobachtet. Es wird eine Hündin gezeigt, die gravierend gegen die funktionalen Gesetze dieser Tierwelt verstößt. Gesetze, die die Evolution schuf, um ihr Überleben zu sichern. Und du wirst es nicht glauben, es wird auch gezeigt, wie dieses Rudel unerwartet zu einem Akt einer völlig disfunktionalen Gnade und Liebe findet. Nenn es Altruismus, wenn dir mein Vokabular zu theologisch erscheint. Dieser Film gehört zu den wenigen Erfahrungen, die mir Hoffnung geben.«

»Das verstehe ich.«

»Aber es gibt etwas, das ich nicht verstehe. Als ich deine Bella gestern ausführte, bemerkte ich erstmalig die Schrift auf ihrem Halsband. ›Gardeviaz‹. Was soll das bedeuten?«

»Es heißt: Folge der Fährte. Ein Hund, der in einem Epos des Mittelalters eine prominente Rolle spielt, hat das auf seinem Halsband stehen. Das Epos, ein Fragment, handelt von einer Kinderliebe und weist voraus auf die große Trauer einer groß Liebenden. Ja, da schaust du erstaunt. Eine gebildete Kommissarin, das paßt nicht in dein Weltbild. Doch so erstaunlich gebildet bin ich gar nicht. Das sind nur Gedächtnisreste aus meiner Kindheit. Du mußt wissen, mein Vater war ein leidenschaftlicher Philologe. Der Zweite Weltkrieg hat seine Alma-mater-Träume zerbombt. Er hat ein Leben lang unter dem Verpaßten gelitten. Jetzt, wo mich mein beruflicher Weg, mein letzter, in diese von ihm geheiligten akademischen Räume führte, glaube ich, daß er nicht so sehr hätte bedauern sollen. Er wurde Deutschlehrer und hat uns, seine Kinder, literarisch traktiert. Das war nicht immer nur angenehm. Aber diese unvollendete Geschichte von einer Kinderliebe, die er uns vorlas und ins Neuhochdeutsche übersetzte, hat mir damals gefallen. Wer weiß, warum.

Ein rätselhaftes kleines Fragment von einem wilden Dichter. Dennoch: Bei meiner Berufswahl suchte ich das ganz andere. Weit weg von den väterlichen Träumen. Wie das oft so ist. Meine Wahl hat ihm nicht gefallen. Na ja, wenigstens bin ich den Fährten gefolgt.«

Sie lachte ihrer Erinnerung hinterher.

Es entstand eine Gesprächspause. Dann fragte sie die Journalistin:

»Du hast dich ja so fein gemacht? Ein schönes Kleid ist das. Hattest du eine aufregende Verabredung? Oder, wie man jetzt sagt: ein Date?«

»Nein. Ich ging heute morgen zu einem kleinen Empfang, den Carola Schauer liebevoll anläßlich des fünfzigsten Geburtstags von Bruno ausrichtete.«

»Na, da haben sie sich ja wieder alle versammelt, die Kandidaten meines letzten Falls. Waren auch der Bibliothekar und die Doktorandin anwesend?«

»Simon Menzel habe ich getroffen. Ihm geht es gut. Sein Freund hat ihm die Urlach-Eskapade gnädig verziehen. Er fand gute Worte für den toten Krüss. Von der abwesenden Johanna Schwarzenbach wurde mir erzählt, daß sie ihre Doktorarbeit erfolgreich fertiggestellt hat und inzwischen in Freiburg lebt. Laura Rudolph habe, so sagt der Klatsch, einen neuen Freund. Der war nicht anwesend. Es könnte etwas dran sein. Sie machte einen ungewohnt heiteren Eindruck. Der ›Urlach-Mord‹ war noch immer das prominenteste Gesprächsthema. Pascal von Seefeld, so wurde erzählt, hat sich in den Schoß einer dubiosen Religionsgemeinschaft geflüchtet, eine Sekte, die vermutlich sein Vermögen abgreift. Und ich habe gehört, daß Isolde Schrempel verhaftet wurde, weil sie zusammen mit Urlach auf komplizierten buchungstechnischen Wegen große Summen veruntreut haben soll.«

»Das wundert mich nicht.« Ich habe das gewittert, dachte die Kriminalistin mit nachträglichem Berufsstolz.

»Hattest du eigentlich Carola Schauer im Zuge der Vernehmungen kennengelernt?« fragte die andere.

»Nein, die hat Merker nervös gemacht.«

»Er sie, oder sie ihn?«

»Das hat sich wohl nichts genommen.«

Sie lachten.

»Sie hat mich, als sie hörte, daß wir hier gemeinsam wohnen, gebeten, dich zu fragen, ob du bereit wärest, ihr mit ein paar Informationen zu helfen. Sie braucht Auskünfte über das Polizeiwesen, Diensthierarchien und Vernehmungspraktiken und so weiter. Sie schreibt so etwas Ähnliches wie einen Kriminalroman, in den sie, wenn ich das richtig verstanden habe, diese Urlach-Geschichte verweben will.«

»Ich helfe ihr gerne. Allerdings: Wenn sie nur aus ihren (kläglichen) eigenen Erfahrungen schöpft, wird das kein Schocker. Ich könnte ihr brisantere Fälle beschreiben.«

»Es wird, wie ich sie kenne, so ein richtiger Krimi nicht werden. Ich hatte den Eindruck, als nähme sie sich selbst da nicht ernst. Sie wirkte sehr gelöst. Sie sagte, daß sie sich beim Schreiben amüsieren wolle. Ihr Lektor, der auch eingeladen worden war, machte keinen begeisterten Eindruck, als sie von ihrem Vorhaben sprach.«

Die Frau auf der Liege drückte ihre Zigarette aus, klappte das Buch zu, legte es zur Seite, stand auf und ging ins Haus. Die beiden Frauen an dem Tisch sahen ihr nach. Als sie in der Tiefe des Hauses verschwunden war, sagte Frederike:

»Sie wollte auch, daß ich Molly frage, ob sie das Manuskript von Krüss einsehen und eventuell in ihr neues Buch einarbeiten dürfe. Ich habe ihr gesagt, daß Molly noch nicht so weit sei …«

»Wird Molly es schaffen?« fragte Leonie Wagner.

»Ja«, sagte Frederike, »ich denke schon. (Kleine Pause.) Ja, ich bin mir sogar sicher. Sie wird wieder einen Schatten haben, sie wird sich wieder im Spiegel erkennen können.«

Als sie im Blick von Leonie Wagner einen leichten Spott wahrnahm, sagte sie schnell:

»Nein, du kennst mich noch nicht gut, sonst wüßtest du: Ich konkurriere nicht. Das ist schon schlimm genug im Berufsleben. Nein, ich suchte kein Gelehrsamkeitspendant für dein Hundehalsband. Ich muß auf diese literarischen Bilder zurückgreifen, wenn ich mir Mollys Zustand veranschaulichen will. Ich bekomme ihn nur über diesen Umweg in meine Vorstellung.«

»Ich verstehe«, sagte Leonie.

»Sie hat sich verloren«, sagte Frederike dann. »Sie hat kein Bild mehr von sich selbst. Erst diese lange Verstellung, diese verstellte Darstellung ihrer selbst. Und gleich darauf, just als sie begonnen hatte, sich wieder zu versammeln und beglückt durchzustarten, der große Schock: der Tod des geliebten Mannes, der gesundheitlich doch gerade auf einem guten Weg schien.«

Sie fuhr sich mit beiden Händen nachfühlend durch die Haare.

Dann sagte sie:

»Carola hat nicht recht, wenn sie in diesen Bildern, die wir von uns haben, immer nur Gefängnisse sieht. Da ist ja zweifellos etwas dran. Man muß nur solche Figuren wie Irma, Pascal oder diesen Kuhn betrachten. Die sind ihr eigener Knast. Aber wenn wir uns gar kein Bild mehr von uns machen können, verlieren wir uns.«

Sie machte eine Pause, überdachte noch einmal das soeben Gesagte, fand es auch in der rückblickenden Überprüfung zutreffend und sagte dann:

»Ja, doch, Molly wird es schaffen. Die ersten Verhärtungen weichen schon, die Erstarrung bildet sich langsam zurück.«

Frederike war nicht zufrieden mit diesen Formulierungen. Sie trug ihnen noch ein Bild nach.

»Der Panzer zeigt Risse. Sie nimmt wieder Nahrung zu

sich, wenn auch nur kleine Mengen, und sie redet auch zuweilen etwas länger. Und, das gibt mir Hoffnung: Ich habe sie neulich dabei beobachtet, wie sie Bella streichelte. Den Rest wird Olga erledigen.«

»Wer ist Olga?«

Frederike lachte.

»Die Frau Kommissarin hat nichts bemerkt. Molly zähmt da oben auf dem Balkon in ihrem Dachgeschoß eine Dohle. Lockt sie schon seit vielen Wochen auf ausgelegten Futterpfaden näher zu sich heran. Die Tiere werden ihr den Weg zurück ins Leben weisen.«

Frederike stand auf und sagte:

»Ich hole uns Kuchen, ich habe Unmengen davon gekauft, weil morgen mein Sohn mit seiner Freundin kommt, er will sich meine Gratulation zur bestandenen Zwischenprüfung abholen und – ein Geschenk natürlich auch.«

»Was bekommt er denn?«

»Einen Briefumschlag mit ein paar Scheinen darin, das ist ihm das liebste.«

»Hat er einen Hang zum Luxus?«

»Das kann man wohl sagen.«

»Dann weiß ich eine edle Verpackung für deinen Briefumschlag. Merker hat mir zum Abschied eine elegante Aktentasche geschenkt. Ich muß aber keine Akten mehr transportieren, und für Blumenzwiebeln und Hundefutter ist sie nicht brauchbar.«

Als Frederike mit einem Servierwagen, auf dem sich eine Kaffeekanne, Tassen und Teller und Besteck sowie ein kleines Tablett mit Kuchen befanden, zurückkehrte, sagte sie:

»Meinst du die Tasche, die im Eingang in der Garderobe steht?«

»Ja.«

»Die ist wirklich sehr edel. Ich glaube, Bruno Schauer hat eine ganz ähnliche.«

Leonie ging nicht weiter darauf ein. Sie schaute angestrengt prüfend auf drei alte Obstbäume, die in der Mitte des Gartens standen.

»Wir werden jemanden holen müssen, der nach dem Apfelbaum schaut«, sagte Leonie. »Siehst du das?« Sie zeigte auf die drei Bäume. »Der ganz links, der muß dringend beschnitten werden.«

Sie nahm sich ein Stück Pflaumenkuchen, dann fragte sie:

»Wirst du ausziehen, wenn es Molly bessergeht und du deine Beschützeraufgabe als beendet ansiehst?«

»Nein, ich habe die Wohnung, die wir, Konrad, unser gemeinsamer Sohn und ich, bewohnten, aufgegeben, sie ist zu groß und zu teuer für mich allein. Vorerst werde ich hierbleiben. Es gefällt mir bei euch.«

»Das ist gut. Dann werden wir weiterhin gemeinsam auf sie aufpassen, auf die (hervorgehoben und gedehnt gesprochen:) ›Liebende Mörderin‹.«

Frederike schaute erschrocken zu der Frau, die mit ihr friedlich an dem kleinen Tisch auf der Terrasse in der Sonne saß. Die aber stieß gerade völlig gelassen ihre Gabel in den Pflaumenkuchen und führte sie anschließend zum Mund.

»Du bist überzeugt davon, daß sie Irma umgebracht hat?« fragte sie.

Leonie kaute, bevor sie antwortete:

»Ich bin mir absolut sicher.«

»Wegen ihrer merkwürdigen ›Entrückung‹? Glaubst du, daß es Schuldgefühle sind, die sie in diesen Zustand gebracht haben?‹

Leonie schüttelte energisch den Kopf.

»Nein, in diesen Zustand hat sie der Tod des Mannes, den sie liebte, versetzt. Ohne sein Dasein lag ihr nichts mehr am eigenen Leben.«

Sie schaute wieder zu den Obstbäumen. Sie sagte:

»Dieser Mord war ein Geschenk für Norman Krüss.

Mit seinem Tod war der Mord, aber auch ihr Leben sinnlos geworden.«

Frederike staunte.

»Woher willst du das alles wissen. Du hast doch Krüss gar nicht gekannt. Und warum bist du dir so sicher?«

Leonie lächelte.

»Du wirst das aus dem Munde einer Polizistin merkwürdig finden. Ich habe das gespürt. Ich habe gespürt, daß sie für diesen Mann alles getan hätte. Wahrhaftig alles. Ich habe sie beobachtet, als sie am Tag seines Todes bei mir im Kommissariat auftauchte und wie ein Killergespenst sein Manuskript einforderte. Ich hatte es mit gefährlichen Leuten zu tun während meines Berufslebens, das kannst du mir glauben, aber ich bin bei diesem Auftritt zum ersten Mal erschrocken. Mir wurde ganz kalt. Da hat sie noch geredet. Nahezu tonlos geredet.«

Frederike fand diese Begründung wirklich merkwürdig aus dem Munde einer Polizistin.

»Das sind doch alles keine Beweise!« rief sie.

»Nein, das sind keine Beweise«, sagte Leonie ruhig, »jedenfalls nicht in der Weise, wie ich sie früher verstand und verstehen mußte. Und doch …« Sie zögerte. Und setzte neu an: »Ich war mir bei vielen Morden, für die ich stichhaltige Beweise hatte, nicht so sicher wie bei diesem.«

Frederike setzte sich steil auf, sah Leonie (angstvoll) in die Augen und fragte:

»Wenn du harte Beweise von Mollys Schuld hättest, würdest du etwas unternehmen?«

Aha, dachte die Kommissarin, das ist jetzt die große Vertrauensfrage. Es amüsierte sie ein bißchen, aber sie unterdrückte ein Lächeln, sie blieb ernst, weil es Frederike ernst mit dieser Frage war. Sehr ernst. (War sie nicht sogar ganz blaß geworden?)

»Nein«, sagte sie mit fester Stimme, und weil sie spürte,

daß eine Erklärung für dieses nackte »Nein« von ihr erwartet wurde, fügte sie an: »Ich bin nicht mehr im Dienst.«

Dann, als sie bemerkte, daß Frederike noch immer beunruhigt war, sagte sie nach einer kurzen Pause:

»Deine Molly war verzweifelt. Ihr lief die Zeit davon.«

(Das ist doch keine plausible Erklärung!)

»Was für eine merkwürdige Formulierung«, sagte Frederike.

»Was meinst du?« fragte Leonie.

»Genau diese Formulierung von der ›fortgelaufenen Zeit‹ hat Molly auch gebraucht«, sagte Frederike.

»Wann war das?« fragte Leonie.

»In der sehr kurzen Zeitspanne ihres Glücks, nachdem der Arzt Irmas Tod festgestellt hatte und kurz bevor sie den Anruf aus der Villa Engadin erhielt«, berichtete Frederike brav und fügte an: »Und nach diesem Anruf, als sie schon das Schlimmste befürchtete, hat sie gesagt: ›Was für eine Ironie‹, zweimal hat sie das gesagt.«

»Ja, besser kann man das nicht ausdrücken. Ein Mord, der nahezu zeitgleich mit seinem Vollzug vergeblich wurde«, sagte die Frau, die einmal eine Kommissarin gewesen war.

Sie schwiegen. Aber es mußte noch etwas dazu gesagt werden.

Frederike war es, die das Gespräch mit einer freundlichen Herausforderung wieder aufnahm:

»Dann hast du deinen Ruhestand angetreten im Wissen von zwei unbestraften Morden.«

Doch ihre neue Freundin ließ sich nicht herausfordern.

»Lassen wir die Kirche im Dorf. Der untaugliche Mordversuch an Urlach wäre nicht nachweisbar gewesen und der vergebliche Mord an Irma wahrscheinlich auch nicht«, sagte sie sachlich.

Und nach einer längeren Pause sagte sie:

»Mein ursprünglicher Impuls für die Wahl meines Berufs

kam nicht nur aus der uneingestandenen Absicht, meinen Vater zu ärgern, sondern vor allem aus dem Wunsch, der Gerechtigkeit zu dienen. Ja, da können mich die Jüngeren gern auslachen.«

Frederike lachte nicht.

Leonie sprach weiter: »Aber so edel und zugleich so vereinfacht gedacht war das für junge Menschen in dieser Zeit. Ich wollte die Welt etwas besser machen, sie wenigstens zu kleinen Teilen vom Bösen befreien, wo und wie ich nur konnte. Von solchen Idealen schleift sich natürlich manches weg im Lauf der täglichen Rechtserzwingung. Aber ich habe mein Jugendideal nie wirklich verraten. In Mollys Fall sah ich Böses nicht, nur Verhängnis.«

Sie machte eine Pause. Fragte höflich, ob sie noch ein Stück von dem Kuchen nehmen dürfe, erhielt wie erwartet eine ermunternde Auskunft. Sie nahm den Kuchen. Dann schenkte sie sich eine weitere Tasse Kaffee ein. Dann hielt sie, die Ellbogen auf die seitlichen Stuhllehnen gestützt, die Tasse leicht mit den Fingerspitzen beider Hände, als handelte es sich um eine kostbare Schale, sah hoch darüber hinweg und beobachtete den Hund, der das Graben aufgegeben hatte und etwas gelangweilt hier und dort herumschnüffelte. Dann trank sie, stellte die Tasse behutsam ab und ließ zurückgelehnt ihren Blick durch den Garten schweifen. Dann sagte sie:

»Ich sah auch einmal einen Film, der mich beeindruckte. Ein Film über das Haus, das der Philosoph Ludwig Wittgenstein bauen ließ. Für seine Schwester, glaube ich. Phantastisch! Er hat alles selbst geplant bis ins kleinste Detail. Jede Proportion, jede Wand, jede Tür, jedes Fenster, jedes Holz, jeden Stein, jede Farbe, jede Schraube, jede Klinke, jeden Sims – einfach alles. Schön! Perfekt! Ich war, wie gesagt, sehr beeindruckt und spürte gleichzeitig, wie in mir der heiße Wunsch wuchs nach der Ansicht eines krummen Nagels.«

Sie betrachtete Frederike prüfend, weil sie wissen wollte, ob sie verstanden worden war.

War sie. Frederike war klug. Und dann fragte sie noch:

»Was willst du einem Menschen androhen, dem der Tod willkommen wäre?«

Frederike, die zu einem großen Entschluß gekommen war, sagte:

»Sie hat mir ihre Tat – in einer jener kurzen Phasen, in denen sie zugänglich war – ganz gelassen gestanden. Ein beiläufiges Mordgeständnis. So wie man eine unerhebliche Begebenheit aus einer weit zurückliegenden Zeit erzählt. Sie hatte Irma Insulin und noch irgend etwas, das ich vergessen habe, statt Heparin gespritzt. Ich habe sie gefragt, ob sie das quäle. Nein, hat sie gesagt, das einzige, was sie quäle, sei der Gedanke, daß ungezählte alte Leute, die im Unterschied zu Irma vielleicht liebenswert gewesen seien, von habgierigen Erben auf die gleiche Weise ums Leben gebracht worden wären, ohne daß diese Morde je ans Licht kämen. Wobei sie selbstverständlich wisse, daß unter moralischen Gesichtpunkten der Hinweis darauf, daß Irma kein edler Mensch gewesen sei, nicht verfange. Für sie sei es eine Frage der Abwägungen gewesen. Da sei es um Liebe gegangen. Und da müsse man nicht lange raten, wie so eine Abwägung ausfalle. Das sei nicht schön. Aber sie würde das gleiche unter gleichen Umständen wieder tun. Molly war nach diesem Geständnis erschöpft gewesen, jedoch nicht wegen der Tragweite ihrer Worte. Sie war erschöpft, weil sie lange geredet hatte.«

»Nun sind die ›gleichen Umstände‹ ja nicht gerade wahrscheinlich«, sagte Leonie trocken.

Frederike beugte sich etwas vor, und ihr Ton schwang ins Verschwörerische:

»Weißt du, ich bewache Molly nicht nur, um sie davon abzuhalten, sich selbst zu töten, sondern auch, um sie daran zu hindern, die Insulin-Geschichte den falschen Leuten zu erzählen.

Sie würde den Mord jedem Frager ebenso beiläufig gestehen, weil sie keine Lust auf die Lüge und keine Angst vor den Folgen hätte. Jetzt, wo ich dich zur Mitwisserin gemacht habe, wirst du mir bei der Bewachung helfen müssen. Man muß sie vorläufig noch isolieren.«

»Das ist wenigstens mal eine ganz neue Rolle für mich, eine Wärterin für eine vergebliche Mörderin in Schutzhaft vor sich selbst«, sagte Leonie und nickte zustimmend, als habe Frederike ihr eine Frage gestellt.

Mit diesem Nicken war Frederike jede vielleicht noch vorhandene Sorge um den Bestand der neuen Komplizenschaft genommen.

Bella war während des Gesprächs langsam und etwas geduckt, mit angelegten Ohren auf die Terrasse geschlichen und sprang jetzt mit einem großen Satz auf die Liege, auf der sich zuvor Molly befunden hatte. Sie ließ den Kopf auf die gekreuzten Vorderläufe sinken und schloß genüßlich die Augen.

»Das darf sie nicht«, sagte Leonie.

»Da werden wir uns jetzt überlegen müssen, ob wir das in den Katalog der Ausnahmen aufnehmen«, sagte Frederike.

ENDE